뉴 오더

KB153557

SEOUL, 2022

영 월드 #2

뉴 오더

초판 1쇄 인쇄일 2022년 6월 25일
초판 1쇄 발행일 2022년 6월 30일

지은이 크리스 웨이츠 **옮긴이** 조호근

발행인 윤호권
사업총괄 정유한
편집 장혜란(최지혜) **디자인** 김나영 **마케팅** 노영혜
발행처 (주)시공사 **주소** 서울시 성동구 상원1길 22, 6-8층(우편번호 04779)
대표전화 02-3486-6877 **팩스(주문)** 02-585-1247
홈페이지 www.sigongsa.com / www.sigongjunior.com

ISBN 979-11-6925-058-0 44840
ISBN 979-11-6925-056-6(세트)

*시공사는 시공간을 넘는 무한한 콘텐츠 세상을 만듭니다.
*시공사는 더 나은 내일을 함께 만들 여러분의 소중한 의견을 기다립니다.
*잘못 만들어진 책은 구입하신 곳에서 바꾸어 드립니다.

YOUNG WORLD

뉴 오더

크리스 웨이츠 지음
조호근 옮김

시공사

제퍼슨

하늘의 기계에서 신들이 몸을 내밀고 우리에게 손짓한다.

확성기가 선포한다. "당장 무기를 버려라."

섬의 아이들은 실험실을 사수하려는지 총을 들고 쏘기 시작한다. 짐승의 잿빛 가죽에 볼드체로 적힌 '미합중국 해군'이라는 검은 글자 주변으로 자잘한 구멍이 생긴다.

병사들은 고개를 안으로 집어넣는다. 기관총의 주둥이가 우리 쪽을 돌아보더니 불을 뿜기 시작한다. 나와 돈나에게서 가장 가까운 아이 하나가 순식간에 피와 살점 뭉텅이로 변한다.

나머지 섬 아이들은 안전한 실험실 안으로 도망친다. 몇 명의 아이들이 추가로 헬리콥터의 사격에 넝마가 된다. 돈나와 브레인박스와 피터와 테오와 선장과 나는 땅으로 몸을 던진다. 마치 화산을 숭배하는 원주민들처럼 무력하게 엎드려 버린다.

잠시 후, 헬리콥터는 항공모함 갑판의 거대한 직사각형 판 위에 착륙하더니 곧바로 우리를 배 속에서 토해 낸다. 거의 도심지의 사무용 건물만큼이나 커다란 배다. 밝은 색조의 점프슈트를 입은 선원들이 주변을 바삐 돌아다니고 있다. 호송병들이 우리를 한 명씩 떨어뜨린다. 그들이 내뱉는 소리는 주변에 가득한 로터와 제트 엔진의 소음에 파묻혀 사라져 버린다. 돈나를 제대로 한 번 바라보지도 못한 채로, 우리는 갑판 아래로 끌려가 항공모함의 금속 미궁에 삼켜져 버린다.

나는 돈나를 소리쳐 부르지만, 내 목소리조차 들리지 않는다.

버저음과 흐릿한 형광 패널의 불빛이 나를 깨운다. 시계도 창문도 없는 독방에서는 낮인지 밤인지를 알 방법이 없다. 종종 골조를 타고 저벅거리는 군화 소리나 경적 소리가 전해지기는 하지만, 이곳의 일정표를 제대로 파악하지 못했으니 쓸모가 없다. 웅웅거리는 소리로 가득한 금속 상자 안에 있으니 생물학적 리듬이 전부 어긋나서, 돛대가 부러진 배를 타고 육지가 보이지 않는 시간 속을 표류하는 느낌이 든다. 나는 엉망으로 뒤섞인 정신과 흐릿한 사고력으로 기억 속을 유영한다.

머릿속에 장면들이 떠오른다. 맨해튼이라는 회색 회로도에 붙인 녹색 우표 같은 워싱턴스퀘어의 모습이 떠오른다. 마음으로 보는 조감도 안에서는 언제나 같은 모습이다. 그러나 내 정신 속의 구글맵에서 플러스 표시를 클릭해 확대를 시작하면, 이런저런 오류들이 얼룩처럼 도시의 표면을 수놓기 시작한다. 쓰레기를 태우는 화톳불이 보인다. 시체 더미도 있다. 세 살 먹은 거인이 가지고 놀았던 것처럼 차도에서 끌어내 방치한 차들도 있다. (혹시 조물주도 거대한 갓난아이인 것은 아닐까? 아니면 친구의 아이에게, 버르장머리없는 꼬마 반신에게 지구를 선물로 건네고는, 다른 은하계의 급한 일을 처리하러 떠나 버린 것은 아닐까?)

저 아래 거리의 임시 벽으로 둘러싸인 공원에서는 우리 부족이 일상을 이어 가고 있을 것이다. 음식과 연료를 찾아 폐허를 뒤지면서, 내가 이끌고 떠난 몇 안 되는 부대원들에게 무슨 일이 벌어졌을지 궁금해 하고 있겠지. 조금씩 죽어 가면서.

수륙양용 격납고같이 생긴 방에서, 저들은 거품이 일어나는 끈적한 녹색 액체를 호스로 내 몸에 뿌린다. 방호복을 입은 해병 두 명이 나를 붙들더니, 개수대에 고인 액체를 밟으며 샤워장으로 끌고 간다. '그 병'에 대한 두려움으로 눈을 부릅뜬 모습이 보인다. 나는 흠뻑 젖은 채로 구속구를 차고, 약을 먹고 피를 뽑힌다.

일주일의 격리 기간이 끝나고 구금실에 던져진다.

나는 다시 주변을 확인한다. 번들거리는 회색으로 칠한 금속 정육면체

형 방이다. 둔한 광택이 나는 강철 좌변기와 싱크대가 한쪽 구석을 차지하고, 좁은 침대가 맞은편에 있다. 튼튼한 금속 문에는 플렉시글라스 창문이 붙어 있지만, 바깥쪽에 덕트 테이프를 붙여서 아무것도 보이지 않는다.

베케트와 비슷하지만 더 끔찍하달까. 새로운 것이 없으니 태양도 빛나지 않는다.

나는 밖을 볼 수 없지만, 저들이 안을 볼 수 있다고는 확신할 수 있다. 항상 불을 켜 놓아서 제대로 잠들지도 못하게 하니까. 저들은 나를 지켜보고, 틀림없이 엿듣고도 있을 것이다. 나는 곤충 눈 크기의 동그란 카메라 렌즈를 찾아 주변을 둘러본다.

다음 순간, 금속 곤봉이 문을 두드리는 소리와 "개문!"이라는 소리가 들리고, 내게 배정된 심문관이 접이식 의자를 들고 와서 맞은편에 놓는다. 다른 자들과 마찬가지로 방호복은 벗은 채다. 우리 치료제와 자기네 치료제가 제대로 들어서 만족한 모양이다.

나는 묻는다. "또요?"

"몇 가지 질문할 게 있어서." 항상 같은 소리다.

아는 줄도 모르는 뭔가가 남아 있으려나? 내 머릿속에서 계속 목소리 하나가 울린다. 그 목소리는 때로는 귀찮은 남동생처럼, 때로는 엄격한 부모처럼, 때로는 '나 자신'이라고 생각하는 누군가처럼, 나를 세뇌하려는 것처럼 어린아이의 말이 안 되는 노랫가락을 계속 읊어 댄다. '잘 알려진 확실한 일들이 존재한다. 우리가 알고 있다는 것을 아는 일들이다. 그리고 잘 알려진 불확실한 일들도 존재한다. 우리가 모르지만 존재한다는 것을 아는 일들이다. 하지만 알려지지 않은 불확실한 일들도 있다. 즉 우리가 모른다는 사실조차 모르는 일도 있다는 소리다.'(럼즈펠드 국방장관이 이라크 정부의 대량살상무기 제조를 언급한 발언: 옮긴이)

"그건 또 무슨 소리지?" 심문관이 묻는다. 내 생각을 소리 내 말한 줄도 모르고 있었는데.

"왜 상륙하지 않는 건가요? 사람들이 죽어 가요. 알잖아요?"

그는 답하지 않는다. 그러나 격리 중일 때 간수 한 명에게 들은 적이 있다. 로널드 레이건호는 육지에서 안 보이도록 수평선 너머에 육중한 몸을 숨기고 있다고. 섬에서 관측할 수 없을 정도로 아슬아슬하게.

"연료가 떨어질 염려는 없나요?"

놀랍게도 이 질문에는 답변이 돌아온다. "이건 핵 항공모함이다. 한번 보급하면 바다에서 20년은 보낼 수 있지." 그의 웃음을 보면서, 나는 그가 이 배에 대한 자부심 때문에 입을 열었다는 사실을 깨닫는다.

어쩌면 미합중국이 사라진 지금은, 이곳이 그에게 남은 마지막 조국일지도 모른다.

나는 다른 질문을 시도한다. "살아남은 것은 우리뿐인가요? 당신들이 '그 병'에 걸리지 않은 유일한 어른인 건가요?"

나는 이 항공모함이 죽음의 바다에 떠 있는 작은 도시 국가라고 짐작한다. 어쩌면 바다에 다른 배들이 있을지도 모른다. 물로 격리되어 '그 병'으로부터 보호받은 것이다. 그게 아니라면 어른들이 어떻게 살아남을 수 있었을까? '그 병'은 모든 것을 몰살시켜 버리는데.

내 머릿속의 교사가 말한다. 그게 아니라고, '몰살'보다 더 고약하다고. 영어로 '몰살'은 'decimate'라고 쓰는데, 원래는 로마 군단병에게 내리는 처벌의 한 종류를 의미했다. 반란을 일으킨 군단에서 추첨으로 병사 열 명 중 한 명을 뽑아서 처형하는 것이다. 공포로 군율을 세우는 셈이다.

그러나 '그 병'은 더 끔찍한 일을 저질렀다. 모든 어린아이와 모든 어른을 죽여 없앴으니까. '그 병'은 광고 사업자처럼 10대 소비자만을 존중했다.

"디저트를 추가로 먹고 싶을 것 같은데." 그는 이렇게 말하며 화제를 돌리더니, 은박지로 밀봉한 과일 샐러드 컵을 내민다. 간식으로 나를 개처럼 길들이려 시도하는 것도 벌써 일주일째다.

내 기억이 똑바로 앉아서 간식을 달라고 애원하길 바라는 걸까.

나는 플라스틱 컵을 받아 든다. 냉장고에서 갓 꺼내서 아직 차갑다. 배 자체는 20년을 떠 있을 수 있다고 해도, 승선한 모든 사람을 먹여 살리기는 불가능할 것이다. 예전에 다큐멘터리에서 봤는데, 가장 큰 항공모함에는 수천 명의 승무원이 탑승한다고 했다. 그 많은 사람이 배에 비축된 식량으로 얼마나 버틸 수 있겠는가? 당연히 보급이 필요할 것이다.

브레인박스와 이야기할 수만 있다면 상황을 파악할 수도 있을 텐데. 분명 브레인박스는 어둠 속에 갇힌 채로도 사방에서 정보를 흡수하고 있을 것이다. 아니, 흐릿한 불빛 속에 갇혔다고 해야 하려나. 이곳의 심문관들은 우리의 정신에 흐릿한 형광등처럼 먹먹한 빛만을 비춰 주니까. 그 이상은 아무것도 알 필요 없다는 생각이 들 정도로만.

플럼아일랜드에서 헬리콥터가 기계장치의 신 놀이를 끝내고 호박벌처럼 둔중한 동체를 놀려 어색하게 허공에 정지해 있는 모습을 보면서, 나는 모든 것이 훨씬 나아지리라 생각했다. 그 모든 일을 겪었으니 영웅으로서 환대받으리라 생각했다. 누군가 등을 철썩 때리며 차가운 콜라를 권하고, 아주 잘했다, 얘야, 이제 악몽은 끝났으니 피자나 한 조각 먹겠니?라고 말해 주리라 생각했다. 그러나 내게 주어진 것은 계속되는 질문뿐이었다. 마치 〈로 앤드 오더〉의 형편없는 에피소드를 계속 재생하는 것처럼.

"헬리콥터에 발포한 이유가 뭐지?"

나는 대답한다. "헬리콥터에 발포한 건 우리가 아닙니다. 다른 집단이었어요."

"누구?"

"섬 아이들이요. 그러니까, 플럼아일랜드에 살던 아이들 말입니다."

"너희는 플럼아일랜드에 살던 아이들이 아니라는 소리냐?"

"아닙니다. 우리는 워싱턴스퀘어와 할렘에서 왔어요."

"좋아. 그럼 플럼아일랜드에 살던 아이들이 우리에게 발포한 이유가 뭐냐?"

"저도 모릅니다. 그쪽에 물어보세요. 살아남은 아이가 있다면 말이지만."

"우리가 실험실에서 발견한 시체는 누구지?"

"하나는 올드맨일 테고— 그러니까, 어른 쪽 말이에요. 생물학 병기를 만드는 과학자던가, 뭐 그런 사람이었어요. 여자아이는 캐스일 거예요. 걔는…… 어떻게 보면 우리 편이었죠."

"어쩌다 죽은 거지?"

"올드맨이 캐스를 죽였어요. 우리를 실험실 쥐로 사용했거든요. '그 병'을 평소보다 빠르게 진행시키는 약물을 주사했어요. 저한테도 같은 짓을 했지만, 그와 브레인박스가 치료제를 개발해 냈고, 저는 병을 물리쳤죠. 뭐, 그 이야기는 이미 알고 있을 텐데요."

"그리고 올드맨은 어떻게 됐지?"

"저번에 말했잖아요."

"다시 들려줘."

"제가 그를 죽였습니다. 정확히 말하면…… 브레인박스가 그의 약에 독을 섞었어요. 제가 마무리를 지었고요."

"어떻게?"

"손으로…… 목을 졸랐어요."

올드맨은 우리 모두를 죽일 생각이었다. 그를 죽인 일에 별다른 감정을 느끼진 않는다. 적어도 아주 격렬하게는.

나는 묻는다. "다른 사람들은 살아 있나요?"

그의 얼굴에는 아무것도 떠오르지 않는다. 심지어 답변의 그림자조차도 줄 생각이 없는 모양이다. "일단은 이 정도로 하지." 그는 이렇게 말하고 자리에서 일어나서, M4 카빈을 든 해병이 나를 노려보는 동안 철문을 닫는다.

나는 침대로 돌아가서 그대로 몸을 던지고 돈나를 생각한다. 그리고 돈나에 대한 생각을 생각한다. 지금껏 돈나를 생각하지 않으려고 최선을 다해 애써 왔다. 그래 봤자 좋은 생각이 떠오를 리가 없었으니까. 돈나를 볼 수도, 대화를 나눌 수도, 만질 수도 없다. 게다가 섬 아이들에게 사로잡히기 직전에 애니호에서 보냈던 그날 밤 이후로, 모든 일이 너무 잘 풀리기만 했다는 기묘한 느낌이 든다. 지나치게 잘 풀렸던 것만 같다. 아름다운 존재와 그 유효기간에는 반비례 관계가 성립하는 법이다. 석양이나 오르가슴이나 비누 거품처럼.

문득 내가 얼마나 비뚤어진 사람인지가 떠오른다. 그리고 '그 사건'이 벌어지기 전의 어느 서늘한 가을 아침에, 돈나와 함께 광장에 앉아서 '비뚤어진'과 '변태'가 어떻게 다른지, 그리고 '비뚤어진 꼬마 악마'가 무엇인지를 설명하던 기억도 떠오른다. 뒤이어 돈나가 나를 '변태 꼬마 악마'라고 부르던 기억도 떠오른다. 그리하여 돈나를 막아 내던 머릿속 방파제는 이번에도 무너지고, 나는 고독에 잠겨 허우적거린다. 나는 녹아내리는 얼음 조각으로 다시 방파제를 쌓기 시작한다.

그렇게 나는 돈나에 대한 생각을 생각하는 나를 생각한다. 손에 쥔 과일 샐러드 컵을 빙빙 돌리면서. 문득 나는 컵 바닥에 유통기한이 찍혀 있다는 사실을 발견한다. 보통은 내 눈을 굶주리게 하고 싶은지, 이 비참하게 작은 용기에 적힌 다른 모든 글자와 함께 먹칠해 지워 버린다. 그러나 이번에는 누군가 대충 서두른 모양인지, 검은 잉크는 일자를 가리는 것이 아니라 밑줄로 강조하는 것처럼 보인다.

유통기한은 내가 시간을 제대로 짐작했다면 앞으로 한 달 후다. 따라서 이 물건은 '그 사건' 이후에 제조되었다는 뜻이다. 어떻게 이런 일이 가능한 걸까?

 **돈나**

비욘세나 뭐 그런 사람들만큼 수행원을 달고 다니는 빌어먹을 연예인이 된 기분이야. 심문관 에드 선생이 연출하는 '무엇이든 물어보세요'와 '추적 밀착 취재' 코너가 끝없이 이어지는데다, 의무병까지 졸졸 따라다니고 있거든. 나는 그냥 이 기분을 만끽하기로 마음먹어.

시간을 보내기에는 이것도 나쁠 거야 없지. 그래, 물론 DVD나 그딴 것들이 더 재밌겠지만, 이것도 나름 옛날 방식의 오락이잖아. 처음에는 채널 돌리기가 있었고 다음에는 웹 검색이 찾아왔지만, 지금의 나는 기억만으로 시간을 보내야 하는 신세인 것뿐이지.

그래, 물론 이런저런 부족한 점은 잔뜩 있지만.

제퍼슨을 계속 생각하면서 함께 겪은 온갖 일들이나 사랑에 빠진 순간 따위를 기억하는 일도 물론 즐겁기는 해. 하지만 잡지 한두 권 곁들인다고 딱히 나빠질 것도 없잖아. 게다가 기억을 계속 머릿속에서 곱씹다 보면 세부 사항들이 조금씩 바뀌어 가는 게 보인단 말이야. 그러니까 그 뭐냐, 머릿속에서 첫키스를 5만 번쯤 불러오다 보면 사소한 부분들이 계속 바뀌거든. 요렇게가 아니라 조렇게 앉았던 것 같은데, 그 애의 얼굴이 내 시야를 뒤덮는 장면보다는 영화처럼 3인칭 시점으로 기억하는 게 낫겠네, 뭐 이런 식으로 말이야. 그러다 보면 통째로 가짜 기억이 되어 버린단 말이야. 우리 아빠가 자주 말하던 폴 리비어의 도끼 이야기 같은 거야. 도끼 머리부터 바꾸고 나중에 자루도 교환했으니까 원래 도끼와 똑같은 물건이라고 주장했다는 거지. 한심한 농담이야.

독방에 갇히면 이런 게 문제야. 정신이 자기를 파먹기 시작하거든. 그래서 심문관이 등장했을 때는 기뻐서 견딜 수가 없었어.

나: "안녕, 에드. 무슨 일 있어요?"

나는 그를 에드라고 부르기로 마음먹었어. 왜냐, 에드처럼 생겼으니까. 둥그런 얼굴에, 면도칼 상처가 남은 매끄러운 피부에, 배도 살짝 나오고, 이곳의 다른 인간들처럼 머리도 짧게 깎고 있고.

에드: "좋은 아침이야."

지금이 아침이라 이거지. 오늘은 뭘 하고 놀까? 벽이나 좀 바라보고 앉아 있다가, 이어서 손톱이나 좀 물어뜯어 볼까나? 점심 먹기 전에 잠깐 완전히 돌아 버리는 것도 나쁘지 않겠네.

나: "그래서 에드, 내가 부탁한 건 생각해 봤어요? 가져다 달라고 적어서 깃대에 걸어 놨나요? 당신네 해군들도 깃대라고 부르려나? 아니면 '깃발 부착용 수직 인터페이스'나 뭐 그렇게 부르나요?"

에드: "고려 중이다."

대답에 아주 조금이지만 추파를 던지는 기색이 묻어 있네. 눈에 보일 정도로 최대한 친절하게 굴고 있는데, 조직의 충실한 하수인 유형인 데다 나라는 인간 자체에는 전혀 관심도 없을 것이 뻔한 작자거든. 하지만 나를 슬쩍 엉큼한 눈으로 보는 것도 분명하단 말이야. 해군에 여자가 부족하기도 하고, 징그러운 권력 불평등 도착증도 영향을 끼치지 않았을까 싶어. 그러니까 나는 구금실에 갇힌 레이아 공주 같은 거고, 자기는 나를 마음대로 다룰 수 있는 상황인 거잖아.

이제는 내게 과일 샐러드를 권하네. 나는 그걸 기꺼이 받으면서, 허세를 부리려고 뭔가 더 가져다주지 않을까 생각해. 과일 샐러드도 계산된 행동 아니겠어. 한심한 대중 심리학 방법론에나 나올 법한 방식으로 빚을 지우려는 시도인 거지. 하지만 다행스럽게도 난 그를 상당히 멸시하는 중이라 나름 균형이 맞는단 말이지. 나는 굳세게 버티면서 '아무리 고문해도 너희들한테서는 물 한 모금도 안 받아 마시겠다!' 이러는 유형은 아니거든. 가능한 각은 다 세워 보는 쪽에 가깝지. 물론 그렇다고 그 뭐냐, 그 인간이나 다른 작자들에게 내 가슴을 강조해 보이겠다거나 뭐 그런 건 아니야. 시럽에 절인 복숭아나 브랜드-X 오레오처럼 사기를 북돋아 주는 물건을 거부하지 않을 뿐이지. 어쨌든 나는 그가 건네준 헐렁한 푸른색 얼룩무늬 군복 말고 귀여운 옷을 입고 싶다고 말했어. 그 색에도 이름이 있으려나? 멍든 황혼색 정도 되려나? 질식색이나? 업타우너들 생각이 나네. 다들 페인트볼 자국인지 준 군사조직 흉내인지 모를 옷을 걸치고 있었는데, 하나같이 끔찍하게 별로였으니까. 나는 다른 쓰레기들도 산더미처럼 요구했어. 화장품에, 아이패드에, 패션 잡지에, 어그 부츠에, 신문에, 탐폰까지.

내 수작이 짐작이 가? 10대 여자애들이 원할 만한 한심한 물건을 잔뜩 요구한 거야. 전 지구적 대재앙 따위도 없고, 할 일이 없어 〈인 터치〉 잡지 따위나 읽고 다니던 시절처럼 말이야. 하지만 그런 쓰레기 더미 속에도 실제로 무슨 일이 일어나는지 알려 줄 물건이 있을 거야. 예를 들자면 신문이나. 아직 있다면 말이지만. 뭐야, 시도 정도는 괜찮잖아. 에드의 태도가 굳어져 가는 모습을 보면 내 머릿속에 회색 뇌세포가 존재한다는 사실조차도 낭비라고 여기는 게 분명하거든. 그러니까 그 기대에 맞춰 행동하다 보면 실수를 유도할 수도 있을지 몰라.

그리고 탐폰은, 음, 실제로 정말 대단한 일이 벌어졌거든. 그러니까 '그 병'이 닥친 이후로는 모두가 아이를 가지거나 월경을 하거나 그런 쪽으로는 완벽히 정지되어 버렸단 말이야. 그런데 좋은 일인지 나쁜 일인지는 몰라도, USS 격리병동호에 탑승한 후로 리부트가 된 거야! 그쪽 기관들이 다시 움직이며 제대로 돌아간단 말이지. 그래, 뭐, 잘된 일이겠지? 내 일부는 '나는 여성이다'라며 환호를 울리고 있고, 다른 일부는 대재앙의 괜찮은 점 하나가 사라졌다는 사실에 조금 화가 나 있어.

에드: "그러니까 그…… 위생…… 용품 쪽은 가져다줄 수 있다." (숙녀의 위생 문제를 꺼낼 때는 남자들이 늘 그렇듯이 말이 막히는 모양이야.) "나머지 물건은 네가 얼마나 협조하느냐에 달려 있어."

에드를 휘두르기는 힘들 것 같네. 나를 여기 처박아 둔 데에 죄책감이라곤 조금도 보이지 않으니까. 그냥 인간적인 호의만 있어도 바깥 돌아가는 상황 한두 가지는 알려 줄 법도 하잖아. 게다가 이 사람은 옛 영화나 TV 속의 심문관처럼 술수를 부리지도 않고, 두뇌 싸움을 걸어오지도 않아. 그냥 지친 얼굴로 끈덕지게 질문만 해 대. 뭘 해야 할지도 모르는 대체 교사가 계속해서 쪽지 시험만 보는 것처럼 말이야.

에드: "아직 몇 가지 질문이 남았다."

몇 가지 질문이라. 물론 '몇 가지'가 수백 개나 수천 개쯤 되고, 가끔 장황하고 터무니없는 질문들이 섞여 있단 뜻이라면야. 충분히 진실된 소리겠지.

에드: "전기가 끊기기 전으로 돌아가 보지. 너는 바이러스 대책회의가 시작되던 날에 UN으로 현장 학습을 나갔다고 했다."

나: "네, 그러니까 뭐냐, 15분 정도 있었죠. 현장 학습이 강제로 끝나기 전에요."

에드는 며칠 동안 같은 질문을 이리저리 돌려 가며 묻고 있어. 너무 지나쳐서 나조차도 중요하다는 걸 알 수 있을 정도라니까. "일반적인 식단 구성 요소는?" 따위의 한심한 질문을 던져서 연막을 치고는 있지. 그런데 정말 터무니없지만, 에드는 진짜로 답을 원할 때는 다리를 위아래로 떠는 버릇이 있거든. 이 작자는 내가 TV에서 포커 월드 시리즈를 봤다는 사실은 짐작도 못 하겠지. 창백한 얼굴의 괴짜 남자들이 후줄그레하게 차려입고 나와서, 온갖 감정의 신호를 내보이려는 자기 몸을 끝까지 억누르며 서로를 속이려 애쓰는 프로그램 말이야.

나는 내 패를 숨기기로 마음먹어. 훌륭한 포커 선수라면 응당 그래야 하는 상황이잖아.

에드: "대통령에게 무슨 일이 벌어졌는지 말하고 다니는 사람은 없었나?"

나: "아뇨, 대통령이 어떻게 됐는지는 아무도 신경도 안 쓰던데요. 다

들 먹을 걸 찾느라 너무 바빠서 말이죠. 대통령한테 무슨 일이 났길래 그래요? 살긴 살았어요? 죽었으면 지금 대통령은 누구예요?"

에드는 슬쩍 한숨을 뱉다가 억누르고 또 질문을 빙빙 돌리기 시작해. 저러다 같은 질문으로 돌아가려는 속셈이겠지. 다리가 얌전해지네.

에드: "너와 친구들이 일종의 갱단을 만들었다고 했지? 상호 보호를 위해서?"

나: "갱단이 아니거든요. 부족이죠. 우리는 부족이라고 불러요."

에드: "차이점이 뭐지?"

나: "갱단은 뭔가 남자들끼리 모여서 범죄를 저지르고 돌아다니는 것처럼 들리잖아요. 하지만 거긴 법이 없었거든요. 굳이 찾자면 우리가 법이었죠."

못 믿겠다는 표정이네.

나: "생각해 봐요. 모든 게 부서졌다니까. 아무도 권한이 없잖아요. 부모도 없고, 경찰도 없고, 학교도 없고, 정부도 없고, 아무것도 없죠. 뭉치지 않은 아이는 그냥 별 볼 일 없는 뜨내기일 뿐이고, 그러면 모두에게 먹잇감이 될 뿐이라고요. 〈파리대왕〉 안 읽어 봤어요, 에드? 영국 학교의 멋쟁이 꼬맹이들이 황량한 섬에 표류하는 이야기? 서로 괴롭히고, 모닥불을 돌면서 춤추고, 돼지를 죽이고 그러잖아요? 그거랑 비슷한 상황인데 자동화기가 있다고 생각해 봐요."

에드: "좋아. 그럼 너희 '부족'에 대해서 더 말해 봐라. 인원이 몇이나되지?"

나: "200명 정도 될 거예요. 이젠 줄어들었겠죠. 계속 나이 들어 죽는

사람이 나오니까."

에드: "'그 병' 때문이겠지."

나: "맞아요. 폭력이나 굶주림도 있지만, 대부분은 '그 병' 때문이죠. 나는 브레인박스와 올드맨이 그 실험실에서 만들어 낸 약으로 살아남은 거예요. 당신들은 어떻게 한 거예요? 에드, 당신들한테 치료제가 있다면 내 친구들한테도 줘야 해요. 뉴욕으로 가져가야 한다고요. 아이들이 죽어 가고 있어요."

에드: "워싱턴스퀘어에 있는 너희 친구들 말이지."

나: "그래요, 하지만 그게 다가 아니잖아요. 수천 명은 된다고요. 개자식도 상당히 많지만, 죽일 수는 없잖아요."

에드: "너희 부족의 적이 있다는 뜻인가?"

나: "당연하죠. 업타우너들도 있고, 도서관의 유령들도 있고…… 참고로 걔네는 식인종이에요. 그리고……."

에드: "'식인종'이라니, 무슨 뜻이지?"

나: "말 그대로인데요. 사람을 먹어요. 우선 요리부터 한다는 점에서는 점수를 주고 싶네요. 사실 정체를 알기 전까지 냄새는 괜찮았어요. 배가 꾸르륵거리기 시작하더라고요. 사람과 짐승과 또…… 온갖 가치관이 바뀌는 경험이었죠."

에드는 아무 말도 하지 않아. 나는 순간 되살아난 실존적 공포의 순간을 애써 떨쳐 내.

나: "어쨌든 뭐, 연료가 뭐든 배는 움직이는 법이잖아요?"

에드: "그래도 중앙 권력이 없다고 했지. 우위를 점한 부족은 없나?"

나: "없어요. 강한 부족이 몇 군데 있기는 했죠. 업타우너한테는 총이 많았어요. 섬의 상당 부분을 차지했죠. 하지만 곧 할렘 쪽 아이들이 장악할지도 몰라요. 총을 만들고 있었다니까요? 3D 프린터로요?"

에드: "3D 프린터라고."

나: "그래요. 레고를 녹이고 컴퓨터를 사용해서 그 뭐냐, 플라스틱 AR-15를 사출해 내는 거예요. 정말 똑똑하죠. 게다가 잔뜩 화가 나 있어요. 그 뭐냐, 수백 년의 억압과 부당한 차별과 기타 등등 때문에?"

아무것도 받아적지 않는 것을 보니, 에드의 기억력이 엄청 뛰어나거나 누군가 따로 녹음하는 모양이야. 눈알을 움직이는 모양을 보니 이번 정보에는 흥미가 있는 것 같거든. 눈을 굴리다 말다 하면서 내 이야기를 열심히 짜맞추는 모습이 보여.

나: "당신 이야기도 좀 해 봐요, 에드."

그러나 에드는 대화하고 싶은 기분이 아닌가 봐. 추가로 질문을 몇 개 던지더니, 그대로 일어나서 어디론가 나가 버리네. 시간 날 때마다 커피를 홀짝이면서 《월간 심문》 따위나 뒤적이는 휴식 장소로 가 버리는 거겠지.

좀 있으니 저녁 식사가 들어와. 저녁이라 생각하는 이유는 두 끼 전의 식사가 분말계란하고 실패에서 끊어 낸 것처럼 얇고 가는 베이컨 조각이었기 때문이야.

이번에는 뭔가 다른데.

참새알처럼 파란 플라스틱 쟁반이 받침대 위에 올라가 있어. 그런데 받침대가 책이네. 앨런 라이언의 〈정치사상사〉라는 제목이야. 뒤표지를 보니 "정치사상의 본질에 관한 알기 쉬운 입문서로서 〈정치사상사〉를 뛰어넘을 책은 거의 없다."라고 적혀 있어.

정치사상의 본질에 관한 알기 쉬운 입문서라. 이야, 내가 항상 소원하던 물건이잖아.

나는 무거운 책을 손에 들고 책장을 휙휙 넘겨. 1100쪽이나 되네. 다음으로 그림은 없는지, 느낌표는 사용했는지 확인해. 뭐든 좋으니 조금이라도 흥미로워 보이는 내용을 찾아. 뭐가 있을까? 철학자 요리? 형이상학적 더러운 빨랫감? 토가 패션의 선두 주자는? 아무것도 없네.

나보다 먼저 읽으려 했던 사람이 있는 모양이야. 책등에 주름이 잡힌 걸 보니 마키아벨리를 넘어가지 못한 듯해. "결과가 수단을 정당화한다."라고 말한 사람이란 건 기억나. 문제는 아마 그 사람이 직접 한 말이 아니리라는 정도겠지. 항상 그렇잖아, 누군가 했다는 명언은 사실 그 사람이 한 말이 아니거나, 아니면 반어법을 쓴 거거든. 진실을 알아낼 방법은 없는 셈이지. 언제나 한쪽 '연구진'이 뭔가 증명할 때마다 다른 '연구진'은 그 정반대를 증명해 낸단 말이야. 내가 제퍼슨처럼 문학에 빠져들지 않은 이유가 바로 그거야. 손잡이를 붙드는 게 힘들어서가 아니라, 한때 손잡이라고 생각했던 게 사실은 아예 손잡이가 아닌 것으로 밝혀지든가, 누군가 튀어나와서 더 나은 손잡이가 있다고 지적해 버리기 일쑤라서. 게다가 어차피 전부 상상 속 인물들에 관한 이야기잖아. 대체 실제로 존재하지도 않았던 사람들의 이야기에서 뭘 얻을 수 있다는 거야? 내가 《코스모》나 《틴 보그》 속의 적나라하고 매서운 진실이나 초소형 부리또를 먹는 햄스터 동영상 쪽을 선호하는 이유가 바로 이거라고.

그리고 지적 추구라면 의학 쪽이 더 좋기도 하고. 적어도 누군가에게 도움이 되는 일이라는 건 확실하잖아. 만약에, 그러니까 진짜 만약에 온 세상이 이렇게 개판이 되지 않았더라면 난 의학을 공부했을지도 몰라. 간호사였던 우리 엄마는 배꼽이 빠져라 웃으셨겠지만. 물론 나는 그 뭐냐, 천재나 그딴 건 아니니까 학자금 대출을 엄청나게 받아서 그걸 갚으려고 성형외과나 뭐 그런 쪽으로 가야 했겠지. 그렇게 생각하면 가슴에 실리콘 뽕이나 넣고 보톡스나 주사하는 대신에 전장 의무병으로 뛰어들게 된 것도 결국 '그 병' 덕분 아니겠어. 골절에 자상에 총상으로 인한 내장 손상이나 관통 신경 손상까지 전부 처리하게 되었으니까.

이런 생각을 하다 보면 시스루가 떠올라. 비닐을 정사각형으로 잘라서 기흉을 막았는데도 결국 내장 출혈로 목숨을 잃었지. 나는 그 문제는 그만 생각하겠다고 마음먹어.

그래서 다시 마음을 추슬러서 제퍼슨을 생각하기 시작해. 우리는 함께할 시간이 너무 부족했어. 아니, 물론 그냥 함께 보낸 시간은 넘치도록 많았지. 1학년 때부터 어울려 다녔으니까. 하지만 진짜로 함께할 시간은 너무 부족했던 거 맞잖아. 플럼아일랜드에서 느긋하게 파도를 맞으며 정박해 있던, 애니호 선상에서 보낸 하룻밤이 전부였으니까. 섬의 아이들이 뱃전으로 올라와서 우리를 잡아가면서 끝나 버렸지만.

다른 누군가의 곁에 누울 때 느꼈던, 사랑으로 가득한 묘한 느낌이 떠올라. 그가 내뱉는 숨결을 마시고, 그의 눈에 비친 내 얼굴을 보고, 결국 내 목적은 행복이었구나, 하고 깨닫던 기분도.

그렇지만 그런 생각을 계속해 봤자 아무 소용도 없는걸. 제퍼슨이 어디 있는지도, 아니 살아는 있는지조차도 모르잖아. 바로 이 순간에도 제 퍼슨이 해부당하고 있을지도 모른다고.

나는 다시 책을 집어. 앞표지에는 수염을 기르고 토가를 걸친 채 어슬 렁거리는 고대인들이 그려져 있어.

책장을 넘겨서 1장을 펴 봐. 아무래도 그리스 사람들은 자기네 폴리스 에서 이런저런 재미난 일을 하면서 시간을 보냈던 것 같아. 아, 폴리스 라는 건 도시 비슷하지만 국가이기도 한 곳이야. 그런데 페르시아라는 엄청나게 큰 제국을 다스리는 크세르크세스라는 지독한 개자식이, 갑자 기 그리스를 전부 정복해 버리고 싶어진 거지. 페르시아 쪽에서는 손쉽 게 정복할 수 있다고 생각했어. 그리스는 전부 잘게 찢어진 데다 뜬구름 잡는 허튼소리나 하고 투표나 해 대고 뭐 그러고 있었으니까. 그런데 그 리스인들이 하나로 뭉쳐 움직이더니 페르시아인들의 엉덩이를 걷어차 버린 거야. '그 사건' 전에는 그걸 다룬 영화도 있었잖아. 허리에 천 한 장만 두른 스파르타인이라는 근육덩어리 남자들이 엄청나게 많은 페르 시아인을 죽이면서 멋들어진 캐치프레이즈를 내뱉던, 전반적으로 섹시 하고 끝내주던 영화 말이야. 그 둔근이며 이두근이며 갈라진 복근을 즐 겁게 감상하기는 했지만, 그와 동시에 악당들이 죄다 우스꽝스러운 억 양을 쓰면서 웃음을 실실 흘리는 갈색 피부의 사람들이라는 점은 조금 기분이 나빴어. 반면 스파르타인들은 금발 서퍼들처럼 생겼는데, 솔직 히 말이 안 되잖아. 뭐, 대충 그런 이야기야.

어쨌든 영화와 달리 현실에서는, 승리한 그리스인들이 열심히 서로 싸 워 대기 시작했대. 특히 아테네와 스파르타가. 민주주의인 아테네인들은 거만하고 젠체하는 작자들인 데다 정치가들한테 잘 속기까지 해서 계속 삽질만 해 댔어. 게다가 역병까지 돌아서 (왠지 익숙한 소린데) 아테네는 공공질서가 완전히 무너지는 수준까지 간 거야(이것도). 전쟁에서 이긴 스파르타는 과두정이라는 걸 세웠는데, 한 줌의 사람들이 모든 명령을 내린다는 뜻이야.

그리고 과두정과는 함부로 싸우면 안 되는 법이야. 이름이 '뚱보'라는 뜻인 플라톤이라는 사람이 있었는데, 자기 스승 비슷한 존재였던 소크라테스가 신을 모욕하고 '젊은이를 타락시킨다'는 죄목으로 기소되었던 일을 책으로 남겼어. 이렇게 말하면 꼭 어린애들 몸을 더듬고 다녔다는 소리 같지만, 사실은 젊은이들한테 철학을 가르쳤던 것뿐이야. 여기서 철학이란 그 뭐냐, 온갖 것들의 논리를 묻거나 그런 짓거리고.

어쨌든 플라톤의 베스트셀러쯤 되어 보이는 〈국가론〉이라는 책에서 던지는 중요한 질문이 바로 이거래. "정의란 무엇인가?" 소크라테스가 칵테일 파티 비슷한 곳에서 "정의란 무엇인가?"라고 열심히 묻고 다녀. 그러면 모두가 즉시 논쟁에 뛰어드는 거야. 소크라테스가 지적으로 따귀를 때리고 다니는 인간으로 유명한데도 말이야. 그러니까 이건 마치 이소룡이 등장해서 순진한 얼굴로 혹시 대련이나 한판 뜨실 분 있으신가요, 하고 묻고 다니는 셈이지. 별일도 아니라는 것처럼.

그래서 소크라테스는 정의에 대한 다양한 관점을 들고 덤벼드는 사람들을 하나씩 처리해 버려. 그니까 뭐냐, 친구를 돕고 적을 해치는 것은 정의라고 할 수 없다, 누가 진짜 친구고 진짜 적인지는 알 수가 없으니까. 그리고 강자가 약자에게 강요하는 것도 정의라고 할 수 없다, '덕성'

과 '지혜'가 존재할 수가 없으니까. 뭐 이런 식으로.

조금 생각해 보고 나니까, 소크라테스가 그냥 단어로 장난치고 있다는 의심이 들더라. 솔직히 정의에 대해서 확실하게 말할 수 있는 건 하나뿐 이잖아. 그게 단어라는 거. 사람마다 자기 나름의 정의가 무엇인지 생각은 하고 있겠지만, 다른 사람의 정의와 똑같을 리는 없을걸. 그런데 이 그리스 친구들은 '정의'라는 물건이 실제로 존재하는 것처럼, 단순한 단어가 아니라는 것처럼, 정의가 뭔지 알아내기만 하면 어떻게 행동해야 할지도 알게 된다는 것처럼 굴고 있잖아. 지금껏 보고 겪은 것들을 고려해 보면, 나한테는 전부 개수작으로밖에 안 들려.

플라톤은 소크라테스의 입으로 완벽한 도시인 '공화국'의 계획을 늘어놓아. 생각 자체는 나쁘지 않은데, 문제는 소크라테스가 머리에 똥만 찬 법률들을 계속 늘어놓는다는 거야. 공유 재산이 그중 하나인데, 누군가 슬쩍하지 않도록 24시간 감시하지 않으면 그걸 아무도 지킬 리가 없잖아. 거기다 몇몇 법률은 그 자체만으로 사악해. 노예제는 괜찮다, 뭐 이런 것들 말이야. 게다가 여자는 남자들이 공동 관리해야 한대. 업타우너들이 생각나는 소리잖아. 여자를 통제하면서 쾌락을 느끼는 놈들 말이야. 그리고 그 자식들의 통제는 "다른 남자한테 말 걸지 마." 수준이 아니야. 말 그대로 소유했다니까.

우리가 광대뼈라고 불렀던 에반이라는 업타우너가 생각나네. 테이블 위에 총을 내려놓고 내 가슴을 겨눈 채로 어떤 사람들은 다른 사람들보다 우월하다고 설교했었지.

됐어, 엿이나 먹으라 그래. 플라톤하고 소크라테스하고 기타 등등도 전부.

그런데 문제는 말이야, 이런 완전 지독한 착상들이 책 속에 있을 땐 안전해 보이는데, 우리의 새로운 세계에서는 실제로 가능하다는 거야. 아니, 새로운 세계보다는 젊은 세계라고 불러야 할지도 모르겠네. '그 사건'이 조각내 버린 우리의 인생을, 내키는 대로 괴상하게 짜맞출 수 있는 세계. 진실 따위는 없고 모든 것이 용납되는 세계. 제퍼슨도 이런 얘기를 해 줬어. 어디서 들었다고 했는지는 기억 안 나지만.

나는 짜증을 내며 나머지 책장을 휙휙 넘겨. 그런데 책등에 남은 자국으로는 200장 정도 읽었던 것 같은데, 그걸 넘어가도 계속 단어에 밑줄이 보이네. 실제로 읽은 내용이 아닌데 표시를 해 놨다는 소리잖아. 게다가 그런 밑줄이 책이 끝날 때까지 계속 나와.

개별 밑줄은 아무 의미도 없어. 문장 중간에 있을 때도 있고, 때로는 단어의 절반쯤에서 밑줄이 끝나기도 하거든.

그러다 문득 — 아마 너무 지루했기 때문일 거야 — 나는 각 밑줄의 첫 글자만 따서 읽으면서 암호를 찾기 시작해. 완전 〈과학탐정 브라운〉이네. 게다가 늘어놓으니 제대로 문장이 되어 버리잖아.

너희
친구들은
안전해
심문관에게
협조하면

안 돼
그들은
너희
편이
아니야
우리가
너희를
구하려고
준비하고
있어

간신히 다시 숨을 몰아쉬면서, 나는 책을 뚫어져라 노려봐. 설마 내 상상은 아니겠지? 패턴이 없는 데서 패턴을 찾아낸 건 아니려나? 제퍼슨에게 보여 주고 싶어. 브레인박스에게도 보여 주고 싶어. 아마 브레인박스라면 무작위로 단어를 모아서 의미가 통하는 문장이 만들어질 확률 같은 걸 통계적으로 계산할 수 있을 테니까.

아냐. 다른 사람들에게 물어보지 않아도 이건 진짜가 분명한걸. 누군가가 내게 말을 걸고 있어. 그리고 제퍼슨과 브레인박스와 테오와 피터와 선장이 살아 있다고 알려 주고 있어.

지금까지 내가 얼마나 겁에 질려 있었는지 짐작도 못 했어. 고마움의 눈물이 흘러내리기 시작해.

제퍼슨

항공모함에 삼켜진 우리는 배 속 깊숙한 곳까지 끌려 내려간다. 우리는 바이러스고, 항체들이 양팔을 붙들고 있다. 구불구불한 직선 복도를 따라가니 아이들의 장난감 상자처럼 무기가 잔뜩 들어차 있는 거대한 격납고가 등장한다. 무장 헬리콥터에, 주둥이가 뭉툭한 제트기에, 우아한 제비 꼬리를 단 전투기에, 해병 간부들도 있다. 살상 무기의 꾸러미가 수평선 너머에서 숨죽인 채 도사리고 있는 것이다. 마치 벽 뒤에 숨어서 장난칠 기회만 엿보는 어린아이처럼.

리본처럼 가느다란 베이컨을 담은 접시 아래, 《US 위클리》 잡지 한 권이 있다.

식사를 가져온 경비병이 나간 철문 쪽을 돌아보지만, 문은 이미 닫혀 있다. 잡지를 넣어 준 이유나 보낸 사람을 알려 주는 쪽지나 다른 표시

따위는 보이지 않는다.

유명 인사의 가십이나 돈나가 흔히 "대재앙 전의 사회 구조"라 부르는 것에는 신경을 써 본 적조차 없지만, 나는 조심스레 종이를 문질러 본다. 어쨌든 이 책은 외부 세계에서 들어온 사치품이고, 몇 주 동안 읽을 거리라고는 아무것도 없었다. 지금 주의를 쏟을 대상은 이것뿐이다.

'그 사건'이 일어나기 한참 전의 낡은 잡지다. 나도 표지를 장식하는 '미인의 외도'가 뭔지는 알고 있다. 뭐가 됐든 정보는 소중하다. 공립 도서관에 처박혀 있던 유령들도 그 점에서만은 옳았다. 나머지 온갖 것들이 끔찍하게 틀리기는 했지만. 그래서 나는 정보를 한 덩이씩 나누어 배급량을 조절한다. 그리고 머지않아 내 의향과는 달리, 잡지 속 사람들에게 애착이 생긴다. 너무 뚱뚱하거나 너무 마르고, 패션 테러리스트거나 자기 애인이 아닌 사람과 키스하다 들킨 사람들인데도. 사람에 굶주린 나는 잡지 속 인물을 거의 실제 인간처럼 느끼면서, 내 공감력의 울타리 안으로 기꺼이 받아들인다.

그리고 동시에, 이런 기괴한 존재들을 생산하는 사회에서 수년을 떨어져 지냈기 때문에, 나는 차츰 과거와는 다른 은유의 필터를 통해 그들을 바라보기 시작한다.

사람들은 종종 왕족이 없는 미국인들은 계급에 대한 갈망을 연예인에게 투사한다고 말하곤 했다. 그들에게 쏟아지는 온갖 아첨과 변태적인 집착을 부분적으로는 설명해 주는 이론이다. 민주주의의 뚜렷한 빛이 드리우는 그림자의 욕망인 셈이다. 그러나 이제 나는 결손을 채우고자 하는 욕구보다는 종속되고자 하는 갈망 쪽이 더 깊지 않았을까 생각한다. 《US 위클리》에서 묘사하는 모습을 보면, 이들 명사들은 귀족보다는 차라리 그리스 신들에 가깝게 행동한다. 아름답고, 변덕스럽고, 거만하고, 분노하고, 나태하고, 질투하고, 종종 인간 사이에서 신부를 맞이하며, 반신과 무시무시한 괴물을 자식으로 낳는 자들이다. 그렇다면 일반 대중은 어떤 존재가 될까? 단순한 평민이 아니라 제례의 참석자가 된다. 신도가 되어 신에게 바치는 술잔을 높이 올리고, 그들을 중요한 존재로 만드는 신비로운 수수께끼 앞에 자신을 내던지는 것이다.

이런 식으로 온갖 찌꺼기와 우행을 신화의 영역으로 변환하는 독서도 나름 즐겁다. 온갖 스캔들과 선전물을 속껍질까지 쪽쪽 빨아먹으며 마지막 쪽에 도달하니 진짜로 슬픈 느낌이 든다.

남은 것은 십자말풀이뿐이다. 그런데 누군가 벌써 해 버렸다. 제대로 푼 것도 아니다. 칸마다 연필로 써넣은 글자들은 힌트와는 아무런 관련도 없다.

그러나 잠시 지켜보고 있자니, 그 단어들끼리 의미를 갖기 시작하는 느낌이 든다. 너무 눈에 띄지 않게 하려고 여기저기 채워 넣은 글자 몇 개를 제거하니 숨은 문장이 드러난다.

너희 친구들은 안전해. 심문관에게 협조하면 안 돼. 그들은 너희 편이 아니야. 우리가 너희를 구하려고 준비하고 있어.

밖에 있는 수천 명의 승무원 중에, 내게 연락을 시도하는 사람이 있다는 뜻이다.

머릿속이 윙윙거리고 혈관이 아드레날린으로 달아오른다. 문득 나를 조준하고 있을 감시 카메라에 이런 감정이 드러나지 않을지 걱정이 된다. 나는 메시지를 알아차리지 못한 척하면서, 잡지를 앞뒤로 이리저리 넘기기 시작한다.

'우리가 너희를 구하려고 준비하고 있어.' 내가 감금되어 있다는 사실을 명확히 깨달은 것은 이번이 처음이었다. 지금까진 심문관의 말을 그대로 받아들여, 감금된 게 아니라 격리 중이라고 자신을 속여 온 셈이다.

나를 처벌할 생각이 아니라면 왜 여기 처박아 두는 걸까? 첫 핑계였던 바이러스 통제는 이미 의미를 잃었다. 전신 방호복과 면담을 하는 우스꽝스러운 광경은 끝나 버렸고, 나를 사로잡은 자들은 전염 걱정은 조금도 하지 않는다.

저들이 내게서 뭔가를 원한다는 점만은 분명하다. 그러나 수많은 질문 중에서 그 뭔가를 찾아낼 수가 없다. 그들의 관심이 맨해튼의 현 상황에, 어느 부족이 어느 구역을 지배하는지에 집중되어 있다는 점만 확실할 뿐이다. 그리고 '그 병'으로 전기와 수도가 끊기기 직전에 벌어진 사건들하고.

저들이 두려워하는 게 대체 뭘까?

돈나는 안전하다. 이 모든 일을 겪고서 그녀마저 잃었다면 도저히 감당이 안 될 것이다. 그러나 저들이 아무것도 알려 주지 않기 때문에 소식을 들으니 긴장이 풀려 버린다. 나는 돈나가 지금 이곳에 함께 있었으면 하는 고통스러운 감상에 한동안 푹 빠진다.

그리고 다른 친구들도…….

그리고 워싱턴스퀘어에 있는 나머지 아이들도. 어른들은 그 아이들에게서 뭘 원하는 것일까?

금속 문을 두드리는 노크 소리가 들린다. 나는 자리에서 일어나 마음을 다잡는다. 저들이 잡지 속의 메시지를 발견했다면 싸워야 할 수도 있다. 나는 잡지를 살짝 비스듬하게 말아서 단단히 손에 쥔다. 뻑뻑하게 말린 종이를 곤봉처럼 휘둘러 상대방의 눈을 후릴 수 있도록.

철문이 열리고 처음 보는 얼굴이 등장한다. 벗겨지기 시작하는 머리에 지친 미소를 띤 남자다. 뻣뻣하게 수그린 자세와 위협적으로 말아 쥔 잡지에 어리둥절한 모습이다. 그와 함께 서 있는 두 명의 해병은 내가 야생동물이라도 되는 듯 지켜보고 있지만, 남자 쪽은 편하고 조금 엉성한 태도다. 입고 있는 구겨진 제복 같은 인상이다.

"기절시키는 편이 낫겠습니까, 박사님?" 그의 옆에 선 해병 한 명이 말한다.

"아니, 괜찮아." 그는 이렇게 말하며 내게 손을 내민다.

"공군 의무관 모리스야. 네 피를 뽑으러 왔지."

쓴웃음을 지으며 말하는 모습이, 마치 함께 우스꽝스러운 역할극에 참가하는 것처럼 느껴진다.

나는 그가 내민 손을 무시한다. 그는 '알겠어'라고 말하는 것처럼 어깨를 으쓱한다. 그리고 내 손의 잡지 쪽으로 시선을 돌린다. "원한다면 그것도 가져가도 돼."

"어디로 가져간다는 거죠?"

"의무실. 아주 흥미로운 장소라고는 할 수 없지만, 온종일 방에 틀어

박혀 있는 것보다는 나을 거야." 그러면서 그는 미소를 짓는다.

"다른 사람들하고는 생각이 조금 다르시네요."

"여기 사람들은 직업 군인이니까. 나는 서른 살까지는 민간인이었거든." 모리스는 이렇게 말하고는, 짐짓 그럴싸하게 헛기침을 하고 철문을 열고서 내게 손짓한다.

회색 직사각형 독방에 갇혀 얼마나 자다 깨다를 반복했는지 이제 셀 수조차 없다. 만약 여기서 그대로 문밖으로 달려가서 밖에서 닫아 버린다면……. 나는 반대쪽에 빗장이 있는지, 아니면 자물쇠가 달려 있는지를 떠올리려 애썼다. 하지만 그런 다음에는 어떻게 할까? 항공모함의 구불구불한 내장은 어떻게든 뚫고 나간다 해도, 다음에는 어디로 간단 말인가? 내 수수께끼의 펜팔 상대를 찾아야 할까?

아니야. 터무니없는 생각이다. 수천 명의 승무원 중에서 그 또는 그녀를 찾는 일은 말 그대로 수천 분의 1의 확률이다. 게다가 도망칠 곳도 없다. 적어도 아직은. 일단은 버티면서 방법을 찾아내야 한다.

공군 의무관 모리스는 내 망설임을 두려움이라고 판단한다.

그가 입을 연다. "걱정 마라. 그렇게 많이 아프지는 않을 테니까." 나는 그를 따라가고, 해병들은 나를 따라온다. 계단을 몇 번 오르내리고 모퉁이를 돌고 나니 전부 기억해 두기가 힘들 정도로 어지러워진다. 그러나 나를 호송하는 자들은 어디로 가는지를 정확히 알고 있고, 이내 우리는 금속 벽감을 확장시켜 놓은 것처럼 생긴 공간에 도착한다. 한쪽 벽면을 따라 좁은 이층침대가 빼곡이 들어찬 모습을 보니, 공간을 철저하게 효율적으로 사용하는 모양이다. 역병의 생존자를 처음 만난 의무 기술병이 눈을 크게 뜨고 나를 바라본다.

그녀는 주삿바늘 포장을 벗기면서, 내 뒤에 서 있는 공군 의무관에게 지시를 구한다.

나는 입을 연다. "채혈은 전에 했잖아요. 우리가 여기 도착했을 때요."

"그건 검사하려고 그런 거지. 이번에는 제조에 필요하거든."

"뭘 제조하는데요?"

모리스는 겁먹은 의무 기술병을 보면서 말한다. "이거 벌써 너무 많이 말한 것 같은데. 진행해, 소위. 물지는 않을 거야." 그리고 나를 돌아본다. "안 물 거지?"

나는 대꾸하지 않는다. 농담을 받아 주는 것도 공모하는 느낌이 드니까. 그냥 의료용 의자에 앉아서 팔을 내밀 뿐이다.

소위는 나를 어떻게 불러야 할지 감을 못 잡는 모양이었다. "혹시 당신…… 네가 좀……."

나는 팔을 곧게 펴고, 팔꿈치의 부드러운 관절 피부를 그녀에게 내민다. 소위는 파란색 고무 압박대를 단단히 조이더니, 떨리는 손으로 주사기를 붙들고 내 팔을 찔러 대기 시작한다.

"미안." 그녀는 나와 눈을 마주치지 못하고 이렇게 말한다. 나는 그녀가 제대로 끝마칠 때까지 기다린다.

플럼아일랜드의 실험실에서 며칠을 지낸 후로, 나는 주삿바늘 정도에는 움찔하지 않는다. 타인의 목을 졸라 숨을 끊은 사람에게 그보다 덜한 인체의 상해는, 나 자신의 몸일지라도 훨씬 가볍게 느껴지는 것이다.

시험관 바닥에 둥글게 고인 버터처럼 생긴 배양액 위로, 내 피가 묽은 수액처럼 찔끔찔끔 흘러나온다. 말하자면 배양용 접시를 길게 늘여 놓은 셈이겠지.

모리스는 고개를 끄덕인다. "좀 이따 돌아오마."

시험관 하나가 꽉 차자, 소위는 퐁 하고 채혈기에서 뽑고는 다음 시험관을 넣는다. 이런 식으로 두 번째, 세 번째 시험관이 가득 찬다.

사람 하나가 문간에서, 내 시야 가장자리에서 얼쩡거리고 있다. 그쪽을 돌아보니 훤칠한 흑인 해병이 보인다. 다른 해병들과는 달리 풀린 표정으로, 나와 대화를 나누고 싶은 모습이다.

"너 그쪽에서 데려온 사람이지? 뉴욕에서 온 거지?"

나는 고개를 끄덕인다. 설마 내 펜팔 상대려나?

해병은 주머니에 손을 넣더니 구겨진 종이 모서리에 인쇄한 사진을 꺼낸다. 열다섯 정도 되어 보이는 다리가 긴 소녀다. '그 병'의 이전 시대에 찍은, 웃음을 머금은 사진이다.

해병이 말한다. "라티나 애덤스. 혹시 본 적 있어? 아는 얼굴 아니야?"

나는 해병 가슴에 붙은 이름표를 흘깃거린다. "당신 동생이에요?"

해병은 고개를 끄덕인다. 말하고 싶지만 하지 않는 듯하다. 할 수 없는 걸지도 모르고.

"본 적 없어요. 죄송해요."

해병은 다시 고개를 끄덕이고는, 마른침을 꿀꺽 삼킨다. "그쪽 상황은 어때?"

처참하죠.

"상황에 따라 달라요. 어디 살았는데요?"

"맨해튼이야. 134번가."

"그 위쪽은 그리 고약하지 않아요. 상황을 통제하고 있거든요. 몇 살이었…… 아니, 지금 몇 살이에요?"

그가 대답한다. "열일곱이야."

우리 둘 다 그게 무슨 뜻인지 알고 있다. '그 병'이 아직은 손을 뻗지 않았지만, 머지않아 그녀를 죽일 것이다. 어쩌면 '그 병'이 만들어 낸 세상이 그 작업을 이미 똑같이 효율적으로 완수했을지도 모른다.

해병의 얼굴이 조금 풀어진다. "이건 알아 둬. 여기 있는 사람들이 전부 그 프로그램에 찬성하는 건 아니야." 그는 안 듣고 있다는 듯 일부러 무심한 표정을 짓고 있는 소위를 슬쩍 바라본다. "사람들이 죽어 쓰러질 때까지 기다리고 있을 정도로 타락하지는 않았으니까……."

"그게 무슨 뜻이에요?"

문 너머에서 뭔가가 움직이고, 애덤스는 곧바로 자세를 바로잡고 자리를 뜬다.

모리스가 고개를 들이민다. "별 문제 없나?"

작은 금속제 시험관꽂이에는 이제 네 개의 가득 찬 시험관이 꽂혀 있다. 채워야 할 시험관은 열두 개 남았다.

"나를 죽일 생각이라면 더 빠른 방법이 많을 텐데요."

모리스가 대꾸한다. "아니, 천만에. 절대 그럴 수는 없지. 너는 황금알을 낳는 거위나 다름없다고."

독방으로 돌아오면서, 나는 그의 말과 해병이 했던 말을 곰곰 곱씹어 본다.

 # 돈나

한밤중에 깨어나 보니 누군가 방 안에 서 있는 거야. 완전 호러.

비명을 지르지는 않아. 엄밀하게 말하자면, 차라리 "아뭐야썅!"에 가깝지. 반사적으로 있지도 않은 총에 손을 뻗으면서. 저 자식은 우리가 뉴욕에 있지 않은 걸 감사하게 여겨야 할 거야. 뉴욕이었으면 몸에 구멍을 몇 개 뚫어 줬을 테니까.

그 자식: "진정 좀 해. 나는 좋은 편이라고."

뭐랄까, 예전에 들어 본 얘기네. 마지막으로 들은 게 플럼아일랜드의 실험실에 있을 때였지, 아마. 괴팍하고 사악한 데다 스테로이드에 절어 있는 올드맨이라는 과학자 친구가, '그 병'의 진행 속도를 올리는 약물을 맞으면 뭐가 좋은지를 말해 주려 했거든. 그러니까 자기는 치료제를 찾으려 한다는 소리였지. 뭐, 그거야 나쁠 거 없겠지? 문제는 그놈과 그 친구들이 애초에 실험실에서 '그 병'을 풀어놓은 작자들이었다는 거야. 세상에나!

어쨌든 브레인박스는 그의 신뢰를 얻어 낸 다음에, 스테로이드에 약을 타서 중독시켜 버렸어. 물론 꽤나 잔인한 일이기는 하지만, 그 뭐냐, 그 인간은 우리를 전부 죽이려 하고 있었다고. 세상에 좋은 편 따위는 없다는 훌륭한 증거잖아. 물론 〈왕좌의 게임〉이나 그런 것들로 충분히 증명된 바라고 할 수도 있겠지만. 웃기는 건, 불공평하게도 나쁜 편은 확실히 존재한다는 거지.

문득 내가 잠들기 전에 군복을 벗어 버렸다는 것이 떠올라. 그러니까 나는 지금, 예전에 스트립 바의 네온사인에 적혀 있던 것처럼, '홀딱 벗은' 상태라는 소리지. 그래도 나는 몸을 가리고 싶은 충동을 애써 억눌러. 아무리 생각해도 연약하고 놀란 분위기를 풍기지 않고는 몸을 가릴 방법이 안 떠오르거든. 그래서 나는 발가벗은 채로, 최대한 적대적인 분위기를 풍기면서, 완전 험악한 눈초리로 상대방을 바라보려고 애써. 저 자식이 이걸, 우리 엄마 표현을 빌자면 "내게로 와" 눈초리로 착각하지 않았으면 좋겠는데. 어딜 봐도 "저리 가"에 가깝기는 하지만, 저 자식의 취향을 고려하면 달라질 수도 있잖아.

그 자식: "걱정하지 마." 그러더니 그 뭐라고 하더라, 친애하는 대상의 2차 성징을 살피듯 날카롭게 나를 훑어보는 거야. 뭐 딱히 틀린 말은 아니지만. "나는 그쪽 취향이 아니니까."

말 되네, 하고 나는 생각했어. 저 자식은 이성애자라고 보기에는 너무 잘생겼단 말이야. 늘씬하고 깔끔하고 세련되고 눈매도 부드럽고.

나: "좋아. 사실 완전 아무 걱정 안 하거든. 그러니까 그 뭐냐, 방문해 주셔서 반갑습니다, 미스터—?"

그 자식: "지금은 이름은 생략하는 게 어때. 좀 앉아도 될까?"

나: "글쎄, 이미 여기까지 들어와서 내가 자는 모습도 보고, 벌거벗은 모습도 봤는데, 자리에 앉는다고 해서 우리 관계에 큰 진전이 있을지 모르겠네."

그가 에드의 의자를 가져오려고 몸을 돌리는 사이에, 나는 얼른 내 아름다운 육신을 가려.

20대 정도가 분명한데, 아직도 소년처럼 젖살이 남은 얼굴이야. 깔끔하게 짧게 깎은 적갈색 머리에, 낯짝은 경쾌해 보이네. 자신감 넘치는 사람의 분위기야.

그 자식: "우리 메시지는 받았어?"

나: "받았지. 들키지 않으려고 애써야 하는 줄 알았는데. 여길 방문한 건 어떻게 숨길 생각이야? 이 방에도 분명 도청기가 있을 텐데."

그 자식: "아, 물론 그렇지. 평소에는. 여기서는 네 모든 행동이나 발언을 기록으로 남기니까. 하지만 지금은 멈춰 있는 상태야. 출항한 지도 오래됐고 정비가 필요한 시점이라 주기적으로 시스템이 나가거든. 하지만 저들은 걱정 안 해. 너는 보통 이 시간에는 잠들어 있으니까."

나: "보초들은 어쩌고?"

그 자식: "이번 근무조는 우리 편이야."

나: "너희 편이 뭔데?"

별로 우호적인 태도는 아니긴 한데, 나는 인류에 대한 믿음을 홀라당 상실한 상태잖아. 신뢰 저장량이 바닥을 보이고 있다고.

그 자식: "지금은 그것까지 설명하기에는 시간이 부족해."

나: "시도는 해 봐. 세 줄 요약 부탁할게."

그 자식: "요즘 사람들은 그런 표현 안 쓰는데."

나: "나는 쓰거든. 조금 전에 확인해 보니까 나도 사람이었고."

그 자식: "모르는 편이 나을 거야."

나; "실례지만, 엿이나 처먹어. 당연히 아는 편이 낫지. 나한테 뭐든 원하는 게 있으면 얼른 불라고."

그 자식: "알았어. 음, 역병으로 온 세상의 성인이 전부 죽지 않았다는 건 이미 알았겠지."

나: "그래. 너희들 어떻게든 해결책을 발견한 모양이네. 커다란 고무 옷을 벗어 던진 걸 보니까."

그 자식: "어느 정도는. 솔직히 말하면, 너나 네 친구들과 접촉한 우리 가 살아남을 거라는 보장은 없어. 너희 버전에서 일어났을지도 모르는 형질 전환을 대비해서 전 승무원이 예방 접종을 하기는 했지."

나: "누구한테서 무슨 형질이 어째? 우리는 버전이 다르다고? 그러니 까, 역병 2.0같이?"

그 자식: "병균이 사방을 옮겨 다니며 사람들 몸속에서 계속 돌연변이 를 일으켜 왔으니까. 가능성은 있지."

나: "그래서 우리가 상륙하지 않는 거야?"

그 자식: "그런 이유도 있지."

말하고 싶지 않은 다른 이유도 있다는 뜻이네.

나: "그러면…… 살아남은 게 바다에 떠 있던 배들뿐인 거야? 그러니 까 너희는, 그 뭐냐, 이 개 같은 상황에서 전부 〈워터월드〉 중인 거고?"

그 자식: (웃으며) "아니, 꽤 많은 사람이 살아남았어."

나: "얼마나 많은데?"

그 자식: "60억."

60억이라고.

순간 정신이 어찔해져.

모든 인간이 죽었다는 생각에 너무 익숙해져 있었나 봐. 그러니까, 거의 모든 인간이.

나: "어른도?"

그는 고개를 끄덕여.

나: "어린애도?"

그의 해명을 듣기가 싫은 것처럼 목소리가 떨리기 시작하네.

그 자식: "어른도, 어린애도, 전부 다 살아남았어. 글쎄, 좋은 소식만 있는 건 아니야. 애석하게도 아메리카 대륙은 전부 끝장났어. 물론 너희 같은 사람들만 빼고. 그래도 10억 명이 죽은 셈이야. 북서 수로에서 남쪽 끝 티에라델푸에고까지 모든 땅이 완전히 초토화가 됐다고. 하지만 나머지 세상은 버텨 냈어."

나: "어떻게? 그러니까 내 말은— 수천 대의 비행기나 배나, 온갖 것들이 병을 퍼트릴 수 있었잖아……."

그는 설명할 말을 고르기 시작해.

그 자식: "그냥 극단적인 조치를 취했다고만 해 두자."

이 순간의 나는 그게 무슨 뜻인지 알고 싶지 않아. 아직은 싫어. 적어도 지금만은 가족과 행복과 음식과 법질서와 문명과 레드벨벳 컵케이크가 있는 세상을 생각하고 싶다고.

나: "하지만 우리는 아무것도 몰랐어. 아무도 우리를 구하러 오지도……."

그 자식: "격리 조치였어. 위반하면 사형이야. 그리고 내 말 믿어. 나머지 세상에도 우리가 해야 할 일이 넘치도록 있었어."

나: "그렇다 해도…… 그냥 음식 같은 걸 공수해 줬어도……."

그 자식: "구세계에 남은 난민 때문에 바빴어. 게다가 나머지 세계에서는 너희들이 전부 죽었다고 생각해. 언론에 완전히 재갈을 물렸거든."

나: "그래도 누구든 우리에게 연락해서 말해 줬으면……."

그 자식: "그랬다가는 구금됐을 거야. 군대에서 허가하지 않거든. 양쪽으로 정보가 오가지 못하게 꽉 틀어쥐고 있어."

나: "하지만 그랬으면 라디오 신호라도 들렸을 거……."

그 자식: "미국까지는 단파 방송밖에 안 닿아. 그 주파수는 계속 교란 중이고."

나: "하지만 브레인박스가 — 그러니까, 내 친구인데."

그 자식: "나도 알아."

나: "브레인박스가 신호를 잡았어."

맨해튼에 있을 때, 브레인박스는 기분 나쁜 방송 신호를 잡은 적이 있어. 기계음이 숫자를 읊어 주고, 귓가에 맴도는 짤막하고 형편없는 곡조를 연주해 주는 방송이었지.

페이크 다큐멘터리 촬영물 공포 영화처럼 소름 끼쳤다니까.

그 남자: "그래, 숫자를 읊어 주는 방송국 말이지? 링컨셔 포처? 그거 우리야."

그는 웃음을 지어.

나: "우리가 누군데?"

그 자식: "말했잖아. 좋은 편이라고."

그러시겠지.

나는 숨을 깊이 들이쉬고 진실을 마주할 준비를 해.

나: "그러니까…… 상황이 전부 아주 끝내준다는 소리네?"

그 자식: "글쎄— 그렇게 단순한 건 아니야."

나: "해설 부탁해."

그 자식: "일단 미합중국 본토가 무너졌을 때 상황이 조금 고약해졌다는 건 짐작할 수 있을 거야. 흔히 말하는 권력 공백 상태가 된 거지."

나: "자연은 진공을 혐오하는데 말이지." 제퍼슨이 그런 말을 했던 게 떠오르네.

그 자식: "바로 그거지."

그리고 그는 미소를 지어.

나: "편이 갈렸다는 소리구나."

그 자식: "그래서 편이 갈렸지. 그런데 그렇게만 말하면 두셋 정도로만 나뉜 것 같잖아. 그보다는 다양한 세력으로 나뉘었다고 보는 쪽이 유용할 거야. 아주 커다란 다이아몬드를 세공한 것처럼. 아니면…… 집단이나. 유연한 집단들 말이야. 상황에 따라서는 소속이 바뀌기도 하는."

나: "그래서 지금 상황이 어떤 건데? 그러니까…… 한쪽 세력이 우리를 여기 구금실인지 뭔지에 가두어 두려고 하고, 너희 세력은 우리를 만나러 오게 만드는 그 상황 말이야."

그 자식: "미국은 무너졌지만, '미국'이라는 국가는 남아 있어." 그는 손가락으로 따옴표를 만들어 양쪽을 구분해. "일단 해외에 주둔해 있던 미군 15만 명이 있어, 아니, 있었다고 해야지. 그리고 150만 명의 미국 국적 민간인도 있었고."

나: "그러면…… 이 항공모함도……."

그 자식: "여전히 미국 소속이야. 여전히 꿋꿋이 살아 있고."

나: "그럼 너는?"

그 자식: "나 자신은 애국자라고 생각해."

얕은 물가로 헤엄쳐 돌아가야겠네. 나한테도 한 번에 견딜 수 있는 한도라는 게 있거든. "질문 하나 해도 될까? 나머지 세상 말이야. 아직도 그 뭐냐, 텔레비전이나 컴퓨터나 옷이나 수돗물이나 화장실이나 그런 것들이 남아 있어?"

그 자식: "훌륭한 물건들이 가득하지. 그 이상이야."

나: "그리고 나와 내 친구들이 여기서 탈출해서 그, 너희 목적지에 도착하면, 우리한테서 뭘 원하는 거야?"

그 자식: "내가 뭘 원한다고 한 적이 있던가?"

나: "으, 참아 줄래, 이름 없는 남자 씨." 나는 눈을 굴리면서 말을 이어. "내가 아직 어리고 반쯤 야만인일지는 몰라도, 엊그제 태어난 갓난아기는 아니거든."

그 자식: "좋아, 간단해. 너희가 뉴욕으로 돌아가 줬으면 좋겠어."

제퍼슨

알을 너무 많이 낳은 거위는 이런 기분인 모양이다.

몸에 피가 얼마나 남았는지는 모르겠지만, 온몸의 조직을 제대로 돌리기에 부족한 것은 분명하다. 한동안은 침대에서 일어나기도 힘들 정도로 약해진 느낌인 데다, 육체와 함께 영혼도 진이 빨렸는지 시도할 엄두조차 나지 않는다.

그러다 문득 돈나가 떠오른다. 나는 자리에서 일어나려다 그대로 고꾸라진다.

저들이 들어와서 내가 일어나 앉도록 돕고는 프로틴 음료 비슷한 것을 먹이더니, 나를 다시 침대에 눕힌다.

한참이 지나 기운이 돌아오고, 나는 음식 한 접시를 전부 해치운다. 그리고 접시를 가지러 돌아온 해병에게 주먹을 휘두른다. 완전히 이성을 잃고 도망치려는 생각만 남았기 때문이다. 해병은 반 발짝 뒤로 물러서서 내 주먹을 가볍게 피한 다음, 쓰러지는 나를 얼른 붙들어 다시 침대에 눕힌다.

해병은 이렇게 말한다. "좀 쉬어라, 꼬마."

그러던 어느 날, 모리스가 등장해서 내게 일어서라고 말한다.

"이번 기회는 놓치고 싶지 않을 거야."

자리에서 일어서 보니 놀라울 정도로 팔다리가 가볍다. 나는 모리스와 해병들을 따라 다시 기억할 수 없는 수많은 문과 복도를 통과한다. 우리는 마침내 반원형의 커다란 방에 도착한다.

일종의 기자 회견실처럼 생겼다. 비행복을 입은 남자와 여자가 반대편 문가에서 흥미로운 표정으로 구경 중이다. 이윽고 심문관의 둥그런 머리가 그들 뒤편에 등장하고, 반백의 장교가 그 뒤를 따른다. 조종사들이 각 잡힌 경례를 붙이고 사라지는 모습을 보니 아무래도 고위 장교인 모양이다.

나는 모리스를 따라서, 반원의 꼭짓점에 있는 전자 화면이 달린 단상으로 올라간다.

심문관이 말한다. "제퍼슨! 기분은 좀 어떠냐?"

그답지 않게 밝고 친근한 태도다. 그의 눈길을 따라가 보니, 그가 옆에 서 있는 장교에게 좋은 인상을 주거나 달래기 위해 애쓰고 있다는 사실이 드러난다.

"빈혈 직전인데요." 나는 말한다.

장교와 심문관이 눈짓을 교환하고, 모리스가 얼른 끼어든다. "이쪽은 제퍼슨 히라야마입니다. 히라야마 씨는 친절하게도 우리의 항체 생산에 협력해 주었습니다."

히라야마 씨? 친절해?

반백의 장교가 관심을 가지는 시늉을 한다. "애야, 너 일본인이냐? 그러니까, 네 가족 말이다. 나는 오키나와에 주둔하고 있었단다."

"혼혈입니다. 평소에는 그냥 미국인으로 생각하고 살았죠."

"왜 과거형을 쓰는 거지?" 장교는 진심으로 흥미가 생긴 듯하다. 여기에는 답할 말이 없다.

"이쪽은 로즌 소장님이시다." 심문관이 말한다.

"당신 상관이군요."

"그래." 심문관은 이렇게 말하지만, 살짝 주저하는 기색이 엿보였다. 다른 상관이 추가로 있다는 소리다.

로즌은 악수하듯 손을 내밀고, 나는 그 손을 붙든다. 소장의 손길은 마르고 단호할 뿐, 손가락을 우그러트리는 마초 느낌은 조금도 없다.

소장이 말한다. "네가 겪은 상실은 유감으로 생각한다."

"정확히 어느 상실 말씀이시죠?" 나는 이렇게 묻지만, 소장은 이 질문은 무시해 버린다.

"선물을 가져왔지." 심문관이 이렇게 말하자, 해병 한 명이 컵과 봉투로 가득한 쟁반을 옆에 내려놓는다.

꼬리 두 개 달린 녹색 인어의 문양이 인쇄되어 있다. 언제라도 바로 알아볼 수 있다.

"스타벅스?"

"선상에 점포가 하나 있지." 소장이 말한다.

"물론 그렇겠죠."

소장은 쟁반을 바라보며 대범하게 마음껏 즐기라는 손짓을 해 보이고 나는 조심스레 접근한다. 커피를 한 모금 홀짝이고 봉지 안을 들여다본다. 다양한 페이스트리가 뒤섞여 있다. 나는 시나몬 롤을 고른다. 다른 사람들은 내가 거울을 든 아마존 부족민이라도 되는 것처럼 그런 모습을 관찰하고 있다.

롤을 한입 베어 물자, 밀가루와 설탕과 팜유가 만들어 낸 지방과 탄수화물의 환상적인 조합이 입안으로 스며든다. 눈가에 물기가 맺힌다. 정서적인 파블로프 반응이다. 나는 당황해 얼른 몸을 돌린다.

바로 그 순간, 맞은편 끝의 문이 열리며 돈나가 걸어들어온다.

정확하게 말하자면 가장 먼저 들어온 것은 피터였다. 열심히 드레드 헤어를 가꾸고 있었는지 뭉툭한 그루터기가 머리에서 솟아나 있다. 그를 따라 바짝 긴장한 덩치 큰 테오가, 다음으로 언제나처럼 휘펫(그레이하운드처럼 생긴 날쌘 개로, 경주용으로 흔히 쓰인다: 옮긴이)만큼 말라깽이인 브레인박스가, 다음으로 머리를 바짝 밀어 버린 선장이, 그리고 마지막으로 돈나가 다른 사람들의 어깨너머를 기웃거리며 등장한다. 눈을 빛내면서.

그러나 이 순간 내 눈에 들어오는 사람은 오직 돈나뿐이다.

나는 음식을 내려놓는다. 갑자기 손으로 뭘 해야 할지, 입으로 뭘 해야 할지 아무런 생각도 나지 않는다. 다가가서 키스를 하고 싶지만, 선원과 해병들이 지켜보는 앞에서 해도 될지 모르겠다는 생각이 든다.

돈나가 다른 사람들을 밀치고 그대로 내게 뛰어든다. 그리고 내 입술에 자기 입술을 단단히 붙인다.

 **돈나**

제퍼슨과 키스하는 느낌은 단순히 좋은 것 이상이야. 설탕과 시나몬 맛이 나는데, 내가 기억하는 것보다 훨씬 훌륭하거든. 다음 순간 애가 간식을 먹고 있었다는 걸 깨닫긴 했지만. 조금 수줍게 행동하는 건 아마 지켜보는 군인들 때문이겠지만, 나는 영화 〈노트북〉 식으로 계속 덤벼 들며 입을 맞춰. 제복을 입은 늙은이가 '요즘 애들이란' 느낌으로 가볍게 웃어 보이는데, 당황한 느낌을 내비쳐 애무를 그만두게 하려는 생각일 게 뻔하지. 하지만 나는 깡그리 무시하고 계속해서 내 감정을 제퍼슨 안으로 깊이 밀어 넣어. 항상 내가 편안히 있을 수 있는 곳이니까.

혀가 좀 열심히 일했을 수도 있고. 나도 몰라.

내게서 공개 애정 표출 증상이 옮기라도 했는지, 제퍼슨은 다른 애들과 하이파이브를 하면서도 내 손을 붙들고 놔줄 생각을 안 해. 나머지 애들하고는 식당에서 이미 만나서 왔어. 다들 감정이 폭발하는 바람에 나는 '타오르는 식당'이라고 불렀지.

하이파이브 다음으로는 서로 이름을 부르고 끌어안고 네가 어쩌구해서 정말 기쁘다 순서가 찾아오고, 그다음에는 재회의 달콤한 기쁨이 조금 녹아내리고 나서 우리를 납치한 작자들의 눈길을 받으며 비좁은 상영실 같은 곳으로 이동해. 문제는 저들이 납치범처럼 행동하지를 않는다는 거야. 갑자기 손님을 맞이한 집주인처럼 굴고 있잖아. 그 뭐냐, 마실 것을 좀 가져다줄까, 기타 등등. 조금 전까지만 해도 갇혀 있었는데 정말 묘한 일이지. 하나같이 수상쩍어. 물론 그렇다고 케이크팝 세 개를 순식간에 해치울 기회를 놓칠 순 없지만.

늙은이가 여기서 대장인 모양이야. 그리고 갑자기 친근해진 심문관 에드 씨는 자기 상관의 엉덩이를 핥다가 우리 쪽으로 눈짓하기를 반복하느라 바쁘네. 내가 보기에는 '여기서 망치지 마라'라는 눈빛인 것 같아.

늙은이: "그동안 너무 불편하지 않았기를 바란다."

나는 웃음을 터트려.

그리고 늙은이가 웃음의 이유를 묻기도 전에, 심문관 에드가 끼어들어. "우리 모두에게 힘든 시기다. 다른 모두를 지키기 위한 예방 조치가 필요했음을 이해하리라 믿는다."

그러셔, 알 게 뭐야. 저 작자는 지금 자기 궁둥짝만 지키려고 애쓰고 있는데.

늙은이: "무슨 일이 일어난 건지 궁금하겠지. 너희들이 전부 그곳에서……." 그는 '대재앙 후의 난장판에서 살아남기 위해 발버둥 치는' 행동을 표현하기 적절한 단어를 찾으려 애써. "글쎄, 너희들이 지금껏 겪은 일을 대체 뭐라고 불러야 할지도 모르겠구나."

갑자기 목이 메는 것처럼 보여. 나는 문득 저 사람에게도 손자들이 있을 거라는 생각이 들어. 그 생각을 하니까 갑자기 허옇게 센 머리며 눈가의 잔주름 따위가 감성을 자극하네. 나는 저 할배도 우리가 세상이 끝날 때까지 구금실에 갇혀 있던 걸 분명히 알고 있었다고 생각하며 마음을 다잡아.

늙은이: "너희들의 정부는— 여기서 그는 산타클로스가 진짜라고 말한 사람처럼 웃음 지으며 고개를 끄덕여 — 너희들이 지금껏…… 겪어온 일들에 경의를 표한다. 그리고 너희들이 최대한 빨리 사회에 재편입될 수 있기를 바란다. 그러기 위해서, 그동안의 공백을 메워 줄 수 있는 정보 제공용 단편 영화를 가져왔다."

그리고 조명이 어두워지고, 천장에서 비디오 프로젝터가 튀어나와. 처음에는 블루스크린만 이어지더니, "제9 항공모함 타격단"의 휘장이라는 정체불명의 뭔가가 등장하네. 그리고 엄청 공적으로 생겨 먹은 "미합중국 재건 사령부— 전진을 위하여"라고 적힌 로고가 떠올라. 옛날에 영화 전에 들어가던 자투리처럼 생겼어. 그 있잖아, 트레일러 끝나고 실제 이야기가 시작되기 전에 영화 제작사며 스튜디오며 기타 등등 온갖 팡파르에 노래에 애니메이션을 동원해서 자기네가 중요하다고 선전해 대는 영상 말이야.

다시 화면이 어두워졌다가, 이번에는 물결치는 깃발이 떠올라. 붉은색과 흰색의 스타킹 무늬에, 구석에 파란 직사각형이 박혀 있는 익숙한 깃발이야. 그런데 별은 50개가 아니라 큼직한 거 하나만 있어.

군악대의 연주와 북소리가 어우러지는, 경쾌하고 어딘가 익숙한 곡조가 울리네. 당황스럽게도 그 가락이 내 심장을 두드리는 것 같아. 고통스러운 불꽃이 내 눈에서 눈물이 되어 쏟아져 내려.

별이 흐릿해지며 다른 흐릿한 얼굴들이 그 위로 겹쳐져. 조지 워싱턴. 프랭클린 델러노 루스벨트. 마틴 루터 킹. 수전 B. 앤서니.

거칠고 쉰 목소리가 읊조리기 시작해.

"미국. 자유의 땅. 용기 있는 이들의 고향. 세계의 빛. 자유의 등불. 어떤 이들은 그 불꽃이 꺼졌다고 생각했다."

수많은 얼굴들이 계속 등장했다 사라지기를 반복해.

이제는 모르는 얼굴들이 나오네. 아이들, 노인들, 초췌한 얼굴, 웃는 얼굴, 결의에 찬 얼굴, 슬픔, 기쁨, 분노, 신념, 희망, 사랑, 절망, 갈망, 익살.

붉은색과 흰색과 푸른색의 미합중국 지도가 등장해. 대륙의 나머지 부분은 별로 중요하지 않다는 듯한 회색이야. 인구 밀집지에서 검은 원이 확장해 나가면서 나라를 집어삼켜 버려. 순간 음악이 단조로 바뀌면서 음산해지네.

거드름 피우는 담배 중독자: "그러나 자유란 절대 꺼트릴 수 없는 불길이다."

"백린탄처럼." 누군가 옆에서 말하네. 돌아보니 브레인박스야.

이제는 다른 영상이 떠올라. 난민을 구출하고, 음식을 배급하고, 군인들이 부모에게 아이를 돌려주고. 이런 장면은 전에도 본 적이 있지만 그때는 항상 그 뭐냐, 솔직하게 말해도 될까? 제3세계 사람들이 주인공이었거든. 그 뭐냐, 거기 갈색 피부의 사람들, 여기 백인이 남긴 음식 찌꺼기 좀 받으시오, 하는 식이었지. 그런데 여기에는 온갖 인종이 섞여 있네. 카메라는 WASP에 가까운 금발 꼬마들한테 특히 오래 머무르는 것 같긴 하지만.

다음은 슬로 모션 시간이야. 절제된 분위기가 꼭 배우를 써서 촬영한 것 같지만, 카메라는 조금 흔들리고 있어. 그 있잖아, 뭔가 '진짜' 분위기를 내고 싶을 때 항상 하는 식으로. 어머니와 아버지가 방금 자기네 아이와 '구급물품'이라고 적힌 상자를 건넨 병사에게서 얼굴을 돌려서 태양을 바라보네. 우와, 우와, 나 이거 알아. '미래'를 의미하고 싶은 거겠지.

"우리는 자리에서 일어났다. 서로를 의지하며 힘을 얻었다. 우리가 패배하지 않았다는 사실을 온 세상에 증명해 보였다."

잿빛의 배들이 녹색 바다를 헤치고 지나가. 제트 전투기는 끔찍할 정도로 정확하게 줄을 맞춰서 하늘을 휘돌고. 이제는 병사들이 밧줄을 타고 헬리콥터에서 내려오네. 열대의 섬 위로 커다란 별이 박힌 미국 국기가 올라가고 있어. 하와이겠지, 아마. 다음 장면에서 사람들이 목에 화환을 받고 있으니까. 악수에. 인사에. 그다음에는 유니언 잭이 올라가네. 영국 국기를 이렇게 불렀지, 아마? 푸른 배경에 가운데에는 온갖 십자가가 별표처럼 들어가 있는 거 말이야. 회색 하늘을 바탕으로, 별 하나 박힌 미국 국기 옆에서, 하지만 아주 조금 낮게 걸린 채로 휘날리고 있어. 사람들은 기도하듯 그 앞에서 고개를 숙이고.

다음은…… 다시 얼굴이야. 하얀 얼굴과 갈색 얼굴과 그 사이와 주변의 온갖 색조 얼굴들이, 자신감과 희망이 넘치는 표정으로 똑바로 앞을 바라보고 있어. 엄청나게 많은 얼굴이 이런 식으로 스쳐 지나가. 저렇게 많다고? 나는 스스로에게 물어. 어떻게 저 많은 사람이 죽음을 피할 수 있었던 거야?

"우리는 옛 땅으로 귀향할 것이다."

그리고 다시 별 하나가 박힌 국기가 떠올라.

오케스트라가 떠들썩하게 쿵쿵거리며 쓰레기봉투를 조이듯 모든 것을 마무리해 버려. 우리 모두는 침묵에 빠져들어.

나는 혼란스러운 상태야. 지금 울고 있거든. 콧물이 콧구멍에서 쏟아져 나오려고 애쓰는, 뭐 그런 것들 있잖아. 얼굴들마다 보이는 비탄과 희망 때문에 마음속은 엉망이고 음악에 기분도 한껏 고양되어 있단 말이야. 동시에 내 감정이 마구 휘둘리는 중이고, 이 모든 것에 거짓말이 섞여 있다는 걸 감지하면서도 그래. 이렇게 뻔한 선전을 보는 것도 정말 오랜만이긴 한데, 내 마음속 일부는 저거에 감동받고 있단 뜻이야. 그 뭐냐, 좀 끔찍한 느낌의 감동이랄까.

워싱턴스퀘어에서 영화 상영회를 할 때면 뭐든 닥치는 대로 틀곤 했어. 아주 소중하게 다루던 DVD 플레이어를 내와서 덜컥거리는 발전기로 열심히 전기를 먹였지. 광고도 마찬가지로 뭐든 틀었어. 사라진 세계를 추억하게 해 준다는 점에서는 뭐든 다를 게 없었으니까. 방금 본 게 광고라면, 뭔가 새로운 약속을 건네는 물건이라고 할 수 있겠지.

하지만 다시 생각해 보면, 실제로 알려 준 내용은 아무것도 없어. 아예 정보랄 것이 없었잖아. 내가 이해한 건 하나뿐이야. 미합중국 또는 미합중국을 자칭하는 국가의, 정부 또는 여러 정부 중 하나가 살아남았다는 것. 하와이가 연관되어 있고, 영국도 연관되어 있고. 그리고 '귀향'이라 부르는 작전이 존재한다는 것도 알 수 있지. 사람들이 미국으로 돌아와서 '그 병'을 물리칠 준비를 하고 있다는 뜻일 것 같아. 하지만 확신할 수는 없잖아. 새삼스럽게 책에 적혀 있던 암호문이 떠오르네. 협조하지 말 것…….

심문관 에드: "어떻게들 생각하나?"

침묵.

나: "깃발 바꿨어요?"

심문관과 늙은이가 재빨리 눈짓을 교환하네.

늙은이: "같은 깃발이다. 다만 이제는 50개의 분리된 주가 아니라, 통합을 의미하는 단 하나의 별만 있을 뿐이지."

아, 그러셔.

나: "아, 나는 그거 텍사스인 줄 알았네요. 론 스타 어쩌구."

심문관 에드: (내가 바보인지 일부러 도발하는지를 판단하지 못해서 짜증 난 것 같은데) "아니, 통합을 뜻하는 거다."

늙은이: "'E Pluribus Unum(여럿으로 이루어진 하나)'이지."

나: "플루리부스보다는 우눔이 조금 더 들어간 모양이네요."

정적이 흐르네.

늙은이: "하고 싶은 말이 따로 있나."

다시 정적이 더 흐르다가—

테오: "개수작처럼 보이는데."

'개수작'이라는 단어를 한껏 늘어트려 발음하는 것을 보니, 얼마나 개수작스러운지를 최대한 강조하고 싶은 모양이야. 아마 수많은 시간과 나날을 빼앗긴 인간이 그 상황을 표현하기 위해서 만들어 낸 발음법이겠지.

늙은이와 심문관은 이 말에 제대로 대꾸를 못 해.

에드: "그게 무슨 뜻이냐, 테오?"

테오의 이름을 굳이 넣은 건 경고를 하기 위해서인 것 같아. 그러니까, 네놈이 원한다면 둘이서 진득하게 얘기해 보자, 뭐 이런 식으로.

테오: "그러니까, 당신들이 우리한테 뭔가를 팔아먹으려는 건 천재가 아니라도 알겠다고. 그런데 대체 뭘 팔아먹으려는 걸까?"

브레인박스: "지금까지 확인한 증거를 종합해 보면, 자기네가 모두에게 최선인 해결책을 알고 있다고 믿도록 만들려는 것 같아. 우리가 저들이 원하는 대로 행동하도록 말이야. 지금까지 우리 모두를 독방에 감금해 놨으면서도."

늙은이는 브레인박스와 나머지 우리를 믿을 수 없다는 표정으로 바라봐. 강아지가 가득한 자루를 걷어찬 무정한 개자식들 정도로 여기는지.

늙은이: "전에도 본 적이 있지. 너희 탓으로 여길 생각은 없다. 사람이란 갈등 앞에서 냉소적이 되기 마련이니까. 새로 변한 상황에 적응하기가 힘들다는 정도는 이해할 수 있다, 얘들아."

테오: "뭔 얘들이야. 내가 당신 자식으로 보이쇼?"

선장이 테오를 돌아보며 쏘아붙이네.

선장: "어이, 입 좀 닥쳐. 무슨 뜻으로 한 소린지 알잖아."

선장이 테오한테 저렇게 윽박지르다니 놀랄 지경이네.

늙은이는 실망한 얼굴로 나머지 우리를 둘러봐.

제퍼슨: "조금 세부 사항이 부족한 것 같은데요." 그러고는, 조금 망

설이더니 덧붙여. "장군님."

장군님? 계급과 복종을 슬쩍 받아들이는 모습이 인상적이네. 내가 물끄러미 바라봐 주니 얼굴을 붉혀. 생각해 보니 쟤네 아빠가 끝내주게 대단한 일본계 미국인 전쟁 영웅이었던가 그랬지.

늙은이: "어떤 종류의 세부 사항을 원하나?"

이 말에 온갖 질문이 일제히 쏟아져 나오기 시작해. 목소리가 서로 뒤얽히네.

나: "얼마나 살아남았어요?"

제퍼슨: "독재정을 세운 것 아닙니까? 나라를 다스리는 사람은 누구죠? 대통령은 있나요?"

브레인박스: "다들 하와이에 살고 있다는 건가요? 식량을 공급할 수 없을 텐데요?"

피터: "해변에서 멀리 떨어져서 뭘 하고 있는 거죠? 왜 사람들을 구하러 가지 않는 거예요?"

나: "'그 병'은 치료한 거예요?"

테오: "동맹국은 있나? 아직 우리 동맹국이 있어?"

피터: "나머지 세계는 어떻게 됐어요?"

늙은이는 손을 들어 올려서 보이지 않는 뭔가를 내리눌러. 마치 도저히 닫아 놓을 수 없는 자동차 트렁크에서 우리 질문이 쏟아져 나오기라도 하는 것처럼. 심문관은 비뚜름하게 입을 다물고 늙은이를 바라봐. 그런 식으로는 안 될 거라고 했잖아요, 하고 말하는 것 같네.

마침내 우리가 조용해지니 장군이 입을 열어. "차차 시간을 내서 너희들의 질문에 전부 답변해 주겠다. 그러나 우선, 우리 모두가 이 상황에 함께 대처하고 있다고 인식해야 한다. 우리는 너희들의……."

테오: "공모가 필요해요?"

에드: "협조가 필요하다."

제퍼슨: "우리 협조를 원한다면, 그쪽도 협조해야 하지 않을까요."

늙은이의 목이 뻣뻣하게 굳는 모습이 보이네. 그가 입을 열려고 하는데 심문관이 먼저 끼어들어.

에드: "이를테면?"

제퍼슨: (힘을 얻고 싶은지 나를 바라보면서) "우선 우리를 범죄자 취급하는 건 그만둬 두시죠. 따로 독방에 가두지 말고……."

나: "함께 가둬 줘요."

브레인박스: "우리한테서 '그 병'이 전염될 걱정은 하지 않는 것이 명백한데요. 이제 우리 몸에 바이러스가 없는 거겠죠?" 여기에는 아무 반응이 없어. "그럴 거라고 생각했어요. 그럼 배 안을 돌아다니게 해 줘요. 아니면 적어도 서로를 만나고 신선한 공기를 쐴 수 있는 권리라도요."

제퍼슨: "그리고 지금부터는 당신이 아니라 저분과 대화하겠습니다."

그러니까, 에드가 아니라 늙은이와 대화하겠단 소리야. 당연하게도 에드는 별로 내키는 표정이 아니고. 그가 제퍼슨에게 A급 언어 폭력을 쏟아 내려고 준비하는 순간에, 늙은이가 입을 열어. "알았다." 아주 간단하네. 알았다고. 나는 에드를 바라보며 '좋았어, 개자식!'이라는 말을 마음에서 몰아내려고 애써. 적어도 입에서는 몰아내야겠지. 에드 본인도 방금 혀끝까지 올라온 쓴물을 꾹 삼키는 모습이야. 하지만 어쩐지 저걸로 끝이 아닐 것 같다는 생각이 드네.

그 수수께끼의 남자가 말한 대로야. 아주 다양한 면면이 존재한다고.

 제퍼슨

며칠 후에 우리에게 '공용실'이 주어진다. 장교용 식당을 재정비한 듯한 공간인데, 곳곳에 서둘러 정리한 흔적이 눈에 띈다. 소설책과 만화책과 잡지들이 한쪽 구석에 쌓여 있고, 벽에 붙은 화이트보드에는 여전히 이해할 수 없는 기호와 약어들이 가득하다. 절차 관련 약어가 분명해 보인다.

책들은 '그 병' 이전의 것들뿐이고, 죄다 귀퉁이가 접히고 책등이 망가져 있다. 그러나 잡지는 새것이다.

적어도 내게는 새것이라는 소리다. 대부분 '그 병'이 휩쓸고 지나간 모습을 다루는 주간지다. 병에 대해 언급한 내용은 전부 검은 잉크로 칠해서 지워 버렸기 때문에, 그 사실은 사진들에서 추측할 수밖에 없다. 그러나 이 일을 맡은 사람도 뉘앙스나 생략한 부분까지 없애지는 못했다. 연예 칼럼이나 스포츠 기사 같은 별 관계 없는 내용이나, 심지어 검은 펜질 사이로 보이는 틈새에서도, 가까운 과거에 일어난 일들을 대충 짐작할 수 있다. 어두운 방에서 크고 위험한 기계 주변을 더듬거리며 걸음을 옮기는 느낌이지만.

돈나가 내게 말해 줬듯이, 아메리카 대륙은 무너졌다. 다른 곳들은 과학과 실용적 야만성(자세한 내용은 모르지만, 살인을 동반한 격리가 이루어졌다는 느낌이 든다. 번지는 들불을 막으려고 나무를 베듯)으로 '그병'을 물리쳤다. 중동에서는 뭔가 끔찍한 일이 벌어진 모양이다. 그리고 사방에 '충격'에 대한 언급이 가득하다. '그 병' 자체를 가리키는 것은 아니고, 물리적이 아닌 사회적인 연쇄 반응 효과를 말하는 듯하다. 지구 곳곳에서 벌어진 온갖 종류의 정치적 불안정이 충격 때문이라고 말하고 있다.

나는 구금된 동안 망상에 사로잡혀 있었다. '그 병'이 나머지 세계를 미국처럼 집어삼켜서 성인과 어린이를 전부 죽여 버리지 않았다는 사실을 깨달은 후로, 나는 모든 곳이 예전과 똑같으리라 가정했다. 거대한 손이 지표면에서 대륙 하나만을 뽑아내 가져가고, 나머지 세계는 완벽하게 그대로 방치했으리라고.

물론 그건 말이 되지 않는다. 세계의 1/7이 사라지면 그 과정에서 온갖 것들이 변할 수밖에 없다. 개인에도 사회에도 일종의 중력이 작용하기 때문이다. 아직 제대로 이해하지는 못하겠다. 그나마 남은 대부분의 분석에 내가 제대로 이해하지 못하는 용어들이 가득하기 때문이다. 국가 부채, 교환 손익, 통화 폭락 따위. '그 병'이 덮쳤을 때 나는 고급 경제학 과정을 중간 정도까지 들은 상태라, 국제 무역까지는 배우지 못했다. 그래도 '충격'이라는 표현에 대해서는 어느 정도 기억한다. 경제학에서 충격이란 경제적 평형을 위협하는 공급 또는 수요의 갑작스러운 변화를 의미한다. 여기 있는 이야기들도 그런 의미인 걸까?

시위에 전투 경찰에 총격전에 차량 폭탄 따위의 사진이 실린 주간지들은, 사실 내게는 '라이프스타일' 부류의 잡지만큼도 거북하지 않다. '라이프스타일' 잡지는 죽은 이에게 바치는 립서비스와 첨예한 물욕 사이에서 균형을 잡는다. 마치 상점에서 사들인 조각을 기워 가상의 자신을 만들어 내는 행동이 이성을 유지하는 비결이라는 것처럼. 물론 체중, 건강, 아름다움, 쿨함, 섹시함, 힙함 등등에 대한 집착은 '그 병'이 찾아오기 전에도 존재했다. 그러나 여기서는 그 성질이 한 옥타브는 훌쩍 올라간 듯하다. 게다가 이것 또한 예의 '충격'과 어떤 식으로든 연결이 되는 모양이다. 소비가 치료제라도 되듯이. 독자들을 몰아붙여 물건을 사게 만들어야 상점과 공장이 돌아가고, 노동자에게 일거리가 생기고, 따라서 세계가 돌아갈 수 있다고 넌지시 암시한 것이다.

뉴욕의 폐허에서 가끔 비뚤어지고 병적인 허황된 상상에 빠질 때마다, 나는 인간의 멸종이 지구 온난화를 끝낼지도 모른다는 희망을 품곤했다. 그러나 현실은 그렇지 않은 듯하다. 인간은 예전보다 더 빠르게 쓰레기를 뱉어 내고 있다. 마치 목숨을 잃은 10억 명의 소비량을 대속하려는 것처럼.

그리고 내가 너무 오래 떨어져 있어서 익숙하지 않은 걸지도 모르지만, 젊은이에 대한 집착도 정점을 찍은 듯하다. 모든 패션과 장난감과 오락이 사춘기라는 사건의 지평선을 향해 수렴하고 있다. 청소년들이 보여 준 '그 병'에 대한 묘한 저항력이 추가적인 매력으로 작용한 것처럼 보인다.

냉소적으로 보자면, 모든 것이 호르몬 때문이다. 애초에 우리가 살아남은 것 자체가 호르몬 덕분이다. 결합 단백질의 형태 때문에 10대가 '그 병'에 저항력을 보인 거니까. 그리고 어쩌면, 잡지의 지면을 장식하는 젊음에 대한 숭배도 호르몬이 유발하는 것일지도 모른다. 사람들이 서로 죽이는 기발한 방법을 개발하는 것도, '그 병'이 앗아 가는 생명을 절박하게 붙들고 늘어지는 것도, 모두 호르몬 때문이다. 우리는 화학 물질의 끈에 매달린 꼭두각시 인형인 셈이다.

계속 생각이 꼬리를 물지만, 내가 원하는 쪽으로는 접근하지 못한다. 그래서 나는 돈나를 바라본다. 요즘 내가 가장 좋아하는 소일거리다. 어쩌면 우리를 연결해 주는 것도 호르몬일 뿐일지도 모른다. 그러나 나는 뭔가가 더 존재한다고 생각한다. '그 병'이 일으킨 혼란 속을 빠져나오고, 간신히 먹을 것을 찾아 살아남았던 워싱턴스퀘어 시절을 겪고, 여기에 이르기까지 피로 점철된 길을 걸어오는 동안, 나를 살아 있게 해 준 것은 다름 아닌 그녀를 향한 사랑이었으니까.

애니호가 떠오른다. 플럼아일랜드로 타고 갔던 튼튼한 예인선 말이다. 바로 그곳에서 나와 돈나의 평행선은 한 점으로 모인다는 불가능한 일을 이루어 냈다. 정체 모를 중력 때문에 세계의 기하학 구조가 왜곡된 것이 분명하다.

그게 사랑이었을까? 사랑이란 진실이나 정의처럼 그저 단어일 뿐이다. 굳이 이름 붙일 필요 없이, 단지 존재했다는 것으로 충분하다.

그러나 우리는 지금 유예된 시간 속을 떠다니는 다른 배에 올라타 있다. 그리고 나는 온갖 걱정을 접어 두고 눈앞의 행복을 거머쥐고 싶다는 유혹에 사로잡힌다. 돈나와 나는 식당에 붙은 선실 하나를 우리 몫으로 요구했고, 이제는 우스꽝스러울 정도로 얇은 매트리스에 함께 누워 밤마다 서로를 번갈아 애무한다.

어쩌면 기숙사 생활이란 것이 이런 느낌이었을지도 모른다. 돈나는 심지어 잡지에서 오려 낸 야자수와 꽃 사진으로 방 안을 장식하기까지 했다. 그녀는 그걸 '실례 장식'이라고 불렀다. 그러나 결국에는 더 가정적인 내가 돈나가 벗어 놓은 옷을 주워 들고 침대를 정리하게 되었다. 그녀의 지저분한 생활 습관이 거북하기는 하지만, 거북할 기회가 존재한다는 것 자체가 그저 기껍기만 하다. 그녀가 내 의식의 한 부분을 움켜쥐고 있다는 것만으로도 좋다. 다른 누군가와 공간을 공유하며 겪는 불공평함과 어려움은, 내 머릿속에 오랫동안 홀로 갇혔던 때 이후로는 내가 혼자가 아니라는 놀라운 사실을 깨우쳐 주는 요소일 뿐이다. 나는 평소라면 절대 내 머릿속을 떠나지 않았을 생각을 그녀에게 말한다. 그리고 그녀 또한 내게 같은 것을 말한다. 그러면 엄청난 압박이 사라지며 그 자리에 따스한 온기가 들어앉는 느낌이 든다. 아마 이게 사랑일 것이다. 설령 사랑이 아니라 해도, 지금 내게 필요한 것임은 분명하다.

물론 이렇게 충만한 생활 속에서도, 저 밖에서는 계속 개 짖는 소리처럼 의문이 들려온다. 우리가 여기서 뭘 하는 거야? 우린 어떻게 되는 거지? 비밀 메시지를 보낸 사람들은 뭘 원하는 거야? 언제 우리에게 다시 연락해 올까?

나는 브레인박스와 체스에서 연패를 거듭하며 소리 죽인 대화를 나눈다. 모두가 우리의 새 구역에 도청기가 가득하다고 생각하고 있다.

"너도 혹시……."

"누군가 메시지를 보내왔어. 맞아." 브레인박스는 내가 생각을 끝내기도 전에 이렇게 대답한다. 그는 메시지를 다시 읊고, 그의 비상한 기억력이 내 기억을 조율해 준다. 나는 그가 글자 하나까지 완벽하게 기억하고 있다는 사실을 깨닫는다.

"그래서?" 내가 묻는다.

"나는 이게 우리를 어떻게든 범법자로 만들려는 속임수인지, 아니면 우리를 갈라서 서로 배신하게 만들려는 수작인지 확신할 수가 없어."

"그건 좀 가혹하잖아."

"독방에 감금하는 것도 마찬가진데. 이렇게 생각해 봐. 저들에게 우리가 왜 필요하겠어?"

"치료제가……."

"누구를 위한 치료제? 자기네? 저들은 이미 알아서 치료제를 만들어 냈어. 우리 쪽 치료제까지 필요한 이유가 뭘 것 같아? 뉴욕의 바이러스에 유전자 변이가 일어났을 경우를 대비해서 예방 접종을 하려는 거야." 그는 비숍 하나를 폰의 방어벽 뒤로 옮긴다.

"해병 한 명이 말해 줬는데, 자기네가 뉴욕에서 사람들이 죽는 걸 방치하고 있댔어. 그렇다면 대체 무슨 이유로……."

브레인박스가 대답한다. "뉴욕에 대해서는 계획이 있을 거야. 때가 아닐 뿐이지. 네 차례야."

나는 오른쪽 나이트를 옮겨 브레인박스의 퀸과 비숍을 동시에 노린다. 브레인박스를 앞섰다는 사실에서 뱃속에 만족스러운 흥겨움이 차오른다. "돌아가서 치료제를 공급하기 전에 우선 상황을 확인하려는 것뿐일지도 모르잖아."

브레인박스는 대꾸한다. "물론. 저들이 우리 친구일 수도 있지. 그래, 믿어야 할지도 모르지. 우리가 받은 메시지를 공개해서 저들과의 신뢰를 다지는 편이 나을 수도 있겠지." 그는 퀸을 위험한 자리에서 끌어내고, 내가 비숍을 잡아먹으려 하는 순간 덧붙인다. "체크."

그는 눈을 깜빡이며 나를 바라본다.

"내가 진 거지?" 내가 말한다.

"그래, 네 수 남았어."

"메시지를 보고하고 싶지는 않아."

"나도 그래. 기다리면서 지켜보는 게 낫지."

저녁이 되자, 로즌 소장이 다시 등장한다. 이번에는 심문관은 없다. 그는 우리 질문에 대답하러 왔다고 말한다. "내 힘닿는 데까지 말이다."

브레인박스가 되묻는다. "아는 걸 전부 말해 준다는 건가요, 아니면 알아도 되는 걸 전부 말해 준다는 건가요?"

로즌 소장은 브레인박스의 눈을 똑바로 바라보며 웃음 짓는다. "어딜 가도 권리를 따지는 친구가 꼭 하나씩은 있지. 그래, 너는 똑똑하다고 하더구나. 너 같은 사람들은 쓸모가 있지."

브레인박스가 대꾸한다. "어떤 쓸모요?"

"나라를 다시 세우려면 할 일이 아주 많거든."

그리고 그는 우리에게 이야기를 들려주기 시작한다. 종종 멈추고 할 말과 못할 말을 고르기도 하는 모습이, 현 상황을 놓고 구술 편집을 하는 느낌이다.

그래, 대통령은 있다고 한다. 인터넷을 이용한 직접 투표로 선출된 사람이다. 상하 양원도 존재한다. 주는 사라졌어도 해외 정착지를 재분할했기 때문이다. 정부는 하와이에 있으며, 인구의 약 절반가량도 하와이에 거주한다. 나머지 인구는 영국에 있다. 재건 위원회가 한 나라의 국경 안에 흩어져 있는 다른 나라를 관리한다는, 불가능에 가까운 업무를 수행하고 있다.

우리는 영국이 무엇을 얻는지를 묻는다. 종합해 보면, 영국은 미국의 총체적 군사력을 얻은 셈이다. 특히 세계 역사상 가장 강력한 해상 병력이자 세계 무역을 좌지우지할 수 있는 미 해군이 가장 중요하다. 하지만 관점을 바꿔 보면, 마치 미국인들이 무력으로 위협해서 노른자위 땅을 손에 넣은 것처럼 보인다. 비가 좀 많이 내리는 땅이긴 하지만. 그러나 또다른 관점에서 보면, 어쩌면 양키와 브리튼인 사이의 친밀감으로 앵글로-아메리칸 제국을 부활시킨 것으로 볼 수 있을지도 모른다.

세계는 훨씬 위험한 곳이 되었다. 온갖 대리전과 대 게릴라전으로 가득했던 1990년대와 2000년대는, 돌아보니 평화롭고 행복한 시대에 지나지 않았다. 한국과 우크라이나에서는 전면전이 벌어졌다. 중국의 경제는 물건을 팔 미국인이 사라지자 그대로 곤두박질쳤고, 중국은 결국 영미와 맞서 석유를 놓고 다투다가 러시아와 동맹을 맺었다. 미국이 지원해 주던 중동의 온갖 왕정과 독재정과 과두정은 무장 반란에 신음하기 시작했다. 수니파 칼리프 하나는 석유를 무기로 사용하기를 원했다. 그러자 시아파 칼리프가 등장해 그들과 맞서 싸웠다. 여기서 가장 중요한 의견 불일치는 1400년 전의 예언자인 무함마드의 진정한 계승자가 누구냐 하는 문제인 모양이었다. 어쨌든 시아파와 수니파의 전쟁 덕분에 미국은 호르무즈 해협을 점령할 기회를 얻었다. 이제 중동의 석유를 팔고 싶은 사람은 반드시 재건 위원회를 경유해야 하는 상황이 되었다. 때론 칼리프 왕조들이 수출 흐름을 멈추어서 온 세계가 긴장에 숨죽일 때도 있다.

로즌의 말에 따르면 미국 땅으로 돌아갈 계획이 이미 존재한다고 한다. 우리는 언제냐고 묻는다. 그는 머지않았다고 답한다. 그러나 그 말뿐이고, 아무리 미끼를 드리워도 그 이상은 나오지 않는다.

우리가 새 기숙사로 옮긴 다음 날, 해병 몇 명이 등장해서 우리를 비행 갑판으로 데려다준다. 우리는 신선하고 짭조름한 공기를 마시고 갈매기 떼를 구경한다. 머지않아 갑판 산책은 매일의 일과가 된다. 바다는 20층 아래에서 푸르게 물결치며 날카롭게 벼린 수평선까지 이어진다. 항공모함 타격단을 구성하는 보다 작은 배들이 적당히 거리를 벌리고 떠 있다.

도망칠 가능성은 아예 없는 듯하다. 나는 실제로 도망치고 싶은지를 고민해 본다. 감금당한 상태기는 해도, 젖지 않고 따뜻하게 지내며 배불리 먹을 수 있는 곳이다. 적어도 당장 나를 죽이려 하는 사람도 없다. 언제 최후를 맞이할지 모르는 삶이 아니라는 것만으로도 내게는 엄청난 사치다. 그래, 여기 처박혀 보내도 상관없다. 영민한 정신과 유연한 몸과 부드러운 입술을 가진 돈나가 함께 있는 이상은.

다른 사람들도 몸무게가 늘고, 흉터가 사라지고, 긴장한 자세가 풀리고 있다. 심지어 우리가 선장이라 부르는 친구도 이곳 상황을 즐기는 듯하다. 그는 해병과 선원들에게 온갖 질문을 던지며, 바다의 삶에 관한 일이라면 뭐든 흡수하려 한다. 할렘에 있는 그의 부족과 연대가 약해지는 모습이 눈에 보일 지경이다. 가끔 그 연대를 언급할 때마다, 그는 갑자기 예민해져서는 부루퉁하고 험악하게 대응하곤 한다.

한번은 승무원들이 훈련하는 모습을 참관하기도 했다. 색이 다른 제복으로 편을 나누어, 갑판에 늘어진 착함(着艦) 구속 케이블을 풀어서 교체하는 훈련이었다. 수많은 남자와 여자들이 조를 짜서 정신없이 서두르며 움직이는 가운데, 해병 한 명의 권총이 바닥으로 떨어져 미끄러지더니 그대로 선장의 발치에 와서 멈췄다.

여기로 끌려온 이후, 우리의 손이 닿는 거리에 총이 들어온 것은 이번이 처음이었다. 얼마 전까지만 해도 우리에게 무기란 자유 또는 자유를 얻을 가능성, 자신의 삶에 자율성을 행사할 가능성과 같은 의미였다. 모두의 시선이 총을, 그리고 뭔가를 골똘히 생각하는 선장을 향했다.

그는 뒷짐을 진 채로 해병이 총을 가지러 올 때까지 기다리기만 했다.

나는 다른 사람과 눈을 마주칠 때마다 상대방의 눈빛을 살피며, 뭔가를 암시하는 신호를 찾으려 애쓴다. 그러나 아무것도 발견할 수 없다. 나는 이미 때를 놓친 모양이라고 자신을 설득한다. 이제는 돈나와 소꿉장난을 하고, 다른 친구들과 체스를 두고, 바다를 감상하고, 온몸의 힘줄이 다시 이어져 제자리를 찾아 들어가는 것을 기다리는 것 말고는 할 일이 없다고 말이다.

상부 갑판 아래에는 격납고가 있다. 탁 트이고 널찍한 공간으로, 거의 대성당만큼 거대하다. 사용하지 않는 제트기 주변으로는 승무원들이 운동하는 비공식 달리기 코스가 있고, 그 한쪽 옆의 칸막이벽에는 농구대가 설치되어 있다. 선장은 해군 경비병들과 뭐라고 허튼소리를 하더니 농구 시합을 주선해 버렸다. 우리의 생활 환경을 보다 인간적으로 만들어 주려는 소장의 압력이 느껴졌다.

농구에 별 흥미가 없는 돈나와 브레인박스는 감시병을 달고 격납고 갑판을 산책하는 쪽을 택한다. 수를 맞추기 위해서, 우리는 휴식 중인 승무원을 적당히 데려다 팀에 끼운다.

나는 피터의 농구 실력에 깜짝 놀란다. 그는 어깨를 으쓱한다. "나는 두 가지 고정 관념 사이에 끼어 있는 셈이라고. 양쪽 모두 거역하고 싶지만 상호 배타적이라서. 게이라서 농구를 못해야 마땅하지만 흑인이니까 농구를 잘할 수밖에 없잖아. 하지만 어쩌겠어? 온 세상이 내 농구 실력을 감상할 수 없게 만드는 건 너무 잔인한 일이잖아." 그는 슬쩍 몸을 돌려서 가볍게 점프숏을 성공시킨다.

하프코트 시합이라는 중대한 임무 앞에서 천성적인 경쾌함과 장난스러운 태도도 자취를 감추고, 피터는 온갖 험악한 소리를 내뱉기 시작한다. 그러나 경기가 끝나자, 그는 평소처럼 유쾌한 모습으로 돌아와서 사교적 뉘앙스를 강조하며 말한다. "어울릴 사람은 언제든 환영이야." 사실 그는 이미 승무원 한두 명에게 추파를 던진 모양이다. 친목을 나눌 기회가 거의 없다는 점을 생각하면 대단한 일이다.

따라서 어느 잘생긴 젊은 승무원이—아무리 봐도 열여덟 이상으로는 보이지 않는다—내 옆에 앉아서 말을 걸자, 나는 잠자리 권유가 아닌가 하는 생각부터 한다. "이런 기회가 좀 자주 있었으면 좋겠어." 그는 슬쩍 내 쪽으로 몸을 기울이며 이렇게 말한다.

"그러게." 게이가 내게 수작을 거는 상황이 그리 탐탁지는 않지만, 나는 오해를 사면 정신적으로 괴로워하는 부류다. 악감정으로 이어질 수 있는 경우라면 더욱 그렇고. "그렇긴 한데, 음, 지금 상대를 조금 잘못 고른 게 아닐까 싶어."

"아니, 전혀 잘못 고른 게 아니거든. 혹시 십자말풀이 좋아해?" 그렇게 묻는 순간, 나는 그의 정체를 깨닫는다. 얼른 눈을 돌려 널찍하고 휑한 격납고 안을 둘러보지만, 아무도 우리 쪽으로는 관심을 기울이지 않고 있다.

생김새를 보면 돈나가 말했던 그 남자인 것이 분명하다. 저항군에서 찾아왔다는 한밤중의 손님 말이다. 그리고 나는 이 상황이 기쁜지 아닌지 판별할 수가 없다.

나는 묻는다. "원하는 게 뭐야?"

그가 대답한다. "너하고 같은 것이지."

"그래? 그게 뭔데?"

남자는 웃는다. "저들이 영상을 보여 줬지? 그러니까 그 뭐냐, 광고 말이야."

"그래."

"어땠어?"

"어떻기는……." 나는 잠시 생각을 고른다. "어딘가 잘못되어 있는 느낌이었어."

"잘못되었다고 생각했다면 제대로 본 거야." 그는 내가 대화를 다음 단계로 이끌어 가기를 기대하는 눈으로 나를 바라본다.

"잠깐. 나는 지금 상황을 아예 모른다고. 저들이 원하는 것도 모르고 너희가 원하는 것도 몰라. 내가 아는 거라고는……."

나는 고개를 돌려 느릿하게 바스켓을 향해 날아가는 농구공을 바라본다. 만족스러운 출렁 소리가 나며 그물이 활짝 피어났다가 다시 오므라든다.

순간 끝없이 슬픈 느낌이 찾아온다. "난 그냥 살고 싶어. 자유로워지고 싶고. 알겠어? 이젠 좀 쉬고 싶다고. 이제 돌아가고 싶……."

"집으로?"

나는 고개를 젓는다. "아니. 집은 이제 없으니까. 빌리지도 학교도 엄마도 아빠도 워싱턴도 없는데 그게 무슨 집이야. 전부 죽었다고. 집이란 대학이나 일자리나 미래나 그런 것들을 생각할 수 있는 곳이었어. 이제 그런 건 영원히 끝났잖아. 나도 모르겠어. 저들이 나를 영국으로 데려갈까? 아니면 하와이나 그런 곳으로? 저들이 시키는 대로 하고 얌전히 피도 내놓고 질문에 전부 답하기만 하면?" 사실 옆자리의 남자에게 하는 말이라기보다는 혼잣말에 가깝다.

그러나 그는 대답한다. "아니."

나는 누군가의 손에서 공이 튀어 나가는 모습을 지켜본다. 당연히 아니겠지.

"저들이 어떻게 할지 설명해 줄게. 저들은 너희를 실험동물처럼 가둬놓을 거야. 역병 지대를 살아서 헤쳐 나온 최초의 아이들이잖아. 네 친구와 플럼아일랜드에 있던 변태가 직접 만든 해독제를 이용해서."

그도 다른 사람들만큼은 알고 있는 모양이다.

그가 말을 잇는다. "어쨌든 저들은 들어가도 안전하다는 확신이 들 때까지는 네 피를 계속 뽑아 대겠지. 하지만 들어가기 전에 우선 뭘 할 것 같아?"

나도 짐작이 가지만, 그가 말을 꺼내도록 기다린다.

"일단 그곳에 남은 사람들이 전부 죽을 때까지 기다릴 거야. 뉴욕뿐 아니라 미국 전역에서."

"사람들이 그런 걸 놔둘 리가 없잖아. 그런 짓을 벌이는 걸 알기만 하면……."

"모르니까. 생존자가 있다고 짐작하는 사람조차 얼마 안 돼. 그것도 먹이 사슬의 꼭대기에 있는 작자들뿐이지. 저들은 질병의 수명 주기를 일부러 잘못 보고했어."

"하지만 거기 있는 아이들도…… 전부 미국인인데……."

"아, 오해하지 마. 저들도 별로 즐겁지는 않을 거야. 게다가 전부 선의로 가득하고." 그는 경멸하는 웃음을 머금었다. "하지만 그 선의를 실천할 수는 없는 거지. 위험이 너무 크고 보상이 너무 귀중하거든. 저들은 '그 병'이 남은 인간 연료를 전부 태워 버리도록 방치할 생각이야. 반쯤 야생화된 여드름투성이 부랑아들을 구하느라 귀중한 자원을 낭비하기는 싫으니까."

"무슨 보상?" 나는 피터가 골대 밑에서 공을 잡아 드리블한 다음, 한 발짝 물러났다가 그대로 몸을 돌려 슛을 쏘는 모습을 지켜본다. 문득 소용돌이 같은 대화에서 벗어나서, 코트로 나가 게임의 육체적 문법에 정신없이 빠져 위안을 얻고 싶은 기분이 든다.

그는 내 말을 따라 한다. "무슨 보상이냐고? '그 병'이 뭔지 얘기해 주기는 했어?"

나는 고개를 끄덕인다. "생물학 병기라며. 지휘 통제 체계를 파괴하는 물건."

"하지만 물리적 자산은 남지. 공장. 광산. 유전."

나는 잠시 그 말을 곱씹어 본다. "자원을 차지하러 돌아오는 거구나."

"결국 그렇게 되겠지. 우선 남은 불쏘시개를 '그 병'이 태워 없앨 때까지 기다린 다음에, 찌꺼기를 긁어내고 아무 일 없었던 것처럼 살아가는 거야." 그는 육중한 격납고 철문 밖의 바다를 내다본다. "할리버튼 같은 데서 좋아할 만한 일거리지. 엄청난 규모의 청소 계약이잖아?"

"하지만 그건……."

"왜, 나쁜 짓이라고? 사실 별로 그렇지도 않아. 그러니까 내 말은, 나쁜 짓에 속하긴 하지. 하지만 저들이라면 그럴싸하게 정당화시킬 수 있을 거야. 관점을 바꾸고, 도식을 재구성하고."

나는 묻는다. "어떻게 한 거야? 아니, 해군이든 육군이든 어디든, 어떻게 본국도 보급도 없이 이런 일을 계속……."

"아, 이런. 좋아. 너희 민간인들이 세상이 어떻게 돌아가는지 아예 모른다는 점을 잊고 있었네. 일단 미 해군은 역사상 가장 강력한 무력 집단이야. 아예 급수 자체가 다르다고. 그 아래 13개 국가의 해군을 합친 것보다도 규모가 커. 항공모함이 10대가 있지. 이건 원하면 어디든 불지옥으로 만들 수 있는 이동식 공군 기지가 10개가 있다는 소리야. 3700기의 항공기. 72척의 잠수함. 진주만 외에도 33군데의 기지가 있어. 이게 무슨 뜻인지 알겠어?"

"통제할 수 있다는 뜻이겠지."

"그런 셈이야. 아니, 그 이상이지. 우리 허락이 없으면 아무도 바다를 건널 수 없어. 우리는 세계 무역의 목줄을 쥐고 있다고. 누군가 우리 연료와 보급을 끊으려 든다? 그럼 해병대를 보내는 거지. 빌어먹을, 끝장이라고." 반대하려고 애쓰기는 해도, 그 힘 자체에 끌리는 마음을 억누를 수 없는 것처럼 보인다.

"좋아, 그래서 저들이 악의 제국이라는 말이지. 그럼 너희는 뭐야. 저항군인가?"

그는 대꾸한다. "뭐든 〈스타워즈〉로 비유할 수 있으니 참 편하지? 글쎄, 정확히 같다고는 못하지. 당연하지만 그것보다는 복잡한 상황이거든. 하지만 일단 지금은 그걸로 갈까. 그러면 나는 제다이인 셈이잖아."

"너도 돌아가고 싶은 거지." 속이 거북해지는 느낌이 들었다.

"너희가 나하고 함께 돌아가 줬으면 좋겠어."

"왜?"

"내가 잘못 고른 건가? 너는 세상을 더 나은 장소로 만들려고 애쓰는 부류인 줄 알았는데." 그는 나를 표본대 위의 나비처럼 뚫어져라 바라본다. "워싱턴스퀘어의 네 친구들을 구하려면 돌아가야 해. 나머지 사람들도 마찬가지야. 이런 거짓이 아니라 진짜 삶을 원한다면 돌아가야 한다고." 그는 주변의 군복을 걸친 사람들과 잠들어 있는 병기들을 손짓하며 말한다. "그리고 너도 자유를 찾아야지. 네가 자유로워질 수 있는 길은 이것뿐이라고, 제퍼슨. 어떻게 말하면 네가 자유로웠던 건 워싱턴스퀘어에 있었던 때뿐이잖아. 그때는 몰랐겠지만."

나는 워싱턴스퀘어에 있는 나의 부족을 떠올린다. 무장 캠프에서 쓰레기를 뒤지며 하루하루 생존하려 안간힘을 쓰는 200명의 아이들을.

나는 말한다. "너흰 대체 뭐야? 여기서 뭘 하는 거고? 너희를 신뢰하고 이런 결정을 내리려면, 너희에 대해서 알아야 하지 않겠어?"

"좋아, 우리가 누군지 말해 주지. 우리는 무시당한 자들이야. 이용당한 자들이고. 나머지 99퍼센트에 속하는 자들이야. 중동 곳곳에서 총알받이가 된 자들이야. 희생당한 졸개들이라고. 그리고 우리는 모든 곳에 있어. 이 배에도, 하와이에도, 영국에도, 온 세계에 말이야. 우리도 너희와 같아. 다만 우리는 훨씬 예전에 버려졌다는 점이 다를 뿐이지. 나는 몇 군데 불사신 거대 기업의 막대한 이익 때문에 미국 전역의 수백만 아이들을 죽게 놔둬서는 안 된다고 생각해. 넌 어때?" 그는 성난 기색으로 거침없이 말을 잇는다.

뇌리에 남는 말이다.

그는 말한다. "사흘이야. 준비하고 있어. 기회는 한 번뿐이니까. 우리쪽 사람들이 전부 준비를 마쳐 놨지만, 근무표를 정확하게 꾸미는 일은 쉽지가 않았어."

"아직 하겠다고는 안 했는데." 나는 금속 바닥을 내려다본다. "너를 믿을 수 있는지조차도 잘 모르겠어."

"그럼 밀고해. 내 목숨이 네 손에 달린 셈이잖아. 그 정도면 충분히 신뢰할 만하지 않아? 어차피 결정은 네가 하는 거야. 나를 고발하든가, 나

를 도와서 함께 나가든가, 아니면 입 다물고 있든가. 사실 어떻게 결정
하든 입은 되도록 다물어 줬으면 좋겠어."

"다른 친구들은⋯⋯."

"개별적으로 접촉하고 있어. 너희 선실에서 이런 이야기를 꺼내지는
마. 도청당하고 있거든."

"네 이름을 알려 줘." 어쩐지 의미가 있을 듯하다.

"채플이야." 그는 자리에서 일어나 농구공을 몇 번 던진다. 이윽고 우
리를 다시 데려갈 해병들이 도착한다.

돈나

    여자 사관 후보생이 '헤드'에서 나를 만나서 (이 배에서는 화장실을 '헤드'라고 불러. 정말 끔찍한 이름이잖아. 다른 사람의 머리에 대고 소변을 보는 느낌이 든다고) 뉴욕으로 돌아가는 계획을 알려 준 뒤로, 나는 계속 다른 아이들을 바라보며 접촉한 기색이 있는지를 읽어 내려고 시도하고 있어. 다른 아이들하고 의논하면 안 된다더라고. 그들, 그러니까 우리를 사로잡은 해군이자 동시에 해군이 아닌 '그들'이 (아마 이제는 용병에 가까운지도 모르겠어. 어쩌면 한밤중에 찾아온 그 자식의 말대로 그 뭐냐, 군사 독재를 하는 중일 수도 있고) 우리를 계속 지켜보고 엿듣고 있다는 거야. 그래서 나는 그냥 눈을 조금 크게 뜨고 친구들을 살펴보면서 그 뭐냐, "그래, 나도 알아."라는 반응을 확인하며 다녔지.

    브레인박스는 언제나 그렇듯이 도통 읽을 수가 없어. 플럼아일랜드에서 우리를 배신할 때도 아무것도 알아챌 수 없었으니까. 사실 그래서 다행이었지. 브레인박스는 그때 우릴 배신한 척하고 올드맨도 배신했거든. 그러면 쌍배반이 되는 건가, 역배반이 되는 건가. 계산 방식에 따라 다르겠지, 뭐. 어쨌든 그 덕분에 우리 모두 목숨을 구하긴 했어. 그래도 브레인박스에게 뭔가를 털어놓을 기분은 여전히 안 드네.

테오는 쿨하게 무심한 척하는 데 능숙한 사람이라, 글쎄, 연락을 받았는지 알 길이 없어. 하지만 피터는 뭔가 벌어지고 있다고 들은 게 분명해. 내 표정에 그대로 반응해 최고의 가십거리를 들은 것처럼 "거어어어어얼" 하고 노래하는 꼴을 보면, 아무래도 알린 게 실수인 것 같지만. 그러더니 다음에는 입에 자물쇠를 채우고 열쇠를 뒷주머니에 넣는 시늉을 하는 거야. 딱히 조심스럽다고는 못 하겠네.

제퍼슨의 경우에는 이야기를 꺼내기가 더 쉬워. 군함 한복판의 아늑한 회색 사랑의 둥지에서, 비좁은 침대에 함께 몸을 붙이고 지내는 사이니까. 나는 그의 귀에 입을 붙이고 이렇게 말해. "우리 어떻게 할까?"

이렇게 해서 기묘한 대화가 시작돼. 그 뭐냐, 한 사람이 상대방의 귓가에 뭐라 속삭이고, 서로 얼굴을 마주하고 바라보다가, 이번에는 상대방이 귓가에 대고 속삭여 대답하는 거야. 가운데서 전달해 주는 사람 없이 전화 놀이를 하는 것 같지.

제퍼슨: "해야 할 일을 해야지."

흔한 상황이야. 제퍼슨은 맨날 그 뭐냐, 의무와 책임과 공공 봉사 따위만 생각하거든.

나: "제발 돌아가고 싶다고는 말하지 말아 줘."

그는 내 눈을 바라봐. 그리고 내 귓가로 입을 가져가.

제퍼슨: "돌아가고 싶지 않아. 하지만 우리가 돌아가지 않으면…… 모두가 죽는걸."

여기에는 제대로 답할 말이 없어. 적어도 큰 소리를 내지 않고서는. 지금 생각나는 답이라고는 '좋아, 하지만 우리는 어쩌고?' 정도겠지만 그 말은 입 밖에 내지 않아.

나는 온갖 위험과 고통과 악취로 가득한 그곳으로 돌아가고 싶지 않아. 지금 탈출해 있기 때문이 아니야. 내 목숨과 제퍼슨의 목숨을 두고 두려워 떨고 싶지 않아서야. 그냥 제퍼슨과 함께 여기 영원히 누워 있고 싶어. 아니, 영원까지는 아니라도 최대한 오랫동안.

그리고 살고 싶기도 해. 이게 잘못된 걸까? 어딘가 가 보고 싶어. 세상을, 아니면 적어도 남은 세상을 구경하고 싶어. 조용한 카페에 앉아서 일기장에다 내키는 대로 헛소리를 지껄이고 싶어. 온라인에 들어가서 노래를 사고 싶어. 개 산책을 시키고 싶어. 트위터도 하고. 아이도 가지고. 우리가 조금 전 떠나온 대재앙 후의 황무지에서는 어떻게 봐도 이런 일들은 무리일 것 같잖아.

지금 일어나야 하는 일이 뭔지 알아? 여기 해군 작자들이 해독제를 잔뜩 긁어모아 문제를 해결해 주는 거야. 브레인박스가 방법을 알려 줄 수 있잖아. 아니 뭐, 지금 살아 있는 걸 보니 방법이야 알고 있었겠지. 채플은 '형질 전환'인가 뭔가 이야기를 했었는데, 형편없는 포스트펑크 밴드처럼 들리는 이름이지. 어쩌면 '그 병'도 돌연변이를 일으켜 다른 뭔가로 변하고 있던 걸지도 모르니까, 돌아가기 전에 새로운 변종에 확실히 면역이 되고 싶었던 걸지도 모른다는 거야. 어쨌든 형질 전환 따위가 있든 없든, 좀 배짱 있게 뉴욕항이든 어디든 배를 몰고 들어가서 사람들을 돕기 시작해야 하는 상황이잖아. 뉴욕의 아이들은 나머지 세계가 살아남앗다는 사실조차 들어 본 적이 없다고.

문득 고약한 생각이 머릿속을 파고들어. 그러니까, 심문관 에드나 얄딱구리얼굴 장군을 붙들고 무슨 일이 벌어지는지 알려 주자는 거야. 그 채플이라는 자식하고 저항군을 밀고해 버리는 거지. 그러면 아무도 돌아갈 필요가 없을 테고, 제퍼슨과 우리 친구들을 안전하고 말끔하게 보호할 수 있잖아.

하지만 그런 비열한 행동은 엄두가 안 나. 그래서 나는 지금 할 수 있는 유일한 말을 해. 사랑에 빠지면 다 이렇게 되는 거지.

나: "네가 어디로 가든, 나도 함께 갈게."

그들은 말한 대로 사흘 후가 아니라, 이튿째 밤에 등장해. 시각은 새벽 4시를 넘었어. 저들이 마침내 시계를 준 덕분에, 얼마나 끔찍한 시간에 왔는지 확인할 수 있지. 몇 년 동안 식은땀을 흘리고 조바심 속에서 기상하며 살았으니 이젠 잠을 좀 보충해야 하는데 말이야. 채플이 철문 앞에 등장해서 금속 벽을 두드리지만, 나는 잠시 내가 누구고 여기서 뭘 하고 있는지 기억해 내지 못해.

나: "너무 빠르잖아!"

하지만 알고 있어. 두근거리는 가슴이 내게 일러 주니까. 이제 출발이라고.

채플: "미안해. 너희들 중에서 동전을 흘리고 온 사람이 있을지도 모르니 추가로 조심한 거야."

저건 또 어느 동네 말이람.

라운지로 나오니 다들 똑같이 피곤한 얼굴로 일어나 있어. 출구 문 앞에는 평상복을 느슨하게 차려입고 수염을 기른 남자가 보조 부속을 잔뜩 매단 카빈 소총을 끌어안고 기다리고 있어. 그는 바깥 복도를 눈으로 한번 슥 훑어봐.

선장이 여자 사관 후보생하고 말다툼을 벌이고 있네.

사관 후보생: "너도 따라와야 해. 전부 가거나 아무도 안 가거나야."

선장: "그럼 아무도 못 가겠군. 여기가 내가 있을 장소야."

테오: (선장을 노려보며) "그럼 우리 고향은 어쩔 건데?"

선장: "친구, 난 끝났어. 고생은 충분히 했잖아? 난 안 돌아가."

순간 나는 깨달아. 내가 처음 선장을 만난 건 그의 배 '애니호'에서였지. 섬 아이들이 배를 가져가서 불태운 후로, 그는 내내 슬퍼하고 있었던 거야. 그러다 항공모함에 올라타니 기분이 좋아졌겠지. 바다와 온갖 기계와 규율까지 있으니까. 평생 다시없을 기회를 잡은 셈이지……. 그래, 그걸 부인할 수는 없겠네.

선장은 몸을 돌려서 자기 침대로 돌아가.

사관 후보생이 권총을 꺼내서 그를 겨눠.

나: "하지 마!"

테오가 총을 붙들고, 두 사람은 몸싸움을 시작해. 수염 남자는 카빈총을 들어. 순간 싸움 직전의 험악한 상황이 펼쳐지지만, 채플이 쉿 소리를 내면서 다들 멈추게 만들어.

채플: "그런 짓은 할 수 없어. 우리는 그런 짓 안 해."

이제 선장도 우리를 돌아보고 있네.

채플: "네가 경보를 울리면 우린 전부 죽는 거야."

선장: "엿이나 먹으셔, 친구. 내가 경보를 왜 울려."

수염: "어떻게 하든 이젠 결정을 내려야 해."

그래서 우리는 선장을 두고 가기로 결정해. 테오는 그를 증오하는 것처럼 노려보고 있어. 다음 순간, 증오의 끈이 끊어진 것처럼 그는 선장에게 가서 작별의 포옹을 나눠. 우리를 돌아보는 그의 눈에서는 분노의 눈물이 흐르고 있어. 선장은 고통스러운 결정에 얼굴이 일그러진 채로 우리 쪽으로 손을 내밀어 작별 인사를 해.

우리는 서둘러 금속제 복도를 따라 움직여. 이번만은 불빛이 흐릿하네. 주변에는 아무도 없는 것 같아. 나는 계속해서 문지방에 정강이를 부딪혀. 조용하고 절제된 공황의 느낌이 사방에 흐르고 있어.

사다리, 계단, 철문. 채플은 능숙하게 장애물을 하나씩 통과해. 그리고 갑자기 우리 눈앞에 비행갑판이 등장해.

해뜨기 전의 진보라색 불안한 어둠 속이지만 여기저기서 사람들의 소리와 움직임이 보여. 주변에서 예열 중인 커다란 제트 전투기의 엔진음이 마치 끝없는 비명처럼 울리고. 터무니없이 널찍한 활주로 위에서 색색의 점프슈트를 입은 사람들이 전투기를 둘러싸고 바쁘게 움직이고 있어. 묵직한 착함 구속 케이블 지지대가 근처에 보이네.

채플이 신호를 보내자, 어디선가 누가 케이블을 풀어. 케이블이 끔찍한 철컹 소리를 내면서 고정대에서 풀려 나가 갑판을 꿈틀대며 가로질러. 사람 허벅지만큼 굵은 금속 밧줄이니, 맞으면 목숨이 위험하겠지.

고함과 명령이 오가며 소란이 일어나고, 승무원들은 습관에 따라 반사적으로 서둘러 상황을 정리하기 시작해. 채플은 우리에게 갑판을 건너자고 손짓하고.

서둘러 움직이는 동안, 발밑의 바다가 심하게 흔들리는 게 느껴져. 주변의 다른 배들이 오르내리는 것이 보이네. 꼭 지진의 충격파를 맞은 건물 같아. 내가 비틀거리자 제퍼슨이 내 팔을 붙들고 일으켜 세워 줘.

우리는 커다란 헬리콥터의 프로펠러 영향권 안으로 들어가. 로터가 돌아가며 내 머리카락을 뒤로 날리고 온갖 감각을 먹먹하게 만들어. 기름을 넣는 중인지, 구불구불한 고무관이 따개비처럼 배에 찰싹 붙어서 연료를 펌프질해서 넣어 주고 있어. 테레빈유 냄새에 숨이 막히네.

말다툼이 진행 중이야. 아니, 전혀 진행되지 않고 있다고 할까. 노란 헬멧에 노란 웃옷을 입은 선원이 클립보드에 끼운 종이다발을 가리키고 있어. '수속 허가'라는 단어는 알아들을 수 있네. 반대편에서는 해병 하나가 소리를 지르고 있어.

채플은 거의 멈추지도 않고 주머니에서 길쭉한 물체를 꺼내서 노란 옷의 목에 가져다 대. 파직 하는 소리와 함께 보라색 불똥이 튀더니, 선원은 그대로 땅으로 엎어져. 채플이 헬리콥터의 정사각형 문으로 들어가라고 우리에게 손짓해.

들어가자마자 총성이 울리기 시작해. 채플은 화물칸 한쪽 구석으로 서둘러 달려가.

얄딱구리얼굴 장군이 래칫 스트랩으로 동체에 단단히 묶여 있어. 입에는 덕트 테이프가 붙어 있고. 얼굴은 벌게져 있으시네.

해병이 힘겹게 자리에서 일어나지만, 다음 순간 거친 총소리가 울리면서 뒤로 넘어져. 수염 남자가 내 어깨너머로 총을 쏜 거야. 총성 때문에 아무것도 들리지 않아.

따라서 이후 잠시 동안은 모든 일이 음소거 상태에서 벌어져.

우선, 나는 철문 너머의 해병을 바라봐. 피가 흘러나와 고이고 있어. 나는 뒤이어 미끈거리는 다른 액체가 피에 섞이고 있다는 걸 깨달아. 연료야. 구멍 난 고무관에서 새어 나오고 있는.

다음으로 그리 멀지 않은 곳에서 타오르는 불길을 목격해. 하얀 제복을 입은 승무원 몇 명이 소화 호스를 가지러 달려가고 있어. 게다가 해병 분대는 헬리콥터에 총을 겨누고 있고.

연료 호스를 따라 불길이 일어나는 모습이 보여.

연료 호스가 아직 헬리콥터의 동체에 연결되어 있으니, 불길이 타고 올라올 것이 분명하지.

그래서 나는 헬리콥터에서 뛰어내려. 그리고 갑판 위를 허우적거리며 연료 호스가 연결된 접속부로 달려가.

호스의 끄트머리를 붙드는데 손이 미끄러져. 계속 호스를 잡아당기는 동안에도 불길은 점점 가까워져 오고 있어.

그래서 나는 이걸 처리하고 서둘러 헬리콥터로 돌아가는 대신, 그냥 이걸 빼내서 내가 죽더라도 다른 친구들을 구해야겠다고 마음먹어.

뒤편에서 고함이 들려서 뒤를 돌아보니, 제퍼슨이 헬리콥터의 문에서 몸을 내밀고 있어. 수염 남자하고 채플이 그를 붙들고 있고. 내 이름을 소리치고 있네.

호스 끝의 고정용 고리를 비트니까, 만족스러운 달칵 소리와 함께 주입기가 떨어져 나가. 호스가 떨어지는 순간 불이 옮겨붙고, 호스는 갑판 위로 불길을 뱉어내기 시작해.

채플이 조종사에게 뭔가를 소리치자 헬리콥터는 갑판에서 날아올라.

그리고 나는 그 자리에서 미끄러져 쓰러지면서 갑판에 얼굴을 세게 들이받아. 간신히 돌아누우니 헬리콥터가 열심히 날개를 돌리면서 하늘 저 멀리로 멀어져 가는 모습이 보여.

일어나서 올라타고 싶지만, 다리가 말을 듣질 않네.

그래서 나는 마음속으로 작별 인사를 보내. 낮게 깔린 구름 속으로 사라지는 헬리콥터를 바라보면서.

제퍼슨

나는 계속 돈나를 소리쳐 부르지만, 채플이 나를 문가에서 끌어내고 턱수염 남자가 문을 닫는다. 그리고 그는 나를 채플에게서 떼어 내 기체의 금속 벽에 내던져 버린다. 채플은 기침을 하면서, 내가 그의 목을 졸랐던 곳의 피부를 문지르고 있다.

"당장 돌아가." 여성 사관 후보생의 권총을 들고 피터가 말한다. 그는 채플에게 총을 겨누고, 턱수염은 총신이 짧은 소총을 피터에게 겨눈다.

"너무 늦었어." 채플은 콜록거리며 말한다. "돌아가면 우리 모두 끝장이라고."

"총 내려놔." 수염이 말한다.

피터는 그를 힐끔 바라보지만 총을 놓지는 않는다.

턱수염이 말한다. "그 아가씨는 훌륭한 일을 했어. 순간적으로 영리하게 행동해서 우리 모두의 목숨을 구했지. 그 이상 짐을 지울 순 없잖아."

피터는 눈가를 문지르면서도 여전히 총을 들고 있다. 채플을 정확히 겨눈 채로.

턱수염이 말을 잇는다. "이제는 우리가 할 수 있는 일을 할 차례야. 그 아가씨의 희생을 헛되게 하지 말아야지. 얌전히 총 내려놔, 친구. 지나간 일은 돌이킬 수 없다고."

피터는 총을 내리고 팔 사이에 머리를 묻는다.

나는 상승하는 헬리콥터의 흔들림을 무릅쓰고 몸을 일으킨다. 문 옆의 작은 창문으로 시선을 돌리니 검푸른 유리 바닥 위의 장난감 배 같은 로널드 레이건호가 보이다가, 우리가 구름 속으로 들어가며 시야에서 사라진다. 우리는 허옇고 뿌연 공허에 파묻힌다. 밀어닥치는 바람과 배 속을 울리는 헬리콥터의 가속도를 제외하면 어디로 가고 있는지조차 짐작할 수 없다. 그리고 '돈나가 여기 없어'라는 생각은 녹아내려 '두 번 다시 돈나를 볼 수 없을 거야'로 변해 버린다.

아무것도 보고 싶지 않다. 나는 그대로 동체에 기댄 채 미끄러져 한쪽 구석에 쭈그려 앉는다. 벽은 차갑기만 하다.

맞은편에서 로즌 소장이 놀라서 눈을 크게 뜨고 나를 바라본다.

채플은 인질을 잡을 거라는 이야기는 한 적이 없다. 뭔가 잘못된 것은 아닐까 하는 생각이 든다. 그러나 다음 순간 굉음과 함께 헬리콥터가 요동치자, 나는 소장이 우리와 함께 있는 이유를 깨닫는다.

커다란 호넷 해군 전투기가 헬리콥터를 따라잡아서, 수영하는 사람을 추적하는 상어처럼 우리를 스쳐 지나간다. 공중에서 전투기를 당해 낼 재간은 없지만, 소장이 우리와 함께 있으니 저쪽에서도 우리를 제거하기 전에 다시 생각해 봐야 할 것이다.

나는 상황을 점검한다. 피터와 브레인박스가 있고, 수염 기른 냉혹한 살인자와 채플이 있다. 동체 안의 고정 지지대에는 상당히 많은 양의 장비가 있는데, 표식을 보니 탄약, 폭발물, 의료용품 등인 모양이다. 정육면체는 라디오로 보인다. 돌격 소총이 가득한 선반도 있는데, 내게 익숙한 반자동 AR-15가 아니라 M16인 듯하다.

우리가 뉴욕으로 돌아간다는 사실을 기억하자 속이 메슥거리기 시작한다. 팔에서는 아드레날린이 끓어올라도 머리는 단 하나의 생각으로 지끈거린다. 마치 노트북의 대기 상태를 알리는 아이콘처럼 원을 그리며 이렇게 말한다. 그녀는 떠났어, 그녀는 떠났어, 그녀는 떠났어.

그러나 실제로 떠난 것은 내 쪽이다. 애초에 떠나겠다고 결정을 내린 것이 나였다. 그녀는 원래 있던 곳에 남아 있다. 그리고 살아 있다.

몇 주 전, 다운타운 구석에 있는 워싱턴스퀘어에서 출발해서 플럼아일랜드의 납골당까지 여행하는 동안, 나는 끊임없이 자기 보호 본능과 상식에 반하는 죄를 저지르고 있다고 생각했다. 그러나 내 실패는 계속해서 어떻게든 결과를 내 왔고, 나는 잘못된 선택이 누적되면 결과적으로 좋은 상황으로 이어진다고 여기게 되었다. 지금 나는 다시 부족한 쪽으로 떨어졌다. 끔찍한 적자다.

나는 이제 산산이 조각나서 내 무릎 위에 놓인 투명한 희망을 곱씹어 본다. 행복의 결말이란 이런 거겠지.

헬리콥터가 탁 트인 하늘로 나오고, 저 멀리 빛나는 수평선에 롱아일랜드 동쪽의 두 반도가 보인다. 그리고 전투기 중대는 계속 우리를 추적하다가 때때로 우리 쪽 공역으로 침입해 들어온다.

채플이 말한다. "이제 섬이 보이는 곳까지 왔으니 돌아갈 거야. 저쪽에 모습을 보이지 말라는 지령을 받고 있거든."

전투기들은 그의 말대로 떨어져 나가고, 우리는 그대로 전진한다. 조종사는 육지가 면도날처럼 아슬아슬하게 보일 정도로 유지하면서 한참 서쪽으로 경로를 튼다. 나는 채플에게 어디로 가는 것이냐고 묻지만, 그는 못 들은 척한다.

마침내 우리는 하강을 시작한다. 정확하게 급강하해서 파도 위로 날아들고, 뒤이어 가느다란 모래톱을 지나고 고속도로를 넘는다. 철책을 아슬아슬하게 타고 넘은 다음, 갑자기 허공에서 전진을 멈추더니 좀먹은 방수포 아래 작은 프로펠러 비행기들이 줄지어 서 있는 비행장에 착륙한다. 조종을 맡은 사관 후보생이 로터를 끄자 갑작스러운 정적이 내 귓가를 파고든다.

갑자기 방향을 틀어 착륙했는데도, 턱수염은 조금도 당황하지 않고 헬리콥터에서 뛰어내려 얼른 근처 격납고로 달려간다. 그는 커다란 철문 옆 작은 문의 자물쇠를 쏴서 안으로 들어가고, 이내 큰 철문이 열린다. 턱수염이 트랙터 비슷하게 생긴 납작하고 작은 탈것을 몰아서 문을 힘으로 열고 있다. 그는 채플에게 신호를 보내고, 채플은 모두에게 헬리콥터에서 내려 격납고로 들어가라고 지시한다. (명령인지 안내인지는 모르겠다. 우리 입장을 정확하게 모르니까) 장군은 마지막으로 끌려 들어간다. 그는 처음에는 저항하지만, 여성 사관 후보생이 머리를 몇 번 두드려 주자 결국 움직이기 시작한다.

격납고 안쪽은 휑하니 널찍하고, 온갖 기계나 연료 드럼통이 한쪽에 늘어서 있다. 작은 트랙터와 똑같은 기계도 한 대 더 있고, 크기가 다양하고 목적이 짐작되지 않는 다른 여러 탈것도 여기저기 잠들어 있다.

턱수염은 격납고 안쪽에서 긴 쇠사슬을 찾아내고, 그와 채플은 힘겹게 그걸 문밖으로 가져간다. 나도 어느새 그들을 돕고 있다. 우리는 쇠사슬을 헬리콥터 꼬리의 작은 강철제 구멍에 연결하고, 반대쪽을 작은 트랙터에 매단다. 턱수염은 트랙터에 올라 시동을 건다. 쇠사슬이 부하를 견디지 못하고 끊어지려 해서 조금 힘들었지만, 이내 헬리콥터가 격납고로 들어가며 격납고 문도 닫힌다. 우리가 발각될지도 모르는 5분의 시간인 셈이었다. 우리는 여기 질병 왕국의 생존자들은 상상조차 못 할, 저 너머 이세계에서 온 방문자들이니까.

우리는 이후 한두 시간 동안 짐을 내린다. 식량에 텐트에 총기에 탄약에 약품도 있다. 그중에는 치료제로 보이는 물건이 든 상자도 있다.

장군은 한쪽의 함석 벽에 기대어 앉아 있다. 공허하고 무심한 표정이다. 그를 감시하는 것이 사관 후보생의 임무인 것처럼 보이지만, 잠시 후에는 그녀도 더 생산적인 일로 옮겨 가야겠다고 생각했는지 나머지 우리를 도와 짐을 부리기 시작한다.

턱수염은 그럴싸한 잡동사니를 가져와서 공돌이 놀이를 시작한다. 꼬마 모니터처럼 생겼는데, 무광 검은색이라는 점이 다를 뿐이다(아마 군수품은 뭐든 특별히 거칠고 쿨해야 하기 때문일 것이다). 그는 그 물건을 문마다 하나씩 가져다 놓은 다음—격납고 뒤편에도 커다란 철문이 하나 있다—전부 헬리콥터의 배터리에 연결한다. 어쩐지 그게 동작 감지기라는 생각이 들지만, 솔직히 말하자면 그냥 〈에일리언〉에서 보고 떠오른 것일지도 모르겠다. 어쨌든 감지기는 전부 밖을 향하고 있다. 이 말은 저들이 조심하는 외부인이 이곳의 원주민이라는 뜻이다. 비행장 주변의 황무지에서 지금껏 살아남은 아이들 말이다.

나는 이쪽 아이들이 진짜로 야생이 되었을지가 궁금해진다. 플럼아일랜드에서 올드맨 휘하에 있던 10대 초반 아이들처럼, 비디오게임에 빠지고 각성제 비슷한 물건을 만들어 먹고 있을지도 모른다. 그렇다 해도 우리의 무장 수준을 생각하면 별로 위협이 되지는 않을 것이다.

나는 묻는다. "대체 지금 뭘 하는 거야? 연료가 떨어지기라도 한 거야? 얼른 도시로 돌아가야 하지 않아?"

턱수염과 채플은 시선을 교환한다. "문제가 복잡해서." 채플이 말한다.

테오가 대꾸한다. "복잡하긴 뭐가 복잡해. 우리 손에 치료제가 있고 사람들은 아프잖아."

채플이 묻는다. "누구부터 치료할 건데?"

테오는 "할렘."이라고 말하고, 동시에 나는 "워싱턴스퀘어."라고 대답한다.

채플이 말을 잇는다. "바로 이게 문제야. 여기서는 잘 생각하고 움직여야 해. 이 치료제는 사람을 살릴 수도 죽일 수도 있으니까."

테오가 대꾸한다. "그렇지. 나를 살릴 수도 있고 죽일 수도 있어. 내 부족 사람들도 마찬가지고. 너희가 무슨 권리로 그걸 우리한테 안 준다는 거야."

"권리야 있지." 턱수염이 말한다. 나는 여기서 돌격 소총을 들고 있는 사람이 그자뿐이라는 사실을 깨닫는다.

채플이 입을 연다. "제퍼슨, 이 모든 일을 처음 시작한 사람은 너잖아? 워싱턴스퀘어에 있을 때부터?"

"그렇지······."

"저들을, 그러니까 뭐라더라, 할렘의 부족을 완전히 신뢰할 수 있다고 생각해?"

"엿이나 먹어, 이 자식아." 테오가 말한다.

나는 할렘에 도착하여 솔론의 처분을 기다리던 때를 떠올린다. 그는 우리가 치료제를 약속하기 전까지 우리 모두를 죽이려 마음먹고 있었다. 아마 우리가 실제로 치료제를 찾으리라 기대한 것은 아니겠지만, 설령 기대했더라도 자기네 비밀을 누설하기 전에 전부 살해당하리라 예상했을 것이다. 그들이 플라스틱으로 총을 찍어 내서 물량으로 업타우너들을 압도하고 있다는 비밀 말이다.

나는 할렘 쪽과 치료제를 공유하겠다고 솔론에게 약속했다. 그 대가로 플럼아일랜드까지 가는 배편을 얻었다. 그리고 삶을 허락받았다.

나는 말한다. "계약을 했어."

"총구 앞에서 말이야. 내 말 맞지?" 채플은 모든 것을 알고 있다. 아무래도 심문 기록을 전부 읽어 본 모양이다.

그는 테오를 바라본다. 테오는 답할 말을 찾지 못한다.

사관 후보생이 말한다. "구체적인 상황이 바뀌었다고 할 수 있겠네? 그럼 계약 내용도 바뀌어야지."

"이봐, 놈들은 우리를 갈라놓으려 하는 거야." 테오가 말한다.

물론 그 말은 사실이다. 채플은 전술을 바꾼다.

"다음에 무슨 일을 할지 생각해 봐. 아주 잘 생각해야 해. 우리가 그냥 등장해서 모두에게 '그 병'을 치료할 수 있을 뿐 아니라 세상에 남은 사람이 있다고 떠들고 다녔다가는 어떻게 되겠어?"

그래서 나는 생각해 본다. '그 병'이 덮친 이래로, 우리 모두는 시한부 인생처럼 살았다. 게다가 질서나 법이나 정부 따위가 없으므로, 우리는 저마다 부족을 꾸리고 규칙을 세워서 북적이는 작은 영지를 사방에 가득 세웠다. 치료제와 나머지 세계가 겪은 진실—그걸 '지식'이라 부르자—이 알려지면, 모든 게 바뀔 것이다.

모두가 무기를 내려놓고 서로를 포용할 것이라고 믿고 싶다. 전쟁과 강압의 수단을 내던지고 예전과 같은 삶의 방식으로 되돌아갈 거라고 생각하고 싶다. 그러나 내 머리는 상황이 그렇게 예쁘장하게 흘러가지 않을 거라고 일러 준다. 새로운 사회 계약은 피로 적어 내려야 할 것이라고 말한다. 생존이라는 희망의 빛이 문틈으로 비치기 시작하면, 사람들은 서로를 짓밟아 죽이며 그 출구를 향해 달려갈 것이다.

학살극이 일어날 것이다. 치료제는 사람들을 구할 수 있지만, '지식'은 파멸을 가져올 수 있다.

나는 말한다. "알겠어. 말해 봐."

# 돈나

이 커다란 비행기는 좌석이 전부 뒤를 보고 있네. 아마 이 빌어먹을 물건이 사고라도 나면 그게 더 안전해서가 아닐까 싶어. 그러니까 그 뭐냐, 이 비행기는 안락함 따위는 아예 고려하지도 않은 물건이거든. 좌석을 똑바로 세우는 일을 잊을 걱정도 없어. 아예 처음부터 똑바로 선 상태에서 움직이지도 않으니까. 게다가 그 뭐냐, 한 줄에 좌석이 열 개씩 있고. 상업 여객기처럼 인조 가죽을 쓰는 게 아니라 형편없는 플라스틱과 캔버스 천으로 만들어 놓기까지 했어. 기내 오락이야 꿈도 못 꾸지. 볼 것도 할 일도 없이 처박혀 있는데다, 심문관 에드는 어딜 봐도 읽을거리 따위를 빌려줄 분위기가 아니거든.

미안할 지경이야. 우리 친구들이 도망쳤으니 저 사람은 이제 작살난 거잖아. 지금 저 사람 주 업무는 나를 험악한 눈길로 바라보는 거고, 부 업무는 '행동에는 결과가 따른다'와 '이제부터는 애 다루는 장갑은 안 쓸 거다'라는 오싹한 암시를 던지는 일 같아. 나도 비유적으로 사용하는 다양한 장갑에 대해서는 한두 가지 알고 있어. '애 다루는 장갑'부터 '벨벳

장갑 안의 강철 주먹'에 이르기까지. 대재앙 이후의 맨해튼에서 이리저리 굴러다닌 덕분이지. 그래서 신발 안에서 발을 떨고 있다거나 그런 상황은 아니야.

어쨌든 저들은 나를 다른 데로 이송하기로 결정한 듯해. 에드의 말에 따르면 '윗선으로 쫓아낸다'는 거지. 아주 오래 비행 중이니 하와이나 영국으로 가는 거 아닐까. 저들이 보여 줬던 영화인지 광고인지 모를 영상에서 그랬던 것처럼 말이야.

하와이였으면 좋겠네. 비는 영 별로라서.

이제 나는 고위험군 죄수가 됐어. 무장 경비병도 둘이나 붙었고. 울대뼈가 불뚝 튀어나와 있는 상남자 지망생들이야. 거기다 에드는 멋들어진 작은 총집에 베레타 M9을 꽂고 있어. 아, 그리고 나는 수갑도 차고 있고, 수갑에 달린 쇠사슬은 발목의 족쇄에 연결되어 있지. 나는 변한 게 없는데 너무 지나친 것 같아. 그래도 우리가 헬리콥터로 그런 장난을 친 바로 다음 날이니 지나쳐도 어쩔 수 없겠지.

창문이라도 좀 있으면 몽롱하게 밖을 내다보기라도 할 텐데, 창문도 없으니 몽롱하게 내 눈꺼풀 안쪽이나 바라볼 수밖에 없잖아. 이런 상황이라면 내가 멍하니 제퍼슨 생각이나 할 것 같지. 사실 두 번 다시 못 볼 것이 분명해졌으니 나름 말이 되는 소리야. 하지만 이유는 몰라도, 내 정신이 그쪽으로 움직이는 걸 거부하고 있어. 그 뭐냐, 내 심장은─피를 펌프질하는 기관 말고, 사랑으로 가득해서 파르르 떠는 비유적인 심장 말이야─너무 많은 전력을 소모하는 장식품이거든. 그래서 뭔가 감정이 느껴지면 바로 퓨즈가 달칵 하고 넘어가서 통째로 죽어 버리는 거야.

시간을 보내야 하니 머릿속에서 뮤직비디오를 재생시켜. 물론 배경은 하와이고, 성대한 퍼레이드가 나를 환영하는 거지. 루아우(하와이식 파티: 옮긴이)가 벌어지고 온갖 끝내주는 음식이 차려져. 로널드 레이건 호에서 먹었던 형편없는 해군 음식이나 지난 2년간 맨해튼에서 먹었던 음식 쓰레기가 아니라 말이야. 코코넛에 망고에 신선한 생선에 파인애플에 돼지고기에. 그리고 나는 돼지고기가 인간 통구이와 비슷한 냄새가 난다는 사실을 알면서도 먹어 치워. 이곳 하와이에서는 아무도 사람을 먹지 않는다는 걸 아니까. 다음 장면에서는 서핑을 배우는 내 모습이 등장하고, 나는 순식간에 발가락만으로 보드를 부여잡고 거대한 파도를 아슬아슬하게 타고 다녀. 그리고 또 음식이 등장하고. 다음으로 놀랍게도! 피터와 테오와 브레인박스가 등장하고 짜잔! 제퍼슨이 조가비 속 여자처럼 바다에서 등장하는 거야. 우리는 함께 어울려 신나게 음식을 먹고, 제퍼슨과 나는 허니문 스위트룸으로 물러나. 문이 닫히면서 문고리에 달린 '방해하지 마시오' 사인이 덜렁덜렁 흔들리는 거지.

수송기가 쿵 하고 내려앉아. 나 잠들어 있었네. 톱질 소리를 울리는 거대한 엔진이 역회전하기 시작하고, 우리는 우레 같은 덜컹거리는 소리와 함께 정지해.

경비병 한 명이 내 앞에 서서 의자에 그냥 앉아 있으라고 손짓해. 소총 방아쇠에 손가락을 걸고 있는 꼴이, 꼭 내가 당장이라도 헐크로 변해서 쇠사슬을 조각낼 거라고 생각하는 것 같네. 후미의 커다란 경사로가 땅으로 내려가. 밖은 컴컴한 데다 비도 내리고 있고, 초록빛 도는 큼지막한 불빛과 안개로 뿌연 공기가 어둠 속에서 두드러져 보여.

한니발 렉터처럼 휠체어로 이동시켜 주기를 내심 기대했는데, 기다리는 병사들 앞으로 범죄자 인도하듯이 그냥 끌고 가 버리네. 수송기의 퀴퀴한 악취에서 벗어나자마자 축축한 한기가 내 몸을 사로잡아. 젠장, 여기 하와이는 아닌 모양이야.

이어 두 가지 사실이 내 머릿속에 들어와. 우선 우리를 기다리고 있는 병사들 쪽인데, 포도주색의 귀여운 꼬마 베레모를 하나씩 쓰고 있어. 해병들이 쓰던 각 잡힌 위장색 야구 모자와는 어딜 봐도 다른 물건이야. 두 번째로, 묘하게도 검은 우산을 쓰고 서 있는 남자가 하나 있어. 게다가 나를 포함한 다른 모든 사람과 달리, 그 사람은 군복 차림이 아니야. 정확하게 말하자면 회색 플란넬에 흰 줄무늬가 들어간 맞춤 양복을 걸치고 있지.

내가 어깨 두 명 사이에 낀 채로 비척거리며 경사로 끝까지 내려오는 동안, 그는 내게 다가와. 나는 우리 쪽 문의 불빛에 비친 그의 얼굴을 슬쩍 살펴. 싹싹하고 잘 가꾼 갸름한 얼굴인데, 쇠고랑을 차고 있는 내 꼴을 이제야 알아차렸는지 조금 당황한 표정이 떠올라.

양복: "왕립 공군 덕스포드 기지에 잘 왔소."

에드가 그에게 칼같이 경례를 붙이고 이름을 대. 제대로 알아듣지는 못했지만, 당연하게도 에드는 아니었어.

양복: "여왕 폐하의 정부, 외무 및 영연방 담당성 소속인 프랭크 웰시요."

너무 길다는 걸 자신도 안다는 티를 내면서도 조롱하는 것처럼은 안 들리게 말하네. 그는 에드와 악수를 나누고는 내 쪽을 돌아봐. "이쪽 분이 짐머만 양이시겠군."

나: "네, 당연하게도요."

한동안 말을 안 해서 그런지 쉰 목소리가 나와.

나: "하지만 사람들은 돈나라고 불러요. 마돈나의 돈나요. 성모님이 아니라 가수 말이에요."

웰시: "잘 기억해 두겠네."

에드는 웰시가 나한테 직접 말을 건 것 자체가 당황스럽다는 표정이야. 말투를 보니 내가 반역자 쌍년이라는 언질을 받지 못한 게 분명하다고 여기고 있나 봐.

에드: "이…… 여성을 J2 본부로 호송하라는 지령을 받았습니다만."

웰시: "아, 그랬지."

말투 자체에 유감이라는 느낌을 얹어 버리네.

웰시: "애석하게도 귀관의 지령에 변경이 있었소. 짐머만 양의 신병은 지금부터 여왕 폐하의 정부에서 담당하기로 했소. 나는 그 대리인 자격으로 이곳에 왔소."

웰시는 서류 다발을 하나 꺼내.

이 말에 에드는 완전 충격을 받았는지, 입을 떡 벌리고 잠시 서 있다가 서류를 넘겨받아. 그가 휘둥그레한 눈으로 서류를 바라보고 있으니, 웰시가 끝에서 두 번째 지점을 손가락으로 짚어 보여. "그쪽의 J2에서 여기에 확인 서명을 했잖소."

웰시: (나를 돌아보며) "J2는 우리 영국에서는 정보국이라는 상상력 없는 이름으로 부르는 곳이라네. 물론 우리 쪽 용어에는 명확하다는 장

점이 있지만, 그쪽 군대는 항상 멋들어진 두문자 약어를 만들어 내지."

나는 갑작스러운 상황 변화를 내심 즐기고 있어. 웰시가 모든 것에서 유머를 발견하는 모습도 즐겁긴 마찬가지야. 에드는 아닌 모양이지만.

에드: "이건 상부에 연락해서 확인해야겠습니다."

웰시: "물론 그래야겠지. 편대 지휘관 집무실에 보안 회선이 있소. 거기까지는 거리가 제법 되니까, 일단 그 전에 짐머만 양의— 음, 돈나 양의 쇠사슬을 풀 수 있었으면 하는데."

에드는 뻣뻣하게 몸을 세워.

에드: "제가 담당하는 동안에는 안 됩니다."

웰시: "바로 그거요. 이 서류에서 지적하는 것처럼, 이제 이 건은 귀관의 담당이 아니잖소. 담당은 나지."

웰시는 그대로 태평하고 유쾌한 표정이지만, 방금 그 말의 의미는 명확해. 이제 자기가 명령권자라는 거지.

그래서 에드는 단계를 올려야겠다고 마음먹어. 아마 웰시는 멋들어진 양복 차림에 우산을 든 남자일 뿐이고, 자기 쪽에는 권총이 있으니까 그런 거겠지. 그는 의미심장하게 베레타의 손잡이 끄트머리에 손을 올리면서 말해.

에드: "그건 아닌 것 같은데. 여기서는 내 방식대로 할 거요."

남자: "오이! 프랭크 시나트라! 당장 그 빌어먹을 권총에서 손 안 떼면 네 염병할 목구멍에다 쑤셔 박아 주겠어!"

고음으로 소리치는데도 마초스럽게 들리는 게 신기하네. 베레모 쓴 남자 중 하나가 한 소리야. 순식간에 스무 정의 기관 단총이 에드와 호송병

두 명을 겨눠. 그리고 에드는 시키는 대로 권총에서 손을 떼고.

프랭크 시나트라의 〈마이 웨이〉 농담에는 웃음을 짓지 않을 수가 없네. 위협하면서 웃길 수 있다니 제법 대단하잖아. 영국 군인(내 천재적인 추리에 의하면)들은 에드와 그 졸개들이 움직이기라도 하면 바로 반응할 것처럼 슬금슬금 다가와. 물론 그런 일이 일어날 리 없겠지. 얼어붙어 꼼짝도 못 하고 있으니까.

웰시: "귀관이 여기 로리트 특무 상사를 겁주지 않도록 그 권총은 당분간 내가 간수해 두겠소. 자네 잔뜩 겁먹지 않았나, 특무 상사?"

시끄러운 남자: "빌어먹게 무서워서 꼼짝도 못 할 지경이니 제발 협조 부탁드립니다, 각하!"

그리 겁먹은 표정은 아니네. 사실 겁먹은 쪽은 에드야. 손을 번쩍 들고서는, 웰시가 총을 쉽게 가져갈 수 있도록 말 그대로 엉덩이를 앞으로 쭉 내밀고 있네. 그러는 동안 시끄러운 남자와 나머지 베레모들은 해병 두 명에게서 M4를 넘겨받아.

웰시: "수령증을 줄 수가 없어서 유감이오. 하지만 통화를 끝마치고 나면 확실히 돌려주겠다고 약속드리지. 자, 그럼 돈나 양의 구속은 직접 풀어 주겠소? 아니면 내가?"

에드는 웰시에게 열쇠를 넘겨. 순식간에 수갑과 족쇄가 풀리네.

나: "고마워요."

웰시: "도움이 되어 영광일세. 반복하자면 당신은 지금부터 여왕 폐하의 정부의 호의하에 이곳에 있는 것이니, 부디 지정된 장소에서 이탈하는 행위를 삼가 줄 것을 요청하겠네."

나: "뭐라고요?"

웰시: "도망치지 말아 달라는 뜻일세."

나: "가 봤자 어딜 가겠어요?"

웰시: "맞는 말이군. 그럼 부디, 이쪽으로."

그는 내게 우산 아래로 들어오라고 권해. 우리는 함께 몸을 돌려서 걸음을 옮기기 시작해. 꼭 보디가드를 잔뜩 데리고 다니는 영국인 삼촌이 생긴 느낌이네.

상황이 좀 나아질지도 모르겠어.

제퍼슨

작고 늘씬한 조디악 고무보트의 뱃머리가 잔물결을 헤치고 나아간다. 우리는 파도의 영향을 간신히 벗어날 정도로 해변에 붙어서 항해 중이다. 육지 쪽의 유효 사거리에 들어 있다고 채플한테 말해 보기는 했지만, 그는 최대한 가까이 붙는 쪽이 좋다고 주장한다. 항모 전단에서 우리를 찾으려고 보트를 내렸을 수도 있기 때문이다.

조디악은 별 특징 없는 험악한 샤크그레이 색의 공기 주입식 고무보트로, 소형 엔진만 외부로 돌출되어 있다. 첨단 기술 장비는 전부 숨겨진 상태다. 다양한 의료 장비에 자가 발열식 휴대 식량, H&K 기관 단총, 방탄복, 손잡이식 발전기가 달린 이리듐 위성 전화까지. 전화는 비행장에 남은 나머지 사람들과 연락을 취하기 위한 물건이다.

몸속 깊은 곳에서 수치심이 계속 일어난다. 썩은 음식을 먹었는데 게워 낼 수가 없는 기분이다. 그래서 나는 마음속으로 지금껏 했던 자기변명을 다시 읊어 본다.

삶과 죽음을 가늠할 힘을 맡기기엔 솔론은 믿을 수 없는 사람이다. 특별히 그를 나쁘게 생각하는 것은 아니다. 믿을 수 있는 사람은 아무도 없다. 따라서 우리가 치료제를 통제해야 한다.

솔론에게 부채 의식을 가져서는 곤란하다. 그는 나를 만난 바로 그날에 내 머리에 총알을 박아 넣으려 들었다. 그리고 우리가 치료제를 가지고 돌아올지도 모른다는 터무니없이 낮은 가능성이 아니었다면 기꺼이 그렇게 했을 것이다.

그러나 우리의 계약 위반은 옳은 일로는 느껴지지 않는다. 나는 할렘 사람들이 맨해튼 북부에 이룩한 작은 도시 국가에 감탄했고, 그들이 무장하려 드는 이유도 안다. 개인적인 신뢰도 영향을 끼친다. 테오와 선장은 우리와 함께 지옥을 헤쳐 나왔다. 원죄가 불타 사라졌으니 어쩌면 연옥 쪽이 더 정확한 표현일지도 모르겠지만. 플럼아일랜드에서 겪은 사건으로 우리는 하나가 되었다. 물론 본질을 살피자면 '우리'의 범위에는 차이가 있겠지만. 어떤 특정 상황에서 어떤 '우리'가 중요시될지가 문제였다.

솔론이 이 모든 진실을 알아낸다면 무슨 짓을 벌일지 모른다. 우리 부족에게는 계약을 지킬 거라고 생각한다. 우리에게도 치료제를 준다는 약속 말이다. 그러나 그 이상으로 동정심을 발휘할 것이라고는 믿지 않는다. 그리고 나는 나머지 사람들이 전부 죽게 놔두려고 그런 온갖 일을 겪은 것이 아니다.

그래서 우리는 테오를 격납고에 두고 왔다. 사관 후보생인 크로거와 알고 보니 네이비 실이었던 턱수염 남자 둘리는 그를 지키고 있다. 채플은 테오에게 '예비 전력'으로 그를 두고 가는 것이며, 계획이 바뀌면 그가 힘써 줘야 할 것이라고 일렀다. 그러나 우리 모두 속으로는 그가 포로 신세라는 것을 알고 있다.

그래서 '계획'은 이렇다. 나는 '터무니없는 거짓말'이라고 부르지만.

로널드 레이건호나 바깥세상의 생존자들에 대해서는 누구에게도 말하지 않을 것이다. 채플은 사람들이 진실을 감당하지 못할 거라고 했다. 그가 '사회 혼란'을 언급하자, 나는 뉴욕이 끊임없는 사회 혼란 상태나 다름없다고 일러 준다. 그러나 그는 실제로 더 끔찍해질 수도 있다고 지적한다. 진실의 무게에 짓눌리면, 날림으로 세운 부족이나 동맹이나 영역 따위는 그대로 무너지고 모두 각자도생하는 상황이 될 수도 있다는 것이다. 어쩌면 그의 말이 옳을지도 모른다.

채플은 어차피 구조대가 올 리는 없다고 단언한다. 미합중국은 내 친구 역병 쥐새끼들을 구할 생각이 조금도 없기 때문이다. 본토는 완벽한 통행금지 구역이다. 나머지 세계는 고의적인 오정보 작전에 휘둘리고 있다. 만약 미국 이주민 공동체 사람들이 지금 상황을 알게 된다면, 미국의 10대를 구하라는 압력이 도저히 피할 수 없도록 거세질 것이다. 그러나 군대는 모든 정보를 단단히 틀어쥐고 있다. 공식적인 입장은 전면적인 구조 작전을 감당하기에는 감염의 위험이 너무 크다는 것이다. 채플은 이런 소리를 솔직하게 '완벽한 개수작'이라 칭하면서, 고위 장교들이 너무 조심스럽고 냉담하다고 말한다.

그는 지나친 피해 없이 진실이 자연스럽게 퍼져 나갈 환경을 만들자고 주장한다. 와해되지 않고 자연스레 진실을 받아들일 수 있을 정도로 단결되고 강력한 사회를 만들자는 것이다. 어쩌면 채플이 나에 대한 완벽한 자료를 가지고 있어서, 내가 이런 부류의 생각을 끔찍하게 좋아한다는 사실을 알고 있는 걸지도 모른다. 말 그대로 새로운 사회를 구상하자는 이야기이기 때문이다. 적어도 나는 그렇게 알아들었다. 채플은 무슨 수를 써서라도 살아남고자 할 뿐이며, 따라서 완벽하게 실용적이다. 그러나 나는 조금 더 야심 찬 생각을 품고 있다.

어느 쪽이든, 이 계획을 위해서는 할렘으로 돌아가야 한다. 그들이 맨해튼 장악을 눈앞에 두고 있다는 것을 생각하면 할렘 사람들을 아군으로 삼을 필요가 있다. 그러나 절대 진실을 알려서는 안 된다. 절반의 진실만 공급하는 것이다. 플럼아일랜드의 실험실에서 도망친 이야기와 치료제를 발견한 이야기는 건드리지 않을 것이다. 그러나 해군의 도착과, 이후 있었던 모든 일은 빼 버릴 것이다. 새로 고친 이야기 속에서 테오와 선장과 돈나는 살해당한다. 그리고 채플은 플럼아일랜드에서 우리가 도망칠 수 있도록 도와준 10대 소년이다. 마지막 부분도 그리 어렵지는 않을 것이다. 그는 어차피 갓 20세가 된 데다가 상당히 동안이니까. 충분히 10대인 척할 수 있을 것이다.

어쩌면 이 이야기가 먹힐지도 모른다.

우리가 모순점 없이 능숙하게 거짓말을 늘어놓을 수 있다면.

맨해튼의 꼭대기가 스쳐 지나간다. 연기가 보이고 악취가 말 그대로 실체를 가진 것처럼 느껴진다. 불길과 파리만 없으면 눈부시게 아름다운 여름날일 것이다. 하늘은 푸르고 적막하다.

"황폐의 상징이로군." 피터가 이렇게 중얼거리는 소리가 들린다. 적어도 내게는 이렇게 들렸다.

"뭐라고?"

"신경 쓰지 마, 친구. 그냥 우리가 똥통에 돌아왔다는 뜻이니까."

우리는 몇 주 전에 애니호를 타고 떠났던 FDR 고속도로 옆 선착장으로 들어가서, 조디악의 뱃머리를 육지 쪽으로 돌린다. 할렘 부족의 1개 분대가 픽업트럭을 타고 우리를 기다리고 있다. 쌍안경을 든 사람도 있고, 전체적으로 대비가 된 분위기를 보니 우리가 오는 것을 목격한 모양이다. 다들 굳은 얼굴이다. 총도 들고 있다. 내가 기대했던 환영 위원회로는 보이지 않는다.

누군가 어깨를 치켜세우며 사람들 앞으로 나선다. 솔론과 함께 부족을 다스리던 둥근 얼굴의 여자, 이마나다. 내가 별로 반갑지 않거나, 감정을 아주 잘 숨기는 것 같다.

그녀가 말한다. "너희 죽은 줄 알았는데."

내가 대답한다. "살아남았어."

"전원이 살아남은 건 아니네."

나는 고개를 끄덕인다. 그녀는 말을 덧붙이지 않는다.

어쩌면 내 얼굴에 새겨진 수치심이 슬픔처럼 보이는지도 모른다.

거짓의 조각을 입에 담은 이상, 이제 시작한 셈이다. 빠져나갈 방법은 없다. '터무니없는 거짓말'의 용수철이 싸구려 장난감처럼 풀려 나가기 시작한다. 우리는 그에 맞춰 달가닥거리며 마룻바닥을 가로지른다. 어디서 멈출지조차 모르는 채로.

할렘 사람들은 우리가 떠났을 때와 마찬가지로 전반적으로 위협적이고 불신으로 가득한 태도다. 나한테는 차라리 이편이 낫다. 영웅처럼 귀환하는 쪽이 더욱 견디기 힘들었을 테니까. 개조한 픽업트럭을 타고 가는 동안에도 조용하다. 이마니가 건넨 단 하나의 질문만 제외하고.

"네 여친은 어떻게 된 거야?"

나는 놀란다. 그녀가 신경 써 주리라고는 생각도 못 했기 때문에.

"이젠 없어."

그걸로 끝이다. 솔론의 작고 아늑하고 깔끔히 손질된 적갈색 주택의 계단을 올라갈 때까지도, 아무도 질문을 던지지 않는다. 괘종시계는 시간을 흘려보내고 있다. 응접실의 은그릇에는 여전히 사과가 담겨 있다.

잠시 기다리는 동안 문가에 군중이 몰려든다. 우리는 밖으로 튀어나온 창문의 레이스 커튼을 통해 그들을 바라본다. 열 명이 스무 명이 되고 이어서 백 명이 된다. 수많은 눈들이 질문을 웅얼거리며 우리를 바라보고 있다.

이내 우리를 부르는 소리가 들리고, 우리는 솔론의 사무실로 들어간다. 처음 여기 왔을 때는 테오가 우리를 데리고 삐거덕대는 나무 계단을 올라갔었는데. 그게 너무도 먼 과거처럼 느껴진다.

모든 물건이 제자리에 그대로 있지만, 새 물건이 하나 추가되어 있다. 이들이 찍어 내고 있던 플라스틱 총 선반이다. 솔론은 갓 찍어 낸 AR-15의 안전장치를 만지작거리고 있다. 금속 파이프 총열이 달린 조립식 플라스틱 소총이다.

솔론이 입을 연다. "이게 누구신가, 보호자 달고 돌아왔군."

말투는 예전처럼 매끄럽고, 단정하게 바짝 깎은 머리에 하얀 셔츠도 빳빳하다. 그러나 그의 어조에는 힘겨워하는 기색이 엿보이고, 경계심 가득하던 얼굴도 조금 느슨해져 있다. 눈에는 누른 기가 돌고 흰자는 충혈되어 있다.

종말의 시작에 도달한 것이다.

우리 일은 쉬워질 수도, 어려워질 수도 있다. 종말에 이른 아이들은 대체로 상당히 근시안적인 결정을 내리는 경향이 있다. 나는 문 닫힌 상점처럼 단단히 걸어 잠근 이마니의 얼굴을 바라본다.

솔론이 말한다. "그래, 맞아. 요즘은 나이가 느껴지더라고."

그와 같은 상황의 아이들이라면 보통은 즉시 대화로 빠져들어 바닥 깊은 곳의 고리를 노릴 것이다. 날 살려 줄 수 있어? 하고. 그러나 솔론은 다르다. 그는 침착하게 소총을 내려놓고 미소를 짓는다. "너희들도 조금 변한 것 같은데."

채플과 내가 미리 준비한 이야기는 내 머릿속에서 그대로 튀어나갈 준비를 마쳤지만, 도저히 입에 올릴 수가 없다.

"테오는? 선장은? 스파이더는?"

나는 여전히 아무 말도 못 한다. 그저 고개만 저을 뿐이다. 수치심이 할퀴고 지나가며 눈에서 눈물이 흐른다. 수치심이 더 많은 수치심을 불러온다. 거짓말에 대해서, 눈물 그 자체에 대해서.

솔론은 나를 바라보며 눈물의 궤적을 관찰한다. 마치 안개 자욱한 땅을 헤치고 나아가는 열차를 관찰하듯이.

"알겠어." 그는 말한다. 얼굴에 한 조각의 슬픔이 비치다가, 이내 다시 평정을 되찾는다. "다른 사람들도 있었는데. 젊은 숙녀분 둘 말이야."

"돈나하고 캐스. 걔네도 빠져나오지 못했어." 적어도 부분적으로는 진실이었다. 캐스는 플럼아일랜드의 탁자 위에 죽은 채로 누워 있다. 그리고 스파이더도 오리엔트 포인트에서 예인선 애니호를 습격한 섬 아이들의 손에 죽음을 맞이했다. 시동을 건 엔진처럼 슬픔이 몰아치기 시작하고, 손이 절로 올라가 얼굴을 덮는다.

솔론은 시간이 넘치도록 있는 것처럼 나를 기다려 주고는 묻는다. "거기 함께 온 사람은 누구야?"

그가 말한다. "나는 채플이야. 이 친구들의 목숨을 구했지."

이내 온갖 거짓말과 변명들이 한데 맞물린다. 우리는 바닥에 나뒹구는 퍼즐 조각들을 억지로 자리에 끼워 맞춘다. 어느 순간, 나는 이야기가 들쭉날쭉하다는 점 때문에 먹히고 있다는 것을 깨닫는다. 눈물과 슬픔 덕분에 거짓말이 먹혀드는 것이다. 내가 애도하는 대상이 친구들인지, 내 자긍심인지, 아니면 양쪽 모두인지는 나도 모르겠지만. 우리를 사로잡은 섬 아이들. 실험. 우리를 구출한 채플. 모두 진실이 한 줌씩은 들어가 있다.

솔론이 입을 연다. "그렇다면 이 질문을 할 때군. 그럴 가치가 있었나? 너희들이 찾던 물건은 찾았어?"

그는 다른 질문보다 딱히 중요할 것도 없다는 투로 이렇게 묻는다.

나는 대답한다. "응."

솔론은 순간 움찔한다. 안도일까? 희망일까? 두려움일까? 그는 힘들여 다시 자제력을 발휘한다.

"치료제를 말이지."

브레인박스가 대답한다. "단 하나뿐인 치료제야."

이마니가 말한다. "이리 넘겨."

솔론이 말한다. "기다려, 이마니. 일단 제대로 확인하자고. 그 물건이…… 증상이 진행된 사람에게도 먹히는지부터 말이야." 어쩌면 그가 발언 도중에 표현을 바꾼 것도 이번이 처음일지 모르겠다.

나는 대답한다. "맞아. 너한테도 효과가 있어."

"치료소에…… 다른 아이들도 있어."

"당장 조치할 양은 충분할 거야. 적절한 재료와 너희들의 도움이 있으면, 더 많은 치료제를 만들 수 있어. 아주 많이." 채플이 한 말이다. 솔론은 그를 지그시 바라보며, 우리 사이에 어떤 일이 벌어지는 중인지를 가늠해 보려 한다.

이마니가 말한다. "솔론한테 건네."

"아직은 곤란해." 형편없는 TV 쇼에나 나올 법한 끔찍한 문장이다. 이런 말이 내 입에서 튀어나온 이유를 모르겠다. 차분하게, 논리적으로, 분별 있게 꺼내는 모습만 상상했는데.

솔론이 말한다. "아. 꿍꿍이가 있으신가." 나는 그의 평정심에 다시 감탄한다. "좋아. 말해 봐."

내가 말한다. "이젠 모두가 살 수 있어."

솔론이 대답한다. "나도 그렇게 알아들었는데."

"아무도 죽지 않아도 돼."

"무슨 뜻이지?"

"무슨 뜻이냐면, 우리가 이걸 너희에게 넘기면 모든 사람에게 전해 줘야 한다는 거야. 할렘, 워싱턴스퀘어, 미드타운, 두더지족…… 업타운까지. 말 그대로 모두에게."

이마니가 말한다. "계약 내용하고 다르잖아."

피터가 대꾸한다. "그때는 그랬지. 이젠 아냐. 너희는 수많은 사람을 죽게 방치하려 하고 있어. 우린 이제 죽음에는 질렸다고."

"너희는 지금 우리 쪽의 물질적 이점을 사용하지 말라고 주장하는 거다." 솔론은 책상 위에 놓인 총을 바라본다. 모든 소녀와 소년에게 한 자루의 총을.

채플이 말한다. "마땅히 해야 하는 일을 일러 주고 있을 뿐이지."

"흥미롭군." 솔론은 채플을 바라보며 말한다. "네 생각이었나?"

채플은 어깨를 으쓱한다.

내가 말한다. "내 생각이었어. 그리고 너희들이 내 뇌수를 벽에 흩뿌리기 직전이 아니었다면 저번에도 명확히 말했을 거야. 너희 부족민은 엄청난 대가를 치렀어. 목숨을 내놓았으니까. 따라서 너희들이 치료제를 처음 받는 건 당연한 일이야. 하지만 나는 학살극을 시작하려고 여기 온 게 아니야."

솔론은 이마니를 바라본다. 이마니는 말한다. "표결에 부쳐. 대중이 선택하게 해야지."

솔론이 말한다. "어떻게 될지 뻔해 보이는데." 그리고 콜록거린다.

"안 돼. 이건 너무 큰 문제야. 나는 반드시 표결에 부쳐야 한다고 주장하겠어."

나는 지금까지 솔론과 이마니가 같은 편이라고만 생각해 왔다. 이마니가 솔론의 부관 같은 존재로, 자기 목소리를 내기는 해도 근본적으로는 그에게 복종하는 사람이라고. 그림자 속의 고문이라고. 이제는 다르게 보인다. 어쩌면 곁에 두는 정적 같은 존재일지도 모른다.

솔론이 고개를 끄덕인다. "알겠다. 표결에 부치지." 그리고 나를 보며 묻는다. "그 표정은 뭐야? 내가 이 동네의 왕이라고 생각했나? 그런 식으로 돌아가는 게 아니야."

이마니는 우위에 올랐다는 듯 고개를 끄덕인다.

솔론이 말을 잇는다. "이젠 너희가 결정할 차례다. 표결에 도전해 보겠나? 생각이 없다면 지금부터는 상황이 빠르게 흘러갈 거다." 그는 다시 기침을 하지만, 그러면서도 한 손으로는 총을 붙든다.

나는 어쩔 수 없이 채플을 힐긋 돌아본다. 그러나 무슨 생각을 하는지 읽어 낼 수가 없다. 여기서는 내가 결정해야 한다.

나는 앞으로 벌어질 일을 짐작조차 못 하고 말한다. "받아들이지. 표결에 부치겠어."

"좋아." 솔론이 말한다. "그럼 한 가지만 더."

그는 셔츠 소매를 걷어 올린다.

"그 빌어먹을 치료제를 당장 놔 줘."

돈나

폭신한 베개에, 매끄럽고 하얀 면직 시트에, 반죽처럼 말랑말랑한 매트리스까지. 시선을 들면 침대 반대편 모서리의 나무 기둥에 걸린 장식 문양 태피스트리가 눈에 들어와.

나는 한동안 얼어붙어 꼼짝도 못 하고 있어. 조금이라도 움직이면 이 꿈이 가루가 되어 부서질 것 같거든. 그러다 이 모든 것이 실제로 존재한다는 확신이 들었을 때에야, 천천히 자리에서 일어나 앉아.

그대로 남아 있네. 그것뿐만이 아니야. 천장은 높다랗고 나무 바닥은 촉촉하게 젖은 것처럼 반짝반짝 빛나고 있어. 크림색 목조 벽에는 언덕이며 강아지며 새 따위의 그림이나 다른 온갖 세련된 물건들에다 반들반들한 황동 실내 장식들이 걸려 있고. 태피스트리가 걸린 침대 기둥 네 개 위로는 천장의 회반죽 장식이 보이는데, 마치 예전에 손에 그리고 다니던 헨나 문양을 설탕 공예로 옮겨 놓은 것처럼 생겼어.

문 하나가 열려 있고, 그 너머에는 은빛 수도꼭지가 달린 도자기 싱크대와 푹신한 면직 수건이 놓인 받침대가 보여. 내 침대 옆에는 생수가 한

병 있는데 상표를 보니 웨일스의 수원에서 퍼 올린 거라네. 거기다 과일 그릇도 하나 있어. 너무 잘 익어서 잔뜩 부풀고 탐스러운 붉은색이라 거의 외설적으로 보일 지경이야. 꽃병에는 분홍색과 하얀색의 백합이 꽂혀 있고.

침대에서 나와서 엄청나게 높은 매트리스에서 발을 내리고 나서야, 내가 면직물 잠옷을 입고 있다는 사실을 깨달아. 어젯밤에 예쁘장한 작은 상자에서 끄집어냈던 기억이 날 듯 말 듯하네. 거위털 매트리스의 눈밭에 얼굴부터 쑤셔 박기 전이었지.

온통 〈마이 페어 레이디〉스러운 상황이기는 한데, 어쩐지 약점을 노출한 기분이 들어. 그래서 나는 한쪽 구석에 있는 육중한 목제 서랍장으로 건너가서 혹시라도 다른 옷이 마법처럼 등장하지는 않았는지 살펴봐. 지금 입은 옷은 영국 부자 변태의 하렘으로 걸어 들어온 느낌이 너무 강하단 말이야.

놀랍게도—아니, 사실 이 모든 상황이 놀랍기는 하지—정말로 옷이 더 있네. 얇은 종이와 셀로판으로 포장된 위에 화려한 상표도 찍혀 있어. 한 달은 넉넉히 입을 분량인 데다가, 양말과 스카프와 그 사이에 들어가는 모든 것들이 완벽하게 갖춰져 있어. 전부 말끔하게 새것인 데다 호사스러운 느낌을 섹시하고 거친 속삭임처럼 마음껏 내뿜는 물건들이야.

그래, 기뻐서 몸부림치고 있다는 건 인정해. 아주 살짝 자책 중이기는 하지만.

그래도 멈추지는 않아. 무슨 뮤직비디오에서처럼 정신없이 옷 갈아입기 놀이를 한 건 아니지만, 그래도 끝내주는 신상을 시작할 기회는 놓치지 않았다는 소리야.

그러다 문득 허기가 습격해 오고, 나는 자두를 하나 깨물어. 과즙이 입에서 흘러나와 바닥에 떨어지는 모습을 보니 어린 시절의 여름날이 떠오르고, 뒤이어 내 동생 찰리가 떠올라. 나는 그대로 자두를 내던져 버려.

창문은 바깥 위쪽으로 젖히게 되어 있는 작은 나무판 형태야. 경첩이 낡아서 삐걱거리네. 밖을 보니 기울어진 지붕이 보이는데, 비바람에 잿빛으로 변한 슬레이트 가장자리에는 군데군데 이끼가 끼어 있어. 지붕들이 끝나는 곳에는 커다란 시계탑이 보이고, 내 눈에 들어오자마자 딩동! 딩동! 하고 종소리가 울리기 시작해. 비둘기 한두 마리가 퍼득이며 날아가고.

하나같이 어린 시절에 봤던 영화가 떠오르는 장면이야. 셜리 템플네 아빠가 군인이라 딸을 화려한 기숙학교에 맡기거든.

이후 벌어진 일을 보면 영 똑똑한 사람은 아닌 게 분명해. 아빠가 전쟁터로 떠나자마자 여교장은 완전 쌍년으로 변해서 셜리를 아무짝에도 쓸모없는 고용인처럼 다루기 시작해. 석탄을 퍼다 나르고, 다른 아이들의 저녁 식사 시중도 들고, 청소가 필요한 곳은 싹 다 문지르고 다니라고, 그런 온갖 불쾌한 일을 죄다 시킨 거야. 그리고 가장 끔찍한 일은, 춥고 어둑한 다락방으로 쫓겨난 거지.

그런데 길 건너편에 사는 완전 끝내주는 터번 쓴 남자가 다락방 창문으로 그녀를 지켜보면서 불쌍히 여기고 있었어. 어느 날 그 남자가 슬쩍

방에 손대서, 셜리가 일어나 보니까 화려하고 따뜻하고 아주 맛있어 보이는 온갖 좋은 것들이 방 안에 가득했던 거야.

어쨌든 나는 살짝 그 영화 속의 셜리 템플 양이 된 기분이야. 창문도 충분히 크니까 빠져나갈 수 있겠고, 지붕의 경사도 걸어다닐 정도는 될 것 같은데, 그러면 뭐해? 여기서 도망친다고 또 어디를 가겠어?

그러니까 내 말은, 이론적으로는 제퍼슨과 다른 친구들을 찾아서 여기로 데려오려 애써야 하는 게 맞기는 해. 하지만 무슨 수로? 창문으로 나가서 배수관을 타고 내려간 다음에, 닌자처럼 공군 기지로 숨어들어서 밀항하거나 비행기를 탈취해서 뉴욕으로 날아갈까? 그렇게까지 현실적으로 들리지는 않는 소리잖아. 그러니까 내가 막 나가긴 해도 그 정도까지 터프하진 않다는 거야.

내 생각에 말이야, 뉴욕으로 돌아가는 가장 빠른 교통편을 제공받으려면, 나를 여기까지 데려온 바로 그 사람이 필요할 것 같거든. 그 뭐냐, 내가 여기서 셜리 템플 취급을 받는 이유가 있을 거 아냐. 그러니까 제대로 각이 보일 때까지는 맞춰서 어울려 주는 편이 가장 효율적인 행동일 테지.

그러니까 내 말은, 이렇게 최고급 침구에 둘러싸여 숨겨 둔 내연녀 분위기를 풍기는 것도 딱히 나쁜 상황은 아니란 말이야. 적어도 대가를 치를 때가 오기 전까지는.

나는 지나치게 선명한 녹색 배와 장밋빛 사과 몇 개를 얼른 해치운 다음, 끝내주게 편하고 멋들어진 플랫을 신고 문가로 움직여. 묵직한 오크 문인데, 사실 반쯤은 밖에서 빗장을 걸어 놨을 거라고 예상했거든. 그런데 경첩이 부드러운 삐걱 소리만 나고, 가볍게 당겨지네.

묘하게도 거기서 15센티미터 떨어진 곳에 다른 문이 하나 더 있어. 반대편에서는 희미하게 뭔가 바스락거리는 소리가 들리고.

절대 멈추지 않기로 마음먹은 나는 그 문도 열어 버려. 문은 밖으로 열리다가 의자의 금속제 다리에 부딪혀서 멈춰. 그리고 그 의자에는 정말로 터무니없게도, 상상하기도 힘들 만큼 거대한 남자가 앉아 있어. 바싹 짧게 깎은 머리에, 단단한 정강이살 햄 덩어리처럼 뭉툭하고 강인한 얼굴의 남자야. 그는 자리에서 일어나려다 지금까지 앉아 있던 층계참 바로 위로 이어지는 석조 계단에다가 머리를 부딪힐 뻔해.

똑바로 일어서니 키가 2미터 5센티미터는 되어 보여. 그는 냅킨으로 입가를 닦더니—나무 쟁반 위의 도자기 접시에서, 적갈색이고 끈적거리고 강낭콩스러운 뭔가를 입에 퍼 넣고 있었던 것 같거든—터무니없이 커다란 양복의 옷깃을 잡아당겨 몸가짐을 다듬어.

남자: "혹시 짐머만 양입니까?"

마치 여기 의자에 얌전히 앉아 기다리는 동안 이중문으로 온종일 사람들이 들락거려서, 자기가 기다리는 사람이 내가 맞는지를 확신하지 못했다는 것처럼 말하네. 거칠고 달콤하게 울리는 목소리야.

나: "그런데요오?"

그는 투실투실한 손을 내밀어. 손마디가 언덕같이 두툼한걸.

남자: "티치(땅꼬마)입니다."

나: "뭔 이름이 그래요?"

남자: (웃으며) "티치. 다들 그렇게 부르죠."

나는 그와 악수를 나눠. 아니, 그의 손이 권투 글러브처럼 내 손을 감싸고, 그대로 위아래로 한두 번 흔들린다고 해야 할까.

티치: "아침 식사가 필요할 시간이군요. 프라이업 어떻습니까? 아니면 미국식으로 뭔가 준비해 드릴까요? 프로스티드 플레이크나?"

나: "프라이업이 뭔데요?"

티치: "아아, 아주 매력적인 음식이죠."

사실 '매력적'이라기보다는 '마력적'에 가깝게 들리기는 하네. 그러니까 그 뭐냐, 다운튼 애비 스타일의 거들먹거리는 영어는 아니거든. 차라리 〈캐리비안의 해적〉의 조니 뎁에 더 가깝게 들려.

티치: "소시지, 강낭콩, ─자기가 먹던 알갱이 박힌 찐득한 덩어리를 가리키면서─버섯, 베이컨, ─비이컨에 가깝게 발음하지만─튀긴 빵……."

나: "빵을 튀겨요?"

티치: "아, 그럼요. 맛있게 바삭해질 때까지 튀깁니다."

나: "좋아요, 그걸로 할래요."

티치: "음료는 커피로? 차로?"

갑자기 거대한 비행기 승무원하고 이야기하는 기분이 드네.

나: "어……. 진하기만 하면 뭐든 상관없는데."

티치: "그럼 일꾼식 홍차로 하겠습니다."

그는 사각형의 금속 물체를 꺼내서 손가락으로 쿡쿡 찌르기 시작해.

나는 휘둥그레 눈을 뜨고 그 물건을 쳐다봐. 휴대폰을 본 게 몇 년만이거든.

아니, 수정할게. 작동하는 휴대폰을 본 게 몇 년만이거든. 저 뭉툭한 작은 상자만 있으면, 저 사람은 그 뭐냐, 온 세상의 지식을 받아들이고 온 세상의 생존자 대부분과 연락할 수 있는 거야. 아는 사람이든 모르는 사람이든. 그리고 지금은 문자로 내 아침 식사를 주문할 수도 있고.

갑자기 온라인에 접속하고 싶은 격렬한 욕망이 끓어올라. 대뇌가 슬쩍 미리 앞질러 엔돌핀을 뿜어 대기 시작해. 그리고 순간 한 가지 사실이 떠올라. 내 폰을 잃어버렸잖아. 모든 과거가 들어 있는 그 물건 말이야.

티치도 내가 작은 화면 위에서 탭댄스를 추는 투실투실한 손가락을 지켜보고 있다는 것을 깨닫고는, 폰을 내 쪽으로 돌려.

티치: "신품이죠. 마음에 듭니까?"

나: "요즘은 정사각형으로 만들어요?"

티치: "'초콜릿 상자'라고 부르더군요. 아가씨도 참전자 출신 아닙니까?"

나: "그래요, 여럿 겪었죠. 전쟁."

티치: "머지않아 하나 받을 겁니다. 지금 당장은…… 그러니까, 보안 문제도 있고 뭐, 그렇잖아요?"

나: "네, 뭐, 그렇죠."

그는 웃음을 터트려.

티치는 싹싹하고 자기 뿌리에 대해서 장황하게 털어놓는 사람이야. 클 러큰웰이라는 곳에서 태어나서 자랐고, 입대하기 전에는 정육점 조수였대. 그런데 어쩌다 이곳에 오게 되었으며 어쩌다 양복을 차려입고 이 문 앞에 앉아 있게 되었는지로 넘어가면 상당히 말이 모호해져. 그리고 정사각형 휴대폰을 보여 주는 것 말고는 이 세계에 무슨 일이 일어나고 있는지 알려 주지도 않고. 그래서 나는 내가 어디서 왔는지, 부족과 그 병과 다른 모든 것을 알려 주고, 티치는 계속 맙소사…… 맙소사…… 맙소사! 거리기만 해. 조금 웃기고 어딘지 〈메리 포핀스〉 속의 딕 반 다이크 같기도 하네.

잠시 후 뻣뻣하고 위험해 보이는 남자가 한 명 들어와. 짧게 깎은 머리에 도무지 안 어울리는 양복을 입고 있는 모습이, 이번에도 민간인 옷을 입은 군대 사람인가 봐.

그는 내 음식이 담긴 쟁반을 내려놓고 사라지고, 나는 티치를 아침 식사 자리에 초대해. 음, 사실 내가 아침 먹는 모습을 보라고 초대한 셈이겠지만. 그는 내가 음식을 해치우는 모습을 놀란 눈으로 바라봐.

티치: "그 안에 그렇게 공간이 많은 줄은 몰랐는데요."

나: "저기요, 나는 몇 년 동안 굶주렸다고요."

티치: "힘들었겠군요."

나: "최악이었죠."

나는 마지막 남은 튀긴 빵조각까지 해치운 다음—역겨우면서도 동시에 맛있는 느낌이야. 토스트를 기름에 푹 빠트린 것 같네—접시를 입가로 가져가서 남은 베이컨 기름과 소시지 육즙과 강낭콩의 점액질까지 전부 핥아먹어.

티치: "맙소사."

바깥쪽 문을 두드리는 소리가 들리네, 사실은 고상하게 살짝 건드리는 쪽에 가깝지만.

티치가 자리에서 일어나서 양쪽 문을 모두 열자 웰시가 등장해. 어제와 비슷하지만 미묘하게 다른 회색 플란넬 양복을 입고.

웰시: "티치를 만난 모양이로군."

나: "완전 절친 됐어요."

웰시: "가벼운 산책을 권할까 했네만."

마치 방금 떠올랐다는 것처럼 말하잖아.

웰시: "혹시 다리를 좀 뻗고 싶지는 않은가?"

나는 문득 이 모든 것을 미리 계획했으리라는 사실을 깨달아. 에드보다 덜 강압적일 뿐, 결국 다 정보를 빼내기 위한 작전인 거지. 하지만 나는 내키는 대로 호의를 즐기는 투숙객인 척 연기하며 저들의 게임에 맞춰 주기로 마음먹어.

나: "산책 정도야 나쁠 거 없죠."

티치가 뻣뻣한 남자에게 고갯짓을 하자, 남자는 한 번에 두 단씩 계단을 뛰어 내려가. 경호원까지 딸린 나만의 수행단을 거느리고 다니는 느낌이네. 웰시는 가볍게 손을 휘두르며 먼저 가시라는 손짓을 해 보이고, 나는 새 신발을 삑삑거리며 밖으로 나가.

층계는 나선형에다 중세풍이고 상당히 좁아. 덕분에 우리는 한 줄로 움직여. 웰시가 내 뒤를 따르고, 티치는 그 뒤에서 반쯤 허리를 굽힌 채 옆걸음질로 내려오고.

계단 끝까지 내려오니 벽에 반짝이는 검은색 정사각형 장식이 붙어 있고, 그 위에 이름이 잔뜩 적힌 게 눈에 들어와. 마치 멋쟁이용 호출판 같네. 새 이름들이 예전에 있던 이름 위에 덧그려져 있어. 케니, R. J. 호크스, W. B. 렐리, E. N. C. 그리고 맨 위에는 '올드 게스트룸'이라고 적혀 있어.

나: "저기, 그냥 대놓고 물어보겠는데요, 웰시 씨. 내가 지금 무슨 빌어먹을 곳에 와 있는 거죠?"

그는 욕설에는 조금도 개의치 않는 모습이야.

웰시: "케임브리지일세. 정확히 말하자면, 이 빌어먹을 곳은 바로 케임브리지의 트리니티 칼리지라네."

이 장소에 자부심이 있는 것처럼 미소를 짓네.

'그 사건'이 일어나기 전에, 우리 학급에서는 허드슨 강가에 있는 클로이스터스 미술관에 간 적이 있어. 중세에 푹 빠진 어떤 부자가 지은 박물관 비슷한 곳이었지. 완전 옛날 분위기였는데, 회랑에 둘러싸인 멋들어진 안뜰도 있고, 그 한가운데에 정원도 있었거든. 지금 내 눈앞에는 비슷한 모습이 훨씬 큰 규모로 펼쳐져 있어. 방금 깎은 잔디밭이 완벽한 직사각형으로 펼쳐지고, 끝내주게 멋있게 허물어져 가는 낡은 석조 2층 건물이 주변을 둘러싸고 있단 말이야. 오른쪽으로는 커다란 뾰족지붕을 올린 건물이 있고, 왼쪽에서는 도서관의 반대쪽 벽 창문(웰시가 말해 준 거야)을 통해 햇빛이 그대로 들어와. 노란 면에 여기저기 장밋빛 사각형이 박혀 있는 모습이 보이네.

내 또래 나이대의 아이들이 '그 병' 이전의 평범한 사람들처럼 차려입고 돌아다니고 있어. 일부는 책을 들고 있고, 포도주 한 병과 술잔을 들고 가는 다정한 커플도 한 쌍 보여. 아무 걱정도 두려움도 없는 모습이야. 아주 엄청나게 나이 든 두 남자가 우스꽝스러운 검은 로브를 걸치고 열심히 정원을 가로지르며 대화를 나누는 모습도 보이고. 새들은 즐겁게 지저귀고, 꿀벌은 화단에서 붕붕거리고. 나비들은 나비스럽게 팔랑팔랑 날아다니고.

공식적으로 선언하는데, 지금 나는 완전히 정신이 나갔어. 이건 그 뭐냐, 내 인생이 혼돈과 폭력과 야만 속으로 빠져들기 이전 기준으로도 상당히 목가적인 풍경이었을 거라고. 그러니 지금은 천국처럼 느껴지는 게 당연하잖아.

나: "제발, 그만해요. 다 말할게요."

웰시: "무슨 소린가?"

나: "아무것도 아녜요."

웰시: "우울하고 낡은 관공서 건물보다는 이곳이 낫다고 생각했네만."

나: "정확한 판단이었네요."

우리는 오른쪽으로 방향을 틀어 계단을 올라서 좁은 복도를 따라 홀로 들어가는 문 앞에 도착해. 이곳 사람들이 '대학 구내식당'이라고 부르는 홀이야. 문제는 어딜 봐도 구내식당처럼은 안 생겼다는 거지. 호그와트의 정찬용 식당을 베낀 것처럼 생겼어. 크고 길쭉한 석조 외양간 같은 건물에, 양쪽에 벤치가 딸린 긴 나무 식탁들이 있고, 뒤편에는 낮은 단상이 하나 있는데, 내 생각에는 교수들이 뭔가를 먹는 장소일 것 같아. 뚱보 헨리 8세의 커다란 초상화가 다음으로 어느 아내를 죽일까 고민하면서 그 모든 광경을 굽어보고 있고.

다시 계단이 등장하고, 우리는 커다란 석조 분수가 있는 거대한 안뜰로 나와. 분수는 아예 가운데에 정자를 얹은 것처럼 생겼네. 웰시는 관광 안내인이 되어서, 지금 이곳이 건물 내 중정으로서는 유럽에서 가장 크다고 설명해. 헨리 8세가 세 군데 낡은 칼리지를 한데 뒤섞어서 커다란 칼리지로 만들었고, 아이작 뉴턴이 저쪽 구석에 살았고, 뭐 기타 등등. 우리가 걸음을 옮기는 오솔길에는 중산모를 쓴 남자들이 순찰을 돌고 있어. 그리고 여행객처럼 보이는 사람들은 걸음을 멈추고 기묘한 우리 일행을 구경해. 특히 티치가 눈길을 끌지. 어슬렁거리며 우리를 따라오는 모습이 꼭 스토킹 중인 회색곰처럼 보이니까.

웰시는 바이런 어쩌구가 살았다는 탑 하나를 가리켜 보여.

나: "그거 대단하네요. 그런데…… 우리가 왜 여기 있는 거죠?"

내 개수작 탐지기는 바짝 긴장한 상태야. 갑자기 내 거주지 급수가 독방에서 관광 명소까지 솟구친 이유를 모르겠거든.

웰시: "식초보다는 꿀이 낫다는 방법론을 실행에 옮기는 중이라네."

나: "그러니까, 파리 잡는 데는 꿀이 더 낫다는 그 속담대로 말이죠?"

웰시: "그렇지. 자네가 그, 해군과 함께 지내던 시절의 기록은 물론 확인했네. 마땅히 사과해야 할 일이지만, 사태 파악을 위해서는 필수적인 일이었다네."

나: "물론 그렇겠죠."

그 뭐냐, 당신이 내 취조 기록을 살펴봐도 별로 개의치 않는다는 듯.

웰시: "우리는, 여기서 '우리'란 나 자신과 외무성, 내무성, 그리고 사람들이 흔히 MI6라 부르는 기관의 사람들을 말하는 거네, 자네를 적이 아니라 동맹으로 취급하는 쪽이 지금의 역사적이고 흥미로운 시기에 보다 적극적인 도움을 제공할 수 있으리라는 결론을 내렸다네."

나: "좋아요, 나쁜 소리는 아닌데……."

웰시: "그리고 나는, 심문 과정에서 자네의 몇 가지 답변에 감명을 받기도 해서, 자네에게 학업을 이어 나갈 기회를 주는 것도 나쁘지 않으리라는 생각을 했다네."

나: "대학 수업이요? 어…… 나는 옥스퍼드에 들어갈 급수는 안 되는 것 같은데요."

웰시: "케임브리지. 우리가 있는 이곳은 케임브리지일세."(여기서 아주 살짝 성난 기색을 보이더라) "종종 헷갈리는 사람들이 있지. 어쨌든 옥스브리지에서―옥스퍼드와 케임브리지를 말하는 거네만―가장 힘든 부분은 입학이라네. 입학한 다음에는…… 글쎄, 원한다면 적당히 시간만 때우면서 보낼 수도 있지."

나: "그러니까, 적당히 쉽다는 이야기죠?"

웰시: "그렇네. 내 경험담이기도 하고."

나: "그러니까 나는 당신이 케임브리지에서 끝내주는 시간을 보냈기 때문에 여기 온 거네요?"

웰시: "글쎄, 정확하게 그렇게 표현하기는 애매한 상황이지. 사실을 말하자면 트리니티 칼리지는 항상 정보기관과 제휴하여 일해 왔다네. 냉전 시대의 가장 악명 높은 배신자들이 이곳에서 수학하기도 했고."

나: "그건 좋은 쪽으로는 안 들리는데요."

웰시: "물론, 고약한 쪽이지. 그래서 그 결과로, 트리니티는 졸업생들의 실수를 대속하려고 나름 적극적인 움직임을 보이는 편이라네."

나: "그러니까 나한테, 그 뭐냐, 역병 생존자 특별 전형 같은 걸 제공

하는 건가요?"

웰시: "말하자면 그런 셈일세."

그러니까 얘들 정부가 이리저리 줄을 당겨서 나를 대학에 넣어 줬다는 소리 같네. 처음에는 조금 구차하다는 생각이 들었지만, 다시 생각하니 사립 학교 얼뜨기가 도서관 따위를 기증한 부친 덕분에 예일에 입학하는 거나 큰 차이가 없어 보이더라고. 그러니까 난 여기까지 오려고 쥐도 먹고 야전 작전도 벌이고 식인종과 싸우기도 했잖아. 그 정도면 인생 경험으로 가산점을 받아도 되지 않겠어. 쌩고생으로 배우고 왔으니까. 그 뭐냐, 쌩고생 특화 과정을 이수한 셈이잖아.

물론 너무 순식간에 벌어진 일이긴 해. 대재앙 이후의 생지옥에서 목숨이나 건지려고 애쓰다가, 난데없이 특급 공공의 적이 되고, 다음에는 평범한 대학생으로 변신하다니. 하지만 나는 이런 예상치 못한 변화에 익숙하거든. 내 두뇌는 이미 '좋아, 어디 시험해 보시지' 상태란 말이야.

그리고 뭐 그래, 내가 이 제안을 받아들이려는 이유는 (a) 그거 말고는 할 일 따위 아무것도 없고, (b) 구금실보다는 나으며, (c) 내 친구들을 도울 방법을 알아낼 때까지 연막으로 쓰기에도 적절하기 때문이야.

나: "무슨 속셈이죠?"

웰시: "종종 우리 쪽에서 질문을 던지려는 속셈이라고 생각하면 될 걸세. 특히 뉴욕의 상황에 대해서."

나: "항공모함 로널드 레이건호 선상의 상황도 포함되나요?"

웰시는 이 질문에 조금 당황한 모양이야. 아니면 그것도 중요하다는 사실을 내가 알고 있어서 당황한 걸 수도 있고. 그는 이내 상황에 적합한 미소를 지어.

웰시: "그것도 물어볼 수 있지. 그리고 애석하게도 이 제안은 자네가 '자유구' 내에 머무는 동안만 유효하다는 사실을 알아 두길 바라네."

그렇게 말했어. 그냥 자유가 아니라, 자유구라고.

나: "어디 내에 머물라구요?"

웰시: "아, 그렇지. 실례를 범했군. 지난 몇 년 동안 일어난 상당히 특수한 여러 사건 때문에, 요즘은 도시 공간을 종전과는 다른 범주로 분할하고 있다네. 여기서 '자유구'란 도시 영역과 거의 일치한다고 생각하면 될 걸세."

나: "그러니까 맘대로 돌아다니지 말라는 거군요."

웰시: "사전에 승인받지 않았다면, 그런 셈일세."

나: "뭐…… 그럼 일단 '자유구'를 둘러보는 게 좋을 것 같네요."

웰시: "안 될 건 없지."

그래서 그는 우리를 이끌고 칼리지 입구의 커다란 성문에 달린 쪼끄만 문으로 나가. 티치는 용맹하게 자기 휴대폰을 찌르면서 누군지 모를 사람에게 대상이 이동 중이라고 알리고 있고.

문득 제대로 장단을 맞춰 주려면, 솔직한 사람이라면 뇌리에서 떠나지 않을 질문을 던져야 한다는 생각이 들어. 사실 지금 나도 그 질문이 뇌리에서 떠나지 않는 상태고.

나: "웰시, 내 친구들은 어디 있어요? 배에 있을 때는 아무도 알려 주지 않았어요. 탈출에 성공한 건가요?"

웰시는 사과하듯 웃음을 지어.

웰시: "솔직히 말하자면, 나도 모른다네. 그쪽 정부도 우리에게 속을 전부 내보이는 상황은 아니거든. 정보를 요청해 놓기는 하겠네. 지금은 다 잘되었기를 빌 수밖에 없지."

제퍼슨

우리는 아폴로 극장의 출연자 대기실에 앉아서 125번가와 극장 현관을 내려다보고 있다. 우리의 운명이 결정되는 날이다. 거리가 꽉 막히도록 군중이 몰려든다. 제임스 브라운이 연주했을 때도 분명 이런 모습이었을 것이다.

상황은 이렇다. 할렘 주민들은 계절이 바뀔 때마다 대통령을 선출한다. 현재 대통령은 솔론이다. 지금까지 매번 재선출되기도 했다. 원론적으로는 솔론은 마음 내키는 대로 이곳을 다스릴 수 있다. 원론적으로는 다른 이들의 의견을 물을 필요도 없고, 사람들은 그의 명령을 따라야만 한다. 그러나 아예 목줄이 없는 것은 아니다. 아무도 좋아하지 않는 짓거리를 벌이면 재선출되지 못할 것이고, 3개월이라는 주기는 상당히 짧기 때문이다. 따라서 특별히 골치 아픈 문젯거리가 등장하면, 그는 투표를 제청하여 대중의 의견을 반영할 수 있다.

원론적으로는 그저 특정 문제에 결정을 내릴 뿐이다. 그러나 실제로는 흔히 신임 투표라 부르는 것에 가깝다. 여기서 패배하면 다음 선거에서 패배할 가능성이 상당히 커지기 때문이다.

따라서 솔론이 자기 자리를 걸고 투표에 임한다고 봐도 무리가 없을 것이다. 게다가 그의 목숨도 걸려 있을지 모른다. 내가 들은 바에 의하면, 바로 그 권력 덕분에 지금껏 내렸던 인기 없는 결정에 대한 대가를 아직 치르지 않은 것이기 때문이다. 평화를 지키기 위해서 사방에 피를 흘리고 다닌 것은 분명 사실이니까.

그는 자부심 넘치는 투로 이렇게 말한다. "나는 고대 그리스에서라면 '참주'라고 불렀을 만한 사람이지. 하지만 그 당시에는 그리 나쁜 말은 아니었어. 사방에 독재자들이 있었으니까. 참주는 왕은 아니야. 자식에게 권좌를 물려줄 수도 없고, 그냥 죽이고 새 사람을 세우기도 어렵지 않았지. 선출된 참주 본인도 명확히 알고 있었어. 비를 부르지 못하는 지도자를 기다리는 운명은⋯⋯." 그는 말을 끝맺지 못한다. "고대에는 실패의 대가가 끔찍했지. 아테네에서는 전쟁에 패배한 장수는 10년의 추방형을 받았어. 위반하면 사형에 처한다는 조건으로 조국을 떠나야 했지. 도편 추방이라고 부르는 거야. 물론 그 정도면 친절한 축이었지만."

이마니는 보이지 않는다. 자기 지지자를 격려하러 나갔다. 기본적으로는 가부를 정하는 투표일 뿐이지만, 내가 보기에는 그렇게 단순한 문제는 아닌 듯하다. 우선 아폴로 극장에는 1천 명 정도밖에 입장할 수 없다. 지금 남은 할렘 인구의 1/10 정도 될 것이다. 그리고 내부에 입장한 사람만 투표권을 얻는다. 따라서 유권자가 되려면 일단 그곳에 도착해서 입장 제한이 걸리기 전에 사람들을 밀치거나 싸움을 벌여 뚫고 들어가야 하는 것이다. 그리고 그런 사람들은 흔히 말하는 골수 당원이기 마련이다. 내가 생각하던 민주주의 절차와는 조금 다르다고 할 수밖에 없다.

나는 묻는다. "이게 최선의 방책인 거야?"

"아, 조금 더 햇살 쨍쨍하게 이상적인 걸 바랐겠지? 모든 목소리가 발언권을 가진다거나 뭐 그런 거? 글쎄, 이 동네에서는 그런 식으로 흘러온 게 아니거든. 처음에는 아폴로에서 이런저런 일을 처리하기 시작했어. 그러다 더 커지고 나니까 장소를 옮기기도, 해 오던 방식을 바꾸기도 힘들어진 거야. 사실 그리 오래 해 온 것도 아니긴 하지만. 초기에는 어땠을 것 같아? 나는 모두가 모든 일에 참여하기를 바랐고, 그래서 매일 투표를 했어. 하지만 아무것도 제대로 진행되지를 않았지. 우리 형제들은 투표할 의제를 정하느라 몇 시간 동안 말싸움만 벌이고 있었으니까. 진실을 말하자면, 대부분의 경우엔 투표를 원하는 사람이 대충 1천 명 정도밖에 안 돼. 다른 사람들은 식량과 식수만 충분하면 그냥 신경 끄고 산단 말이지. 정치란 물건은 혁명이 일어나기 전까지는 그런 식으로 돌아가는 거야. 어쩌면 오늘이 혁명의 날일지도 모르겠군."

그는 웃음을 지으며 말을 잇는다. "어쩌면 내 삶이 새로운 단계로 접어드는 걸지도 몰라. 은퇴할 준비는 됐거든. 회고록을 쓰고, 세상을 둘러보고, 뭐 그런 것들 있잖아?"

이 말에 나는 가슴이 무너지는 것처럼 화들짝 놀란다. 솔론이 저 밖에 무엇이 있는지 알고 있다는, 내 거짓말을 꿰뚫어 보고 있다는 소리로 들리기 때문이다. 그리고 이 회합은 사실은 깜짝쇼로 벌이는 공개 재판이고, 나는 여기서 처형당하는 것이다. '린치'라는 단어가 머릿속에 떠오르지만, 이내 나는 그게 얼마나 안일한 생각인지 깨닫는다. 린치 정도로 끝날 리가 없는데. 얼어붙은 얼굴로 카메라 방향을, 내 시체를 보고 있는 금발 꼬마의 얼굴이 마음속에 그려진다. 흥겹게 웃으며 소풍을 즐기는 마을 사람들 사이에서, 뒤틀리고 고문당한 시체가 되어 배경의 나무에 매달려 있는 나의 모습을.

그는 내 표정을 보고 웃음을 터트린다. "친구, 너무 걱정하지 말라고. 너한테도 발언할 기회가 있을 테니까."

그는 내가 투표를 걱정한다고 생각한다. 그 말은 사실이다.

"내가?" 나는 솔론이 직접 평화를 제창할 거라고 생각했다.

솔론은 강고하게 말한다. "그래, 난 못 하니까. 나는 입장이 복잡하거든. 네 만병통치약을 맞은 사람이잖아. 우리를 뒤흔들어서 상황을 역전시킨 사람은 바로 너니까, 네 입으로 주장을 해야지. 걱정 말라고. 항상 약자를 응원하는 사람들이 있으니까. 아폴로의 전통이야. 그리고 백인 남자애라면 최하층의 약자 아니겠어."

"사실 나는 반은 일본인인데." 내가 말한다.

"그럼 더 잘됐군."

더 고약해졌다는 뜻이겠지만.

솔론이 투표자들의 무관심에 대해서 뭐라고 설명하든, 오늘 밤이 예외인 것은 분명하다. 누군가 음향 기기에 전원을 넣고 경쾌한 곡조에 맞춰서 "쇼타임! 아폴로에서! 쇼타임입니다! 아폴로에서!"라는 노래가 울릴 때까지, 사람들은 계속 객석으로 밀고 들어오려 애쓰고 있었으니까. 내가 듣기에는 개회를 알리는 신호인 것 같다.

이마니가 다시 등장해서 군중과 반갑게 악수를 나누고 있다. 지인도 있고, 호의적인 사람도, 중립적인 사람도, 대놓고 적대적인 사람도 있는 듯하다.

이때 나는 군중이 아무것도 모르는 백지상태여야 내 호소가 잘 먹히리라 생각했던 듯하다. 그러나 돌이켜 보면 상당히 순진한 생각이었다. 온전히 열린 마음으로 결정에 임하는 사람이 있을 리가 없으니까. 그리고 사람들이 지금껏 느끼고 깨닫고 겪어 왔던 일을 깡그리 잊기를 기대할 수도 없는 노릇이다.

이내 나는 무대 공포증과 죄책감과 순수한 물리적 공황이 뒤섞인 고통스러운 감성에 사로잡힌다. 워싱턴스퀘어에서 나는 우리 부족의 이야기꾼 노릇을 했었다. 이번에도 다를 것 없는 일이었다. 토론이 원래 그런 것 아닌가? 두 사람이 제각기 이야기를 들려주고, 더 나은 이야기가 승리하는 것이다. 그러나 나와 우리 부족은 서로를 잘 알고 있었다. 할렘 사람들에게 나는 그저, 모든 것을 장악할 준비가 끝났는데 난데없이 등장해 주먹질을 멈추라고 요구하는 백인 꼬맹이일 뿐이다(그래, 백인 '혼혈' 꼬맹이긴 하다). 모든 소녀와 소년에게 총을 한 자루씩 쥐여 주고, 이제는 아무 거리낌 없이 전쟁에 나설 수 있는 상황인데.

무대 뒤편에서 진땀을 흘리고 있는 나를 향해, 피터는 묘하게 생긴 나무토막을 가리켜 보인다. 가운데가 잘리고 위쪽이 반들반들하게 닳아 있는 나무토막이다.

피터가 말한다. "저거 문질러."

"왜?"

"행운을 비는 거야, 바보야."

나는 그의 말대로 한다.(공연자가 문지르면 행운을 가져다준다는 나무 그루터기. 마이클 잭슨부터 비욘세까지, 아폴로 극장에서 공연한 모든 아프리카계 미국인의 손길이 거쳐 간 나무토막이다: 옮긴이)

우리가 무대로 나서자 웅성거리며 끓어오르던 군중의 소리도 잦아든다. 붉은 벨벳으로 장식한 객석은 가파르게 기울어져 있어서, 마치 언제라도 군중이 무대로 쏟아져 내릴 것처럼 느껴진다. 놀란 얼굴들이 절벽처럼 바싹 일어서 있다.

피터가 말한다. "뭐가 문제야? 혼자서 1천 명의 흑인 친구들과 같은 방에 있어 본 적도 없는 사람처럼?"

혼자서 1천 명 속으로 뛰어든 셈이다. 묘하게도 분명 그런 느낌이다. 순간 지금껏 몽고주름을 가진 내가 사람들과 어울릴 수 있었던 것도 코카서스 혈통 덕분이었다는 사실을 깨닫는다. 이조차도 백인 세계의 흑인이 느끼는 감정과 비교하면 살짝 맛만 보는 정도일 것이다.

얼기설기 엮은 케이블이 벽면을 타고 위아래로 이어지며 마치 깊은 계곡의 덩굴식물처럼 드리워져, 발작하듯 깜빡이는 조명에 전력을 제공한다. 지금도 밖에서 힘겹게 돌아가는 발전기의 소리가 들린다. 저 발전기의 맥박에 따라 밝아졌다 흐릿해졌다를 반복하는 셈이다.

솔론과 나와 이마니가 앞줄로 나선다. 마치 권투 선수 두 명과 심판 같은 모습이다. 나는 잔뜩 겁먹은 상태다. 천 년쯤 지난 느낌이 드는 먼 옛날에, 그랜드 센트럴에서 돈을 벌려고 시스루와 함께 임시 투기장에 올랐을 때만큼 겁을 먹고 있다.

솔론은 객석 전체가 정적에 휩싸일 때까지 기다린다. 어쩌면 군중도 뭔가 큰 건수를 감지했는지도 모른다. 우리 사이의 공기가 미래를 잉태한 자궁인 셈이다. 희망과 폭력에서 생명을 얻은 듯 꿈틀거린다.

솔론이 입을 연다. "다들 내가 누군지는 알겠지." 그의 목소리가 맨 꼭대기까지 닿았다가 되돌아온다. "내가 지금까지 무엇을 했는지, 무엇을 약속했는지, 너희를 위해 무엇을 준비했는지도 알고 있을 거다."

객석에서 열광적인 반응이 일어난다. 그야 당연하지, 바로 그거야, 기타 온갖 대답이 들려온다. 솔론은 그 소리가 우리를 휩쓸고 지나가도록 기다린다.

"하지만—이번에는 그보다 더 나은 걸 손에 넣었다." 군중이 잠잠해진다. "지금은 살육의 시간이 아닐지도 모른다—적어도 아직. 지금은 생각할 시간이다. 다시 생각할 시간이다. 새로운 사실이 드러났기 때문이다. 새로운 소식이 있다. 희망이다."

군중은 온갖 다양한 반응을 보이며 혼란을 한층 가속한다.

"이 사람은 제퍼슨이다. 너희들도 이자의 말을 한번은 들어보고 싶을 것이다. 치료제를 가지고 있거든."

솔론은 그 말의 의미가 제대로 전달되기를 기다린다. 시작되는 조짐이 보인다.

"맞다. '그 병'의 치료제다. 우리는 기대조차 하지 않고 있었다. 그러나 지금 치료제가 여기 있다. 내 몸으로 직접 시험해 봤다. 몸에 위험하지는 않은지 확인해야 하니까. 내가 얼마나 사려 깊은 사람인지 다들 잘 알겠지."

군중 속에서 웃음소리가 터지며 모두의 경악을 뒤덮는다.

솔론이 말한다. "제대로 듣더군. 이렇게 가뿐할 수가 없다. 그리고 나는 아주 오랜 삶을 누릴 예정이다."

이 말에 인간이 낼 수 있는 모든 소음이 그대로 사라진다. 침묵의 물결이 그대로 내리 덮칠 것처럼 높이 솟아오른다. 그리고 바로 그 직전에, 나는 눈앞에 있는 1천 명의 생명체의 얼굴에서 단 하나의 같은 생각을 읽어 낸다. 살 수 있다고. 형장에서 풀려난 1천 명의 힘이다. 1년의 삶 대신에 50년, 60년, 70년이, 무수히 많은 가능성이 주어진 것이다.

다음 순간 바로 그 생각이 준 충격이 1천 가지 함성이 되어 우리를 휩쓸어 갈 것처럼 밀어닥친다. 처음에는 사람들이 뭐라고 말하는지 알아들을 수가 없다. 환희와 승리감이 귀가 먹먹한 폭포처럼 쏟아져 내려오지만, 그 아래 깊은 물 속에는 과거를 향한 비탄이 깔려 있다. 눈물과 함성, 포옹과 하이파이브와 실신이 이어진다. 이어 소란을 뚫고 질문이 들려오기 시작한다. 어떻게? 무슨 수로? 언제 얻을 수 있지?

솔론은 무대 위에서 사람들의 분위기를 휘어잡을 순간을 정확하게 알고 있다. 마치 전력으로 달리며 허공에서 공을 잡아채는 중견수 같다.

"자, 다들 진정하고. 이제 침착해질 때다. 지금 우리가 해야 할 일이 바로 그거다. 침착해지는 것. 우리 모두 치료를 받기에는 충분하니까."

솔론의 목소리가 어루만져 주자 군중은 차분해지며 진정한다. 그리고 나는 그 순간 깨닫는다. 앞으로 무슨 일이 일어나더라도, 저들은 그들에게 살 수 있다고 말해 준 솔론을 영원히 사랑하리라는 것을. 이제 저들이 솔론에게 등을 돌릴 가능성은 없다. 버림받아 개먹이가 될 사람은 나겠지. 솔론이 가져온 영광스러운 소식에 온갖 자격과 조건과 제약을 걸 사람이 바로 나일 테니까.

솔론은 절대 멍청하지 않다.

"그 외에도 너희들이 알아야 할 것이 많다. 중요한 결정도 하나 남았고. 여기 제퍼슨의 이야기에 귀를 기울여 주길 바란다."

그는 내 쪽으로 행사 진행자처럼 손짓한다. 군중의 눈에 창백한 피부의 이방인 방문자가 담기고, 나는 어찌해야 할지 감조차 잡지 못한다. 그래서 나는 한심한 모습으로 꾸벅 인사를 한다.

웃음이 광풍처럼 군중을 휩쓸고 지나간다. 솔론은 미소를 머금으며 조용히 하라고 손짓한다. "제퍼슨은 워싱턴스퀘어 부족에서 왔다. 너희들 중에는 테오와 스파이더와 선장을 제퍼슨네 일행과 함께 보냈던 일을 기억하는 사람도 있을 거다. 아예 처음 듣는 사람도 있을 테고. 그러나 이들이 역사에 남으리라는 점만은 보장할 수 있다. 바로 이들이 치료제를 가지고 돌아왔으니까." 그는 다시 팔을 휘둘러 피터, 브레인박스, 채플을 자신의 이야기에 포함시킨다. 나는 고개를 돌려 그들의 얼굴을 본다. 긴장하고 조심스러운 얼굴이다. 다시 고개를 돌리니 분노로 뻣뻣해진 이마니의 얼굴이 보인다. 솔론이 군중을 조종하고 있다는 것을 알아챈 것이다. 그녀가 생각한 공격에 맞설 수 있도록 내게 토대를 쌓아 주고 있다는 것을.

"제퍼슨이 제안을 하나 했다. 아니…… 조건이라 불러야 할지도 모르겠군." 그에게 낯선 단어일 리는 없지만, 그는 마치 진기한 물건을 마음의 손가락으로 이리저리 돌리며 확인하듯 말한다. "그는 전쟁을 끝내라고 말하고 있다. 이마니는—물론 누군지는 다들 알고 있겠지. 이곳의 운

영을 전부 담당해 왔으니……." 나는 그가 하지 않은 말을 속으로 덧붙인다. '내 휘하에서.'

솔론은 이마니 쪽으로 고개를 끄덕인다. "자, 이마니는 추가점을 얻을 기회를 놓치지 말자고 주장한다. 무슨 뜻인지 알겠지. 치료제를 독점하고 예전에 계획한 대로 행동을 시작하자는 것이다." 그는 '예전에'를 강조하며 말한다. '모든 것이 변하기 전에'라는 암시가 생생하게 울린다.

"이 문제는 표결에 부칠 생각이다. 치료제를 받아 내고 평화 속에 사느냐, 아니면 치료제를 가져오고."—솔론은 나를 힐긋 바라보고는 서둘러 고개를 돌린다. 갑자기 양심의 가책이라도 느낀 것처럼—"전쟁을 벌이느냐. 우선 이마니의 발언부터 들어 보기로 하겠다. 그녀에게는 그럴 권리가 있으니까."

이마니가 놀란 듯 눈을 깜빡이는 동안, 나는 솔론이 있는 힘을 다 실어 주었다는 사실을 깨닫는다. 그는 원하는 대로 판을 짰다. 우선 영광스러운 새소식을 모두에게 알리고, 나를 그 광채 속으로 끌어들이고, 내게서 치료제를 빼앗는 일을 일종의 불명예로 보이게 한 다음, 마지막으로 이마니를 먼저 싸움터로 던져 넣었다. 이마니의 표정을 보니 나 다음으로 말하게 되리라 생각하던 것이 분명했다. 사실 그게 이치에 맞을 것이다. 그녀는 기본적으로 내 계획에 반대하는 입장이니까. 이제 그녀는 자신의 생각과 내 생각을 함께 제시해야 하는 상황에 처한 셈이다.

그녀가 무대 위에 어색하게 서 있는 모습을 보면서, 나는 잠시 그녀의 모습을 거의 애석하게 여길 뻔한다. 그러나 그녀는 이내 눈썹을 찌푸리며 정신을 차리고는 거칠게 말을 내뱉기 시작한다.

그녀는 매서운 표정으로 입을 연다. "너희들, 전부 내 말 잘 들어. 지금 솔론은 아주 많은 걸 **빼놓고** 말했다고."

솔론도 이마니가 내가 아닌 그를 바로 공격해 들어가리라고는 생각하지 않았을지 모르지만, 어찌 됐든 표정으로 드러내지는 않는다. 보이지 않는 실을 당기듯 한쪽 입매가 1나노초 동안 움찔거릴 뿐이다. 나보다 멀리 있는 사람은 아무도 못 봤을 것이다.

"사실 나는 이 남자애가 들어올 때 그 자리에 있었어. 이쪽하고 저 남자애 말이야." 그녀는 브레인박스를 가리킨다. 브레인박스는 거의 사라지고 싶다는 표정이다. "자, 우선 쟤가 치료제를 가지고 있다고 생각하면 곤란해." 그녀는 나를 가리키며 말한다. "너는 딱히 찾은 것도 없잖아. 내 말이 맞지? 네 꼬마 친구가 발견한 거지."

나는 몇 초를 기다렸다가 대답한다. "맞아." 그리고 다음 순간 그게 실수였음을 깨닫는다. 수상쩍어 보일 테니까. 마치 내가 브레인박스의 공을 무시하는 것처럼.

"두 번째로, 원래 계약은 달랐어. 나도 그 자리에 있었기 때문에 아는 거야. 우리는 영역으로 들어온 이 바보들을 살려 보내 줬어. 거기다 테오와 스파이더와 선장까지 붙여서, 우리 배에 실어서 치료제를 찾으라고 보냈다고. 내 말에 틀린 거 있어?" 이번에는 나도 즉각 인정한다.

"그럼 그때 우리가 동의한 계약도 기억하겠지? 너희가 찾아낸 치료제는 할렘에서 쓰는 거야. 도미니카 놈들한테도, 푸에르토리코 놈들한테도 주지 않아." 그녀는 멸시하듯 '포르타리큰스'라고 발음했다. "그리고 그 빌어먹을 업타우너 개자식들한테는 절대 못 줘." 이 말에 군중은 환호하며 경고와 욕설을 내뱉기 시작했다. 그 격렬함이 공기를 뒤흔들고 내 등줄기에 싸늘한 공포를 불러일으킨다.

"나한테 지금 업타우너 놈들한테 삶을 주고 싶다고 말할 텐가? 110번가 이남에 사는 모든 형제자매를 끝까지 사냥해 죽인 놈들을? 놈들을 살리고 싶다고?"

수많은 부정의 대답이, 욕설이 섞인 거부의 목소리가 들려온다. 거대하고 느릿한 기계에 시동이 걸리듯 우레처럼 함성이 울린다.

"우리가 놈들한테 줄 것은?"

대답이 돌아온다. "죽음!"

"뭐라고?" 이마니는 귀 뒤에 손을 대고 고개를 앞으로 내밀어, 소리 속으로 몸을 기울인다.

"죽음!"

"뭐라고?"

"죽음!" 이제 군중은 자리에서 일어나 소리치며 발을 구르고 있다.

이 정도에서 그녀는 자연스럽게 마이크를 놓았어야 한다. 어떻게 해도 내가 끼어들 상황이 아니었으니까. 그러나 그녀는 여기서 실수를 저지른다. 군중을 선동하는 데 성공한 다음에 자신의 주장을 논증하려 시도한 것이다. 이 시점에서 논리란 약점일 뿐이다.

그녀는 말한다. "이봐, 친구들. 이 아이한테 감사하지 말아야 한다는 소리는 아니야. 이 아이하고 그 부족도 치료제를 받게 될 거야. 하지만 우리는 너무 많은 희생을 치렀어. 테오. 선장. 스파이더. 그들은 우리를 위해 죽은 거라고.

우리는 치료제를 잔뜩 만들 거야. 어차피 충분한 양을 만들 능력은 우리밖에 없잖아. 그런 조직력도 우리밖에 없어. 장비도 그렇고."

나도 당연히 그게 사실이라 생각한다. 그러나 실현 문제로 넘어가자 군중의 분노에서 살짝 김이 빠진다. 이제 사람들은 자리에 앉고 있다. 이빨이 아니라 두뇌로 생각하기 시작하는 것이다.

"그러니까 내가 부탁하고 싶은 건 이거야. 우리가 치료제를 가지는 쪽으로 투표해 줘. 그리고 전쟁에 나서는 거야."

다시 박수갈채가 터져 나오고 전쟁을 향한 열정이 타오르지만, 조금 전보다는 기세가 부족하다. 분노라는 마취제의 효과가 떨어지기 시작한 것이다.

이마니는 솔론을 슬쩍 바라보다가, 시선을 돌려 나를 훑어본다. 그러더니 이제 뭘 해야 할지 모르겠다는 것처럼 무대 가장자리로 가서 다리를 늘어트리고 앉는다. 성질을 부리다 지친 어린아이처럼 보이는 모습이다.

군중과 나는 서로를 가늠해 본다. 시선이 온몸을 찌르고, 그 찔린 곳마다 땀방울이 맺히는 것만 같다. 그러나 다음 순간, 나는 그녀의 목소리를 듣는다. 내면에서 들린 것도 아니고, 오싹한 느낌도 없다. 그저 내 목적을 위해 빚어낸 기억 속 그녀의 목소리가, 내 몸속 어디선가 울리는 것뿐이다. "이야기를 들려줘."라고.

그래서 나는 그 말에 따른다. 나는 브레인박스가 어떻게 실험실이 존재한다는 증거를 발견했는지를 말한다. 우리가 어떻게 도서관에 들어갔고 천국을 그린 벽화 아래에서 식인종 유령들과 싸웠는지도. 어떻게 그랜드 센트럴에서 업타우너들에게 발각되고 지하철 통로에서 사는 두더지족이 우리를 구원했는지. 업타우너들이 어떻게 우리를 따라와서 두더지족을 발견했고 그들을 전부 죽였는지. 우리가 어떻게 황야가 된 센트럴파크를 헤매다 길을 찾았는지, 곰이 어떻게 우리를 발견하고 냄새로 추적해서 메트로폴리탄 미술관까지 따라왔는지, 우리가 어떻게 그곳에서 검과 도끼와 창으로 맞서 싸워 곰을 죽였는지, 그리고 온몸이 너덜너덜해진 시스루가 어떻게 죽었는지도. 우리는 슬픔을 애도하며 북으로 향해 할렘으로 들어왔고, 이어 애니호를 타고 섬의 해안을 따라 올라가다 섬 아이들에게 사로잡혀 실험실로 끌려갔다. 플럼아일랜드에서 우리는 실험체가 되었다. 일부는 살아남고 일부는 죽어 버렸다. 그리고 나는 살아남았고, 내 피에서는 '그 병'이 사라졌다. 그리고 이 치료제는 내 피에서 만든 것이다. 우리는 캐스의 시체를 그곳에 놔둔 채로 돌아오는 여로에 올랐다.

이야기를 계속할수록 야유와 농담과 욕설은 조금씩 자취를 감췄다. 그리고 그들은 오랜 갈망에 굴복했다. 다음 대목을 알고 싶고, 다른 사람의 감정을 느끼고 싶고, 자아와 타인을 하나로 엮어 버리고 싶은 갈망에. 그러면 결국 그 모든 이야기는 자신의 것이 된다.

이야기 도중에, 나 또한 진실과 거짓의 경계를 잃어버린다. 어차피 그 모든 것이 하나의 이야기일 뿐이니까. 나는 살아 있는 테오를 생각하면서도, 목숨을 잃은 시스루를 생각하면서도 똑같이 슬픔에 빠진다.

적막이 흐른다. 그리고 그 정적을 깨듯이, 누군가 소리친다. "계속해 봐, 백인 꼬마!"

나는 마음을 추스른다.

"지금은 생명이 너무 부족해. 죽음은 너무 많지. 나는 어떤 사람에게 는 삶을 주고 다른 사람은 죽게 놔둘 수가 없어. 도저히 그럴 수가 없다 고. 최대한 많은 생명을 주고 싶어. 우린 전부 꼬맹이들이었잖아……." 갈 곳을 잃은 모든 소년소녀의 얼굴에 공감의 표정이 떠오른다.

"그 시절로는 절대 돌아갈 수 없겠지. 하지만 더 나은 존재가 될 수는 있어. 모두가 가능하다고. 지금 전쟁을 벌이면 얼마나 많은 사람이 죽 겠어? 너희들 중에서도, 백 년을 살 수 있는 사람들이 얼마나 많이 죽겠 어?" 그들은 생각에 빠진다.

"내 말은…… 내가 부탁하고 싶은 것은…… 우리 모두 한 번만 더 시 도해 보자는 거야. 부족으로 나뉘어 전쟁을 벌이는 것보다 더 나아질 수 도 있잖아. 삶을 만들 수 있다고."

환호성이 울리지는 않는다. 아무 반응도 없다. 심장이 크게 두근대듯 웅얼거리는 소리 정도다. 내 심장 소리일지도 모르지만.

솔론은 고개를 끄덕인다. 그는 군중을 향한다. "좋아. 그럼 시작해 볼 까? 전쟁?"

몇 군데에서 손이 올라간다. 몇 개의 손이 뒤를 따른다.

"그럼 평화?"

사람들이 조용히 자리에서 일어선다. 수백 명, 아니 천 명이. 눈물이 흘러내린다.

돈나

사람들이 완전 아무 무기도 없이, 완전 무장 해제 상태로, 타인의 위협을 완전 의식적으로 인식하지 않으며 거리를 걸어다니고 있어. 그 뭐냐, 이런 느낌이라니까. "랄랄라, 나는야 빌어먹을 도로 한복판에서 느긋하게 즐기고 있다네, 누군가 나를 홀라당 털어먹거나 머리에 콘크리트 블록을 떨어트리거나 몽둥이로 두드려 팰 걱정은 조금도 않는다네." 흠, 이런 게 문명의 기반이나 뭐 그런 거 아닐까.

사실 제퍼슨은 문명의 기반은 위생 시설이라고 했어. 그리고 이곳의 냄새에 대해 한마디 해 볼까? 아예 안 나. 그러니까, 악취 말이야. 뉴욕에서는 유기물이 부패하는 냄새가 아침에 일어나는 순간부터 콧속으로 촉수를 뻗어 오거든. 사실은 꿈속 세상도 다양한 악취의 색이 입혀질 지경이야. 하지만 여기는 모든 물건을 깔끔히 문질러 닦은 것만 같아. 똥 냄새도 썩은 내도 땀 냄새도 안 난다고. 변화나 죽음을 되새겨 주는 냄새는 전혀 없어. 사실 그게 목적이겠지. 뉴욕에서는 다들 젊기는 했지만 결국 죽을 운명이었잖아. 죽음이 새긴 커다란 진홍색 D자를 달고 살아

갔단 말이야. 그런데 여기는 노인에 갓난아기에 어린이에 10대 초반에 중년까지 죄다 있기는 한데, 느낌 자체는 어딘가 달라. 그 뭐냐, 다들 눈에 안 보이는 차원 속에서 생명을 향해 굽어 있는 것 같다니까.

다만 봄날이나 들꽃이나 뭐 그런 것들처럼 자연스러운 생명이라기보단, 그러니까 생명은 생명인데—제퍼슨이 그걸 뭐라고 불렀더라?—진짜 생명의 모사품 같은 느낌이야. 일종의 광고용 제품이랄까, 마케팅용 생명 같은 거. 진짜 생명이 아니라 생명의 모사품 같단 말이야. 어쨌든 다들 느긋하게 돌아다니면서, 위험에는 신경도 안 쓴 채로 미소를 짓고 웃음을 터트리고 바삐 움직이고 자기 할 일을 하는 모습이 충격적일 정도야. 눈에 보이는 총기는 일부 경찰이 들고 있는 기관 단총뿐이고. 웰시는 그조차도 '최근'이 되기 전까지는 보기 드물었다고 말해. 하지만 최근에 무슨 일이 일어났길래 다들 무장을 한 건지는 제대로 말해 주지를 않네.

우리는 잔해가 널려 있지 않은 거리를 걸어가며 건물을 둘러봐. 웰시는 이 대학이 수많은 작은 칼리지로 구성되어 있고, 저마다 나름의 정체성과 전통과 소속감이 있다고 설명해. 꼭 부족 같잖아. 나는 벌써 트리니티에 나름 소속감을 느끼고 있어. 있은 지 열두 시간밖에 안 됐기는 하지만.

칼리지의 이름은 대부분 시작할 때 돈줄을 댄 부자들의 이름에서 따온 거야. 때로는 그 부자들이 신에게 아부하고 싶어서 기독교 이름을 붙이기도 했고. 그렇게 돈과 권력을 손에 넣으려고 온갖 지저분한 짓을 저질렀을 테니, 지옥으로 보내기 전에 다시 생각해 달라고 부탁하려는 거겠지. 심지어 지저스 칼리지에 크라이스트 칼리지도 있다니까. 무슨 복음주의 사립 학교 같은 이름인데, 웰시 말로는 다른 곳들과 똑같대. 트리니티도 사실은 '성스럽고 합일된 삼위일체'를 줄여 말하는 거야. 그냥 너무 장황하니까 아무도 그렇게 부르지 않을 뿐이지.

우리는 머지않아 킹스 칼리지라는 커다란 학교에 도착해. 엄청나게 큰 예배당이 있는데, 마치 SF 작가가 생각해 낸 초대형 중세풍 미사일 발사대 같은 생김새야. 웰시는 이런저런 공작 나리들에 대해서 설명하기 시작하네.

나: "그거 대단한데요. 근데 뭐 좀 먹으면 안 될까요?"

우리는 시장을 가로질러. 우리 동네 바자가 떠오르네. 좌판마다 사람들이 자기 물건을 가지고 나와서 흥정하고 있으니까. 웰시에게 이런 말을 하니까, 바자에 대해 이것저것 질문을 쏟아 내기 시작해. 어떻게 생겼냐, 누가 운영하냐, 사람들이 어떻게 물건을 사냐, 어떤 물건이 있냐. 내 답변이 그의 두뇌 속에 차곡차곡 정리되는 게 보일 지경이야.

그러는 동안에도, 나는 그 존재조차도 까먹고 있었던 사소한 행위 때문에 자꾸 실수를 저질러. 쓰레기를 쓰레기통에 버린다든가. 줄 서서 기다린다든가. 다른 사람을 위해 문을 잡아 준다든가. 마치 다른 사람을 다시 만날 것처럼, 또는 그럴 리가 없더라도 그러리라 연기하는 행동들 말이야. 어쩌면 상상 속에서 상대방과 위치를 바꾸어 생각하는 걸지도 모르지. 사실 별것 아닌 것처럼 느껴질지도 몰라. 딱히 비용도 내지 않고 공공선에 기여하는 일이잖아. 하지만 생존 태세에 들어간 사람들이 그런 걸 얼마나 빨리 팽개치는지 알면 놀랄걸. 그런 올바른 행동은 운명을 함께할 극소수의 한정된 사람들에게만 적용된단 말이야. 그래서 나는 지금 눈앞의 모습이 집단이나 뭐 그런 개념의 확장이라고 생각하기로 했어. 어쩌면 국가나 '사회'조차도 그런 것일지도 모르지. 나는 누군가 유모차를 인도에 올려 주는 모습을 멍하니 지켜보느라, 웰시가 나한테 하는 말도 끄트머리밖에 알아듣지 못해.

웰시: "……그래서 위장을 준비하기로 한 걸세."

나: "네?"

웰시: "이것도 영국식 영어려나? '거짓 신분' 말이네."

나: "아뇨, 위장이 뭔지는 알아요. 제가 비밀 요원 행세를 했으면 하는 건가요? 그 뭐냐, 가짜 신분을 쓴다거나?"

웰시: "전자는 아니고, 후자는 맞네. 자네의 '비밀 요원 행세'는 원하지도 않고 필요도 없네. 반면 자네가 사회에 재진입하려면 '그 병'의 생존자라는 부담을 떠안지 않는 편이 더 쉽겠지."

나: "아."

웰시: "이미 알겠지만, 아메리카 대륙에 생존자가 그렇게 많다는 사실은 널리 알려지지 않았다네. 사실은 전부 죽었다고 알려져 있지."

나: "왜 사람들한테 알리지 않은 건가요?"

웰시: "여러 이유가 있네. 가장 큰 이유는, 우리에게 지금 그곳을 수습할 방법이 없다는 거지. 그리고 지금의 위태로운 정세에 대중에 알리기는 꺼려질 수밖에 없고."

나: "사람들이 진실을 감당할 수 없다는 뜻이군요."

웰시: "니콜슨 씨가 아주 훌륭히 표현했듯이(영화 〈어 퓨 굿맨〉에서 인

용한 이야기다: 옮긴이), 그렇다네. 게다가 자네가 역병의 유일한 생존자를 자칭하더라도, 애석하지만 아무도 믿지 않을 걸세."

나: "그 뭐냐, 가능성이 너무 희박하다는 거지요?"

웰시: "그렇지. 게다가 명성을 얻으려고 바로 그런 짓을 하는 관심 종자들이 상당수 있으니 말일세. 그리고 솔직히 고백하자면, 정보부에서 일하는 내 동료 중에서는 일부러 생존자의 소문을 퍼트리는 이들도 있다네. 정보의 신빙성을 떨어트려서, 그런 생각에 대한 예방 접종을 해주는 셈이지."

나: "세상에."

웰시: "위험한 세상이니까. 그러니까 요약하자면, 진실을 밝힐 경우에 쏟아질 온갖 관심을 고려하면, 처음부터 피하는 편이 자네에게도 낫지 않겠냐는 걸세."

지금까지는 생각해 본 적 없는 일이었어. 그리고 맞아, 이제 생각해 보니 괴물 취급을 받으면 꽤나 번거롭기는 할 거야. 그리고 우리 동네가 어떤 상황인지 매일 온갖 질문을 받는 일도 썩 내키지 않지. 웰시하고 MI 어쩌구 하는 친구들만으로도 충분하니까.

웰시: "거리낌이 있는 모양이군."

나: "거리낌이요?"

웰시: "망설임 말일세."

나: "아, 거리낌이 무슨 뜻인지는 알아요. 그런 건 없고요. 그러니까, 거짓말을 하는 일에는 거리낌이 없다는 뜻이에요. 더 끔찍한 짓도 해 온 걸요. 게다가 우리 부족 외부의 사람한테 거짓말을 한다고 문제 될 게 있

나요? 전혀 없죠."

웰시는 내 말을 제대로 이해하지 못한 것 같지만, 추가로 질문을 하지는 않아.

나: "다만 내가 제대로 할 수 있을지 확신이 안 들 뿐이에요."

웰시는 직업적 자부심이 섞인 웃음을 지어 보여.

웰시: "아, 그건 우리가 도울 걸세. 인간이란 놀랄 정도로 타인에게 무관심하거든. 젊은이들은 특히 그렇지. 이런 분위기에서는 더욱더 그렇고. 대학 초년생이니까…… 다들 어느 정도는 자신의 모습을 재창조할 때 아니겠나."

그는 내가 들어가도록 문을 열어 줘.

웨이터가 우리의 주문 내역을 작은 기계에 입력해. 웨이터가 사라지자 웰시는 줄거리를 늘어놓기 시작해. 마치 고등학교 시절에 진짜 찐따였다가 대학에 들어와서 쿨해지려 하는 느낌이야. 나를 알던 동네 사람이 아무도 없으니까. 반면 나는 예전에 대재앙 이후 세상의 하이에나였고, 지금은…….

뭐, 내가 돈나라는 점은 변하지 않아. 이름은 그대로 가져가는 게 낫다고 결정했거든. 그러면 내 이야기에도 나름의 신빙성이 생길 테고. 웰시는 우리 부모님이 해군이고 난장판이 벌어졌을 때 부모님이 나를 로널드 레이건호에 태웠다고 하자고 제안했어.

물론 한심하고 터무니없는 거짓말이지. 하지만 당장은 대재앙 이야기를 드러내 봤자 좋을 일이 없을 것 같거든. 제퍼슨과 나머지 애들을 돕는 데에도 보탬이 안 될 테고. 그러니 돈나 버전 2.0을 실행시킬 수밖에.

부모님을 지워 버리는 건 조금 마음이 아팠어. 그 뭐냐, 물론 이런 거짓 배경이 내게는 전부 명백한 거짓이기는 하지만, 그래도 내 진짜 과거를 담은 뇌 속 공간으로 이것들이 스며들어서 슬금슬금 밀어내기는 한단 말이야. 말이 되는 연기를 하려면 자신도 어느 정도는 믿어야 하는 법이잖아. 사실 아버지를 밀어내는 건 별 문제가 없어. 포장 안 하고 대놓고 말하자면, 우리 아버지는 언제나 얼간이였거든. 그 뭐냐, 애초에 결혼하거나 자식새끼를 낳을 계획은 조금도 없었던 인간이지. 나는 언제나 짜증스러운 게으름뱅이 취급만 받았고, 내가 아무리 노력해도(사실 별로 힘들여 노력도 안 했지만) 나를 대할 때면 언제나 효율적으로 애쓰는 느낌이 묻어났지.

하지만 엄마는 문제가 달라. 편모 가정의 전형적인 이야기를 늘어놓을 생각은 없지만, 엄마는 온갖 것들을 감당해야 하셨던 분이고, 항상 내가 곁에 있어서 즐겁다는 느낌을 주셨어. 종종 나를 죽이고 싶어질 때조차도 말이야. 어쨌든 우리 엄마를 가상의 장교 부인으로 바꾸는 건 기분이 썩 좋지 않아. 나는 마음속으로 엄마한테 사과해.

웰시: "물론 세부적인 내용은 연습이 필요하겠지. 참, 자네 튜터에게는 내 재량으로 현재 상황을 알려 놓았네. 우리 쪽에 연줄이 있는 사람이라서."

나: "개인 교사요? 내가, 그 뭐냐, 바보라서요?"

웰시: "아니, 아니. 이곳의 튜터는 행정직이라네. 미국 대학의 학과장에 해당하는 지위지. 다만 조금 더 내밀한 관계긴 한데. 실제로 뭔가를 가르치는 사람은 아닐세. 그저 뭐라고 할까… 보통 '허송세월을 보낸다'

는 표현을 쓰는데, 그 표현에 해당하는 행위만 하지 않으면 만날 일도 없을 걸세."

나: "땡땡이치면 만나는 사람이라는 거죠?"

웰시: "그런 셈이지."

나: "알았어요. 하지만 당신하고는 무슨 관계라고 하게요? 게다가 티치랑—"

티치는 우리 바로 뒤편에 앉아서, 사람들이 엿듣지 못하도록 일종의 인간 칸막이 역할을 하고 있어. 평범한 크기로 제작한 모조 시골풍 긴 의자와 식탁에 앉으니 덩치가 흘러넘칠 지경이야. 뻣뻣한 남자는 험악한 얼굴로 출구 옆에 서 있고.

나: "저기 서 있는 험악 씨도 있고요."

웰시: "지금은 자네 부친이 재건 위원회 소속이라고 할 생각이네. 자네 정부와 우리 정부의 연결 부서지. 그러면 자네도 목표로서 가치가 높아지니, 경호원을 데리고 다녀도 이상할 것 없지."

나: "누구 목표가 되는데요?"

웰시: "끔찍하게 복잡한 이야기라네."

그는 웃으며 그 주제를 마무리지어. 그러더니 황금 동상을 빼돌리고 모래주머니를 올려놓는 인디애나 존스처럼 가볍게 화제를 바꾸네.

웰시: "게다가 아직 학기가 시작되지 않았으니까. 학생들은 대부분 도착하지 않았을 걸세. 학기가 시작되면 우리도 조금 더 거리를 두지."

음식이 도착해. 내가 앉은 42번 탁자에는 쌀국수가 도착해. 웰시와 티치는 자기네가 젓가락을 쪼개기도 전에 단번에 음식을 욱여넣는 내 모습을 멍하니 바라봐. 나는 한 그릇을 더 주문하고 손가락을 닦아 버려.

나: "미안해요. 식기를 써 본 지가 좀 돼서. 로널드 레이건호에서도 하나도 안 줬거든요. 우리가 그걸 무기로 사용할 거라 여긴 건지."

웰시: "우리 계획이 통하려면 포크와 나이프 쓰는 법을 다시 익혀야 할 것 같군."

나는 고개를 끄덕이며, 속으로 내가 어떻게 될까 의문을 품어. 진짜 대단한 건 그런 생각을 하는 게 이번이 처음이라는 거야. 그 뭐냐, 만약 내가 사기극을 제대로 해 버린다면, 나는 결국 어떤 존재가 될까? 만들어낸 여자애가 되어서 완전히 증인 보호 프로그램처럼 살게 되는 걸까? 제퍼슨에게 돌아가는 방법을 찾을 수 있을까, 아니면 남은 평생 고가치 목표물 여자애로 남는 걸까? 나는 문득 한 가지를 깨달아. 지금껏 앞으로의 인생을 생각한 적이 없었다는 거야. 적어도 18세 이후의 삶은. 내 몸에 남은 모든 시간을 어떻게 써야 할지 짐작조차 안 가는 상황이야.

대학생이라면 분명 온갖 부류의 존재론적 문제인지 뭔지에 빠지긴 하겠지. 다양한 형태의 "남은 평생 나는 뭘 하고 살까?"라는 의문도 가질 테고. 그냥 내 경우는 아주 조금 더 복잡할 뿐이라는 느낌이 들어.

그리고 나는 여전히 죽어 가고 있는 우리 부족을 떠올려. 그러니까, 채플과 나머지 사람들이 진짜로 모두를 구하려고 단호하게 행동하지 않는다면 그런 상황일 거 아냐. 제퍼슨과 다른 친구들도 떠오르네. 다들 무사히 우리 동네로 돌아갔을까?

나: "웰시, 이대로 진행하려면, 당신들과 협력해서 높은 신분의 여자애가 될 거라면 우선 내 친구들이 무사한지부터 알고 싶은데요."

웰시: "나도 알았으면 좋겠네. 자네 나라의 정부가 아주 단단히 입을 다물고 있어서 말이야. 자네 일행의 탈출이라 부를 수 있는 행위에 상당히 수치심을 느낀 모양이고, 양국 정보기관이 모든 일에 협력하는 것도 아니거든. 덕스포드 공군 기지에서 벌어진 사소한 언쟁에서 느꼈을 거라고 생각하네만."

나: "그래요. 그건 고마웠어요. 재밌기도 했고."

그러니까 다들 어떤 상황인지 알 방도가 없다는 소리네. 가장 말이 되는 추측은 워싱턴스퀘어까지 돌아가기 전에 어딘가 억류되었으리라는 거겠지.

더 끔찍한 일이 벌어졌을 수도 있고.

따라서 나는 시간을 끌기로 해. 웰시가 아무리 부드럽게 나를 안심시키려 들어도, 결국 내 질문에 답하지 않고 넘어갔을 뿐이잖아. 지금은 속임수를 쓰는 수밖에 없어.

문득 한쪽 눈가로 맞은편 구석에 앉은 남자애가 나를 살펴보는 모습이 보여. 구릿빛 피부에 뒤로 쓸어 넘긴 흑발에 녹회색 눈동자를 가지고 있네. 게다가—물론 이게 뭐 딱히 중요하거나 그렇다는 건 아니지만—완전 아름답게 생겼어. 그 뭐냐, 10점 만점에 11점이야. 손에 든 포크에는 국수가 말려 있는데, 나를 보느라 너무 바빠서 먹지도 못하고 있네. 내가 마주 보니 순간 정신을 차리지 못하고 갑자기 국수에 지대한 흥미를 보이는데, 그게 또 나름 매력적인 거 있지. 웰시는 내 시선을 따라가더니 그 남자애를 목표물인 것처럼 살펴보기 시작해.

웰시: "실례지만 혹시 아는 사람인가?"

나: "누구요? 아, 아녜요. 전에 본 적도 없어요."

진실이기는 하지만, 웰시는 머릿속에 저 남자애에 대해서 기록하고 얼굴도 기억해 놓는 것 같아. 나는 조금 낙담해 버려. 내가 쳐다봤다는 이유로 테러리스트 감시 목록이나 뭐 그런 거에 올려 버린 것 같잖아.

티치: "제가 확인하겠습니다."

나: "잠깐 기다려요, 티치. 괴롭히거나 그러지 말라고요."

웰시: "그래, 티치. 아무래도 저 친구는 '셰르셰 라 팜'으로 분류해야 하지 않겠나?"

그게 정확하게 무슨 뜻인지는 모르겠지만, 어쨌든 티치가 얌전히 물러서긴 하네.

웰시: "좋아. 그럼 시작해 볼까."

 **제퍼슨**

브레인박스는 우리가 근처 지붕 위를 돌아다니며 모아들인 묵직한 비둘기똥 자루를 살펴본다.

"그러니까 너 지금 똥으로 폭탄을 만든다는 거지?" 피터는 상당히 회의적인 태도다. 그는 자기네 학교에서 분필을 모아 오는 비교적 쉬운 작업을 맡았다. 그는 달그닥거리는 작은 백색 원통으로 가득한 마분지 상자를 내려놓고, 멀찍이 떨어져서 브레인박스와 그의 구아노 수집품을 바라본다.

브레인박스가 말한다. "초석."

"이번에는 초도 필요하다고?" 피터는 이마를 훔친다. 을씨년스러운 스톤월 고등학교에 다녀온 것 때문에 심기가 불편해진 모양이다.

"아니. 초하고 돌이 아니라 초석이야. 구아노하고 석회로 초석을 만드는 거야. 그런 다음에는 숯을 더해서 흑색 화약을 만들 거고. 그러니까 사실 지금 필요한 건." 그는 피터를 올려다본다. "숯이야."

피터가 말한다. "숯은 전부 써 버렸다고."

"그럼 나뭇조각을 주워다 숯을 만들어야지."

피터가 대꾸하려는 순간 채플이 끼어든다. "애스터플레이스에서 K-마트를 봤어. 거기 있을지도 몰라." 피터는 고개를 끄덕인다. 그와 채플은 모종의 관계를 이어 가는 중이다. 두 사람이 아파트를 나가고 1~2분쯤 지나서, 나는 그들이 조심스레 남쪽으로 전진하는 모습을 지켜본다. 우리 아지트는 10번 애비뉴와 브로드웨이가 만나는 모퉁이 안쪽의 브라운스톤 건물 5층에 있다. 창문이 전부 불투명할 정도로 더럽다는 점이 은폐에 유용하다. 나는 유리창에 그린 작은 동그라미로 아래쪽 거리의 상황을 살핀다.

보급 상황을 점검할 때다. 탄약 약간에 군용 휴대 식량 몇 팩에, 돌격 소총이 있다. 원하는 만큼 장비를 챙겨 올 수는 없었다. 솔론은 우리가 다운타운으로 떠나기 전에 대부분의 장비를 압수하고, 치료제도 우리 부족을 구하기에 충분할 정도만 남겼다. 이론적으로 말이다. 나머지 혈청과 장비를 가져가면서, 그는 이렇게 말했다. "네가 우리를 배신하거나 죽을 가능성도 있으니까. 어느 쪽이든 결과는 똑같을 테지." 그를 신뢰하는 것 외에 다른 선택지는 없었다.

사실은 다른 선택지가 있었어도 그를 믿었을 것이다. 정확한 이유는 모르겠다. 그저 솔론이 우리 쪽에 운을 걸었다는 느낌이 들어서일까.

우리가 할렘을 떠나고 2주 후에 최초의 부족 회합이 열릴 예정이었다. 이미 소문이 퍼지기 시작했다. 따라서 열흘 안에 우리 부족을 해방해야 한다.

프랭크를 마주친 이후로, 우리는 3일째 워싱턴스퀘어를 주시하는 중이다. 프랭크는 브로드웨이에서 포석 위에 널브러져 있었다. 양손을 허리에 댄 채로, 등에는 총상이 가득했다. 한때 건장했던 그의 몸은 온갖 흉터와 상처로 너덜너덜했다.

프랭크는 뉴욕주 북부에서 건너온 농부의 아들로, 그 병이 덮쳤을 때는 가족과 함께 빌리지에 머무르고 있었다. 아들을 제대로 교육하고 싶었던 부모님이 프랭크를 도시의 가톨릭계 학교로 보냈기 때문이다. 워싱턴스퀘어 근처의 홀리크로스 고등학교였다.

빌리지에서 그의 삶은 순탄치 않았다. 혼잡한 교통과 인파는 당황스럽기만 했고, 급우들은 그를 시골뜨기 머저리로 취급했다. 그는 향수병에 사로잡혀 비참하게 살면서도 부모님 때문에 포기할 수조차 없었다. 그러나 대재앙이 찾아오기 전까지 한 사람 몫을 해내지 못하던 프랭크는 대재앙 이후에는 작물을 길러 내는 능력으로 굶주리는 아이들에게 흠모의 대상이 되었다. 식량이 떨어지고 대지에서 새 음식을 가꾸는 법을 아는 사람이 프랭크뿐이라는 사실이 알려지자, 아이들의 태도도 변했다. 우리는 그의 감독하에 워싱턴스퀘어의 녹지를 갈아엎어 옥수수와 보리와 콩을 심었다. 이 작물들로 다운타운의 버려진 식품점과 한인 정육점을 뒤져서 얻어 낸 얼마 안 되는 열량을 보충할 수 있었다. 우리 부족이 두 해의 힘겨운 겨울을 살아남을 수 있었던 것은 프랭크 덕분이었다.

마지막으로 정찰을 나가면서, 나는 그에게 부족을 맡겼다.

그리고 그는 이제 시체가 되었다.

우리는 개미와 쥐가 먹어 치우지 못하도록 프랭크를 끌어냈고, 이제 그의 시체는 천에 휘감긴 채로 옆방의 침대에 누워 있다. 스퀘어를 되찾으면 정식으로 장례를 치러 줄 생각이다.

채플의 자이스 빅토리 조준경에 순찰병 여섯이 보인다. 전부 남자고, 스킨헤드에, 헐렁한 위장복을 입고 있다. 업타우너가 분명하다. 돈나의 옛 치료소에 열 명 정도가 추가로 박혀 있다.

그놈들이 감시하고 있는 일꾼들—우리 부족민들—은 남자애들뿐이다. 여자애는 본 적이 없다. 업타우너가 어떤 놈들인지 생각하면, 이건 나쁜 징조가 분명하다.

나는 묻는다. "이게 얼마나 크게 폭발해?"

브레인박스가 이쪽을 힐끔거린다. "꽤 클걸."

브레인박스는 말린 비둘기똥 빻기를 끝내고 부엌에서 찾아낸 여과기에 붓는다. 그걸 도자기 그릇에 옮겨 담고는 분필 쪽을 돌아본다.

그가 말한다. "프로판 가지고 따라와."

나는 지하실에서 찾아낸 납작한 원통형 금속 연료통을 들고, 브레인박스를 따라 층계로 나선다. 손을 대니 서늘하다. 주변 공기보다 훨씬 차갑다. 그리고 안에서 뭔가 꿀렁거리며 흔들리는 것도 느껴진다.

"이거 설명 좀 해봐, 브레인박스. 이렇게 차가운 물건에 어떻게 불이 붙을 수 있는 거야?"

브레인박스는 고개를 돌려 나를 내려다본다. "과학으로."

"좋아, 그럼 왜 그냥 이걸 폭탄으로 쓰지 않는 건데?"

"그렇게 안 되니까. 연료를 그대로 폭발시킬 수는 없어. 폭발의 촉매가 될 물질이 필요하지. 그래서 우선 흑색 화약부터 만들어야 하는 거야."

브레인박스는 찾던 물건을 발견한다. 평범한 가스 바비큐 그릴이다. 살 때는 매일매일 쓰겠다고 생각하지만, 연기 때문에 이웃이 불평하고 매번 닦기도 귀찮아져서 결국에는 안 쓰게 되는 물건이다. 우리는 덮개 아래 자리잡은 참새 가족을 몰아낸 다음, 불길이 나오는 구멍 뚫린 관을 제외한 모든 것을 비워 낸다. 브레인박스는 프로판 연료통을 한쪽의 가스관에 연결한다.

부엌에서 찾아낸 성냥이 아직 쓸 만해서, 우리는 그릴에 불을 붙인다. 브레인박스는 화력을 최대로 키우고 프로판 연료통의 꼭지를 최대로 돌린다. 불길이 60센티미터 높이로 솟아오른다.

내가 묻는다. "이거 안전한 거야?"

브레인박스가 대답한다. "아니. 전혀."

브레인박스는 분필을 부숴 가루를 내면서 내게도 똑같이 하라고 손짓한다. 이내 거슬거슬한 분필가루가 한가득 쌓인다. 우리는 그걸 그릴의 텅 빈 아래쪽에 넣은 다음 덮개를 닫는다. 브레인박스는 내장 온도계를 지켜본다. 온도는 계속 오르고 또 오르다가 이내 다이얼의 최고점을 훌쩍 뛰어넘어 버린다.

"물러서는 게 좋을 거야." 브레인박스는 이렇게 말하며 하얗게 달아오른 송풍구를 막대로 비틀어 연다. 쉭 하는 소리와 함께 연기가 빠져나오기 시작한다.

나는 말한다. "드라이아이스처럼 보이는데."

브레인박스는 거의 미소에 가까운 표정을 짓는다. "훌륭한데. 맞아. 이산화탄소야."

"환경에 나쁘겠네." 브레인박스는 이 말에는 대답하지 않고, 갈수록 뜨거워지는 바비큐 그릴만 바라본다. 뭔가를 기다리는 모양이다.

부족에서 나를 총통으로 선출한 날, 스퀘어를 떠날 때의 일이 떠오른다. 돈나는 내가 도망치는 거라고 말했다. 나는 내 힘으로 우리 부족을 이끄는 최고의 방법은 '그 병'의 치료제를 찾는 것이라고 말했다.

그래서 나는 이제 치료제를 가지고 돌아왔다. 돈나는 떠났다. 워싱턴 스퀘어는 적들에게 점령당했다. 그 모든 것을 종합해 볼 때, 나는 지도자로서 어떤 사람이었던 걸까?

잠시 후 브레인박스가 입을 열었다. "석회를―분필은 기본적으로 석회니까―땅에 뿌리면 토양의 산성도가 줄어들지. 농사를 짓기에 적합한 땅이 돼."

나는 조금 후에야 그의 생각이 어떻게 이어졌는지를 깨닫는다.

"너 프랭크하고 같이 그런 일을 했었지."

브레인박스는 고개를 끄덕인다. "맞아. 가끔 함께 일하곤 했지."

나는 그의 각지고 초췌한 얼굴을 바라본다. 몇 달 전의 그는 짧은 시간이나마 행복했었다. 적어도 내 눈에는 그렇게 보였다. 그러나 결국 시스루는 살해당했고, 브레인박스를 나머지 우리와 비슷하게 만들어 주는 뭔가도 그 사건과 함께 사라졌을 것이다. 그는 다시 고개를 숙이고 읽을 수 없는 사람이 되었다. 자신 외에는 아무도 필요로 하지 않는 파괴적인 사람이. 플럼아일랜드에서 브레인박스는 올드맨과 일종의 거래를 시도해 그의 신뢰를 얻어 내고는 독을 먹였다. 그러나 그 전에, 올드맨이 우리를 이용해 실험을 하도록 도왔다.

그 덕분에 우리는 치료제를 얻었다. 그러나 캐스는 죽었다. 그리고 브레인박스는…… 어딘가 달라졌다.

브레인박스는 항상 조용한 아이였다. 이제 그는 몇 시간씩, 며칠씩 연이어 침묵을 지킨다. 워싱턴스퀘어에 있을 때도 생각이 많은 아이였지만, 이제는 강박에 가깝다. 마치 옛 자신을 증류시킨 농축액만 남은 것 같다.

이제 브레인박스는 이런 부류의 정교하고 공들인 작업에만 몰두한다. 인간이라는 통제하기 힘든 문제에는 시간을 낭비하지 않는다. 브레인박스가 작업하는 모습을 보고 있으면, 눈앞의 말 없는 재료가 아니라 자기 자신을 마모하고 승화시키는 중이라는 기묘한 느낌이 든다.

브레인박스는 바비큐 그릴을 열고 열처리한 분필이 식게 놔둔다. 나는 그가 그릴을 뒤집는 일을 도와주고, 그는 조심스레 잔류물을 냄비에다 모은다.

"산화칼슘이야. 생석회라고도 부르지. 넌 바람 반대 방향으로 가 있어." 브레인박스는 최대한 손을 멀리 빼고는 우묵한 냄비에 담긴 빗물에 가루를 쏟는다. 치익 소리가 나며, 마치 갑자기 끓어오르는 것처럼 거품이 일어난다. 브레인박스는 물을 계속 부으라고 지시하면서 걸쭉해지는 물질을 갈퀴로 긁어낸다.

"소석회야. 건축용 회반죽에 사용하지. 페인트에도. 온갖 곳에 들어가. 이제 이걸 아래층으로 가져갈 거야."

그는 회백색의 걸쭉한 물질이 담긴 냄비를 조심스레 들고 아래층으로 가져간다. 나는 그를 따라가며, '그 사건' 직후에 브레인박스와 그의 오컬트적인 능력에 얼마나 많은 도움을 받았는지를 되새긴다. 여기서 오컬트란 사전에서 찾아볼 수 있듯이 '감춰진'이라는 뜻이다. 브레인박스의 기술을 감추는 어둠은 초자연적인 것이 아니다. 그저 우리의 일상생활을 구성하던 무지였는데, 거기 가려 보이지 않았다. 우리는 이런 온갖 마법 같은 기술을 손에 쥐고서도 실제로 어떻게 작용하는지 알 생각도 하지 않았다. 전문가와 공급자와 기업들의 몫이라 여겼으니까. 편의성의 공급망이 사라지자 우리는 모두 무력해졌다. 브레인박스만 빼고.

아파트로 돌아와서도, 나는 계속 실험실 조수답게 브레인박스를 따라다닌다. 브레인박스는 내게 다른 여과기 하나를 들린 다음, 걸쭉한 생석회의 액체를 다시 걸러서 주전자에 담는다. 그리고 우리는 비둘기똥을 거른 여과기에 그 액체를—브레인박스는 '석회수'라고 불렀다—통과시킨다. 브레인박스는 배설물 안의 질산염이 중요하다고 설명한다. 그래서 좋았던 옛 시절에 테러리스트들이 비료를 사용해서 폭탄을 만들곤 했다는 것이다.

브레인박스는 걸러 낸 새똥과 석회수로 소름 끼치는 수프를 끓이고, 아파트 안은 고약한 화학 물질 냄새로 가득 찬다. 마침내 냄비 바닥에는 한 줌의 옅은 황백색 결정만 남는다. 그는 그걸 전부 긁어모아서 찬장에서 꺼내 온 잼 단지에 떠넣는다.

내가 말한다. "완전 〈브레이킹 배드〉잖아."

"뭐라고?"

"텔레비전 이야기야. 신경 꺼."

그 말에 그는 다시 대화 차단 상태로 들어간다. 몇 번 잡담을 시도했지만 별 소득이 없으니, 나는 지루해져서 이 좁은 아파트를 둘러보러 자리를 뜬다.

다행히도 이곳에 살던 사람은 독신이었던 모양이라, 아이와 가족을 연상시키는 슬픈 유물을 마주할 필요는 없었다. 나는 남자였다고 짐작하고 있다. 사진이랄 것이 별로 눈에 안 띄기 때문이다. 실내 장식이 대놓고 대충이기도 하고. 나는 책꽂이를 둘러보며 어떤 사람이었을지를 가늠하려 시도한다. 조금 실망스럽다. 대학교 경영학 교과서와 공항에서 파는 소설책 정도였으니까.

문득 아파트 바깥 계단에서 발소리가 들린다. 제멋대로 뒤섞여 울리는 소리가, 두 사람 이상이 분명하다. 나는 M4 소총의 안전 장치를 푼다.

거실로 돌아와 보니, 브레인박스는 여전히 초석을 넣은 단지를 살펴보며 결정을 이리저리 흔들어 보고 있다. 나는 그에게 숨으라고 손짓하고 그는 간신히 몽상에서 깨어난다. 그러나 우리가 미처 대비하기도 전에 문이 열려 버린다.

지저분해서 알아보기 힘들지만, 익숙한 얼굴이다. 우리 부족원 중 하나인 캐롤린이다. 그녀와 함께 홀리, 엘레나, 아이샤도 등장한다. 전부 우리 일족이다. 다들 옷차림은 엉망이고 그을음투성이에 성난 얼굴이다. 야구 방망이와 엉망이 된 수동식 볼트액션 소총으로 무장하고 있다.

캐롤린은 큰 소리로 외치며 내 모든 질문을 단숨에 막아 버린다. "빌어먹을, 너 대체 어디 있었던 거야?"

나는 답한다. "이야기가 길어."

피터와 채플이 그들을 따라 들어온다. 제각기 숯이 든 대용량 봉투를 하나씩 들고 있다.

피터가 말한다. "애들 뭐라도 좀 먹여야겠어. 배고파서 완전 열 받은 상태거든."

우리는 불 없이 가열하는 맛없는 휴대 식량을 꺼내는 대신, 재회를 축하하는 뜻에서 바비큐 그릴을 원래 용도로 돌린다. 그리고 우리 식량 주머니를 열어 그 안의 비프스튜를 그릴에 올린 커다란 냄비에 붓는다. 오래된 건조 파스타도 찾아서 마지막 남은 빗물에 삶는다. 그리고 우리 경영대 친구가 와인 취향이었던 모양이라 남아 있던 레드와인도 몇 병 따기로 한다.

허겁지겁 몇 입을 삼킨 캐롤린이 입을 연다. "그래서, 너부터 할래, 아니면 나부터 할까?"

나는 업타우너들이 처음 스퀘어에 모습을 보였을 때 캐롤린과 나눴던 마지막 대화를 떠올린다. 놈들은 돼지 한 마리와 여자애 두 명을 교환하자고 제안했다. 나는 남자와 여자를 구분하지 않고 완벽하게 성적이지 않은 의미로, 소총수들의 엉덩이를 찰싹찰싹 때려 기운을 북돋워 방어에 나서게 만들려 했다. 당시 캐롤린은 내 의도를 조금 잘못 받아들였다. 다시 그녀와 마주 앉아 있자니, 갑자기 지금껏 보고 겪은 모든 일이 실제로는 일어나지 않은 것 같은 기분에 사로잡힌다. 다시 워싱턴의 숫기 없는 남동생으로 돌아간 것 같다.

나는 말한다. "너부터 해."

캐롤린이 입을 연다. "업타우너들이 돌아왔어. 게다가 화가 잔뜩 난 상태였지. 너희하고 에반이라는 금발 남자하고, 그 여동생이 연관된 일이었던 모양인데?"

"캐스야. 맞아."

"뭐, 그 자식이 네 일등급 팬은 아니더라고만 말해 둘게."

"에반이 여기 있다고?"

"맞아. 워싱턴스퀘어에 있어. 떡하니 이곳을 지배하고 있다고."

나는 바자에서 그를 마주했던 순간을 떠올린다. 심장에 단도를 박아 주는 대신 자비롭게 계단에서 밀어 떨어트렸던 때를.

"남자애들을 50명쯤 데리고 돌아왔어. 총도 잔뜩 들고. 이번에는 안 된다는 대답은 받아 주지 않을 기세더라."

이번에는 원한을 갚을 생각이었겠지. 이번에는 그들도 정문에서부터 방어 병력을 압도하며 들이닥쳤다. 그리고 모두를 불러모은 다음, 스퀘어를 수색해 모든 무기를 가져갔다. 그런 다음에 새로운 정책을 선포했다. 워싱턴스퀘어는 공식적으로 업타운의 식민지가 된다는 것이다. 이제 스퀘어 주민들은 그곳에서 경작한 농작물을 연맹에 제공하는 신세가 되었다. 대신 그들의 목숨과 재산은 지켜 줄 것이었다. 만약 새로운 질서하에서 유용함이 증명되면, 시민권이 하사될 것이었다. 여기서 시민권이란 연맹의 국경 안에서 자유롭게 이동할 수 있고 바자 본부에서 사용하는 통화 체제에 참여할 수 있는 권리를 의미했다.

말 그대로 친구들의 시체 위에서 내놓은 제안이 아니었더라면, 우리 부족의 반응도 조금 나았을지 모른다. 그리고 남자애들에게만 국한된 것이 아니었더라면 훨씬 나아 보였을 것이다. 여자애들은 무장 병력에 호송되어 업타운으로 돌아갈 예정이었다. 절대 제대로 알려 주지 않는 특수한 목적을 위해서.

캐롤린이 말을 이었다. "그날 밤 다들 탈출했어. 대부분은 도망쳐 나왔지. 몇 명은 총을 맞았고. 몇 명은 잡혔고."

"그래서 다들 어디로 간 거야?"

"사방으로 흩어졌어. 다른 부족으로. 발길 닿는 대로. 우리 다섯, 아니 우리 넷은 근처에 머물러 있었어. 숨을 죽이고 주시하면서 복수할 기회만 노렸지. 프랭크가 죽은 건 일주일 전이야. 협조를 안 했을 수도 있고, 필요한 건 전부 배웠다고 생각했을 수도 있고. 어쨌든 처형하러 나온 놈들에게 총을 마구 쏴 댔는데, 결국 실수였어. 놈들이 반격해서 체이스가 죽었거든."

체이스가 떠올랐다. 반짝이는 눈과 흥겨운 웃음이 인상적인 아이였다. 예전이라면 전염력 있는 웃음이라 불렀을 것이다. 요즘은 사용하지 않는 비유지만.

캐롤린은 우리 쪽의 반자동 소총들을 보며 말한다. "어쨌든 이제 힘의 균형이 기울 것 같네. 그래서 너희는 무슨 일을 겪은 건데?"

채플은 나를 바라보면서, 보일 듯 말 듯 고개를 젓는다. 그래서 나는 거짓말을 들려주지만, 아무도 그쪽을 되짚어 볼 생각을 하지 않는다. 이야기의 결말에 눈부신 치료제의 광명이 기다리고 있기 때문이다.

캐롤린은 혈청 꾸러미를 바라본다. 홀리와 엘레나는 서로 부둥켜안는다. 아이샤는 "그래, 대단한 일이긴 하네."라며 소매를 걷어 올린다.

브레인박스와 채플은 주사를 놓을 준비를 한다. "이건 대체 뭘로 만든 거야?" 캐롤린이 묻는다.

브레인박스가 대답한다. "제퍼슨의 피. '그 병'에 대항해 제퍼슨의 몸에서 만든 항체야. 우리 중에서 가장 효과가 좋았어."

캐롤린이 나를 보며 말한다. "네가 뭔가 할 수 있을 줄 누가 알았을까? 너드가 구세주가 되다니."

피터가 말을 잇는다. "그래, 친구. 너 완전히 그 뭐냐, 성서 속 등장인물 같잖아."

"그만해." 친구들이 바라보는 눈빛이 마음에 들지 않는다. 나를 대자연의 경이로 여기는 것 같다. 귀중한 괴물이라는 듯이.

채플은 아이샤에 이어 홀리와 엘레나에게 주사를 놓는다. 캐롤린은 고개를 젓는다.

나는 말한다. "이거 안전해."

"그래, 나도 진짜로 죽을 만큼 네 피에 노출되고 싶거든. 다만……."

그녀는 입을 다물고 표현할 방법을 찾아 끙끙댄다.

그리고 눈물이 맺힌 채로 입을 연다. "다만…… 지금 저걸 맞으면, 나는 살아남으려고 뭐든 하고 싶어질 거야. 하지만 지금은 죽을 각오를 해야 하잖아."

채플이 묻는다. "왜?"

나는 캐롤린 대신 대답한다. "워싱턴스퀘어를 되찾아야 하니까."

캐롤린은 고개를 끄덕인다. "업타우너 놈들을 죽여야 하니까."

 돈나

오늘 아침에는 웰시가 페이스트리를 하나도 가져오지 않았네. 혹시 내가 위기에 처한 건 아닐까. 나는 티치와 눈을 마주치려 해 보지만, 그도 묘하게 수줍은 것처럼 행동하고 있어. 저 덩치로 저러고 다닌다면 뭔가 있다는 소리지.

나: "과목을 변경해서 문제가 생긴 건가요?"

최신 소식 하나 들려줄까? 난 이제 영문학 전공이야. 처음에는 의학 전공으로 시작했거든. 일종의 의학부 예과 같은 데 들어가는 거지. 나는 우리 엄마가 간호사고 지난 2년 동안 괴혈병을 치료하고 총알을 뽑으며 보냈으니 충분히 할 만하다고 생각했어. 그런데 막상 수업 과목을 살펴보니 화학하고 생물학만 가득하고 야전 의료법은 비중이 거의 없더라고. 게다가 나는 고등학교를 2년 정도 결석한 상태잖아. 대재앙이 일어났을 때는 고등학교 2학년이었고. 게다가 이곳 애들은 전부 A레벨이라고 부르는 지독하게 어려운 시험을 치고, 다들 한 가지 과목에만 집중할 준비를 하고 대학에 도착한단 말이야. 미국에서는 적어도 1~2년 정도는 아예 시작할 시늉조차 안 한 채로 이곳저곳 고개를 들이밀며 꼭두각시 조종술이나 창작 댄스 따위를 배우고 다닐 수 있는데.

그래서 영문학도가 된 거야. 영문학이 안 힘들다는 건 아닌데, 적어도 아예 이해도 못 하는 느낌은 훨씬 덜할 거 아냐. 그리고 묘하게도 제퍼슨과 가까워지는 기분이 들어. 어려운 부분은 내가 버틸 수 있다고 이곳의 펠로(케임브리지에서 교수들을 부르는 호칭이야)들을 설득하는 거였어. 나는 그냥 제퍼슨 흉내를 내면서 학과장에게 한마디 거들어 달라고 부탁했지. 그랬더니 허락이 떨어지더라고.

웰시: "아니, 과목을 바꾼 건 다행이라 여기고 있네. 자네가 편한 것이 우선이지."

웰시의 태도에 어딘가 금 간 듯 허술한 구석이 보이네. 저 사람이 심문관 에드 씨를 상대할 때는 깜짝 놀랐었는데. 저렇게 깍듯하고 고상하고 뭐 그런 사람은 터프하게는 굴지 못할 줄 알았거든. 물론 이런 건 전부 〈다운튼 애비〉식 고정관념이긴 해. 사실 이 나라 사람들은 전부 등골에 철사를 박아넣은 것 같단 말이야. 나치한테 혼이 빠지게 폭탄을 얻어맞고 살아남은 것도 그 때문일지 모르지.

어쨌든, 웰시는 어딜 봐도 시무룩하고 지친 모습이야.

나: "그럼 왜 그렇게 시무룩한데요?"

웰시: "유감스러운 일이지만 그게…… 몇 가지 정황이 확인되었다네."

이제 영문학을 전공하니 사람들이 하는 말에 훨씬 더 신경을 쓰게 됐거든. 그러니까, 항상 사람들 말에 상당히 신경 써 왔는데, 실제비평이나 뭐 그런 것들을 공부하니까 이름 붙이고 분석하기가 더 쉬워졌다는 소리야. 예를 들어, 방금 웰시는 하려던 말을 수동태로 바꿨지. 그건 특정 사실에 책임을 지기 싫다는 뜻이거든.

나: "좋아요. 무슨 정황이 확인되었는데요?"

웰시는 자기 손만 바라봐.

웰시: "알겠네. 애석하게도, 이쪽 직장에서는 종종 나쁜 소식을 직접 전하게 되더군."

나한테 어떤 나쁜 소식이 있을 수 있으려나. 그 병이 돌아왔나. 그럴리가. 정기적으로 검사를 받는걸. 병균은 완전히 사라져 버렸어.

웰시: "우리 쪽 상관 중에는 자네가 모르고 있는 편이 낫다고 생각하는 사람들도 있다네. 하지만 짧아도 함께 시간을 보냈으니, 나는 우리가 친구 비슷한 관계가 됐다고 생각한다네."

나: "그런데요?"

웰시: "적어도 자네가 꽤 마음에 든 것은 사실이니까. 그리고 자네는 사실을 알 권리가 있다고 생각한다네."

나는 입을 열지 않아.

웰시: "우리 부서에서 공식 회신을 받았다네. 당장은 너무 복잡해서 설명할 수 없는 이유로 지금껏 지연된 모양이야. 현장 대응에 대해서도 조사가 진행 중이고, 적절한 접촉 경로도 찾아야 하고, 뭐 그런 이유들이지."

나: "그래서요?"

웰시: "회신 내용은 자네들이 로널드 레이건호의 갑판에서 벌인 행동과 연관된 일련의 사건들이었다네."

그는 매끈한 가죽 가방에서 접힌 종이쪽지를 꺼내. 그리고 우리 사이의 커피 탁자에 놓아.

나는 쪽지에 손대지 않아.

나: "어떻게 된 건지 말해 줘요."

웰시: "자네가 회신을 직접 읽는 편이 나을 걸세. 세세한 내용을 잘못 전달하면 곤란하니까."

건드리고 싶지 않은걸. 내 눈으로 보지 않으면, 그 안의 내용이 사실이 되지 않을지도 모르잖아.

그럴 리가 없지.

나: "아까 말한 대로 당신이 내 친구라면, 직접 말해 줘요."

웰시는 고개를 끄덕여.

웰시: "나포된 헬리콥터를 추적하려고 로널드 레이건호의 전투기가 이륙했다네. 그리고 추격 중에 헬리콥터가 전투기에 발포했다는 잘못된 보고가 전달되었어. 전투기는 추격을 멈추었고, 구축함 히긴스호에서 함대공 미사일을 발사했다네."

창밖 사감의 정원에서는 새들이 즐겁게 지저귀고 있어. 강가에서는 웃음소리가 흘러와.

나는 눈을 문질러 눈물을 닦아.

나: "마저 말해 줘요."

웰시: "미사일은 목표에 명중했다네. 해상 구조대가 추락 지점으로 급파되었고. 롱아일랜드 해변에서 수 킬로미터 떨어진 곳이었지."

그는 헛기침을 하고 자기 찻잔을 바라보다가 다시 내려놓았어. 그리고 말을 이었지.

웰시: "헬리콥터에 탑승했던 모든 인원의 시체를 회수했다네. 생존자는 없었고."

제퍼슨. 피터. 브레인박스. 테오.

웰시: "매우 유감일세."

나: "그만 가 줬으면 좋겠어요."

웰시: "돈나…… 위로가 될지는 모르겠지만, 순식간에 끝났을 걸세."

왜 아직 여기 있는 거야?

웰시: "자네가 그들과 함께 있었다 해도…… 적어도 자네는 살아 있지 않나. 자네에게는 아직 경험할 것도 많고……."

하지만 내 머릿속에는 그들을 잃었다는 경험밖에 남지 않았어. 그들이 살아 있기만 하면, 내 마음속 어디엔가 가능성으로 간직할 수만 있다면 나한테는 돌아갈 곳이 남은 셈이었는데.

제퍼슨도 살아 있기만 하면 언젠가 다시 만날 수 있었을 거야. 나는 지금껏 이렇게 생각하고 있었다는 사실조차 모르고 있었어. 그가 죽은 것이나 다름없다고, 내가 그에게 죽은 사람이나 다름없다고 끝없이 되뇌고 있었으니까. 하지만 잘못 생각한 거였어.

나: "제발 이만 나가 주셨으면 좋겠어요."

웰시: "물론일세. 혹시라도 내가 도울 수 있는 일이 있다면—"

나: "당신은 아무것도 못 해요."

그는 자리에서 일어나더니, 동정을 표할 방법을 생각하는 듯 잠시 멈칫거려. 나는 그가 아무것도 떠올리지 못하기를 간절히 빌어. 다행스럽게도 그는 고개만 끄덕이고 방에서 나가.

　나는 한참을 자리에 앉아 있어. 그러다 문득 일어나서 탁자에 놓인 회신문을 내려다봐. 종이쪽일 뿐인데, 말 그대로 고통으로 타오르고 있는 것 같아.

　만질 수도 없어. 읽을 수도 없어. 찢을 수도 없어.

　나는 쪽지를 그대로 놔두고 침실로 들어가. 그리고 자리에 누워서 이불을 머리 위로 뒤집어써.

제퍼슨

매일 돈나를 상당히 자주 생각한다. 그녀가 여기 있었다면 어떻게 행동할까, 내가 그곳에 있었다면 무슨 일을 벌일까. 그곳이 어디인지, 아니 실제로 그곳이 존재하는지조차도 알 수가 없지만. 그곳이 있으려면 돈나가 살아 있어야 할 테니까.

두 번 다시 그녀를 보지 못하는데 계속 전진할 필요가 있나 하는 생각도 든다. 깨어나 보내는 매 순간 그녀가 곁에 없다는 고통스러운 속박에서 벗어날 수가 없기 때문이다. 마치 내 골수에 새겨졌던 '그 병'이 이 고통으로 바뀐 것만 같다. 치료제가 없다는 점만 다를 뿐이다. 아, 물론 시간이 약이라는 말은 나도 잘 안다. 그럴지도 모른다. 아직은 아니지만.

나는 이런 생각을 떨쳐 내고 눈앞의 임무에 집중하려 애쓴다. 지금 나는 지붕 가장자리에 쿠션을 놓고 거기에 소총 총신을 기대고 있다. 위층으로 매트리스까지 끌고 올라와서 편안한 자세를 취하는 중이다. 나는 소총의 조준경으로 다른 사람들이 있는 구역을 한번 쓱 훑어본다. 여자애들은 5번가를 통해 워싱턴스퀘어 북쪽 거리와 평행으로 놓인 골목길인 워싱턴 뮤즈로 잠입하고 있다. 채플과 피터는 웨스트 8번가에서 대기 중이다. 조준경의 망원 렌즈 속에서 그들이 몸을 낮추고 이리저리 움직이는 모습이 보인다.

나는 헬로키티 태엽 시계로 시간을 확인한다. 돈나가 가지고 있던 것과 같은 물건이다. 지금 우리는 그런 시계를 한 팀에 하나씩 세 벌 가지고 있다. 초 단위까지 정확히 맞춰 놓았다. 나는 다시 조준경에 눈을 붙이고 스퀘어 쪽을 바라본다.

서너 명의 업타우너를 즉시 식별할 수 있다. 다른 놈들은 워싱턴스퀘어 북쪽 거리의 건물 때문에 시야에 들어오지 않을 것이다. 나는 그들의 얼굴을 자세히 뜯어본다. 우리 쪽에 유리하게 상황이 흘러간다면, 얼굴을 알아볼 수 있어야 얼마나 많이 남았는지를 확인할 수 있을 테니까.

세 번째로 한 명씩 시선을 옮기며 돌아보다가, 문득 그의 모습이 보인다. 텁수룩한 금발과 치솟은 광대뼈. 에반이다. 한때 내 연인이었지만 이제는 죽은 캐스의 오빠. 살인자. 고문자.

이제 그가 내 조준경 안에 있다. 지금 살짝 손가락을 당기기만 하면 그대로 총알을 박아 줄 수 있다. 나는 얼른 눈을 돌려 헬로키티 시계를 확인한다. 아직 1분 30초 이르다. 지금 쏴 버리면 다른 사람들은 자리를 잡지 못할 것이다.

나는 조준경으로 그를 추적하면서, 그가 2분 정도만 시야에 남아 주기를 기대한다. 그러나 그는 이내 어느 주택의 뒤편으로 들어가며 모습을 감춘다. 나는 다른 업타우너 쪽으로 목표를 바꾼다. 그자는 스퀘어의 북쪽 출입문 역할을 하는 스쿨버스 위에 올라가서, 푹신한 의자에 느긋하게 앉아 있다. 돌격 소총은 무릎에 놓은 채다. 일광욕을 하는 듯하다.

헬로키티의 시곗바늘이 그를 옥죄어 간다. 한 바퀴만 더 돌면 발포해야 한다. 나는 그의 살짝 통통한 얼굴과 지저분한 갈색 머리칼, 꺼끌꺼끌하게 자란 수염을 살핀다. 아마 열여섯일 것이다. 나처럼 아이일 뿐이다. 나는 그가 가족과 친구와 그 병이 없었더라면 되었을 사람을 생각한다. 아마 사랑하는 사람들 사이에서 아무 위협도 없이 살았겠지. 조금만 더 은총이 주어졌더라면, 가치와 의미가 있는 삶을 누렸을 수도 있고.

그를 살려 주는 위험을 감내할 수 있을까? 임시변통으로? 허벅지만 박살낸다든가? 아량의 상징으로 불구로만 만든다든가?

아니. 우리 부족민이 우선이다. 초침이 12에 도착하는 순간, 나는 조준경을 들여다보며 방아쇠를 당긴다. 렌즈 속에서 그의 머리가 터져 나가는 모습이 보인다.

착탄의 충격 때문에 몸이 뒤로 밀리고, 의자가 그대로 뒤집어진다. 그의 몸은 버스 옆면을 타고 바닥으로 미끄러진다. 총성이 스퀘어에 가득 메아리치고, 10에이커 넓이의 부지에 있는 모두가 고개를 든다. 갑자기 미어캣 무리로 변한 것처럼 보인다.

업타우너들은 서둘러 스쿨버스 내부로 들어가서 몸을 숨긴다. 정확히 우리가 원하는 대로다. 아이샤, 홀리, 엘레나는 북쪽 뒷골목인 워싱턴 뮤즈를 통과해 우리만 아는 지하실 해치로 들어가 기다렸었다. 이제 그들이 입구의 방어선 뒤편 스퀘어로 쏟아져 나온다. 아이샤와 홀리는 버스를 조준하고, 캐롤린과 엘레나는 돈나의 옛집에서 15미터 떨어진 지점에 포복한다. 총성이 연이어 울린다. 버스에 갇힌 동료들을 구하려고 첫 업타우너가 밖으로 나온 모양이다. 캐롤린과 엘레나는 여기서 보이지 않는 문간으로 계속 총을 쏘며, 우리 부족민을 향해 안에 남은 사람이 있다면 얼른 나오라고 소리치고 있다.

나는 계속 스쿨버스를 쏘고 있다. 뭔가 제대로 맞히고 있는지는 확신할 수 없지만, 버스 안의 업타우너들이 이쪽으로 응사하도록 유도하는 효과는 있다. 그들은 아이샤가 우리 부족 아이들에게 돈나네 집에서 떨어지라고 소리칠 때까지도 포위당한 것을 알아차리지 못한다. 그들이 버스에서 도망치려 시도하자, 홀리가 그쪽으로 연사를 시작한다.

내 시야 밖에 있는 돈나네 집에서 우리 쪽 아이들 몇 명이 비틀거리며 뛰쳐나온다. 잠시 후 캐롤린이 쏘아 올린 분홍색 조명탄이 하늘을 가르며 솟아오른다.

브레인박스에게 보내는 신호다. 그는 피터와 채플과 함께 웨스트 8번가를 통해 돈나의 건물 뒤편으로 접근해 있었다.

대리석 두 조각이 찰싹 달라붙는 팡 소리가 들린다. 다음 순간, 충격파가 내 머리카락을 뒤로 날린다. 흑색 화약에 불이 붙으며 세심하게 쌓아놓은 프로판 통에 불을 붙인 것이다. 실린더 속의 액화 가스가 타오르고 금속 원통이 찢겨 나가며, 무시무시한 압력파가 대기를 뒤흔들고 사방으로 퍼져 모든 것을 깨부순다. 건물 반대편의 낡은 지지대 벽이 터져 나간다.

지지대를 잃은 건물 상층부가 깔때기에 흘린 모래처럼 아래로 빨려 들어간다. 뒤이어 엄청난 굉음이 울린다. 모든 층의 바닥이 연쇄적으로 무너지며 깨지는 소리다.

우릉거리는 소리가 잦아들고, 정적이 찾아온다.

나는 바로 지붕에서 뛰어내려 화재용 비상통로를 타고 아래로 내려간다. 금속 사다리가 흔들리며 절그렁거린다. 땅에 닿는 순간 여자애들이 소리치는 것이 들린다. 아직 버스 안에 있는 업타우너들한테 총을 창밖으로 던지라고 명령하고 있다.

"너희가 우릴 죽일지도 모르는데?" 더듬더듬 애처로운 목소리가 들려온다.

"물론 그렇지." 캐롤린이 말한다.

아무도 북쪽은 안 보고 있다. 그래서 나는 서둘러 버스로 접근한다. 피터, 브레인박스, 채플은 어디에도 보이지 않는다.

버스에 도착해 보니 안에 있던 아이 하나가 도망치려 하고 있다. 이미 다리 한쪽이 창문으로 나와 있다. 그는 나를 보고는 당황해서 얼어붙어 버린다.

나는 딱 좋게 창밖에 덜렁거리며 매달려 있던 그의 총을 뺏은 다음, 내 저격용 소총의 개머리판으로 얼굴을 후려친다. 그는 간신히 몸을 빼서 버스 안으로 다시 굴러떨어진다.

스퀘어 안쪽에서는 조금도 상한 데가 없는 브레인박스, 피터, 채플이 나머지 부족 아이들의 축하를 받고 있다. 우리가 두고 갔던 남자애들은 잿빛 피부에 눈자위도 누르께하다. 눈앞의 승리에 몸을 움직이고는 있지만 가끔씩 멍하니 무감각한 상태로 빠져든다.

돈나의 옛집은 정면만 만들어 놓은 영화 세트장 건물처럼 보인다. 군데군데 유리창이 깨져 나가고, 가운데에는 끔찍하게 깔끔한 잔해가 쌓여 있기는 하지만. 가을을 맞은 것처럼 종이와 먼지와 쓰레기 조각들이 허공에서 춤춘다.

남은 세 명의 업타우너가 손을 들고 버스 계단으로 내려온다. "개새끼들, 당장 무릎 꿇어!" 캐롤린이 말하고, 그들은 얌전히 복종한다. 정강이뼈가 땅바닥을 때리는 소리가 들린다. 그들은 경악하는 눈으로 무너진건물을 바라본다. 소처럼 멍한 얼굴이다. 에반은 보이지 않는다. 아마저기 돌무더기 아래 어딘가에 있을 것이다.

우리 부족의 남자애들이 업타우너를 둘러싸고 물끄러미 바라본다. 살인을 저지를 용기를 끌어모으는 중이다. 지금은 쌓이며 압축된 폭력의기운에 움직이지 않고 있지만, 머지않아 터져 나갈 것이다. 그렇게 되면그 무엇도 포로들을 구할 수 없을 것이다. 나조차도 저들을 구하고 싶은지 확신할 수가 없다.

문득 캐롤린이 허리띠에서 나이프를 빼 들더니 한 발짝 나서서 그들을내려다본다. 문득 나는 오렌지색 옷을 입은 한 남자의 사진을 떠올린다. 남자는 무릎을 꿇고, 그 앞에는 살와르 카미즈를 입은 처형인이 서 있다. 눈구멍 두 개가 뚫린 복면 아래로 턱수염이 삐져나와 있다. 오렌지색 옷을 입은 남자의 손에는 버터나이프보다 별로 크지도 않은 칼 한 자루만이 들려 있다.

"멈춰." 나는 말한다.

캐롤린이 나를 돌아본다. "네 일이나 신경 쓰시지."

"내 일이야. 내가 이 부족의 우두머리니까."

"예전에는 우두머리였겠지!" 캐롤린은 내 앞으로 거칠게 걸어온다. 목소리가 분노로 떨리고 있다. "넌 떠났잖아!" 단검을 든 손이 긴장으로 떨리고 있다.

나는 말한다. "미안해."

그녀는 내 앞에 침을 뱉는다.

"캐롤린, 넌 앞으로 아주 오래 살 수 있어." 그리고 나는 다른 이들을 돌아본다. "너희 모두 오래 살 수 있어. 오늘 저지르는 일은 앞으로 영원히 너희들을 따라다닐 거야."

혼란이 느껴진다. "브레인박스, 보여 줘."

그는 배낭을 어깨에서 내린다. "치료제야."

아이들의 눈에서 증오가 녹아내리기 시작한다. 그러나 캐롤린은 다시 업타우너들 쪽을 향한다. 나는 총을 들어 올린다.

"나? 지금 그걸 나한테 겨누는 거야?"

"지금 내가 너를 막은 걸 감사하게 될 거야. 언젠가는 감사하게 될 거라고."

그녀는 나이프를 쥔 손가락을 가볍게 편다. 나이프가 땅에 떨어진다.

나는 업타우너들에게 말한다. "일어나." 그러나 그들은 일어나지 않는다. 나는 갑자기 치밀어오르는 분노에 사로잡힌다. "개자식들아, 당장 일어나라고!" 이제는 폭력밖에 이해하지 못하는 것 같다. 그들은 비척이며 일어난다.

"너희 부족에, 너희 '연맹'에 돌아가서 전해. 싸움은 끝났다고. UN에 대표를 보내라고 해. 열흘 후 정오야. 열여덟 살이 넘도록 살 기회를 잡고 싶으면, 똑바로 전하는 게 좋을 거야."

 **돈나**

"건배!" 국수가게에서 만났던 아름다운 남자애가 자기 맥주잔을 내려 놓으면서 하는 소리야.

이 동네에서는 거의 모든 일에 "건배"를 외치거든. "안녕"이라는 뜻이 면서 "고마워"기도 하고, 거기다 "잘 가"라는 뜻도 있어.

게다가 추가로 "건배"라는 뜻까지 있지. 그래서 나는—더 나은 것이 있으면 좋겠지만, 어쨌든 "건배."라고 말해. 그리고 버드와이저 잔을 들 어 올려. 쨍.

솔직히 고백해 볼까? 난 아직 열일곱 살이야. 그러니까 옛 고국에 있 었더라면 이건 위법인 셈이지. 하지만 옛 고국은 이젠 존재하지도 않는 걸. 젊은 고국이라면 또 몰라도. 내 가짜 신분증을 압수해 갈 사람들이 전부 죽었단 뜻이지.

어쨌든 이 동네는 열여덟부터 술을 마실 수 있고, 나는 충분히 열여덟 살처럼 보이니까, 여기서는 아무도 따로 확인을 안 해. 그리고 가장 터 무니없는 게 뭔지 알아? 내가 칼리지 술집에 있다는 거야. 칼리지 안에

코가 삐뚤어지게 마실 수 있는 공식 술집이 존재한다는 거야.

사방에서 애들이 바로 그런 짓을 하고 있어. 탄산도 안 들어가고 실온하고 거의 차이도 없는 갈색 구정물을 '비터'라고 부르면서 벌컥벌컥 들이켜고 있다니까. 맛은 꼭 탄산이 완전히 빠질 때까지 며칠이고 열어 둔 수제 맥주 같은데 말이야. 여기 애들은 저걸 정말 좋아해. 내가 버드와이저를 시키니까 바텐더가 미국 맥주란 "카누에서 섹스를 즐기는 것과 같지. 그냥 물탱이잖아."라는 거야. 하지만 나는 맛 때문에 맥주를 마시는 게 아니거든. 버드와이저라는 미국의 위대한 관습이 살아 있음을 되새기려고 마시는 거지. 텁수룩한 홍보용 경주마들까지 말이야.

이 동네에서는 미국인이 별로 인기가 없다는 느낌이 들어. 아마 엄청난 수의 '디아스포라'가 쏟아져 들어왔기 때문이겠지. 여기 사람들은 '그 병'이 번졌을 때 국외에 있던 미국인들을 그렇게 불러. 발음은 '다이-애스-푸어-러'에 가깝고, 사방으로 흩어진 사람들을 뜻하는 말이야. 그러니까 나도 '흩어진 자들'에 속하는 셈이지.

누군가 내가 디아스포라의 일원이라는 사실을 발견할 때마다, 묘한 감정의 흐름이 느껴져. 그 뭐냐, 물론 적의도 있어. 우리가 이 나라의 인구를 너무 불리거나, 일자리를 빼앗아 가거나, 정부의 피를 빨아먹는다는 거지. 미국에서 불법 이민자를 괴롭히는 것과 비슷한 느낌이야. 그런데 그 아래에는 또, 일종의 죄책감도 있는 거야. 그 뭐냐, 가끔은 강제 수용소 이야기를 꺼내는 사람들도 있어. 그리고 그보다 더 아래에는 일종의 공포도 존재해. 단순히 '그 병'만이 아니라, 끔찍한 불운이나 비참한 운명마저도 전염된다고 생각하는 것처럼. 내가 괴물인 것처럼.

결과적으로 나는 '새 친구 사귀기' 작전에 별 성공을 거두지 못했어. 물론 미국산 세균 때문만은 아니야. 나는 여전히 제퍼슨이 죽었다는 사실에 익숙해지려고 애쓰고 있거든.

다른 내 친구들 모두가 죽었다는 데에 익숙해지려고 애쓰고 있어. 가뿐하게 털어 버리고 새 친구를 사귀어 버리면 배신하는 느낌이잖아. 아무도 목적지를 모르는 슬픔이라는 차에 올라 고속으로 질주하고 있는데, 대체 누가 나와 속도를 맞출 수 있겠어?

게다가 지리적 위치도 좋다고는 말하기 힘든 상황이야. 네빌스 코트에 사는 학생이라고는 나 하나뿐이거든. 처음에 내가 깨어났던 도서관 옆의 안뜰 말이야. 게다가 내 방은—방이라고는 하지만, 사실 침실하고 거실이 따로 있어. 엄청나게 사치스럽지—학생용 상용 도서관 바로 옆의 L자 계단 위에 있어. 그러니까, 떠들썩한 행사용인 렌 도서관이 아니라 진짜 도서관 말이야. 온갖 낡은 책에 원고 따위가 잔뜩 있는 곳이라, 제퍼슨이라면 남사스럽게 흥분해 버렸을 거야. 어쨌든 웰시나 티치나 보안 문제에 신경 쓰는 사람들에게야 편하겠지만, 사회적으로 어울리기에는 최악이지. 그 뭐냐, 대학에서 사귀는 친구의 절반은 같은 기숙사를 사용하는 머저리들이기 마련이잖아.

게다가 이곳의 사회 활동은 영 허접해. 파티라고는 '땀방'이라고 부르는 역겨운 행사뿐인데, 사람들이 지하실에 꾹꾹 눌러 담긴 채로 춤추기 시작하는 거야. 그러면 끔찍하게 더워지면서 증발한 땀이 회칠한 검은 천장에 맺혀서 모두의 머리 위로 떨어져 내리기 시작해. 여기 애들은 이걸 즐겁다고 생각하는 모양인데, 나는 한번 들여다보자마자 두더지족과 그랜드 센트럴 지하철 터널에서 벌인 총격전이 떠오르더라고. 도저히 못 버티겠더라.

어쨌든 몇 주 동안 침대에 누워서 열심히 울다가 눈물도 말라 버리고 티치가 말 그대로 입에 떠 넣어 주는 음식을 받아먹다 보니까, 그냥 이렇게 포기하고 죽을 수 없다는 생각이 떠올랐어. 물론 그게 세상에서 가장 쉬운 일처럼 보이긴 했지만. 내가 굶주림을 겪어 보지 않은 것도 아니고, 죽음이 래브라도 강아지처럼 내 곁에 찰싹 붙어서 얼굴을 핥아 대는 상황이잖아.

하지만 안 돼. 내장을 내놓고 돌아다니는 한이 있더라도 살아남아야 해. 그 뭐냐, 내가 죽었다가는 우리가 지금껏 한 모든 일이, 우리가 치른 모든 희생이 수포로 돌아가는 거잖아. 제퍼슨이라면 내가 바보짓을 하고 있다고, 이곳에는 진짜 삶의 기회가 있다고 말하리라는 사실을 깨달았어. 그리고 이곳 캠퍼스(여기서는 그렇게 안 부르지만) 공동체(이것도)인지 뭔지의 일원이 되는 것도 나쁘지 않게 느껴지더라. 그래서 요즘 저녁마다 칼리지 술집의 한쪽 구석에 틀어박혀 버드와이저 한두 병을 소중히 끌어안고 홀짝홀짝 마시면서 시간을 보내는 거야. 전반적으로 고독하고 비참한 꼴로.

그런데 그 예쁘장한 남자애가 등장해서 모든 걸 망쳐 버린 거지.

나: "너 '와가마마'에서 봤던 걔지."

예쁘장한 애: "그래. 41번 탁자에 있었어. 너는?"

나: "42번에서 쌀국수 먹었는데."

예쁘장한 애: "흐음."

그게 내 성격을 반영하는 흥미로운 사실이라는 듯이 말하네.

예쁘장한 애: "내 이름은 롭이야."

별로 안 어울리는 이름인데. 생김새도 어투도 롭 같지는 않으니까. 비크람에 가깝지.

나: "롭?"

롭: "아니, 랍."

잘 들어 보니 슬쩍 a발음이 섞여 있네. 시카고 억양 같아.

랍: "라빈드라나스의 애칭이야."

나: "우와. 라빈드라나스라고."

랍(내 발음을 놓고): "잘하는데. 그래도 대부분의 사람에게는 조금 힘든 편이거든. 그러니까, 랍이라고 불러."

나: "내 이름은 돈나야. 사실은 마돈나의 애칭이고. 성모님 말고 팝스타 말이야."

랍: "그쪽이 더 끔찍한데."

나: "누가 아니래."

랍: "그러니까, 조금 저질스럽게 들릴지도 모르지만……."

단어 끝에 r이 들어갈 때마다 살짝 귀엽게 비음이 들어가네. 그러니까 〈심슨즈〉의 아푸나 뭐 그런 사람들 말투와는 완전히 달라. 아주 세련된 억양인데 아주 살짝 뒤틀린 부분이 존재한다는 거야.

랍: "네가 혼자 시간을 죽이고 있는 것 같아서."

나: "그렇지."

내 상황을 설명하고 싶은 마음이 들긴 해. 나를 알아보고 인사를 해 주다니 나름 친절한 행동이잖아. 게다가 끝내주게 잘생겼고. 사귀고 싶다거나 그런 건 아니지만, 가끔은 잘생긴 사람이 자기를 좋아해 주기를 바라거나, 그런 감정이 생기는 건 어쩔 수 없는 일 아니겠어. 하지만 나는 입을 다물어. 그러니까, 설명을 포기한다는 소리야.

랍: "좋아. 그럼 우선 나에 대해서 조금 말해 줄게."

비난하는 느낌은 전혀 없어. '네 기분이 조금 편해지도록 내가 무거운 짐을 들어 줄게'라고 말하는 투야. 꾸밈없고 마음을 달래 주는 느낌이네.

그는 자기 가족이 콜카타에서 왔다고 말해. 한때 캘커타라고 부르던 도시인데, 아주 가난하고 비참한 것으로 유명하지만 그게 전부는 아닌 곳이었다는 거야. 사실 콜카타는 인도에서도 가장 예술적인 주인 서벵골의 문예 중심지고, 그는 유서 깊고 부유한 가문 출신이었어. 이 점을 별로 대단하게 묘사하지는 않아. 그것 때문에 내가 자기를 좋아해야 마땅하다는 듯이 말하지도 않고, 그렇다고 그대로 내팽개쳐서 조금 더 평범해지고 싶다는 것처럼 말하지도 않고. 그냥 있는 그대로만 말하는 투야. 어쨌든 그의 가문에서는 수 세기 동안 아이들을 영국에 보내서 교육을 시켰는데, 랍은 세인트 폴스라는 똑똑이 학교로 갔다는 거야. 처음에는 우울해지고 향수병에 시달렸지만 이내 좋아졌고. 그래서 지금은 트리니티에 머물면서 자기가 좋아하는 역사학을 전공하고 있다는 거지.

트리니티에서는 자기 전공을 좋아한다고 말하면 쿨하지 못한 취급을 받아. 적어도 지금껏 내가 여기저기서 조금씩 엿들은 바로는 그랬어. 그 뭐냐, 다들 죽어라 노력해서 여기까지 들어왔잖아. 게다가 다들 자기네가 끝내주게 아름다운 중세 성처럼 생긴 건물에 살고 있고, 죽어라 노력했을 뿐 아니라 엄청나게 운이 좋아서 영광스러운 기회를 얻었다는 걸 아주 잘 알고 있는 거야. 그래서 다들 아무것도 신경 안 쓰고, 공부도 안 할 거고, 그냥 오스트레일리아 연속극이나 보면서 시간이나 축내겠다, 뭐 이런 태도를 보이는 거지. 그런 와중에 실제로 이곳이 즐겁다고 생각하는 사람을 만나니 나름 신선한 느낌이 들더라.

그래서 나는 준비한 거짓말을 전부 털어놓아. 내가 군인 자녀이며 우리 아빠가 재건 위원회 소속이라는 그 이야기 말이야.

랍: "하지만 너는 다른 미국인 애들하고 어울리지 않던데."

그건 사실이네. 나는 그 뭐냐, '다른 미국인'하고 붙어 다니는 일에는 전혀 관심이 없거든. 다들 부유한 사촌 형제들처럼 으스대며 돌아다니기나 하니까.

나: "아, 걔들. 무시할 테면 하라지."

랍: "그래, 나도 별로 신경 안 써. 대부분은. 하지만 디아스포라 중에서 정말 훌륭한 사람을 몇 명 만나기는 했거든."

이렇게 솔직하고 탁 터놓고 말하는 모습을 보니 제퍼슨이 너무 많이 떠오르네. 그 뭐냐, 순진하게 온 세상과 민족을 가슴에 품고 그들의 제안을 받아들이는 사람들 있잖아. 친절한 태도에 뭔가 가치가 있는 것처럼 말이야.

나: "너라면 좋아했을 만한 친구가 하나 있는데."

랍: "우리 친구들을 한데 불러모으면 좋겠다."

나: "그래, 물론이야."

그리고 나는—딱히 자랑스럽지는 않게—새로 얻은 휴대폰을 내려다봐. 방금 대답할 때 아주 조금 망설임이 있었거든. 그 뭐냐, 1밀리초 정도. 당황해서 더 편한 대상으로 주의를 돌리며 도피하고 싶은 거야. 솔직히 지금껏 힘겹게 애도하면서 내게 남은 친구는 휴대폰뿐이었거든.

이런 식으로 눈앞의 순간에서 도피하는 행동은 먼 옛날 '그 사건'이 벌어지기 전부터 이어지는 전통이지. 너무 자주 일어나니 다들 괜찮다고 암묵적으로 동의하곤 했잖아. 그 뭐냐, 친구하고 대화하다가 갑자기 시선을 돌려서 트위터나 이메일이나 문자나 뭐 그런 걸 확인하는 정도는 완벽하게 용인됐으니까. 사람들은 이런 식으로 띄엄띄엄 대화에 참여하는 행동에 익숙해졌지. 그 장소와 다른 장소에 동시에 있는 거랄까. 다만 여기서 다른 장소가 유사-의사소통이라는 기묘한 정신세계일 뿐인 거야. 먼 장소에서 주의와 흥미를 띄엄띄엄 받아들이는 마법의 공간인 거지.

문제는 이곳에서는 휴대폰을 무시하는 것이 쿨한 행동이 되었다는 거야. 그 뭐냐, 유혹을 이겨 내고 현실에 남아 있다는 의미에서. 그리고 사람들은 인터넷 동네로 마실 나가는 행동을 안 좋게 받아들여. 나한테는 문제가 되는 일이지. 작동되는 휴대폰하고 너무 오래 떨어져 산 데다가 그동안 휴대폰도 사람 시선을 끄는 능력이 상당히 늘었거든. 그 뭐냐, 우리가 가지고 있던 물건들하고는 비교도 안 될 정도야.

그러나 마지막으로 확인한 후 5분 동안 딱히 흥미로운 일은 아무것도 벌어지지 않았네. 고개를 들어보니 랍이 나를 바라보고 있어.

나: "아, 정말 미안해."

나는 얼굴을 붉혀. 지난 일주일 동안 티치를 제외하고 제대로 대화를 나눈 사람은 얘 하나뿐이거든. 나를 나머지 인류와 갑자기 연결해 준 이 가느다란 실을 실수로 끊고 싶지는 않아.

랍(신경 안 쓴다는 듯이): "네 버디는 누구야?"

들리는 것만큼 묘한 질문은 아니야. 내가 맨해튼의 길거리에서 유통 기한이 지난 참치 통조림을 찾아다니고 다양한 싸이코들과 총격전을 벌이고 있는 동안, 애플과 삼성과 기타 등등은 자기네 휴대폰 도우미 소프트웨어의 성능을 쭉쭉 키우고 있었더라고. 그 뭐냐, 시리나 코타나나 그런 것들 있잖아. 사실 얘들은 정말로 좋아져서, 목소리도 오싹한 로봇 목소리가 아니고, 전부 인터넷에 연결된 채로 계속 학습을 해. 그러다 보니까 가끔은 진짜 사람하고 대화하는 느낌이 들 정도란 말이야. 스칼렛 요한슨 영화에 나오는 것처럼 인공 지능이 폰섹스든 뭐든 해 주는 정도는 아니지만, 그래도 완전 도움이 된다고. 게다가 더 대단한 건, 여기다 인격을 따로 구입해서 덧씌울 수도 있다는 거야. 그 뭐냐, 기본 시리도 있고, 스포츠 쪽으로 특화해서 축구 경기가 언제 시작하는지 알려 주는 어깨 버전도 살 수 있고, 아니면 (진짜 완전 찐따라면) 항상 추켜세워 주고 포르노든 뭐든 다 해 주는 인기녀 버전도 살 수 있다는 거야. 게다가 유명 인사 버전도 가능해. 그 뭐냐, 온갖 음악가나 영화배우들이 자기 목소리를 팔아넘긴 덕분에, 관능적인 브래드 피트 버전도 가능하다는 거지. (그래, '그 병' 이전에 녹음한 거야. 무엇과도 바꿀 수 없는 문화유산이지.)

문제는 이런 '버디' 또는 '핍스'나 '페르소나'의 신뢰도야. 사실 전부 기본 회로는 똑같거든. 형편없는 물건을 팔아 치우고 싶다는 기본 목적이

같으니 당연한 일이지. 그 뭐냐, 브래드 피트가 "당신 오늘 유달리 매력적으로 보이는데?" 같은 소리를 하다가 갑자기 "맞아, 프렌치 커넥션에 이번 가을 신상이 입고됐다는 소식이 들어왔어." 이런 말을 나불댄단 말이야. 솔직히 브래드 피트하고는 완전 안 어울리잖아. 그래도 잘 살펴보면 설정을 만지작거릴 수가 있어서, 특정 광고는 배제할 수가 있어. 심지어 인격 요소를 늘려서, 재깍재깍 반응하는 게 아니라 진짜 인간처럼 가끔 멍 때리게 만들고, 다시 부르면 사과하게 만들 수도 있지. 그 뭐냐, 백 퍼센트 신뢰할 수는 없지만, 그냥 어울려 주면서 쿨한 검색거리를 제안하는 약쟁이 친구 같은 버디도 있더라고.

짐작이 가겠지만, '완전 친절 놈팡이'(이건 약쟁이 버디야)는 애플과 마이크로소프트가 상상하던 버디와는 조금 거리가 있어. 그래서 기본적으로는 허용이 안 되는데, 폰을 탈옥시키기만 하면 사용할 수 있지. 완전히 박멸하기에는 너무 큰 사업이라서.

그래서 내 버디가 누구냐고?

솔직히 그런 이야기는 하고 싶지 않네.

나: "네 버디는 누군데?"

랍: "'나아니'야."

그 애가 버디 앱을 실행시키니까 사리를 입은 진짜로 귀엽고 토실토실한 회색 머리 숙녀의 모습이 떠올라. 버디가 화면 위에서 움직이게 만드는 따위 플러그인도 있기는 한데, 대부분은 그냥 대화만 나누는 편을 선호하더라.

"얘야, 무슨 일이니?" 나이 지긋하고 편안한 목소리에, 인도 억양이 살짝 들어가 있네. 랍은 수줍게 웃어.

랍: "콜카타에 계신 할머니 생각이 나더라고."

'나아니' 버디는 그의 어조를 감지하고 부드러운 웃음소리를 흘려.

절로 미소가 지어지네. 할머니를 좋아하는 꼬마라니.

랍: "나도 알아, 한심하지. 설정 변경하느라고 너무 시간을 많이 쓰고 있어. 오픈소스 사이트에 어떤 인격 요소가 올라와 있는지 보면 너도 깜짝 놀랄걸."

나: "마음에 드는데. 안녕하세요, 나아니!"

나아니는 내 어조를 감지하고 대답해. "만나서 반갑구나, 애야!" 그리고 랍을 향해서 몰래 말하듯이 말해. "정말 좋은 아가씨 같구나."

랍: "됐어요, 나아니. 지금은 잠깐 들어가 있어요."

앱을 닫으니까 작별 인사도 들려.

나아니: "잘 있으렴, 애야."

나: "네 버디는 정말 사근사근하네."

랍: "그렇지. 조금 가슴이 아플 때도 있어. 앱을 닫는 걸 싫어할 때도 있거든. 그리고 지나치게 말이 많을 때도 있고. 그래도 삶이란 건 항상 쉬울 수는 없는 거니까. 혹시 네 것도 좀—"

그는 내 아이폰으로 손을 뻗어. 내가 고개를 끄덕이자, 그는 내 휴대폰을 들고 능숙하게 설정을 이리저리 조작하기 시작해.

나: "지금 뭘 하는 거야?"

랍: "네 마이크의 기본 리시버를 끄는 거야. 걱정하지 마. 만나는 사람마다 전부 꺼 주고 다니거든. 이걸 생각하는 사람이 별로 없더라고. 이

제 네 폰은 네가 원하지 않는 이상은 아무것도 엿듣지 못할 거야."

나: "그러니까…… 폰이 항상 엿듣고 있다는 거야?"

랍: "정부에서 최신 통신법에 슬쩍 끼워 넣은 내용이야. 네가 동의한 최종 사용자 등록 동의서의 117쪽에 들어가 있지."

나: "제대로 읽어 보질 않아서."

랍: "어차피 아무도 안 읽긴 하지." (휴대폰을 내게 돌려주면서) "이러면 네 대화를 엿듣지는 못할 거야."

나: "진짜로 대화를 엿듣기도 해?"

랍: "아, 그럼. 통째로 음성 분석 알고리즘에 넣고 돌린다니까. 옳지 않은 단어 조합이 등장하면, 런던 경찰이나 재건 위원회 공동 안보 조직에 있는 너희 아빠네 친구가 직접 방문한다고."

나는 그 발상을 곱씹어 보기 시작해. 랍은 내가 마음에 상처를 입은 것으로 받아들이나 봐.

랍: "미안. 기분 상하게 하려는 건 아니었어."

나: "그런 거 아냐. 알려 줘서 고마워."

랍은 남은 비터 맥주를 내려놓고 자리 정리하는 시늉을 해. 보통 '이제 슬슬 가야겠어'라는 뜻이지. 갑자기 그가 떠나는 게 슬퍼지려고 하는데, 랍이 나를 돌아보면서—

랍: "그럼 갈까?"

나: "어딜 가?" 얘 지금 나한테 수작 거는 거야?

랍: "이 동네 안내나 해 줄까 해서. 뭐, 적어도 내가 할 수 있는 정도는. 술집 한쪽 구석에서 버드와이저나 홀짝이면서 네 일급 기밀 친구하

고만 이야기하는 건 너한테도 별로 안 좋을 테니까."

'일급 기밀'이라는 표현에서 순간 불안감이 치솟아 올라. 웰시와 외무성과 MI 어쩌구와 맺은 계약이나, 내가 지금껏 해 온 거짓말도 전부 알고 있는 것 같잖아. 갑자기 완전히 벌거벗은 기분이 들어. 하지만 그의 얼굴을 보니 내가 안 보여 줘서 가볍게 약 올리는 것뿐인 듯해. (소개라도 해 주길 바랐나 보지?)

나: "좋아. 갈까? 가 보자."

문제가 하나 있다면 내가 칼리지를 떠날 때마다 티치나 뻣뻣한 남자가 (이름이 빈스라더라) 나와 동행하거나 멀리서 나를 지켜보고 있어야 한다는 거야. 한심한 로맨틱 코미디나 뭐 그런 데 나오는 대통령의 딸이라도 된 기분이 들기는 해. 항상 따돌려 버리고 모험이나 기타 등등을 즐기려 애쓰는 애들 있잖아. 솔직히 말하자면 함께 다니는 게 즐겁기는 했지만, 그래도 나만의 츄바카한테 미행당하느라 새 친구를 겁먹게 하고 싶지는 않거든.

나: "있잖아. 〈리틀 프레지던트〉처럼 보이고 싶은 건 아닌데, 내 경호원 몰래 나가는 것도 나쁘지 않을 것 같아."

랍: "아, 〈리틀 프레지던트〉. 신바드, 브록 피어스 주연. 1996년 디즈니 제작. 케이티 홈스와 마크 블루커스 주연의 〈대통령의 딸〉과 헷갈리지 말 것."

나: "우와, 감탄스러운데."

랍: "내 입장에서는 한탄스럽다고. 이럴 대뇌 공간에 다른 걸 집어넣고 싶거든. 그 거대한 경호원을 따돌리고 싶은 거지?"

나: "그래. 티치라는 사람이야. 나를 경호하기도 하고, 세상 밖으로 너무 멀리 나가지 못하도록 신경도 쓰는 것 같거든. 여기서는 모든 것이 빌어먹게 안전하니 정말 터무니없는 일이지."

랍: "음…… 남자 화장실 안에 화재 대피용 비상구가 있어. 알람은 망가져 있고. 트리니티 레인으로 이어지는데."

랍의 설명에 따르면 트리니티 레인의 별칭은 요강 골목이래. 트리니티와 카이어스(모든 것을 힘들게 만들려 드는 영국인의 욕망에 따라서, '키스'라고 발음하긴 하더라) 칼리지 사이에 있는 횡하고 음산한 골목길이야. 이 도시에서 현대가 아닌 느낌이 드는 장소 중 하나기도 하고. 우리는 포석을 밟으며 중심가인 트리니티가 쪽으로 걸어가기 시작해.

나: "이제 어디로 가?"

랍: "발 닿는 대로 걸어 볼까. 동전을 던지자."

우리는 레인이 끝나는 곳까지 와서 동전을 던져. 뒷면이 나왔으니 킹스 칼리지 쪽으로 우회전을 해야겠지.

이런 식으로 티치를 따돌리다니 나쁜 놈이 된 것 같네. 물론 우리가 친구 사이기는 하지만, 어차피 술집 밖에서 느긋하게 기다리고 있을 테니 그냥 내가 사라진 걸 알기 전에 돌아가기만 하면 되지 않겠어. 아직 마지막 주문을 받는 시간까지는 두어 시간은 남아 있으니까. 게다가 시원한 공기를 쐬면서 축축한 포석 위로 발을 옮기는 기분도 나쁘지 않고.

길 건너편에서 누가 부르네. 여자애와 남자애 하나씩인데, 스카프가 보라색인 걸 보니 킹스 칼리지 소속인가 봐. "어이, 랍!"

랍: "어이, 애들아!"

나: "너 다른 칼리지 애들하고도 아는 사이야?"

농담하는 것처럼 조금 과장해서 말하기는 했는데, 솔직히 조금 감탄스럽기도 해.

'그 사건' 이전의 디트로이트에도 어울릴 것 같은 하이파이브와 인삿말이 이어져. 여자애 이름은 소프고, 남자애는 마이클이야. 마이클은 북아일랜드에서 왔다고 하는데 아마 남아일랜드하고는 다른 모양이지. 소프는 '런던'에서 왔다는데, 뭔가 부끄럽고 모호한 투로 말해. 나는 걔가 부잣집 아이라는 뜻으로 받아들여.

랍: "이쪽은 돈나야. 성모님이 아니라 팝스타 쪽."

나: "미국인이고."

조금 바보 같기는 하지만, 한 번에 해치우고 싶었거든.

마이클: "아, 우리는 쇠망한 제국을 좋아하지. 안 그래, 소프?"

마이클은 작고 활기 넘치는 친구야. 그 선의가 소프를 곤란하게 만드는 모양이고.

소프(다정하게 마이클을 보면서): "헛소리 마." (그리고 랍과 나를 보면서) "우린 시드니 서섹스에서 올리버 크롬웰의 해골을 찾아서 훔칠 방법을 생각하던 중이었어."

마이클: "내가 그걸 아일랜드로 가지고 돌아가면 제대로 영웅 대접을 받을 거 아냐. 평생 공짜 술이 보장될 거라고."

올리버 크롬웰이 영국 내전에 등장하는 사람이라는 건 알고 있지만, 이 동네 칼리지에서 그 사람 해골을 보관하고 있는 이유는 짐작도 안 가네. 그게 왜 아일랜드 사람들에게 그렇게 중요한 일인지도.

마이클은 우리를 초대한 파티장으로 함께 가면서 왜 그게 그렇게 중요한지를 설명해 줘. (요약하자면, 아일랜드를 침공해서 엄청나게 많은 사람을 죽이고 노예로 만들었다는 거야.) 심지어 모리세이라는 사람의 노래를 흥얼거리기까지 하면서 상황을 묘사해 주더라고. 랍과 소프와 마이클과 나는 계속 재잘거려. 이 아이들은 나를 괴물 취급하지 않고, 나도 내가 괴물이 아닌 것 같은 기분이 들기 시작해. 뇌 속의 적절한 위치에 다른 인간이 살짝 접촉한 것만으로도, 단순히 매일을 반복하는 것 이상의 미래를 인지하고 슬픔 외의 다른 감정을 느끼기 시작한 거야.

파티가 열리는 장소는 포르투갈 플레이스에 사는 누군가의 셋방인데, 캠퍼스 외부 숙소지만 귀엽게 생긴 타운하우스 안에 있어. 파티가 으레 그렇듯이 음악과 담배와 맥주와 보드카가 있고, 아이들은 서로 대화를 나누며 섹스 상대나 새 친구를 찾거나 잠시 정신줄을 놓으려 애쓰고 있어. 완벽하게 보통이라는 소리야. 완벽하게 즐겁고. 나는 몇 시간 동안은 제퍼슨을 아예 생각조차 안 했어. 소프와 함께 어울리며 그 아이에 대해서 조금 알게 되었지. 상류 사회 출신이지만 부모님이나 부모님이 정부와 경제와 기타 등등에 대해서 취하는 태도는 도저히 받아들일 수 없다는 거야. 한번은 정치 이야기를 하다가 미국 해군이 이란을 철저하게 폭격했다는 말을 들었어. 중동에서 나머지 세계로 나가는 유조선이 반드시 지나야 하는 요충지인 샤트 알 아랍을 통제하려고 그랬다고 해. 아직도 거기에 항모 타격단이 하나 배치되어 있대. 미군은 모국의 붕괴를 반격이 불가능한 이들에게 마음대로 무력을 휘둘러도 된다는 뜻으로 받아들였고, 이제는 돈을 가장 많이 주는 사람이라면 누구에게나 봉사한다는 거지. 적어도 소프는 그렇게 생각하고 있어. 말할 필요도 없이 웰시나 다른 자들이 설명한 것과는 완전히 다르지. 소프는 이제 중국과 전쟁을 벌일 가능성에 대해 말하다가, 말을 멈추고 나를 바라봐.

소프: "젠장, 너 설마 재건 위원회에다가 날 꼰지를 건 아니지?"

나: "꼰지른다고?"

소프: "아." (그녀는 웃음을 터트려. 그리고 미국 억양으로 변화된 동의어를 여럿 늘어놓기 시작해) "고자질한다고. 일러바친다고. 신고한다고. 동전을 떨군다고. 끄나풀이 된다고."

이 동네 사람들은 미국식 관용구를 정말 많이 안다니까. 하지만 생각해 보면, 자기네 문화가 우리 문화에 오염되어 가는 상황을 수십 년 동안 연구해 왔을 테니까.

나: "뭐야, 그런 짓 안 해!"

진심으로 한 소리였지만, 문득 내 개똥 같은 가짜 배경이 끔찍하게 느껴지기 시작해. 그리고 바로 그 순간 나는 결단을 내려. 웰시한테 다른 무얼 털어놓게 되더라도, 절대 새로 사귄 친구들에게 해가 될 소리는 하지 않겠다고 말이야. 지금 현실에서 만들어지는 훌륭한 관계를 망칠 수는 없는 것 아냐.

잠시 후 마이클이 다시 등장해. 술에 취해 있네. 어떤 남자애와 잘돼 가고 있었는데, 그애 여친이 등장하는 바람에 떠날 수밖에 없었다는 거야. 랍은 건강이나 환경 계열 애들한테 한참 붙들려 이야기를 듣고 있다가 간신히 벗어나서 이쪽으로 다가와. 캠퍼스라고 안 부르는 이 캠퍼스에서 꽤나 거물인 느낌이 드네. 그와 소프와 나는 함께 마이클을 문으로 끌고 나가.

친구들과 어울려 놀아 본 것도 정말 오랜만이야. 그 뭐냐, 그래, 항상 주변에 사람이 있기는 했지. 그래, 심지어 로널드 레이건호에도 친구들이 있었으니까. 하지만 그럴 때는 언제나 문제가 사방에 가득했잖아. 묵직한 문제 없이 그냥 순수하게 사람과 어울리는 게 어떤 기분인지 지금껏 잊고 있었다니까. 그러니까 이 아이가 우리한테 토하지 못하게 막으면서 집에 데려다주는 일만으로도 충분히 끝내줘. 삶을 완전히 긍정적으로 만들어 주는 경험이야.

늦은 시간이라 거리는 아주 고요해. 우리는 제대로 알아차리기도 전에 사람들과 부딪칠 뻔하고 깜짝 놀라. 우리보다 별로 나이 많아 보이지는 않지만, 적어도 다른 느낌이 든다는 건 분명하네. 무엇보다 온몸에서 적의를 발산하고 있다는 점이 가장 크겠지.

모퉁이에서 대형 맥주캔을 비우면서 담배를 태우고 있었나 봐. 청재킷에 운동화 차림이고, 한심한 평범 패션 헤어스타일이고. 마이클과 소프가 매고 있는 보라색 스카프를 눈여겨보고 있네.

대학 도시마다 있는 '현지 젊은이' 느낌이 너무 명확하게 풍겨. 이미 우리를 훑어보며 학생이라는 결론을 내리고 마음에 안 든 게 분명하거든. 그래, 우리가 서로를 그 뭐냐, 초고속에 백 퍼센트 정확도로 훑어봤다고 할 수 있겠네. 한 녀석이 공들여 연습한 터프가이 포즈로 담배꽁초를 던지더니, 반은 혼잣말처럼, 나머지 반은 그냥 사실을 말하는 것처럼 이렇게 말했거든. "빌어먹을 푸프 새끼들."

자, 완전 확신하는 건 아니지만 '푸프'가 동성애자 남성을 일컫는 욕설인 건 분명해 보여. 터프가이란 놈들은 그 뭐냐, 엄청난 게이 레이더를 가지고 있단 말이야. 솔직히 말이 되는 소리지. 동성애 혐오란 종종 자기 감정을 부정하려는 잠재적 동성애자의 증상이거든. 어쨌든 뭐, 상관이야 없지. 쟤는 지금 슬쩍 발을 담가 보는 거니까. 우리의 인식이라는 연못에 돌멩이를 던져서, 공포가 물결처럼 퍼져 나가는 모습을 지켜보려는 거야. 그리고 그게 통했는지, 소프와 랍은 그냥 고개를 숙이고 마이클을 끌고 움직이기만 해.

나는 골수에서 아드레날린이 뿜어져 나오기 시작하고.

아무것도 못 들은 척하기는 영 싫더라고. 그래서 나는 놈들을 계속 지그시 바라봐. 당연하지만 '푸프'라고 말한 놈 옆엣놈이 반응을 보이고. "뭘 꼬나보고 있어?"

그래, 이런 짓 하면 안 된다는 건 알아. 그 뭐냐, 우리가 다 함께 가장 빠르고 안전하게 귀가할 수 있는 행동을 했어야 마땅하겠지. 하지만 갑자기 이보다 훨씬 두려운 상황에서 훨씬 힘겨운 일들을 헤쳐 나왔다는 생각이 드니까, 엿이나 먹어라 싶은 거야. 그래서 나는—

"데님 똥자루를 보고 있는데."

나쁘지 않았지? 나는 평소에는 말대꾸를 세게 하는 편이 아니거든. 그리고 놈들이 이 말을 받아들이는 데에도 조금 시간이 걸려서 우리가 지나쳐 갈 정도는 되었을 테니까, 어쩌면 그렇게 잘 끝났을지도 몰라. 방금 그놈이 내 말을 웃어넘기기만 했다면. 하지만 애석하게도 먼저 웃음을 터트린 건 그놈 친구였어. 그러니까 그놈은 이제 계집애의 욕설을 웃어넘긴 쿨한 남자가 아니라, 다른 남자들 사이에서 모욕을 당한 남자가 되어 버린 거지.

그러니 이제는 무시하거나 넘어갈 수가 없어진 거야. 그래서 놈은 강한 남자가 여자애를 부를 때 기준점으로 사용하는 욕설을 선택해.

"방금 뭐라고 했냐, 이 쌍년아?"

그러니까 지금껏 설명한 바와 같이, 이런 모든 일에도 나름의 논리와 위상이 존재하는 거야. 그리고 이론적으로는, 여기서 내가 쌍시옷 단어에 반응하지 않고 참아 넘기기만 했다면, 그냥 등 뒤에서 울리는 비웃음 소리만 감내하면서 빠져나갈 수 있었을 거란 말이지. 하지만, 글쎄.

나는 뒤돌아 서. "내가 말이라도 더듬었냐, 꼬맹아? 그럼 다시 똑똑히 말해 줄 테니 잘 들어. 좆도 없는 똥자루가 니네 엄마가 트럭 운전사 좆 빨다 남는 시간에 기워 준 꼴사나운 재킷을 걸치고 있다고 했다."

이제 어느 쪽으로도 흘러갈 수 있는 살얼음판 같은 순간이야. 기본적으로 남자애들 사이에서는 이런 상황을 이해할 수 없다는 분위기가 감돌지. 이론적으로는 여자애들하고 싸우면 안 되는 거니까. 그래, 저런 애들은 여친이 아닌 여자는 때리면 안 된다고 생각하거든. 그러니까 아직 무사히 빠져나갈 가능성은 있는 셈이야. 문제는 랍이 여기서 기사도를 발휘해야겠다고 마음먹고 내 명예를 지킨답시고 나선 거야. 사랑스럽고 뭐 그렇기는 하지만, 내가 몸을 방어할 수단이 없는 것도 아니잖아. 그래, 소프가 다급하게 "하지 마." 하는데도 굳이 나서서 "그렇게 부르지 마."라고 말하다니 선의가 넘치는 행동이긴 하지.

물론 벌써 나는 '그렇게' 불려 버렸으니 말이 안 되기는 하지. 그래서 뭘 원하는 거야? 공식적인 철회? 랍도 자기가 뭘 하는지 정확히 모른다고 확신할 수 있어. 끔찍하게 불안한 데다, 아마 이제 훨씬 두들겨 맞으리라는 점도 잘 알고 있을 거야. 그러니 그 태도가 더욱 마음에 들어. 입으로는 열심히 공수표를 쓰고 있지만, 몸으로는 도저히 상환할 수 없을 테니까.

모든 상황이 예측 가능한 방식으로 흘러가기 시작해. 동네 청년들이 맥주캔을 내던지더니—요즘은 물건을 버리는 게 완전 마초스러운 행동으로 여겨지는 모양이야—이제껏 입을 열지 않았던 녀석 하나가 입을 열어. "방금 뭐라고 했냐, 파키?"

해묵은 '방금 뭐라고 했냐?'를 재사용하다니 우아함이 부족하네. 내 생각에 '파키'는 인도 사람용 '니그로'인 것 같아. 일단 저번에 확인했을 때까지는 인도와 파키스탄이 완전히 다른 나라였다는 점은 제쳐 두기로 하고.

이제 놈들은 우리 쪽으로 다가오고 있어. 아마 지금 가장 좋은 전략은 도망치는 거겠지만, 문제는 마이클이 제대로 뛸 수 있는 상태인지 확신할 수가 없다는 거야. 전우를 뒤에 버리고 갈 수는 없잖아. 게다가 저놈들 너무 시끄러워.

그래서 나는 빈손을 활짝 펼치고 팔을 든 채로 놈들 앞으로 걸어가면서, 최대한 달래는 투로 말해. "이봐, 친구들. 그런 말 한 건 미안하게 됐어. 우리 싸우고 싶진 않거든. 그냥 내가 한잔 살게."

이런 행동에 놈들의 머릿속은 잠시 헝클어져. 왜냐하면 (a) 애들은 머릿속이 완전 네안데르탈인 수준이라, 여자애도 싸울 수 있다는 사실을 받아들이지 못하기 때문에 내게는 아예 집중도 안 하고 있었고 (b) 지독하게 열 받은 남자애의 정신 속에도 섹스를 얻을 수 있을지 모른다는 희망이 도사리고 있게 마련이거든.

그래서 놈들 중 하나가, 아마 이 집단의 로미오 역할을 맡은 녀석인 것 같은데, 반짝이는 눈을 랍에게서 떼어 내 쪽을 바라봐. "그쪽이 더 마음에 드는데, 아가씨." 그리고 추파를 던지는 눈길로 나를 바라보더니 슬쩍 고개를 드네.

나한테는 아주 잘된 일이야. 목을 강타하기에는 딱 좋은 자세니까. 정확하게 말하면 목젖을 말이지. 목젖을 있는 힘껏 때려 주면 당분간은 아무 행동이나 말도 하지 못하게 되거든. 다들 총을 들고 다니는 세상에서는 쉽지 않은 기술이기는 해. 특히 눈앞의 사람과 싸울 거라고 대비하고 있는 상황에서는 말이야. 그런데 다행스럽게도 이 머저리는 놀아 볼 생각만 하고 있었거든. 덕분에 아주 잘 여문 콰직 소리가 나고, 놈은 목을 붙들고 뒤로 물러나면서, 피를 뱉으며 공기 새는 소리를 흘려.

갑자기 양쪽 모두 욕설을 뱉기 시작해. 방금 무슨 일이 벌어졌는지를 깨달은 거야. 뒤이어 방금 그놈의 친구 하나가, 적어도 쓰러진 친구를 돕지 않고 있는 녀석이 내 쪽으로 주먹을 휘둘러. 자, 이게 액션 영화나 뭐 그런 건 아니니까 피할 생각은 없어. 다만 조금이라도 준비를 하고 맞았으니 어깨로 어느 정도는 받아낼 수 있을 뿐이지.

이제 그놈은 정면에서 나한테 달려들어. 난처한 상황일 수도 있겠지만, 나한테는 저번에 시장에서 산 나이프가 있거든. 이미 허리춤에 숨겨 둔 곳에서 빼 든 상태라, 나는 그대로 있는 힘껏 놈의 무릎에 나이프를 박아 줘.

놈은 고통에 울부짖으며―솔직히 이건 뭐라 못 하겠네―비틀거리다 뒤로 쓰러져 버려. 나이프도 그대로 딸려 갈 뻔했지만, 나는 얼른 당겨 빼고 다음 놈을 상대할 준비를 해. 문제는 아직 상처 하나 없는 남자애 둘이 자기네 전력을 재빨리 가늠하고는 비폭력주의의 길을 택하기로 마음먹었다는 거지. 하나는 꼬마 애새끼처럼 쏜살같이 거리를 따라 내빼고, 다른 놈은, 글쎄, 이건 인정해 줘야겠는데, 목젖 씨를 질질 끌고 가 버리고, 슬개골이 두 쪽 난 놈도 그 뒤를 따라 절뚝이며 가 버려. "두고 보자!" 뭐 이딴 개소리도 없어. 애들은 결국 그냥 술 취한 개새끼들일 뿐이지, 내게 익숙한 야만적인 부족민들은 아니니까.

나야 귀 쪽에 심한 타박상을 입었을 테고 어깨가 욱신거리기는 하지만 지금 당장은 아드레날린과 엔돌핀과 기타 등등이 너무 넘쳐흘러서 알아 차릴 수도 없어. 거의 황홀경에 빠져 있다고 해도 된달까. 물론 눈물이 흐르기 직전이기도 해. 사람을 때리고 찌르는 건 별로 착한 일이 아니잖아. 그리고 나는 기본적으로 선한 품성을 가진 사람이라고.

워쇼스키 영화나 뭐 그런 거였다면 발레리나처럼 우아하고 간지나게 돌아설 시점이지만, 사실 지금 나는 무릎을 꿇고 있어. 방금 그 남자애의 연골에서 나이프를 뽑다가 앞으로 넘겨졌거든. 그래서 나는 자리에서 일어나서 다른 아이들을 돌아봐. 다들 공포와 역겨움을 가득 품은 눈으로 나를 바라보고 있으리라 확신하면서.

그렇게 뒤돌아서는 짧은 순간 동안, 나는 일종의 깨달음을 얻었어. 싸움과 폭력에 대한 계시라고 해야 할까. 지금까지는 내가 다치는 게 무서워서 싸움을 두려워했다고 생각했거든. 물론 그것도 사실이야. 하지만 더 깊게 파고 들어가면, 내가 다치는 걸 두려워한 이유는 상대방보다 상처 입히려는 욕망이 부족했기 때문이었어. 그 뭐냐, 싸움에서 이기려면 물론 상대방보다 싸움을 잘해야겠지만, 사람을 해치는 게 나쁜 일이라고 주입된 사회적 훈련도 극복해야 하거든. 게다가 싸움이란 강렬하게 사적인 행동이잖아. 두들겨 주는 사람과의 사이에 극도로 감정적인 '관계'가 생기는 거니까.

적어도 폭력 쪽으로는 순결도 두려움도 잃은 지 오래긴 하지. 지금 피를 질질 흘리며 거리로 사라지는 놈들은 자기네 상대가 처녀라고 생각했을 테지만.

그래서 다른 아이들을 돌아보는 순간, 나는 그 뭐냐, 걔들의 눈에 폭력을 너무 방탕하게 즐겨서 못난이가 되어 버린, 거의 인간이라 부르기도 힘든 존재가 보일 줄 알았어. 마음속으로는 싹트다 시든 우정을 애도하고 있었고.

그런데 걔들이 박수갈채를 보내는 거야. 그 뭐냐, 내가 방금 그런 일을 저지르게 만든 바로 그 약물에 똑같이 마취되어 버린 것처럼. 어쩌면 놀라서일 수도 있겠지. 그때까지 인식하지 못하던 가학 성향일 수도 있겠고. 전부 "우와아아아아!" "끝내주는데에에!" "진짜 말도 안 돼!" "완전 간지였어!" 이러는 거 있지. 다가와서 나를 끌어안고 등짝을 때리고 감탄해서 고개를 젓고 있어. 이게 아주 해괴한 상황이라는 증거는 딱 하나

뿐이야. 마이클이 내 쪽으로 기대더니 토하기 시작한 거지.

네빌스 코트의 L6으로 홀로 돌아와서, 나는 가라앉는 아드레날린의 물살을 타면서, 그 아래 드러나는 탈진과 수치심을 바라보고 있어. 숨통이 변형됐을 남자애와 무릎이 영원히 망가졌을 남자애를 떠올리면서, 걔들 몸이 무사하고 내가 모욕을 당하고 넘어가는 쪽이 윤리적 균형추가 맞는 것이 아니었을까 생각해 보기도 하고. 나는 편하게 숨 쉬려 애써. 이런 건 나한테 어울리는 생각이 아니야. 제퍼슨이라면 모를까. 마치 걔가 어디선가 나를 지켜보고 있고, 이미 세상을 떠난 걔의 눈길이 계속 내게 영향을 끼치는 듯한 느낌이야. 아니, 혹시 정말로 그런 걸까? 그 애가 느껴지는 기분이 들어. 제퍼슨은 불교도였지. 그리고 언제나 그 뭐냐, 우리는 서로 독립된 개체라고 잘못 생각하고 있는 하나의 우주의 파편일 뿐이라느니, 그런 소릴 하고 다녔고. 어쩌면 그 애의 원자가 내 주변을 떠다니고 있을지도 몰라. 아니면 환생할 아기를 찾고 있을지도 모르고.

이런 생각은 됐어. 혼자 놀기도 질렸으니까, 폰이나 좀 문질러 줘야지.

찰리: "안녕!"

어린아이의 작은 목소리야. 다섯 살 먹은 남자애 목소리지. 최대한 내 남동생 찰리의 목소리와 비슷하게 개조한 거야.

나: "안녕, 우리 장난꾸러기."

찰리: "지금 몇 시야?"

꼬맹이 목소리가 졸린 것처럼 들리네. 프로그래머가 진짜로 애썼나 봐.

나: "뭐야, 너도 알잖아. 넌 휴대폰인데."

살짝 머뭇거림이 생겨.

찰리: "나 휴대폰 아냐. 난 소프트웨어라구."

찰리는—이 프로그램은—그걸 '소프테여'에 가깝게 발음해. 찰리하고 똑같은 혀짤배기 소리야. 향수와 사랑과 고통이 마음속 깊은 곳에서 욱신거려.

나: "그래, 맞아. 넌 소프테여지."

찰리: "우와—벌써 자정이 넘었네! 오늘 밤에는 뭘 했어, 돈나?"

코딩에 따라 쏟아지는 인공 대화 사이로 살짝 이어 붙인 부분이 느껴지지. 거의 알아듣기 힘들긴 하지만.

나: "사람들을 좀 만났어."

찰리: "사람들을 좀 만났어?"

종종 같은 말의 표현을 바꾸거나 그대로 되풀이해서 대답하는 식으로 작동하더라.

나: "응. 친절한 사람들이었어."

찰리: "좋았겠다."

나: "그치. 그래도 돌아와서 너랑 둘이만 있는 것도 좋아."

찰리: "나두."

그리고, 잠시 정적이 흐른 후—

찰리: "돈나, 사랑해."

나: "나도 사랑해, 찰리."

그리고 나는 조금 흐느끼다 잠들어 버려.

 **피터**

말하자면 이런 거야. 나는 사이드킥이 아니거든. 그냥 사이드킥 역할을 맡았을 뿐이랄까.

사람은 누구나 타인을 분류하길 좋아하잖아. 꼬리표를 붙이고, 단순화시켜서 보다 효율적으로 상대하기를 원하는 거야. 뉘앙스를 확인하는 일에는 우선순위를 두는 법이 없고, 정보의 대역폭에도 제한을 두지. 그러니까 대다수 사람에게, 나는 '게이 절친'이나 '게이 흑인', 아니면 그냥 '게이 남자'인 거라고. 안전하게 주변 인물로 만들어 버리는 거지.

진실을 하나 알려 줄까? 나는 지금껏 내 역할에 만족해 왔어. 사회라는 웅덩이에 빠져 익사해 가는 사람을 위한 작은 숨 쉴 공간 역할로 충분했단 말이지. 남들과 다른 데다 좌절하고 두들겨 맞으며 자라난 남자아이라면, 자기 위치가 있다는 것만으로도 만족할 때가 있거든. 내게는 그런 역할이 있었어. 해야 할 일도 아주 잘 알고 있었고.

그래, 적재적소라고 할까나. 생각해 봐. 나 같은 흑인 남자애가 TV나 영화나 기타 등등의 등장인물로 등장하는 경우가 얼마나 적은지 알고 있어? 글쎄, 이 글을 읽고 머릿속에서 목소리를 듣는다면 말인데, 그럴 때는 네 목소리지만 동시에 네 목소리가 아니고, 책을 읽을 때면 종종 그렇듯이 묘한 방식으로 나와 네가 동시에 들어 있는 거잖아? 그럴 때면 너는 나/너가 내 삶을 서술하는 동안, 이건 내가 아냐, 하고 생각하겠지. 어쩌면 내 목소리가 네 목소리로 하고 싶지 않은 말을 읊을 때마다 머뭇거리며 우려할지도 몰라. 그러니까 네가 하거나 느끼면 거북한 소리를 슈퍼 게이하게 해 댈 때 말이지. 남자가 여자를 얻는 이야기를 읽을 때마다 나도 똑같은 느낌을 받아. 심지어 여자가 남자를 얻는 이야기도. 그것도 내가 아니거든. 나는 남자를 얻는 남자가 되고 싶단 말이야.

하지만 걱정하지는 마. 네 머릿속의 목소리는 진짜로 너를 바꾸지는 못하니까. 할 수 있는 일이래 봤자 다른 사람이 되면 어떤 기분인지 깨닫는 걸 도와주는 정도라고. 아마 그럴 거야.

스톤월 고등학교에서 지내던 시절에는 조금 나았어. 스톤월은 게이나 트랜스젠더나 기타 시스젠더가 아닌 아이들을 위해 만든 학교거든. 다들 자신이 특별한 눈송이라고 생각하는 아이들뿐이었지. 나는 그림자와 옷장 속을 벗어난 삶을 누렸고, 친구도 사귀었고, 남자 친구도 가졌고, 숨 쉴 공간도 얻었지. 완전히 충만한 삶이었달까.

물론 사람들이 만족하지 못하는 부류의 관계도 하나 있었어. 바로 내 친구 예수님과의 관계였지. 다들 성경에서는 동성애를 죄악이라 부른다고 말했거든. 나는 레위기에서는 갑각류를 먹는 것도, 결혼을 끝내는 것도 죄라고 말한다고 반박했지. 그러면 랍스터를 먹는 이혼남은 나보다 제곱으로 고약한 셈이잖아. 게다가 JC께서는 그 모든 것을 바꾸러 내려오신 거 아니겠어. 뷔페식 기독교라고 부르고 싶어? 내가 원하는 것만 취사선택한다고? 하, 나는 그런 소리를 개수작이라고 부른다고. 뷔페식 기독교는 복음주의 기독교도들이 하는 짓이지. 요한복음에 등장하는 신으로서의 예수님만 선택하고, 마태복음, 마가복음, 누가복음에 나오는 인간 예수님은 외면하잖아. 내 생각에는 다수결을 따라야 할 것 같은데.

어쨌든 나하고 다른 퀴어 애들하고 예수님이 함께 있으니, 나쁘지 않았어. 쿨했지. 그런데 그 병이 닥쳐와서 모든 것을 찢어발긴 거야. 많은 애들이 죽어 가는 가족에게로 돌아갔지. 우리 중 일부는 딱히 돌아갈 가정이랄 것이 없어서 그냥 남았고. 대부분은 뒤이은 영토 쟁탈/인종 청소/부족을 정하는 해리 포터 마법 모자 스타일의 학살극에 휘말려 목숨을 잃었고.

나? 나는 다른 소수의 스톤월 생존자들과 함께 워싱턴스퀘어의 벽 뒤에 몸을 숨겼지. 우리 말고도 홀리크로스의 가톨릭교도 애들하고, 워싱턴네 애들이 속한 러닝센터인지 뭔지 하는 환경주의 학교도 있었어. 나와 워싱턴과 그 남동생 제퍼슨은 괜찮은 사이였어. 워싱턴은 우리 땅의 수용력과 주변의 채집 영역을 가늠하고는 다른 아이들이 합류하는 걸 단호하게 막았지만. 그래서 성문 달린 중세풍 요새 놀이가 시작된 거지.

돈나를 만난 것도 거기서였어. 나는 게이와 어울리는 여자애들 부류에 인기 있는 타입은 아니었지. 사실 내 취향도 아니었고. 어쨌든 그 애는 즉각 마음에 들었어.

사실 어차피 그런 관계가 생겨날 상황도 아니었잖아. 그러니까, '그 사건'이 벌어지기 전의 비옥한 땅에서야, 여자애들도 온갖 부류의 장식품 친구를 사귈 여유가 있었겠지. 그러나 그 이후에는 우정은 단순한 장식이 아니라 진짜만 남았거든. 나는 그 애의 등 뒤를 지켜 주는 사이가 됐고. 덕분에 돈나와 제퍼슨이 공립 도서관으로 떠나던 그날, 그 애와 함께 떠나겠다는 빌어먹게 한심한 결정을 내리게 된 거야. 한두 시간이면 충분할 예정이었는데. 빌어먹을 〈길리건의 섬〉(미국의 고전 시트콤 시리즈. 주인공 일행은 3시간의 유람 항해를 떠났다가 무인도에 갇히게 된다: 옮긴이) 이후로 최악의 시간 예측이라 할 수 있지.

어쨌드은.

그 애가 그리워. 정말로. 나는 돈나가 하와이의 어느 해변에서 피부를 그을린 채로 누워 있고, 근육질 웨이터가 마이타이나 뭐 그런 걸 가져다주는 광경을 그리곤 해. 제발 그 애가 그곳에서 나머지 우리 몫만큼 즐기고 있었으면 좋겠어. 어차피 나는 불길을 탈출해서 원래 있던 프라이팬 위로 돌아와 버렸으니까.

그래도 지금은 전부 괜찮지. 사랑이라는 이름의 마약을 정맥 주사로 맞고 있거든.

좋아, 사랑과 육욕을 섞은 마약 칵테일일지도 모르긴 하지만.

너 무슨 생각 하는지 알 것 같은데. 내가 테오하고 사랑하는 사이 아니었냐고 묻고 싶은 거지? 뭐, 좋아. 당시에는 '강하고 과묵한 남친' 스타일이 매력적이라 생각했는지도 모르지. 하지만 테오는 백 퍼센트 A등급 스트레이트로 판정 났고, 고정관념과는 달리 게이라고 스트레이트 남자애들을 비디오게임 업적 달성 취급하면서 들이대는 놈들만 있는 건 아니거든. 나는 초대받지 않은 파티에는 안 끼어드는 사람이야. 내 게이

레이더를 수리점에 맡기고 싶어지기는 했지만, 그렇다고 상심하거나 그런 건 아니라고.

그런데 채플은—문제가 완전히 다르다니까. 그 녀석은 완벽하게 은신 상태로 대기하고 있었어. 초대형 전파 망원경급 게이 레이더를 동원해도 점 하나 깜빡이는 정도밖에는 감지하지 못했을 거야. 그래서 걔가 나를 무슨 현대미술 작품의 의미를 파악하려는 것처럼 슬쩍 바라보고 있는 모습을 보면서도, 나는 걔가 제5열 판별 작업이나, 프랑스 레지스탕스나, 특수 부대 위협 평가 따위를 하려는 줄만 알았지 뭐야. 아무도 믿지 말라, 뭐 그런 느낌으로.

그런데 알고 보니까 진솔한 사랑의 눈빛이었다 이거지. 그래서 나도 즉시 같은 눈빛을 되쏘아 줬고. 그랬더니 이야, 진짜 살아 있기를 잘했다는 느낌이 들더라니까.

생각 있으면, 꼬마 게이 흑인 남자애의 삶이 얼마나 힘들지를 상상해 봐. 꼬마 스트레이트 흑인 남자애가 되기를 선택할 수 없는 상황을 상상해 보라고. 네가 원하는 삶이 아주 작은 단 하나의 요소를 제외하면 다른 모든 사람이 원하는 삶과 똑같은데, 바로 그 차이점 때문에 괴물이나 우스갯소리나 비극 취급을 당하는 걸 상상해 보란 말이야. 게다가 세상이 조금 나아지는 것처럼 보이는 바로 그때, 결혼도 할 수 있고 손잡고 거리를 돌아다녀도 되고 평범한 사람들처럼 뭐든 해도 되는 세상이 온 그 순간, 종말이 찾아왔단 말이야.

당연하지만 데이트 상대도 확 줄어들었고.

그런데 채플이 등장했단 말씀이야. 만능이고 헌신적이고 자기희생적이고 섹시하기까지 한 친구가.

게다가 나 홀로 독점하고 있다고. 아마도.

아, 뭐 걔한테 남자 친구가 있다거나 그런 얘기는 아니야. 지금 내가 유일한 선택지라는 건 거의 확실하니까, 나름 긍정적인 상황이지. 게다가 나를 좋아하는 것 같다고. 그것도 상당히. 다만 언제나 임무부터 생각하는 사람이라는 게 문제일 뿐이야. UN에 가서 준비하고 치료제를 배분하는 생각만 하고 있거든. 뭐, 다는 아니고 거의 전부 그렇다고 할 수 있지. 솔직히 말하자면 제퍼슨보다 더 이상만 꿈꾸는 사람을 만날 거라고는 생각도 못 했는데. 하지만 채플은 실제로 자기가 알지도 못하는 사람들을 구하려고 자기 목숨까지 걸었다고. 이해가 안 된다니까.

그래도 불평할 생각은 없지만.

우리는 여전히 플럼아일랜드에서 어쩌다 그를 만났다는 헛수작 이야기를 유지하고 있어. 그리고 나는 인류 역사상 최고의 가십거리를 입 밖에 내지 못하는 상태지. 그래도 이해는 돼. 모두가 바다 너머의 '풍요로운 삶'을 놓치고 있다는 사실을 알면 순식간에 개판이 벌어질 게 분명하니까. 채플은 머지않아 진실을 알리겠다고 말해. 인류 문명의 존속 같은 아주 하찮은 일들을 좀 빼먹었다는 사실이 알려지면 폭도들이 우리를 린치하러 몰려오겠지. 그걸 마주하고 싶지는 않지만, 그래도 지금은 다들 우리 말을 믿고 있고.

캐롤린만 빼면, 우리가 사라졌었다고 죄책감을 주려 애쓰는 사람은 없어. 사실 대부분은 우리가 죽었다고 생각하고 있었으니까, 덕분에 즉시 유명 인사가 되긴 했지. 웃기는 일이야. 돈나는 항상 내가 그저 유명해지고 싶을 뿐이라고 말하곤 했거든. 그런데 그렇게 됐네.

그리고 제퍼슨은 슈퍼스타야. 단순히 치료제를 가져온 원정대의 대장이라서가 아니야. 혈청이니 뭐니 하는 것들이 전부 그 애의 피로 만든 거라서 그래.

우리는 커다란 모로코식 텐트를 펴 놓고 약물을 관리하고 있어. 돈나의 치료소는 이제 벽돌 더미가 되어 버렸거든. 그리고 이 광경이 내 눈에는 상당히 낯익어 보인달까나. 소중한 선물을 근엄하게 배부하는 사람들이 있고, 군중은 몰려들어 그걸 기다리고 있잖아. 가톨릭 믿는 꼬맹이들은 무슨 뜻인지 알겠지. 이건 종교 의식인 거야. 의학적인 미사라고. 브레인박스가 "이것은 제퍼슨의 피이니"라고 말하면서 치료제를 혓바닥에 떨어뜨려 주면 딱 어울릴 거라니까. 그리고 아이들은 사라진 뒷맛을 음미하며 돌아가기 전에, 반드시 제퍼슨을 찾아내서 포옹하는 거지. 감사의 눈물을 흘리면서. 경배하는 거야. 머지않아 십계명 중 하나를 확실히 깨트리게 될 거라고. '나는 질투하는 신이니. 내 위에 다른 신을 두지 말라.' 이거 말이야.

텐트의 어둑한 구석에서 채플이 그 모습을 지켜보면서 미소 짓고 있어. "아주 잘하고 있잖아."

나는 그에게 말해. "질투가 날 것 같은데."

"아, 그럴 거 없어." 그는 이렇게 말하면서 눈부신 웃음을 내 눈으로 쏟아 내. "하지만 방금 깨달은 것 같거든. 우리한테 새 왕이 생겼다는 사실을 말이야."

"제퍼슨 말이야? 사람을 잘못 고른 것 같은데. 제퍼슨은 '대재앙 극복'

밖에 생각 안 해. 진실이나 정의나 민주적 절차나 그런 것에나 사로잡혀 있다고."

"두고 보자고." 채플은 이렇게 말하면서, 내게 '그 귀여운 머릿속에 너무 걱정만 담지 마'라는 느낌의 윙크를 보내.

제퍼슨도 종종 큼지막한 계획을 하나씩 세우기는 해. 보통은 그림의 떡이지만. 이번에는 UN에서 부족 회합을 열 생각이야. 맨해튼의 모든 생존자를 모아서 일종의 초부족을 만들겠다는 거야. 제한된 자원을 놓고 다투는 일은 그만두고 서로를 돕자는 거지.

연쇄 살인 식인종들이 UN을 점거하고 있어서 먼저 청소부터 해야 할지도 모른다는 가능성을 배제한다 해도, 이 계획이 터무니없는 이유는 수없이 많아. 모두가 서로를 혐오한다는 것도 상당히 중요하지. 그럴 만한 이유도 있고. 맨해튼 섬의 모든 식료품점에는 마지막 남은 개사료 봉투를 놓고 싸우다 살해당한 아이들의 해골이 하나씩은 있을 게 분명하거든. 게다가 업타우너도 있잖아? 세상에, 내가 어떻게 그 파시스트에 여성 혐오자에 동성애 혐오자 백인 놈들하고 화해할 수 있겠어? 게다가 여자애들한테 그런 짓까지 했는데?

브레인박스는 우리가 어떻게 살 것인가에 대해 이성적인 결정을 내리게 될 거라고 말해. 그러나 나는 대부분의 결정이 이성적이지 않다는 사실을 잘 알고 있지. 특히 정치적 결정은 말이야.

그런데 제퍼슨에게 말하니까, 상당히 퉁명스럽게 대꾸하더라고.

"그래서? 정치란 원래 증오를 체계화하는 작업일 뿐이야." 어딘가에서 들은 말이 분명하지만, 굳이 질문해서 그걸 내게 알려 주는 즐거움까지 선사하고 싶지는 않아. "서로 사랑할 필요는 없어. 그저 그런 식으로 행동하는 게 서로에게 이득이 된다는 점만 이해하면 돼."

다시 길을 떠나기 전에 옛집에 아주 잠깐 들를 수 있었어. 채플은 어둑한 층계참으로, 어둑한 복도를 따라, 어둑한 내 아파트 방까지 나를 따라 들어와. 나는 몇 달 전에 쳐 두었던 블라인드를 걷어 올리고, 햇빛이 내 거대한 페이스북 벽을 드러내.

채플이 말해. "이젠 아무도 페이스북 안 쓴다는 건 알고 있어?"

"지금 내가 늙었다고 생각하게 만들려는 거지?"

채플의 눈빛이 묘해. 동정이 아니라면 적어도 동정에 가까운 감정은 되겠지. 이 불쌍하고 불쌍한 아이야, 어쩌다 이런 일을 겪었니, 뭐 그런 느낌.

나는 말해. "뭐야? 나 때문에 마음 아파할 필요 없어. 대재앙이 찾아오지 않았다면 나는 절대 이런 데 못 살았을 거라고."

그는 웃음을 터트리고, 나는 거기에 감사해.

마지막으로 여기 들렀을 때는 돈나와 함께할 짧은 여행을 준비하고 있었지. 봄날의 파란 하늘이 우리를 반겼고, 화창하지만 썩는 냄새가 곳곳에서 났지. 이곳의 모든 삶을 버리고 떠난 셈이었어.

이렇게 될 줄 누가 알았겠어?

나는 페이스북 벽으로 다가가. 그리고 상태 표시의 '외출 중'을 지우고, 분필 한 조각을 들어서 '사랑 중'이라고 적어.

채플은 웃지를 않네.

제퍼슨

우리의 사랑스러운 무장 픽업트럭 치키타는 한참 전에 도서관 입구에서 업타우너들에게 불타 버렸다. 그래서 40번가가 이스트강과 만나는 곳에 있는 UN 본부 건물군까지는 걸어서 가야 한다. 우리는 모두 20명 정도로, 제각기 소총을 들고 캠프의 여분 식량을 최대한 꾸린다. 최근 업타우너들과 벌인 다툼을 생각하면, 우선 동쪽으로 움직여 그들의 세력권에서 벗어난 다음에 북쪽으로 올라가는 편이 나을 듯하다.

강가로 가는 경로는 톰킨스스퀘어파크와 이스트빌리지의 거주지만 제외하면 대부분 주인 없는 땅이다. '그 사건' 이전에는 헤로인으로 이름났었고, 이윽고 잠깐 노숙자 캠프장 비슷한 곳이 되었다가, 다음에는 여피들이 공원 주변의 건물을 사들이더니 경찰이 쳐들어와 단기 체류자들을 깡그리 몰아내 버렸던 곳이다. 이제 이곳은 젠트리피케이션 이전의 느낌을 되찾아서, 농구장 옆에는 나일론 텐트가 늘어서고 흉측한 몰골의 개들이 그 주변을 돌아다니고 있다. 이 지역의 부족은 자기네를 어디 영화 같은 데서 따온 '죽은 토끼파'라 부르고, 낡은 모자와 나무 곤봉을 잔뜩 가져다가 일종의 힙스터 살인자 분위기를 풍기고 있다.

우리는 몇 가지 교역용 물품(담배와 총알)을 교환하고 부족 회합의 복음을 전파한다. 나는 그들에게 참석하면 후회하지 않을 거라고 말한다.

이스트강을 따라 올라가다 보니, 어느새 애들이 무리를 지어 우리를 따르고 있다. 사람들은 계속 내 곁에 붙으려 든다. 내 피에서 치료제가 나오기 때문에, 내게 뭔가 마술적인 힘이 있다고 믿는 듯하다. 이스트강의 해적 부족인 피셔맨들이 가득 탄 돛단배가 물살을 헤치며 접근해 오자, 우리 부족 아이들은 영화 속 비밀 경호국에서 대통령에게 하는 것처럼 나를 몸으로 감싸며 쓰러진다. 그러나 피셔맨들은 싸움을 원하지 않는다. 우선 우리의 수가 너무 많고 무장 상태가 좋아서, 게다가 그저 두 부족이 함께 FDR 고속도로를 걸어가는 모습에 흥미가 생겨서 그렇단다. 채플은 그들에게 복음을 전파하고, 그들은 이내 감화되어 맨해튼섬 남북으로 소식을 전하겠다고 말한다.

국제 연합 사무국은 40번가 근처의 강물 위로 그림자를 드리우고 있는 거대한 콘크리트 건물이다. 우리는 물가 쪽에서, FDR 고속도로 터널의 지붕 위를 건너서 UN 건물 정면으로 들어간다.

거대한 리볼버의 총신을 뒤틀어 묶은 동상이 우리를 맞이한다.

거기에 시체가 하나 매달려 있다. 사실 리볼버 동상 자체는 교수대 역할을 할 만큼 크지는 않다. 그저 시체를 묶어 놓기 편하거나 상징적인 장소일 뿐이다. 거기에 적힌 게 키릴 문자라는 건 알겠지만, 해석할 수는 없다. 아마 그가 범한 죄목을 적어 놓았겠지.

도착한 순간에는 잔뜩 긍정적인 상태였기 때문에, 이 광경에 조금 기가 죽는다. 그리고 나는 여태껏 UN본부 건물에 사람이 없으리라고만 생각해 왔다는 사실을 새삼 깨닫는다. 지금 눈앞의 건물은 무력하게 텅 빈 것처럼 보인다. 문득 공립 도서관의 복도와 그곳에 살던 식인종들이 떠오른다. 회합 이야기가 귀에 들어가면 그들도 찾아올까? 그들에게 제 정신을 찾아 주고 문명의 길로 되돌릴 수가 있을까? 그렇게 해야 하는 걸까? 아니면 신 질서의 제물로 삼아 진압해야 하는 걸까?

우리 눈앞에 본관 건물이 있다. 물결 형태의 길고 하얀 대리석 옆으로 검은색과 회색의 신발 상자가 붙어 있다. 창문의 절반은 '그 병'에 뒤따른 화재 때문에 그을리고 깨져 있다. 불안한 바람 속에서 넝마가 된 깃발들이 발작하듯 펄떡인다.

이제 우리 일행은 사방에서 모여든 열정적인 아이들 덕분에 백여 명 정도로 불어났다. 회합의 소문이 퍼져 나가며 사람들은 계속 늘어만 간다. 희망에 이끌리고 견딜 수 없는 처참한 따분함에 떠밀린 거겠지. 우리의 행렬은 묘하게도 떠들썩한 휴일 분위기를 풍긴다. 마치 숫자와 기세에 힘입어, 모습을 드러낸 채로 거리를 걷는 일의 위험을 무시할 수 있다는 것처럼. 고급 역사 수업 시간에 읽었던 《대중의 미망과 광기》의 제1차 십자군이 떠오른다. 그래도 나는 너무 냉소적으로 생각하지 말자고 되뇐다.

이제 우리 쪽의 열망의 파도가 '그 사건' 이후 일어난 온갖 혼돈과 폭력의 증거에 부딪힌다. 금속 쐐기꼴의 안전벽 위로 이삿짐 트럭의 잔재가 비죽 튀어나와 있다. 안에서 뭐가 폭발했는지 검문 초소는 완전히 박살나 버렸다. 다른 차량 폭탄은 장애물의 쇠파이프를 뒤틀어 휘어 놓았다. 〈에일리언〉에서 괴물이 빠져나오며 터져 나간 우주인의 갈빗대처럼 보인다.

시체들이—사실 그냥 해골에 썩어 가는 살점 조각과 찢어진 제복이 조금 매달려 있을 뿐이지만—앞마당 곳곳에 널려 있다. '그 병'이 우리를 덮치던 바로 그때, 여기서는 전투가 일어났던 모양이다.

하지만 왜? 도대체 여기서 무슨 일이 벌어진 거지? 나는 모든 전기가 나가던 때를, 새소식의 의미가 지구 전체를 아우르던 세계 뉴스가 아니라 우리 아파트 내부의 고립되고 사적인 비극으로 졸아들던 당시를 떠올려 본다.

우리는 당시 여러 측면에서 진실을 가늠하려 애썼다. 폭스, CNN, MSNBC를 번갈아 보며 우파, 중도, 좌파를 모두 접하면, 실제로는 그 사이 어딘가에 존재할 현실을 보다 정확하게 그려 낼 수 있을 것처럼.

마지막 며칠은 UN에서 소집한 '그 병'에 대한 회담이 진행되었다. 대통령도 그곳에 참석했을 것이다. 돈나가 안전 보장 이사회 체험 학습에서 대통령을 봤다고 했었으니까. 다른 국가의 지도자들도 참석했지만 빠진 사람도 있었다. '그 병'이나 그 기회를 노린 테러 공격에서 온전히 안전할 수가 없다는 우려 때문이었다. 그리고 그 걱정에는 분명 근거가 있었다. 당시 뉴욕의 상황은 종종 '복마전'으로 묘사되곤 했으니까.

토막 상식 하나. '복마전'은 '온갖 악마가 도사린 곳'이라는 뜻이다. 〈실락원〉을 쓴 밀턴이 만든 단어인데, 사탄이 인간의 타락을 계획하는 연설을 하는 패배한 천사들의 의회다. 사실 나름대로 우익 쪽에서 보는 UN의 모습을 잘 묘사한 셈이다. 그들에게 UN이란 미국을 끌어내리려는 비밀 결사 조직의 총본부 같은 곳이었으니까. 종말이 가까워지자 폭스 뉴스에서는 그런 부류의 주장을 계속 반복했다. 그들이 보기에 '그 병'에 대한 회담은 미국의 최종적 몰락을 축하하는 흑미사 같은 것이었다. '그 병'이 퍼진 것 자체가 일종의 음모라는 생각은 상당히 많은 사람에게 엄청나게 매력적이었다. 그 생각도 나름의 전염성을 가진 것 같았다. 그리고 우리 삶의 방식이 끝나리라는 신호가 눈앞에 보이는데도, 수많은 카산드라들은 그 점에 나름 만족감을 느꼈다. 비극을 슬퍼하는 전문가들의 표정 속 희열이 눈에 보일 지경이었다.

나는 '그 병'이 플럼아일랜드에서 풀려난 것이 사고였다는 사실을 알고 있다. 미국이 처음부터 그걸 개발하지 않았더라면 일어날 리 없는 일이었기는 하지만. 그러나 피해망상과 타당한 공포와 '그 사건' 이후의 질시가 뒤섞인 난장판 속에서는 아무도 그 진실에 닿지 못했다. 대부분의 미국인은 뉴욕에서 회담을 연다는 것이 에볼라 유행 중에 시에라리온 프리타운에서 회담을 여는 것과 비슷한 일이라는 아이러니를 깨닫지 못했다. 회원국 국가 원수가 참석하지 않는 상황은 우리 신뢰를 배신하는 것처럼 여겼고, 미국이 세계의 중심으로서의 영향력을 잃음과 동시에 오래 지속되던 여러 동맹은 깨져 나가 버렸다.

지하드주의자들은 '그 병'이 신의 분노라 설명했고, 복음주의 기독교도들도 (이번에도 아이러니를 조금도 깨닫지 못한 채) 같은 의견을 피력했다.

따라서 지금 앞마당에 펼쳐진 광경은 일종의 테러 공격이나, 폭동이나, 민병대 습격이나, 또는 세 가지 모두의 흔적일 것이다. 어느 쪽이든 이곳에서는 역사의 구린내를, 희망과 공포가 부패한 악취를 피하기가 힘들다.

나는 채플에게 묻는다. "정말로 여기서 해야 할까?"

그는 단호한 표정으로 대답한다. "그럼. 여기야말로 가장 어울리는 장소니까. 정부를—네 정부를 다시 세울 생각이라면 그에 맞는 환경부터 갖춰야지. 고등학교 체육관에서 했다가는 고등학교 학생회를 세우는 줄 알 것 아냐. 하지만 UN 안보리 회담장에서 하면······."

그의 말이 맞을지도 모른다. 아니면 복마전으로 끝날 수도 있고.

'정치란 증오를 체계화하는 방법이다.' 헨리 애덤스가 한 말이다. 어떻게 보면 상당히 냉소적인 표현이기도 하다. 정치적 조화도 유토피아도 존재하지 않으며, 적대 세력 사이의 실용적이고 일시적인 균형 상태만이 존재한다는 뜻이니까. 반면 약간 안도가 되기도 한다. 당장 눈앞의 감정이 아무리 처참해 보일지라도, 그 안에서 모종의 질서가 생겨날 수 있다는 뜻이니까. 이곳에 동의를 구하러 온 것이 아니라는 점을 계속 되새긴다. 내가 원하는 것은 협조뿐이다. 내 목적은 서로를 죽이고 식량을 놓고 경쟁하던 아이들이 서로 돕도록 하는 것이다. 어쩌면 불가능한 모험을 시작하는 걸지도 모른다. 하지만 어쩌면 우리의 모든 증오를 체계화할 수 있을지도 모른다.

나는 쓰레기가 가득한 포석을, 엉망이 된 건물 현관을 찬찬히 살핀다. 대지에서, 건물들에서 과거가 웅웅거리며 일어나는 것이 느껴진다. 희망보다 훨씬 시끄럽게.

회합을 준비할 시간이 일주일 남았다. 보안, 위생, 식량, 전력. 이 건물 단지에 대해 놀랄 만큼 많이 알고 있는 채플은 피터와 브레인박스를 빌려 가더니 예비 발전기를 찾아 작동시키는 데 성공한다. 우리는 죽은 토끼파 부족 아이들을 보내서 연료를 뽑아 오고 음식을 찾으라고 시킨다. 나머지는 바자로 나가서 소문을 퍼트린다. 운이 좋으면 업타우너들에게 살해당하지 않을지도 모른다.

　나는 아직도 업타우너들이 호출에 어떻게 반응할지 확신하지 못하고 있다. 그들과 할렘 부족은 언제나 맨해튼을 완전히 손에 넣는 것을 목표로 삼고 있었지만, 나는 그런 야망에서 딱히 의미를 찾지 못했다. '그 병'이 지금처럼 진행되어 나간다면, 지금 살아 있는 아이들은 앞으로 2년 안에 거의 다 죽을 테니까. 나는 그들에게 더 나은 것을 제공할 수 있다. 그들이 내 앞에 무릎 꿇게 할 수만 있다면.

　건물 내부 공기는 숨이 막힌다. 캐롤린과 아이샤와 나는 먼지에 콜록거리면서, 소총 끝에 붙인 손전등 불빛에 의지해 어둠을 뚫고 나아간다. 우리는 안보리 회의장을 찾고 있다. 2차 대전의 승자들이 모여서 역사 속의 온갖 긴급 사항을 논제로 삼고, 강경한 선언문에 합의하고 발표하고 또 무시하던 바로 그곳 말이다.

　이곳을 설계한 자들은 외부 광원이 충분히 들어오면 곤란하다고 여겼던 모양이다. 마치 카지노처럼 바깥세상과 바깥의 시간 흐름을 거부하는 분위기다. 우리는 사무용 의자, 서류 다발, 임시 방어벽 따위의 온갖 장애물에 발목이 잡히며 느릿느릿 전진한다.

여기서 전투가 있었던 것은 분명하다. 한 번 이상일지도 모른다. 우리는 제복 차림의 보안 요원으로 뒤덮인 바닥과, 그 위에 쌓인 누더기를 입은 후기 사망자층 위를 가로지른다. 희멀건 손전등 불빛을 비추니 마치 악몽 속 풍경처럼 보인다. 내가 워싱턴스퀘어에서 가지고 있었던 《신곡》 지옥편의 판화들 같다. 벌거벗고 뒤틀린 육체와 고통받는 육신들이 사방에 가득하니까.

42번가 공립 도서관에 있던 유령들이 떠오른다. 이 모든 일이 그곳 때문에 시작된 셈이었다. 브레인박스는 그곳의 과학 논문이 '그 병'의 근원을 찾을 단서가 된다고 생각했고, 나는 피터와 돈나와 시스루와 브레인박스와 함께 공립 도서관 본관 건물로 향했다. 우리는 그 논문과 함께 '종말'을 기꺼이 받아들이고 살인과 식인을 일삼는 광신도 집단을 발견했고, 간신히 도망쳐 나왔다. 다시 거대한 미궁을 슬금슬금 헤쳐 나가는 상황이 찾아오자, 나는 도망치는 쥐나 부스럭거리는 종이 소리 따위에 계속 깜짝 놀라고 있다.

여기서 고약한 일이 벌어졌던 것은 분명하다. 서로를 찌른 채로 쓰러졌다가 부패하며 양쪽의 살점이 한데 섞여 버린 시체들도 보인다. 노트북에 찍힌 머리. 헤드폰 줄에 목 졸린 시체. 탁자 다리로 만든 곤봉. 단창으로 사용된 깃대.

'쟁기를 칼로'인 셈이라고, 나는 생각한다.

"이 개같은 꼴이 현실이야?" 캐롤린이 반쯤 헐벗은 시체를 쿡쿡 찌르며 말한다. 부러진 칼이 갈빗대 사이로 튀어나와 있다.

나는 말한다. "그래, 당연하지."

우리는 죽은 자들로 꽉 막힌 층계를 뚫고 나간다. 건물의 심장부로, 회의장으로 다가갈수록, 주변의 시체는 많아지기만 한다. 폭력의 소용돌이의 진원지로 접근하는 느낌이다.

아이샤가 묻는다. "너희들 〈에일리언〉 기억나?"

"공기 세정 장치까지 뚫고 들어갔는데 아무도 없고, 갑자기 사방에서 에일리언이 쏟아져 나오는 대목 말이지?"

"맞아, 그 부분."

"기억하지."

무너진 안전선과, X선 촬영 기계와, 피칠갑이 된 보안용 스캐너를 뒤집어 만든 장애물 너머, 안보리 회의장으로 들어가는 입구가 보인다. 문에 붙은 유리창은 뿌옇게 깨져서 불투명하다. 실금 사이를 들여다봐도 어둠밖에는 보이지 않는다.

문을 박차고 들어가려고 준비하는 찰나의 시간, 나는 앞으로 50년 이상을 살 수 있다는 사실을 알게 된 지금은 죽음이 어떤 두려움을 불러일으키는지를 생각해 본다. 그리고 나는 문득 죽음이 더 두려워졌다는 사실을 깨닫는다. 어차피 곧 맞이할 일이라고 생각하면 죽음을 무릅쓰기가 훨씬 쉬웠다. 죽음과 나는 친하지는 않아도 면식 정도는 있는 사이였다. 그러나 미래의 그림자 속으로 물러난 죽음은 훨씬 크고 기이하고 이해할 수 없는 것처럼 보인다. 터무니없는 계획으로 나를 언제든 제거할 수 있는 먼 나라의 테러리스트처럼 느껴진다. 아니면 현재라는 어둑한 터널을 계속 비척대며 걸어가게 놔둘 수도 있겠지.

나는 스스로를 불교도라 여겼다. 과거에 불교를 믿은 건 분명 사실이기도 했고. 불교에서는 삶을 가볍게 여기라고 가르친다. 가치를 두지 말라는 것이 아니라, 다른 모든 가치 있는 것들처럼 순식간에 빼앗길 수도 있으니, 너무 집착하지 않는 편이 좋다는 이야기다. 사방에서 끊임없이 강탈을 시도하는 동안에는 분명 그런 가르침이 도움이 되었다. 그러나 이제 더 많은 삶을 얻으니—예상치 못한 풍요로움에 빠지니—그 가르침을 따르기가 힘들어진 것이다. 벼락부자가 된 구두쇠가, 트라우마에 시달리다가 복권에 당첨된 사람이, 어떻게 그 풍요에 매달리지 않을 수 있겠는가?

나는 심호흡을 하고 다른 아이들에게 손짓한 다음, 그대로 문을 박차고 들어가며 총신을 이리저리 움직이며 방 안을 살핀다.

손전등 불빛이 열두어 줄의 가죽 의자 등판 위를 훑고 지나가다가, 뒤이어 경사진 복도 아래쪽의 말굽 모양 탁자로 향한다. 아마 그 탁자에는 스무 명 정도의 사람이 앉을 수 있었을 것이다. 곡선형 구조로 인해 생기는 열쇠 구멍 형태의 공간을 사이에 두고 서로를 힐끔거릴 수 있었겠지.

천장에는 흐릿한 빛의 고리가 보인다. 두툼하고 불투명한 유리를 통해 햇빛이 흐릿하게 들어오고 있다. 우리는 손전등을 끈다.

의자마다 시체들이 앉아 있다.

우리 오른쪽에 다양한 부패 상태를 보이는 시체들이 일렬로 앉아 있다. 파리가 날아다니고 구더기가 들끓는다. 그 줄의 모든 시체가 추수감사절 기도를 올리듯 옆 사람과 손을 맞잡고 있다. 맨 끝의 해골은 손을 뻗어 앞줄의 시체에 올리고 있다. 그리고 거기서부터 다시 손을 맞잡은 시체들이 구불구불 다음 줄로 이어진다. 강당의 끝에 이르기까지 모든 시체가 하나로 연결되어 있다.

"젠장." 아이샤가 말한다. 그 외에 들리는 것이라고는 수백만 마리의 파리들이 윙윙거리는 소리뿐이다.

우리는 말굽 모양 탁자 쪽으로 걸음을 옮긴다. 탁자에는 시체들이 서로를 마주하고 앉아 있다. 부패와 함께 입술과 잇몸이 말려 올라가서, 마치 웃음 짓는 것처럼 보인다.

그들을 굽어보듯, 벽화가 방 뒤편을 가득 메운다. 금가루와 템페라 안료로 거칠게 그린 관념적인 마네킹처럼 생긴 인물들이 불편한 자세를 취하고 마름모꼴 비슷한 액자에 갇혀 있다. 가운데에는 자신의 재에서 일어나는 불사조가 있다. 옷 입은 아담과 이브처럼 생긴 남녀는 함께 꽃다발을 들고 있다. 검은 실루엣으로 표현된 병사들은 위로 올라가려 애쓴다. 아이들은 춤을 춘다.

나는 이곳에서 회동했던 외교관들이 이런 강렬한 상징들에 신경을 썼을지를 생각해 본다. 제각기 움직이는 도중에 시간을 멈춘 것처럼 보이는, 벽화 속의 사람들에.

문득 갈라진 고음의 목소리가 들린다. "오직 죽은 이들만이 전쟁의 끝을 봤나니."

우리 일행은 아니다.

나는 고개를 돌려 줄지어 앉은 시체들을 돌아본다. 그들도 텅 빈 눈구멍으로 우리를 마주 본다. 목소리는 그들 사이 어딘가에서 들렸다. 그러나 너덜너덜하게 갉아 먹힌 저 오래된 시체들이 산 사람일 리가 없다.

캐롤린이 말한다. "당장 나와. 아니면 쏘기 시작할 거야."

반응은 없다. 캐롤린은 시체 하나의 가슴에 총을 쏜다. 총성이 회의장 안을 울리고, 탄피가 땡그랑거리며 복도에 떨어진다.

그러자 시체 중 하나가 자리에서 일어선다.

"잘 왔어! 내 이름은 하피즈야."

돈나

소프: "마실래?"

나: "그러지, 뭐."

소프가 내게 샴페인을 담은 커다란 텀블러를 건네더니, 다시 달라고 해서는 짓찧은 라즈베리 두 개를 그 안에 떨어트려. 가끔 통 하고 삿대가 강바닥의 자갈을 때리는 소리만 들릴 뿐, 사방이 조용해.

랍은 바닥이 평평한 펀트라는 작은 배를 몰아 물살을 타고 흘러가고 있어. 삿대로 바닥을 밀면서 살짝 틀어서 방향을 바꾸는 솜씨가 정말 능숙하네. 삿대를 민 다음에는 슬쩍 들어 올렸다가 손가락 사이로 미끄러져 내려가게 하는데, 그때마다 삿대에서 흘러내린 물이 그 애의 팔을 타고 흘러내려. 그 물이 하얀 셔츠를 적셔서 몸에 달라붙게 만들고, 그 아래의 갈색 피부가 드러나 보여.

소프: "얼른 마셔, 돈나. 아직 반 상자는 더 해치워야 한다고."

소프, 마이클, 랍, 그리고 나는 자유 시간의 거의 전부를 서로 어울리며 술을 마시면서 보내. 어쩌다 보니 '식료품 저장고'—우리가 식사 쿠폰이나 다른 생필품을 받는 곳이야—의 내 계좌에 정부가 자동으로 돈을 채워 주고 있다는 사실을 발견하게 됐거든. 아예 묻지도 않고 말이야. (도리어 질문을 한 것은 랍 쪽이었어. 내가 어쩌다 이런 특수 취급을 받게 되었느냐는 식으로. 대충 무시해 버렸지만) 게다가 식료품 저장고에 뵈브 클리코라는 이름의 맛난 샴페인이 잔뜩 있더라고. 뵈브 클리코는 '과부 클리코'라는 뜻이라는데 (싱글이라고 별로 신경 쓰는 모습은 아니야. 도리어 뚱뚱하고 대담해 보여) 어쨌든 덕분에 상당히 기분 좋고 거품 가득한 시간을 보내는 중이지.

포도주와 시를 섞은 수용액 속에서, 내 슬픔도 녹아 가. 나는 펀트에 누운 채로 바이런을 읽으며, 하류로 흘러 내려가며 샴페인을 홀짝이고 있지.

그 모든 결점에도 사랑하는 이가 그곳에 누웠으니
그 모든 매력은 두려움을 잊은 죽음과도 같았네.

시 안에 숨은 감각과 선율이 내 머릿속에서 이해가 되기 시작해. 두 행이 마치 용수철로 작동하는 기계처럼 맞물려 들어가며, 아주 먼 옛날 잠들어 있는 제퍼슨을 바라보며 그에게 모든 것을 털어놓고 싶던 때가 떠올라. 순간 거의 참을 수 없는 고통이 엄습하지만, 문득 수백 년 전의 다른 누군가도 그런 감정을 겪었다는 생각에 고통이 조금 덜해져. 오리 한 마리가 강둑의 새끼들에게 꽥꽥거리는 모습을 바라보며 시원한 물에 손가락을 담그고, 클레어 다리의 하얀 석회암 아랫면이 머리 위로 지나가.

랍은 무릎을 꿇고 삿대를 꼬리처럼 이리저리 놀려서 다리 아래로 펀트를 조심조심 몰아가고. 다리 그림자의 어스름 속에서 나를 바라보는 랍을 보면서, 나는 문득 그가 내 표정을 읽을 수 있는 것만 같다는 생각을 해. 이게 단순한 기분인지, 아니면 두려움인지는 나도 모르겠어. 그래서 나는 고개를 돌리고 마이클과 소프와 농담 따먹기를 시작해.

그와 단둘이 아니라 실망하는 걸까? 그럴 리 없지. 내가 왜 그런 생각을 하겠어? 우리는 강의 어퍼리버와 로어리버 사이의 갑문에 도착해. 머리 위로 '더 밀'이라는 오래된 펍의 창문이 보이는 곳이야. 우리는 펀트에서 내려서 굴대 깔린 비탈길에 배를 올리고는 어퍼리버 쪽으로 밀어. 샴페인을 그렇게 마셨으니 쉬운 일이 아니지만, 지나가던 사람들이 우리를 도와주네. 거기서부터는 마이클이 삿대를 잡고 800미터 정도 더 배를 몰아서, 그랜트체스터부터 이어지는 너른 들판에 도착해. 우리는 물가에 서 있는 나무에 펀트를 매고, 소들이 풀을 뜯는 초지를 가로질러 '그린맨'이라는 이름의 펍에 들어가. 애들이 나한테 미지근한 맥주를 마셔 보라고 권해. 나름 괜찮네. 우리는 감자튀김과 고등어 파테와 스카치에그를 먹고, 근처의 작고 오래된 교회를 방문해. 서늘하고 고요하고 몽환적인 곳이야. 그리고 펀트로 돌아와서 소들이 우리 빵하고 치즈를 먹어 치우는 모습을 발견하고, 다시 배를 타고 출발해. 술이 더 들어가서 조금 더 힘들긴 하지만. 나도 펀팅을 시도해 보지만, 실력이 더할 나위 없이 끔찍하네. 펀트가 양쪽 강둑 사이를 지그재그로 왕복하는 꼴이야. 뒤이어 삿대를 잡은 소프는 실력이 아주 대단해. 랍과 마이클은 '브리지 점프'를 시도하는데, 움직이는 펀트 이물에 서 있다가 재빨리 다리 위로 올라가서, 배가 다리 아래를 통과하는 동안 도로를 가로질러 펀트가 가 버리기 전에 뛰어드는 거야. 마이클은 성공하고 랍은 강물로 빠져 버려. 아주 재미있는 광경이긴 한데, 문제는 사람들 말에 따르면 캠강에서는 '쥐 매독'에 걸릴 수 있다는 거지. 그게 뭔지는 짐작도 안 가지만.

우리는 웃음을 터트리며 랍을 뱃전으로 끌어 올려. 그는 젖은 셔츠를 말리려고 벗기 시작하고, 나는 그의 머리카락에서 흘러내린 물이 둥그스름한 쇄골 사이의 갑문을 통과해서 복근을 타고 내려가는 모습을 지켜봐. 랍은 내가 자기를 보고 있다는 사실을 알아차리고, 나는 시선을 돌려. 왜 계속 시선이 가는지 모르겠어. 아무래도 좀 취한 것 같아. 뇌에서 모든 것을 무작위적으로 받아들이는 느낌이야. 멋진 햇빛, 멋진 나뭇잎, 멋진 물결, 멋진 복근. 어쨌든.

보트하우스로 돌아오니 술기운이 가시면서 먹먹한 두통으로 바뀌기 시작해. 우리는 물건을 전부 긁어모으고 펀트와 삿대를 반환하고, 나는 어질한 기분으로 내 방으로 돌아가기 시작해.

혼자 뒤에 남아서 부루퉁하고 억울한 표정인 티치를 지나서 들어가 보니, 웰시가 내 거실에서 함께 홍차를 들자고 기다리고 있어. 로널드 레이건호에서는 '디브리핑(상황 보고)'이라고 불렀는데 (들을 때마다 항상 속옷을 벗어야 할 것만 같은 느낌이었지) 웰시는 티타임이라고 부르는 쪽을 좋아하더라고. 물론 나는 '심문 시간' 쪽을 선호하고.

웰시는 항상 런던의 프랑스식 제과점에서 연청색 상자로 세심하게 포장한 뭔가를 사 들고 와. 분위기를 환기하려는 거겠지.

그는 내가 아몬드 크루아상과 피스타치오 마카롱을 좋아한다는 걸 알고 있어. 거기다 날씨 감지기가 달린 에스프레소 머신까지 선물했다니까. '담당자'와 '요원'의 관계는 이렇게 가까운 거라고 해. 그는 우리 관계를 그렇게 정의하고 있어.

인제나 처음에는 아주 기볍게 시작해. 어색한 학부모 방문처럼 온갖 문제의 표면만 훑고 지나가는 거야. 내가 잘 적응하고 있는지? 친구는 사귀었는지? 필요한 건 없는지? 나는 신용 계좌가 열려 있으니까 필요한 게 있으면 그냥 사면 된다고 지적해.

나: "그쪽으로 하나 질문하고 싶은데요. 정말 뭐랄까, 음, 마를 일 없는 계좌야 정말 고마운데, 제가 앞으로 한동안은 돈을 별로 못 벌 게 분명한 상황에서 영수증이 도착하면 어떻게 처리해야 할까요?"

웰시: "사실 자네는 이미 지불하고 있는 셈일세. 여왕 폐하의 정부는 자네를 자문역으로 이용하는 상황에 아주 만족하고 있으니까. 자네는 꽤 귀중한 자산이거든."

나: "자산이요?"

웰시: "사탕발림하는 거짓 표현보다는 낫지 않겠나."

재밌는 소리네. 디저트로 나를 매수하려 들고 있으면서. 하지만…….

순간 뭔가 떠올라.

나: "미국에서는 왜 나를 그리 쉽게 포기한 건가요?"

웰시: "누가 쉽다고 했나?"

나: "나를 얻는 대가로 뭘 내줬는데요?"

웰시: "아, 돈 같은 것은 아닐세. 그건 부적절하겠지. 게다가 자네는 값어치를 매길 수 없는 사람일세. 자네는 재건 위원회와 맺은 협약의 일

부였다네."

별로 마음에 안 드는 표현인데. 꼭 물건이 된 것 같잖아.

웰시: "게다가 자네 나라의 높으신 분들은 자네와 유용한 관계를 맺을 가능성이 한계에 도달했다고 결정했다네."

나: "그리고 당신들은 아직 나한테서 뭔가 뽑아낼 게 더 있다고 생각했고요?"

웰시는 거북한 듯 몸을 뒤척여.

웰시: "자네의 그…… 신랄한 표현 방식은 계속 놀랍군. 그래도…… 그래, 아무래도 우리는 저들이 무시했거나, 잊었거나, 잘못된 각도에서 살펴본 정보가 존재하리라고 생각하고 있네."

나: "내가 비협조적이라고 생각하는 거잖아요."

웰시: "자네가 유용한 정보를 잊고 있을지 모른다 생각하는 거지."

나: "그럼 최면술은 어때요?"

웰시: "가짜일세."

나: "자백제는요?"

웰시: "성능이 별로지."

나: "고문은?"

웰시: "효과적이지 못하다네."

나는 그를 지그시 바라봐. 방금 대답한 걸 보면, 만약 효과적이기만 하다면 고문에도 가볍게 찬성할 것처럼 들렸거든.

웰시: "그리고 당연하지만, 동맹 관계에서 할 짓은 아니지."

나: "나한테 그런 온갖 유용한 정보가 있다면, 다른 사람들도 그걸 원

하지 않겠어요? 그 뭐냐, 중국이냐? 아니면 러시아냐?"

웰시: "아, 자네가 그쪽을 돕고 싶어지리라고는 생각지 않네. 내가 생각하는 자네는 개인의 자유라는 개념을 중요하게 여기는 사람이니까."

나는 업타우너들을 생각해. 워싱턴스퀘어의 우리 부족 사람들도. 맞는 소리네.

웰시: "하지만— 그래, 자네는 외국 세력이나 우리 양쪽 정부의 적들에게는 상당한 관심 대상일 걸세. 그래서 자네를 보호하려고 온갖 수단을 사용하는 거지. 그리고 자네가…… 저지른 한밤중의 사건이 우리에게 우려의 대상인 이유도 그거고."

동네 애들을 두들겨 팬 날을 말하는 거야. 저들은 그것 때문에 아직도 화내고 있어. 나는 대화 주제를 바꾸려 해.

나: "그래서—그 개인의 자유라는 것 말인데요. 어쩌다 보니 그 뭐냐, 이곳의 모든 사람이 도시 경계를 자유롭게 넘나들 수 없다는 걸 알았거든요."

나는 생각할 거리가 많거든. 반추하고 있었다고 할까. 예전에 제퍼슨이 알려 준 단어인데, 소하고 연관이 있는 말이지. 그게 소처럼 어슬렁거리는 모습에서 나온 말이라고 생각하는 사람들도 있는데, 사실은 소의 가장 큰 위장인 반추위하고 연관이 있는 거야. 소가 먹은 풀은 일단 반추위로 들어갔다가, 씹기 좋은 곤죽이 되어서 다시 입으로 나오거든. 걸음을 옮기면서 생각을 씹고 또 씹는 사람은 마치 되새김질하는 소와 같은 거지. 다만 두뇌의 여러 장소를 들락거리며 되새김질하는 물질이 생각이라는 점만 다른 거야. 때로는 나도 두뇌에서 나온 되새김질거리를 씹으며 한참을 걷다가 도시 경계에 도달하곤 하는데, 거기 가면 경찰과 군인들이 있거든. 눈에 잘 안 띄는 레이저 감지기도 있고. 많은 사람이 별문제 없이 그곳을 오가기는 하는데, 때론 경보음이 울리면서 경찰과 군인들이 문제의 인물을 둘러싸. 마치 바이러스를 둘러싸는 백혈구들처럼. 그리고 아이폰으로 온갖 승인 절차를 처리하더라고. 일단 거기까지 가면 통과하는 사람을 본 적이 없어. 길 저편에는 언제나 주변을 두리번거리며 어슬렁거리는 사람들이 있기는 한데, 대부분은 그냥 자기 볼일만 보지 운을 시험해 보지는 않아. 마치 예전에 스카이몰에서 팔던 투명 전기 울타리로 훈련받은 개들처럼 말이야.

랍이나 소프나 다른 아무나 붙들고 물어도 되는 문제였지만, 아는 게 당연한 일을 모르는 것처럼 보이고 싶지는 않았거든. 그리고 기왕이면 당사자의 입으로 해명을 듣고 싶기도 했고. 이곳 정부가 당사자고 웰시가 그 입이라고 가정하면 말이지만.

웰시: "그렇지. 그건 안전 도시법 때문이라네."

이 정도로 끝맺기를 원하는 게 눈에 보이네.

나: "안전 도시법이요?"

웰시: "옛 시절이었다면, 그러니까…… 자네 나라의 정치가 우리에게 끼치는 영향력이 상당하기는 했어도 지금처럼 훌쩍 증가하기 전에 말일세. 당시였다면 조금 더 뭐랄까, 정직한 이름을 사용했을 걸세. '통행 규제법' 따위 말일세. 그러나 '안전 도시'도 나름 흥미로운 이름이긴 하지."

나: "그래서요?"

웰시: "간략하게 말하자면, 모든 시민은—참고로 말하자면, 이 나라

에서 사용하는 공식 용어는 '신민(臣民)'이라네. 흥미롭지—개인 보안 기록과 거주권 상태에 따라서 이동의 자유가 제한된다네. 물론 법률을 준수하고 경제 활동에 참여하는 시민은 대부분의 장소에 갈 수 있지. 개인 영역 밖으로 나가겠다는 요청은 내무성의 시스템에서 자기네 앱으로 자동으로 처리한다네. 대부분의 사람은 거의 아무런 문제도 겪지 않지."

그는 마카롱을 한입 베어 물어.

나: "경제 활동에 참여해야 한다고요?"

웰시: "경제 체제에서 손을 떼지 않은 사람, 또는 직간접적인 방식으로 빠져나가라는 권유를 받지 않은 사람을 말하는 걸세. 자네 나라에서는 '선량한 시민' 또는 '온전히 기능하는 사회 구성원'이라고 불렀겠지."

나: "그러니까…… 케임브리지로 들어올 수 없는 사람들이 있다고요? 아예 도시에도? 절대로?"

웰시(어깨를 으쓱하며): "모든 사람이 칼리지에 들어올 수 있나? 절대 아니지. 교수진과 학생들만 가능하다네. 심지어 방문조차도 회원에게만 주어지는 권리지."

나: "하지만……."

웰시: "아무나 군사 기지에 들여보내 주나? 정부 건물이나?"

나: "그건 그렇죠. 하지만 그건 보안 문제 때문이잖아요? 그 뭐냐, 공무상 비밀이나 뭐 그런 거요."

웰시: "방금 정곡을 찌른 걸세, 돈나. 보안 대상의 개념 자체가 바뀐 거라네."

나: "왜요?"

웰시: "자네가 '그 사건'이라고 부르는 일의 비극적인 효과가 미국에만 국한된 것이 아니기 때문일세. 수많은 간접적인 효과가 온 세계를 혼란으로 몰아넣었지. 선사 시대였다면 대륙 하나의 인구가 통째로 지워져도 나머지 세계에는 아무 영향도 없었을 걸세. 그러나 이번 세기의 초입에는 세계의 경제, 사회, 정치적 구조가 단단히 얽혀 있는 상태였지. 모든 것이 연결되어 있었다는 걸세. 미국이라는 시장의 소멸이 유럽의 산업에 어떤 영향을 끼쳤을지를 생각해 보게나. 세계 시장은 중국, 러시아, 인도를 중심으로 재편되었다네. 대량 실업 사태가 발생했지. 사회 불안정. 폭동. 문화 갈등도. 짐작할 수 있겠지만, 일부 종교 집단은 미합중국이 맞이한 대재앙을 자기네의 특정한 극단적 근본주의가 옳다는 보증으로 여겼다네. 그런 와중에 미 해군이 호르무즈 해협을 점거하고 이란과 전쟁을 벌였지. 들어 본 적 있겠지만, 이곳 사람들은 그런 모든 요소를 뭉뚱그려 '충격'이라고 부른다네. 상당히 복잡한 상황을 압축하는 용도로는 제법 적절한 표현이지. 어쨌든 긴 이야기를 중간 정도로 줄여 말하자면, 그 충격 때문에 흔히들 완곡하고 낙관적으로 표현하는 대로 '단호한 대처'가 필요해진 거라네. 연합 정부에서는 해외 못지않게 국내에서도 평화를 유지하려고 다양한 조처를 취할 수밖에 없었지."

웰시는 찻잔 너머로 나를 슬쩍 바라봐.

나: "그래요, 휴대폰은 절대 놓고 다니면 안 되겠네요. 혹시라도 잘못된 장소에서 맥주가 마시고 싶어질지도 모르니까."

웰시: "칩은 언제든 심을 수 있네만."

저건 피하 이식을 말하는 거야. 미국 교통 안전청에서 사전 승인해 주던 것처럼. 여기 학생 중에는 그걸 가진 애들이 제법 많아. 목덜미에 단추 크기로 살짝 튀어나온 게 보이거든.

나: "사양할래요. 내 시절에는 개한테나 하던 일이라서요."

결국 그게 문제야. 여기서 나는 시대에 뒤처진 사람이거든. 우선 뉴욕에서 우리는 전부 질병의 힘으로 석기 시대로 돌아가 버렸지. 그리고 우리 동네에서 느릿하게 전진하는 동안, 나머지 세상은 총알처럼 달려 나가 버렸어.

이런 온갖 것들을 머릿속에 정리하고 있는데, 웰시가 낯익은 '협조와 보상' 정책을 꺼내 들어. 보통 마카롱을 먹고 내 질문에 답해 준 다음에 이어지는 순서야. 이런 하찮은 공물이 내 기억을 들여다볼 수 있는 초대장이라도 된다는 것처럼 말이지.

웰시: "자, 그럼. 지난번에 이야기했을 때는 업타우너에 대해서 설명해 줬었지. 내가 잘못 알아들은 거라면 부디 용서하게. 상당히 공격적인 자들이라고 했지?"

나: "음, '공격적인'이 살인 성향을 의미하는 거라면야, 그렇죠."

내 마음속 한쪽 구석에서는 광대뼈의 영상이 재생되기 시작해. 그랜드 센트럴의 캠벨 아파트에서 내 맞은편에 앉아 지껄이던 모습이야. '신이 여자에게 목소리를 주고 싶었다면 여자들을 더 강하게 만들었을 거다'라고 했던가. 나는 그에게 어디 해 보라고 말하고, 그는 나와 나머지 친구들을 고문해 죽이겠다고 대꾸하지.

웰시: "그리고…… 사회적으로 퇴보했고?"

나: "그 뭐냐, 원시인 수준으로 퇴보했죠."

웰시: "하지만 중앙 시장인 바자를 손에 쥐고 있다고 했지?"

나: "다른 사람들보다 총이 더 많았으니까, 뭐—그런 셈이죠. 그리고 일종의 은행 제도로 시장을 운영했어요. 그 뭐냐, 화폐를 재도입하고 그걸 통제하는 거예요. 그러면 누가 무슨 물건을 얻는지를 통제할 수 있으니까. 브레인박스는 그걸 페라리 화폐라고 불렀어요."

웰시: "페라리 화폐? 독특하군."

나: "잠깐요. 차종이 틀린데. 아, 피아트 화폐(명목 화폐)다. 맞아, 그거예요. '폭력의 국가 독점'이라고도 했고요. 아마 자기네와 자기네 친구들은 살인해도 되지만, 다른 사람은 못 하게 만든다는 말이었겠죠."

웰시: "알겠군. 그리고 그 '국가' 말일세— 아니, 비교적 작은 지리적 구획에 국한되어 있으니 도시 국가라고 불러야 하겠군. 그 영향력이 어느 정도나 되는 건가?"

나는 그 질문에 곰곰 생각을 해.

나: "글쎄요, 서쪽으로는 센트럴파크까지니까, 5번 애비뉴겠네요."

웰시: "센트럴파크는 다른 자들이 점유하고 있나?"

나: "탈출한 북극곰이 센트럴파크를 다스렸죠. 우리가 죽이기 전까지는요."

그리고 놈이 시스루를 죽이기 전까지는.

웰시: "들을수록 놀랍군."

나: "나한테도 놀라워요. 남쪽으로는 40번대 중반까지 지배하고 있다고 해야겠죠."

웰시는 이 말에 앉은 자세를 슬쩍 바로잡아. 마치 갑자기 여우나 뭐 그런 냄새를 맡은 사냥개 같아. 차분하게 행동하려 애쓴다는 점이 다를 뿐이지. 예전에도 같은 행동을 하지 않았더라면 나도 알아차리지 못했을 거야. 그 뭐냐, 던지는 질문을 살피면 목표도 짐작할 수 있거든. 웰시는 온갖 종류의 질문을 던지면서 진짜 중요하게 여기는 질문을 그 안에 숨겨. 하지만 몸짓 언어나 내가 답하면서 드는 느낌으로, 저 사람이 생각하는 사소한 질문이 뭔지 판별할 수 있단 말이야. 얘기하다 보면 하찮은 잡담처럼 느껴질 때가 있고, 과녁을 맞힌 느낌이 들 때도 있거든. 그래도 묻는 방식 자체에는 표면적으로는 특별한 점은 없어. 마치 여기 앉아서 대화를 나누는 우리 두 사람의 내면에서, 다른 형태의 우리가 다른 형태의 대화를 나누는 느낌이지.

이유는 몰라도, 나는 웰시가 진짜로 흥미를 보이는 대상이 UN이라는 걸 알고 있어. 따라서 다음 질문은 당연하게도—

웰시: "알겠네. 그럼 그들의 영역이 이스트강까지 계속 이어지나?"

여기서 "그러니까 UN 본부가 개들 영역에 들어가냐고 묻고 싶은 거죠?"라고 말하고 싶은 마음이 굴뚝같네. 그게 진짜 질문이라는 걸 아니까, 그걸 알 만큼 똑똑하다는 사실도 드러내고 싶고. 하지만 때론 실제보다 덜 똑똑해 보이는 편이 나을 때도 있거든.

나: "어…… 잘 모르겠는데요."

실망한 게 확실해. 겉으로는 개의치 않는 것처럼 보이지만.

나: "북쪽으로는 할렘하고 경계를 접하고 있어요. 서로 원한을 품고 있죠."

웰시: "그러니까 업타우너들과 그…… 아—"

나: "흑인 애들 말이죠? 맞아요. 사이가 고약하죠."

웰시: "그건 왠가?"

별 신경 안 쓰는 게 뻔한데도, 숨기려 애쓰네.

나: "아, 나야 모르죠. 업타우너들이 인종을 차별하는 개자식들이라서? 할렘 애들을 찍어 누를 경찰이 사라져서? 그냥 그러면 안 될 이유가 없으니까?"

웰시는 진지한 표정으로 내 말을 받아들여. 그리고 자기가 진짜 관심을 가진 쪽을 다시 건드려 봐.

웰시: "조금 다른 이야기네만, 혹시 '그 병' 사태가 끝나 갈 때의 이야기를 조금 더 들려줄 수 있겠나. 자네들이 '부족'을 형성하고, 그 뭐라고 해야 할까……."

나: "〈파리대왕〉 짓거리를 시작하기 전에 말이죠?"

웰시: "그렇지. 과거처럼 도시 국가의 시대가 찾아오기 전 말일세. 사회 구조가 무너지기 시작하던 당시의 상황이 궁금하네. 예를 들어― 국제 연합에서 열린 위기 대책 회의에 대해서는 아는 것이 있나?"

나: "무슨 회의요?"

웰시: "당시에는 위기 대책 회의라고 불렀다네. 자네들 대통령이 총회의장에서 모든 UN 회원국의 국가 원수를 초청한 정상 회담을 개최했지. 일부는 참가하고, 일부는 거절했다네."

나: "아, 그렇죠. 그건 기억나네요. TV에서 해 줬거든요. 대통령을 바람맞히는 국가 원수들에게 화를 내는 사람도 있었어요. 일부는 나름 이해해 줬고요. 그 뭐냐, 질병 관리국에서 UN이 안전하다고 아무리 장담

해도, 위기의 중심부로 날아 들어가는 건 꺼려질 수밖에 없잖아요? 전기가 나가기 직전에 벌어진 일이었죠."

웰시: "마지막으로 기억하는 게 뭔가? UN 회의에 대해서 말일세."

웰시는 완전히 대연하게 묻고 있어.

나: "조금 흐릿한데요. 우리 건물에 있는 사람들은 전부 죽어 가는 중이었거든요. 당신도 알겠지만, 우리 가족하고 기타 등등을 포함해서요."

웰시(고개를 끄덕이며): "그렇겠지. 내 사과하겠네."

나: "뭘 사과해요?"

웰시: "기억하려 애쓰기에는 그리 행복한 시간은 아닐 테니까."

나: "딱히 그렇지도 않아요."

그는 한동안 그곳에 앉아 있어. 아마 지금의 어색한 상황을 곱씹고 있겠지. 어쩌면 이런 협력의 경제 구조의 논리에 따라 나를 더 압박해도 괜찮을지를 가늠하려는지도 몰라.

웰시: "그럼 그 문제는 잠시 제쳐 두고, 자네가 괜찮다면 뉴욕의 알려진 부족 목록을 검토해 봤으면 하는데……."

———✳———✳———✳———

웰시와 함께하는 작업 시간이 끝나자, 나는 쇼핑약을 찾아서 외출하기로 해. 쇼핑약이 뭐냐고? 내가 쇼핑 요법을 사용할 때 소모하는 자원을 부르는 이름이야. 사실 '소모'는 쇼핑에 덧붙이기에는 조금 우스꽝스러운 단어긴 하지. 그 뭐냐, 내가 실제로 뭔가를 써서 없애는 건 아니잖아.

물건은 그대로 남는다고. 어쩌면 여기서 '소모'는 실제로 멀리 어디선가 사용해 없어지는 것들을 일컫는 걸지도 몰라. 예를 들어 중국 어딘가 있는 플라스틱 조형 공장에서 태워 없애는 석탄이나, 거대한 기계에 꼬맹이들을 투입해서 천을 짜는 방글라데시 직물 공장의 실 꾸러미 따위 말이야. 이쪽에서 보면 거의 창조에 가까운 행위 같지. 빈손으로 들어가서 신발이나 가방이나 책을 들고 나오니까. 무에서 유를 창조하는 셈이야. 신학에서는 이걸 '엑스 니힐로'라고 부르는데, '무로부터'라는 뜻의 라틴어래. (영문학은 갈수록 마음에 들어. 내가 생각한 것보다 훨씬 풍부한 세계더라고) 어쩌면 그래서 기분이 좋아지는 걸지도 모르겠어— 적어도 아주 약간은 기분이 좋아지긴 하거든. 웰시가 방문할 때마다 찾아오는 불안을 진정시켜 주지.

창조의 힘을 손에 넣은 기분이 들거든. 특히 여왕 폐하께 받은 내 마법의 신용 잔고가 있으면 말이야.

물론 나는 이 모든 것이 '엑스 니힐로'가 아니라는 걸 알아. 사실 브레인박스가 한때 말했듯이, 창조되거나 파괴되는 것은 아무것도 없다는 것도. 이 모든 물건은 다른 어디선가 오는 거잖아. 중국의 공장과 방글라데시의 꼬맹이들은 여기서 등장하는 거지. 이 옷을 되짚어 보면 면직물은 이집트의 목화밭에서 온 거고, 단추의 플라스틱은 이라크에서 뽑아 내서 상하이로 수송한 석유의 부산물로 만든 거고— 이런 식으로 인과의 그물이 보이기 시작하는 거야. 원자재가 온 세상을 돌아다니며 완성품이 되어서 케임브리지 어느 상점의 선반에 도착하는 마법이 일어나는 거지. 나는 이런 제단에서 신을 섬기는 거야. 물질의 실체 변화를 섬기는 제단인 셈이지. (어때, 제퍼슨. 괜찮았지?) 이게 내 신앙이야. 그리고 이 신앙의 장점은, 십일조를 바칠 때마다 즐거움을 만끽하고 훌륭한 물건을 가지고 돌아갈 수 있다는 거지.

하지만 누군가는 이렇게 말할지도 몰라. 잠깐, 다 좋지만, 방글라데시의 꼬맹이들은 어쩌고? 중국의 노동자들은? 공장의 매연에 폐가 시커메지고, 십장에게 채찍질을 당하고, 공장이 통째로 무너져 생매장을 당하기도 하는데? 여기서 모범적인 답변은 '그건 참 슬픈 일이지만 그들도 돈을 벌어서 삶의 질을 향상시킬 수 있잖아'가 되겠지. 마법과도 같은 존재의 경제적 계층 구도에서 위로 올라가고 있다고.

하지만 나는 진짜 답변을 알아. '방글라데시의 꼬맹이들 따위 알 게 뭐야. 중국 노동자들이 자살하든 말든 알 게 뭐야. 나는 이 휴대폰이 좋다고. 이 옷도 좋아. 이 휴대폰하고 옷은 지금 눈앞에 있잖아. 꼬맹이들은 눈앞에 없고. 그러니까 꼬맹이 따위 엿이나 먹으라 그래.'

그리고 그 시스템은 뉴욕에 남은 꼬맹이들도 엿이나 먹으라고 말하고 있어. 이곳의 우리에게 그 꼬맹이들은 쓸모가 없으니까. 적어도 채플의 말에 따르면 그렇다는 거야. 우리 부족은 우리 동네에서 싸우며 죽어 가고 있는데, 나는 여기서 허리가 휘도록 쇼핑이나 하고 있네.

이런 생각 덕분에 이번 쇼핑 원정은 뒷맛이 조금 껄끄러워. 휴대폰이 웅웅거리며 누군가 문자를 보내 왔다는 사실을 알리는 게 차라리 기쁠 지경이야.

나: "무슨 일이니, 우리 꼬마?"

찰리: "어…… 누가 문자를 보냈어."

버디를 표준 효율로 설정해 놓았다면 즉각 일러 주겠지. 하지만 나는 폰을 탈옥시켜 5세 남자아이 버디를 설치했기 때문에, 바로 알려 주는 법이 없어.

나: "어라라. 그게 누굴까?"

찰리: "음…… 그 사람 이름이 뭐더라?"

휴대폰은 잠시 말을 멈춰. 그러더니 "랍이야!"라고 말 그대로 소리를 쳐 버려.

나: "너 랍을 좋아하나 보다?"

휴대폰에게 묻기에는 조금 한심한 질문이지만, 그래도 AI를 떠보는 일도 나름 즐거운걸.

찰리: "으으으읭!"

나는 사들인 온갖 쓰레기를 들고 방으로 돌아가. 진실을 알려 줄까? 나는 이렇게 사 온 물건을 입지도 쓰지도 않아. 그냥 예쁘장한 가방이나 상자째 서랍이나 옷장에 처박아 놓을 뿐이야. 그 뭐냐, 자본주의의 생명줄을 흐르게 하는 것만으로 충분하다, 그런 느낌이지. 중요한 건 물건을 사들일 때 터지는 마법의 엔돌핀이거든. 소유 그 자체가 아니라.

워즈워스는 이렇게 말했지.

세상은 우리에게 너무 벅차다, 예나 지금이나
우리는 벌고 쓰는 데 모든 힘을 탕진한다

솔직히 말하자면 완벽히 이해하는 건 아닌데, 그래도 백 퍼센트 맞는 소리 같아. 어쨌든 나는 도서관으로 가서 랍을 만나기 전에, 내밀한 희열을 누린 증거를 숨겨 놓기로 해.

평소처럼 마이클과 소프도 그곳에 있어. 나처럼 숙취 때문에 나른한 표정이네. 그 아이들과 같은 책상에 앉는 순간 갑자기 기분이 확 뒤집혀. 단순히 자리에 앉아서 책을 읽고 사색할 수 있다니 정말 다행이라는 느낌이었는데, 갑자기 책도 조용한 분위기도 내 특권도 싫고, 나 자신에도 짜증이 나고 다른 무엇보다 정부에 화가 나기 시작한 거야. 뱃놀이한 지 하루도 안 지나서 불만파로 변해 버렸네.

나는 탁 소리가 나게 책을 덮어.

나: "이건 전부 개소리야."

마이클: "정확하게 뭐가 개소린데?"

나: "이기 전부. 이 도서관도. 대학도. 이 나라도. 우리도. 안전 도시법도. 충격도. 정부도."

랍과 소프와 마이클은 묘하게 공모하는 분위기로 서로를 마주 봐. 그들끼리만 알고 나는 모르는 게 있다는 것처럼.

랍: "네가 그런 소리를 하다니 흥미로운 일인데."

 캐스

'상처는 사람을 흥미롭게 만든다'라는 격언을 생각해 냈어. 이게 사실이라면 나는 아주 끝내주게 흥미로운 사람일 거야. 무려 죽음에서 살아 돌아온 사람이잖니.

사실은 죽었던 것도 아니야. 죽으라고 내버려 뒀을 뿐이지. 그 책임은 아주 철저히 캐물을 생각이고.

나도 보고 들은 것들이 제법 되는 사람이라서, 극단적인 행동에는 상당히 내성이 있는 편이긴 해.

그래도 아벨이 죽은 애들한테 오줌을 쌀 때는 안 된다고 단호하게 말했어. 왠지는 몰라도 그러는 걸 좋아한다니까. 이유랄 것이 있을까? 글쎄, 조금 짱구를 굴려 보자면, 지배감의 발현이나 죽음에 대한 반항이나 뭐 그런 게 아닐까 싶어. 개처럼 영역 표시를 하려는 걸 수도 있고.

어쨌든 아벨도 예절이라는 걸 배워야지. 그래서 나는 아이의 정수리를 찰싹 때려 줘. 아벨은 얼른 지퍼를 올리고 잘못했다고 말해.

"요즘은 괜찮은 도우미를 찾을 수가 없다니까." 나는 아벨과 다른 아이들에게 이렇게 말해. 애들은 언제나 그렇듯이 아무것도 못 알아듣은 강아지처럼 나를 바라보기만 하고.

아벨과 애나는 금발 쌍둥이고, 하늘처럼 파란 눈에 천사 같은 외모를 가진 위험한 꼬맹이들이야. 커티스는 카페라테 색 피부에 마른 체구고 아마 대재앙 이전에도 감정적으로 안정된 편은 아니었을 거야.

플럼아일랜드의 나머지 아이들은 죽거나 도망쳤어. 아마 일부는 무시무시한 유령의 집 같은 실험실로 숨어들었을 테고, 이제 명령을 내리고 통제할 올드맨이 없으니 내가 혼수상태에서 깨어났던 당시처럼 천천히 굶어 죽어 가는 중이겠지.

여기 세 아이는 내가 정신을 차리고 찾아냈다 해야 하나, 회수했다 해야 하나. 어쨌든 꽤나 힘들게 데려왔다고. 피눈물을 무슨 고급 패션쇼 메이크업처럼 얼굴에 세로로 죽죽 그은 상태로, 온몸에 약기운이 들끓는 와중에 데리고 왔다니까.

실험실에서 나가 보니 콘크리트에는 기관총 자국이 가득하고 인간이었던 것들로 칠갑이 되어 있더라고. 섬 아이들 일부가 총격전에서 희생당한 거겠지.

항상 해 온 생각이 다시 떠오르더라. 대체 이런 도살장 같은 세계에 무슨 의미가 있어? 그리고 뒤이어 평소와 같은 답변이 떠올랐고. 정확히 말하자면 이런 거야. 잠시 더 머물면서 무슨 일이 벌어지는지 확인할 수는 있잖아? 뭐든 살아남은 이유가 있을 거 아냐. 게다가 할 일도 있고.

그래, 할 일. 행동해야지. 복수해야 하니까.

하지만 복수할 대상이 안 보이는데.

그러다 아벨과 애나와 커티스가 소심한 숲속 동물처럼 숨어 있는 모습을 발견한 거야. 물론 당시에는 애들 이름은 몰랐지. 그냥 우리를 가두고 고문한 애들이었을 뿐이니까. 그런데 내가 실험실의 초청 손님으로 머물던 시절과는 분위기가 달라졌더라고. 그때는 웃음을 머금은 10대 사디스트 꼬맹이의 본보기 같은 놈들이었는데.

딱히 적개심이랄 것도 느껴지지 않았어. 뭔가에 끔찍하게 겁을 집어먹은 것 같길래. 그러니 나도 별로 법석을 떨지는 않았지. 그 애들을 죽일 만한 물건을 찾아서 주변을 둘러보니까, 거의 새것에 탄약도 거의 가득한 AR-15가 있었어.

딱이지.

그래서 총을 들고 조준을 하는데, 놀랍게도 애들이 흩어지지를 않는 거야. 마치 이스트햄튼에서 집에 돌아올 때면 종종 보이던, 헤드라이트 불빛에 정신을 놓은 토끼처럼 그대로 앉아 있더라고.

그래서 독자들이여, 나는 그들을 죽이지 않았답니다.

나이를 먹어서 성격이 유해진 걸까. 아니면 병이 치료되니까—그래, 치료된 느낌이 오더라고—온 세상의 생명을 사랑하게 된 걸까. 〈블레이드 러너〉의 끝부분에서 해리슨 포드를 살려 준 그 섹시한 안드로이드 남자처럼 말이야.

어쨌든 나는 애들을 쫓아냈어. 그런데 안 가더라. 내가 먹을 걸 찾아 돌아다니는 동안 주변에서 얼쩡거리더니, 먹다 남은 음식을 던져 주니까 그걸 받아먹는 거야. 강아지가 집까지 쫓아오는 상황 같지. 개가 아니라, 살인에 능숙하고 아마도 정신이 나간 13세 꼬맹이 세 명이라는 점이 문제지만.

방금 뭐야? 당신 나도 미쳤다고 생각했어? 저어어엉말 너무하네. 그래, 나도 사람 좀 죽여 봤어. 하지만 죄다 죽어 마땅한 놈들이었다고. 키스 그 자식이 나한테 한 짓을 당신도 똑같이 당했다면 목을 따 주지 않고는 못 배겼을걸.

어쨌든 나를 비난하면 곤란하다는 소리야. 나는 사랑을 모르던 사람이니까.

바로 그게 음식에 이은 두 번째 할 일이었어. 다른 말로 하자면, 제퍼슨은 대체 어디 있는 거야? 우리도 나름 불꽃 튀는 순간이 있었잖아. 걔가 직접 날 사랑한다고 말하기까지 했다고. 아, 그래, 내가 물어본 건 맞아. 당시 내가 죽어 가고 있던 것도 맞고. 그러니 나하고 결혼하거나 뭐 그렇게까지 할 생각은 아니었겠지만, 아무리 그래도 말이야. 어쩌면 걔도 마찬가지일지도 모르잖아. 나를 사랑할지도 모른다고. 정답은 모르는 거잖아. 돈나를 버리고 독한 사랑으로 옮겨 탈 예정이었을지도 모른다니까.

당시에는 내가 죽었다고 생각했을 거야. 솔직히 나도 죽은 줄 알았는데, 뭐. 내가 이 지경인데 제퍼슨 탓을 할 수는 없지. 안 그래?

음, 생각해 보니 걔 탓인 것도 같고.

그러니까 내 말은, 나를 묻어 주려 하지도 않았잖아. 내가 진짜로 죽었던 거라면 나를 묻지도 않고 두고 가는 건 진짜 고약한 짓 아니야. 대체 뭔 생각을 한 거야?

답이 필요해. 물론 이런 상황 자체가 하나의 답이기는 하지. '그대로 자기 머리에 총알을 박아 넣을 수도 있는데 굳이 살아서 돌아다니는 이유가 뭐야?'라는 질문에 대한 답 말이야. 이걸로 햄릿 리부트 하나 찍는 건 어떨까? '답이 필요하다는 것이 내 답이오'라든가.

제퍼슨이 혼수상태인 나를 널판 위에 홀로 두고 떠난 것도, 뭐 분명 그럴싸한 이유가 있겠지. 그리고 이유가 괜찮아 보이면 절대 죽이지는 않을 거야.

오늘 배울 단어는 '자비'랍니다. 바로 그 때문에 그 비참한 꼬마 사이코패스 세 놈을 살려 준 거라고요. 걔들이 지금은 내 수행원이 되어 있기도 하고.

시간이 지날수록 이런 생각이 들어. 일단 정체성을 박살 내는 급수의 트라우마를 겪고 나면, 자기보다 의지력이 강한 사람을 만나는 즉시 그쪽으로 충성을 맹세하게 되는 게 아닐까. 그렇다면 과거에는 나를 납치해 갔던 이 세 꼬맹이가 갑자기 내 추종자가 되고, 나는 애들 엄마곰 노릇을 하게 된 상황도 설명이 되잖아. 사실 애들 너무 열성적이라 감탄스러울 정도야. 내가 명령만 하면 그대로 뛰어들거든. 저 집을 뒤져! 차에 들어가! 저 남자 죽여! 음식을 빼앗아 와! 네, 알겠습니다! 당장 할게요! 갈수록 마음에 든다니까.

나는 일단 플럼아일랜드를 벗어나서 27번 고속도로를 타고 서쪽으로 갈 생각이야. 최대한 빨리 시골을 벗어나서 대도시로 들어가고 싶거든. 지금은 세상이 전부 내 것처럼 보여서 말이지. 나만을 위한 기프트카드랄까.

아니면 나만의 쌍년이랄까.

나는 아벨과 애나와 커티스를 보내 음식을 모아 오게 한 다음, 우리 배를 습격할 때 썼던 보트 중 하나에 실으라고 명령해. 그게 언제 일이더라? 몇 주 전? 몇 달 전? 며칠 전? 알 게 뭐야. 상당히 오래 인사불성이었던 것 같은걸. 내 귀여운 똥배는 완전히 사라져 버렸고, 가슴도 예전처럼 탄력 가득하질 않아.

나는 델라웨어강을 건너는 조지 워싱턴처럼 롱아일랜드로 건너오면서, 다른 생명의 흔적을 찾아 주변을 둘러봐. 물가를 따라 여기저기 모닥불이 보이고 사람들 그림자가 어른거리네.

좋았던 옛 시절처럼 셸터아일랜드로 방향을 틀어서 선셋 비치에서 놀고 싶다는 생각도 드는데, 아무래도 일행이 마음에 안 든단 말이지. 여기 세 놈은 별로 재미가 없거든.

나는 아벨에게 물어. "어떻게 생각해? 모히또나 좀 마시고 갈까?"

아벨이 대답해. "모히또가 뭔데요?"

"신경 꺼." 정말 뭐야. 요즘은 재미있는 사람은 하나도 없다니까. 옛날에는 이스트햄튼까지 수상 비행기를 타고 나가면 페리 선착장까지 택시로 십오 분 거리였다고. 칵테일 한잔하고 도착하면서 진동에 시달린 다음에, 축 늘어져 있다가, 파티도 하고, 마무리 삼아 항 불안제도 좀 먹어 준 다음에, 늦잠을 자는 거지.

그 병 덕분에 모든 사람과 모든 것들이 추락했지만, 사람마다 추락한 깊이는 다를 거 아냐. 그렇다면 최고 불쌍한 건 나라고. 나는 기록적으로 추락했거든. 그래, 물론 감정적으로는 다른 사람들의 상실감이 더 크겠지. 나는 엄마 아빠를 완전 사랑한 것도 아니니까, 부인할 생각은 없어. 하지만 나는 뭐랄까, 돌아가실 때가 되면 그걸로 뭔가 얻을 수 있으리라 생각했지, 허접한 비디오게임 속 엑스트라가 될 거라고 생각한 적은 없단 말이야.

하나는 확실하지. 나는 엑스트라의 재목이 아니라는 것.

나는 그따위 빌어먹을 이름표를 뛰어넘는 사람이거든.

우리는 새그하버의 롱와프 근처로 상륙해. 상륙이라고 부르는 거 맞지? 번화가는 온통 작살이 나 있더라. 솔직히 사람들 너무 심하잖아. 가게 앞 창문은 전부 부서져 있고, 썩어 가는 해골에, 까마귀에, 쥐에, 기타 등등. 아메리칸 호텔은 불타 버렸더라. 에이.

우리는 해괴하게 생긴 픽업트럭에 어떻게든 시동을 걸어 동쪽으로 이동하기 시작해. 내 졸개들은 강아지처럼 짐칸으로 얌전히 들어가고.

27번은 교통 체증이 심각하네. 다들 죽어 있고, 갓길로 다닌다고 체포할 경찰이 없다는 점이 다르지만. 나는 길을 막는 것들을 트럭으로 뚫고 지나가고 있어. 속도는 제법 나는 편이야. 낯익은 이름들이 주변을 스쳐 지나가. 브리지햄튼, 워터밀. 그리고 순간 들리면 안 되는 소리가 들리네. 고개를 들어 보니까—

헬리콥터가 하늘을 소음으로 가득 채우며 서쪽으로 날아가고 있어.

이게 대체 무슨 개 같은 상황일까.

잠시 현실에서 휴가를 낸 동안 온갖 것들을 놓치고 지나갔다는 생각이 드네. 마지막으로 확인했을 때는 헬리콥터 따위는 없었거든. 아니, 그래, 헬리콥터는 있어도 헬리콥터 조종사가 없었다고 해야겠지. 다들 죽어 버렸으니까.

호기심이 솟아오르는걸.

나는 헬리콥터를 추적해야겠다고 마음먹어. 물론 저건 날아다니고 나는 땅에 있으니까 조금 힘들기는 하겠지. 하지만 다행스럽게도 사우스포크 반도는 폭이 8킬로미터밖에 안 되고, 헬리콥터는 도시 쪽으로 일직선으로 날아가고 있거든. 나는 27번 국도를 타고 달려가다가, 헬리콥터가 왼쪽으로 방향을 틀어 모습을 감추자 그대로 올드컨트리로드로 옮겨타. 머지않아 철책을 둘러친 비행장의 경계가 모습을 드러내. 나는 차를 세우고 귀를 기울여. 이제는 프로펠러 소리가 들리지 않네. 그대로 보이지도 들리지도 않을 만큼 멀리 서쪽으로 날아가 버렸거나, 어딘가 근처에 착륙한 거겠지.

트럭 짐칸 쪽 창문으로 애나가 천사 같은 작은 얼굴을 내밀고 물어봐. "우리 뭐 하는 거예요, 엄마?"

나는 대꾸해. "답을 좀 찾으려는 거야. 그리고 난 너희 엄마 아니라고 했지."

애나는 내 말이 농담으로 들리는지 까르르 웃음을 터트려.

아이들은 트럭 짐칸에서 다리를 펴고 상처를 문지르며 명령을 구하듯 나를 바라봐.

나는 애들에게 일러. "그 헬리콥터를 찾을 거야. 하지만 은밀하게 해야 돼."

반응이 없네.

"닌자처럼."

이제 알아들은 모양이야. 그래서 우리는 철책을 따라 움직이다가, 외부 건물이 사라지며 활주로가 드러났을 때 나란히 뻗은 옆길로 옮겨 가.

살아 있는 존재의 흔적은 아무것도 없어. 날 수 없는 낡은 제트 전투기에, 녹슬어 가는 세스나기에. 바람에 펄럭이는 방수포에.

기습은 내 취향이 아니야. 기습을 당했던 적은 몇 번 있지만. 가장 기억에 남는 건 우리 세 마리 10대 좀비들과 그 친구들이 플럼아일랜드의 물가에서 우리를 잡아갔던 일이지. 그래서 나는 지금은 지켜보며 기다리는 게 가장 나은 전략이라는 결론을 내려.

활주로의 남동쪽 구석에 낡은 멕시코 음식점이 하나 있어. 우리는 부엌으로 들어가서, 몇 년을 썩은 과카몰리와 사워크림이 연출하는 난장판 속에서 강낭콩과 살사 통조림을 조금 찾아내. 유통기한이 몇 달밖에 지나지 않았으니 바로 신나게 해치워.

상상해 봐. 팔레오 다이어트나 융어 박사의 '클린' 다이어트 따위에 시달리던 내가, 이제는 온 힘을 다해 캔따개를 찾으려 애쓰고 있다니. 마침내 커티스가 도구를 찾아내. 얼굴에 애처롭다고 부를 수밖에 없는 자부심이 떠오르네. 그는 캔따개를 내게 건네고선 머리를 쓰다듬거나 해 주기를 바라는지 얌전히 기다려.

우리는 그릇과 접시 위에 내용물을 늘어놓고, 나는 바 뒤편에서 미지근한 코로나 맥주를 조금 꺼내 와. 꼬마 심부름꾼들에게 맥주를 나눠 주고 있자니, 세븐일레븐 주차장에서 건들거리며 기다리다가 "맥주 좀 사다 줄 수 있어요?"라며 다가오는 애새끼들을 마주한 어른이 된 기분이 들어. 죄책감을 느껴야 할지 고민을 좀 해 봤는데, 생각해 보니 애들은 사람도 죽였잖아. 그러니 내가 애들의 도덕심 함양이나 장기적인 인생

계획에 신경 써 봤자 대체 무슨 의미가 있겠어. 건배.

해가 진 후의 사그라지는 섬세한 빛 속에서, 남부 스타일의 조잡한 실내 장식은 묘하게도 아늑해 보여. 적어도 30분 정도는. 나는 문 옆에 자리를 잡고 내 직감이 현실로 드러날지 확인하려고 기다려.

활주로 옆으로 줄지어 늘어선 격납고와 창고의 모습은, 말할 필요도 없지만 그리 흥미롭지 않아. 시선이 나도 모르게 자꾸 하늘로 향하네. 지평선을 넘어간 햇살이 마지막 숨을 헐떡이면서 노란색에 분홍색에 보라색으로 물들고 있거든. 아름답기는 한데 저기에 시간을 쓸 수는 없어. 다른 온갖 부류의 사치품과 마찬가지로, 이런 것들에 사로잡히면 위험하다고. 중요한 걸 놓칠 수도 있으니까.

하지만 목소리 하나는 다른 소리를 해. 사실 내 목소리야. 묻지도 않았는데도 머릿속의 다른 내가 답하는 거지. 아름다운 것들이 없으면 살아갈 가치도 없다는 거야. 그렇지 않으면 왜 그리 제퍼슨을 만나려고 애쓰고 있겠어? 단순한 쾌락 이상의 것을 경험했기 때문 아니겠어?

나는 목소리를 윽박질러 잠잠하게 만들어. 우리는 기분을 감상적으로 만드는 불필요한 기관이 붙었을 뿐, 짐승이라고. 우리 몸 안팎에서 최대한 자양분과 감각을 쥐어짜려 애쓰지만, 결국에는 DNA에 조종당하는 꼭두각시 인형일 뿐인걸.

그리고 바로 그 순간, 마치 이중 나선 생각에 끌려오기라도 한 것처럼, 연기 한 줄기가 구불거리며 격납고 하나의 환기구에서 흘러나오는 것이 보여. 백 미터쯤 떨어져 있네.

나는 아이들을 창가에서 끌어 내려. 사실 이제는 식당 안이 너무 어둑해서 밖에서는 아무것도 안 보일 가능성이 크겠지만.

애나가 물어. "무슨 일이에요?"

"나도 몰라. 아직은."

그래서 우리는 기다려. 애나와 아벨과 커티스는 빈둥거리다가 강아지들처럼 잠들고, 나는 격납고에서 눈을 떼지 않고 있어. 이젠 저 안에 헬리콥터가 있다고 확신할 수 있어. 확신이 드는 이유는 나도 모르겠지만.

한두 시간쯤 기다리니 사람 그림자 하나가 격납고에서 나와. 뒤에 누굴 끌고 나오고 있네. 두 번째 남자는 이상한 점이 있어. 그래, 손이 뒤로 묶여 있기는 하지만, 그게 문제가 아니야.

머리가 반백이잖아. 게다가 첫 번째 남자는—

턱수염이 있어.

최근에 수염을 별로 본 적이 없다고 말하면 알아듣겠지. 요즘은 다들 18세가 되기 전에 '그 병'으로 죽어 버리니까. 그러니까 이건 뭔가 잘못된 거야. 문제는 수염이 눈앞에 있다는 거고. 저 남자는 완전 알카에다식으로 제대로 수염을 길렀다고. 거끌거끌한 수염 밑동 정도가 아니라.

이게 뭔 빌어먹을 일이래.

'그 병'에서 살아남은 사람은 나를 제외하고는 한 명밖에 몰라. 올드맨 말이야. 그 인간은 일종의 유전적 변칙 사례로서 스테로이드를 엄청나게 맞으며 간신히 살아 있었지. 얼굴에는 반점이 가득하고, 몸은 발작하듯 흠칫거리고 있었어. 그런데 이 둘은 아니야. 어딜 봐도 완전히 건강해 보인다고.

살아 있어서는 안 되는 남자가 살아 있어서는 안 되는 다른 남자를 격납고 근처의 창고로 밀어넣어. 내가 보기에는 옥외 화장실로 가는 것 같은데.

나는 애들을 깨우고 슬슬 움직이자고 말해.

애나가 물어. "무슨 일이에요?"

"답을 찾을 때야."

도나

　어떻게든 여기서 움직였으면 좋겠는데. 경찰이 우리에게 돌진해 오든, 우리가 경찰에게 돌진해 들어가든. 서로 너무 오래 대치하고 있었거든. 경찰의 압박에 밀려서 나머지 군중과 몸을 바싹 붙이고 앞뒤로 흔들리는 상황은 이제 질릴 지경이야.

　이유는 모르겠지만 이런 전술을 케틀링이라고 부른대. 간략하게 설명하자면 이런 거야. 경찰이 시위대의 경로를 둘러싼 모든 거리를 조금씩 막아 버려서, 결국 파이프 안을 미끄러지는 쥐새끼처럼 몰린 시위대를 뒤에서도 막아 버리는 거지. 그리고 경찰은 그대로 기다리면서 외부에서 공수해 오는 차와 샌드위치를 즐기는 거야. 그동안 시위대는 음식도 음료도 소변볼 장소도 없이 갇혀 있고. 슬프게도 인간은 연약한 존재라서 이런 방식이 먹히게 마련이야. 그 뭐냐, 사람은 누구나 신념을 위해 죽을 수도 있다고 떠벌리지만, 실제로는 화장실만 못 가게 만들어도 이내 집으로 돌아가 소변을 보고 싶다는 생각밖에 안 하게 된다는 거지.

　시위대 쪽을 옹호하자면, 아니 이게 옹호인지는 잘 모르겠지만, 히피스러운 학생들과 대담한 외부인 몇 명은 그냥 여기 마켓스퀘어에서 볼 일을 보았어. 한 가지 문제는 해결되지만 다른 문제가 여럿 생겨났지. 일단 냄새가 좀 고약하거든. 게다가 마을에 오줌을 싸 버리면 현지인의 호의를 사기가 힘든 법이기도 하고.

시작은 괜찮았어. 랍과 마이클과 소프가 날 자기네 비밀 첩보 활동에 끌어들였지. 아니, 정확하게 말하자면 학생과 정치꾼들이 어울려 맥주를 마시고 정부에 불만을 터트리는 모임에 초대했다고 해야 하나. 99퍼센트 민중과 함께 일어서서 재건 위원회를 끌어내려야 한다느니, 뭐 그런 소리 하는 사람들 있잖아. 솔직히 말하자면, 겁쟁이 짓거리처럼 보이는 시위 계획보다는 저들이 나를 신뢰한다는 것 때문에 더 흥분했어. 그 뭐냐, 계획 자체는 경찰에게 우리를 신나게 두드려 팰 핑계를 제공하는 정도 아니겠어. 그러나 저들에게는 나름 큰 진전이겠지. 저들은 나를 재건 위원회 고위직의 딸로 알고 있으니, 그 의미가 대단할 거 아냐.

내 평온과 안락함과 아마도 모가지까지 걸고서 광장에 나와서 개인의 자유를 수호하는 일도 나름 기분이 나쁘지는 않아. 새 친구들과 사이가 돈독해질 수도 있어서 더욱. 내가 주변 환경에서 악영향을 받아 왔다는 사실은 나도 잘 알고 있어. 그러니까, 맨해튼에서 만성적으로 벌어지던 게릴라전 말이야. 상대편 갱단과 총격전을 벌이고 나면, 솔직히 말해서 "헤이, 헤이! 호, 호! 이동 제한 악법을 철폐하라!"라고 몇 시간 동안 소리치는 일 따위에 열광하기는 쉽지 않거든. 물론 목표가 당국자들이 지루해 죽게 만드는 거라면 나름 이해하겠어. 하지만 아무리 봐도 뉴스 카메라를 곁에 끼고 열심히 행진하다가 곤봉으로 머리를 얻어맞는 순간을 포착당하는 게 전부 같단 말이야.

어쨌든, 세상과 민중과 정치에 엄청나게 신경을 쓰는 랍과 마이클과 소프가 한층 사랑스럽게 보이기는 해. 그래서 이걸 전부 참고 견디는 거지. 게다가 걔들 말에 틀린 데는 없으니까, 그것도 계산에 넣기는 해야 하고.

시위를 처음 시작할 때에는 상당히 고무적인 순간도 있었어. 우리 학생들은 기본적으로 24시간 내내 감시받는 상황이라 다른 사람보다 이동의 자유가 많으니까, 대략 천 명 정도 모여들었어. 그리고 자유구 경계까지 행진해 나갔지. 거기서 폭도를 막는 용도라는 투명한 장애물 너머를 바라봤어. 허가 없이는 도시 중심부로 들어올 권리가 없는 2천 명 정도가 그곳에서 기다리고 있었지. 우리는 선을 넘어간 다음에 최고로 끝내주는 짓을 벌였어. 하나하나 전부 에스코트해서 우리 쪽으로 데리고 넘어온 거야. 사방에서 경보음이 울리기 시작했고, 경찰의 데이터 시스템이 엉망이 되는 것 같더라고. 사방에서 전화가 울리기 시작하면서 아침 새소리처럼 띵띵 삑삑 소리가 불협화음을 이루며 퍼져 나갔으니까. 당연하지만 그 시점부터 경찰은 우리를 주시하고 있었어. 그런데 아무 짓도 안 하더라고. 그냥 뒤편에 멀거니 서서 우리가 단체로 위법 행위를 저지르는 모습을 구경하고만 있었지.

트럼핑턴 대로에서 트럼핑턴가로 들어서자 상황이 어려워지기 시작했어. 원래 목표는 방송국 차량이 기다리고 있는 칼리지 앞으로 행진해 나가는 거였지. 경찰들이 우리 앞길을 막았지만, 그래도 렌스필드 대로를 따라 내려가서 마켓스퀘어까지 오는 길은 열어 놓았거든. 그리고 군중은 제공된 경로를 그대로 따라갔어. 그러나 테니스 코트 대로에 이르자 양옆의 골목으로 빠지는 길은 전부 닫혀 버렸고, 우리는 그제야 카메라나 칼리지와 분리된 채로 소처럼 몰이 당하는 신세가 된 것을 깨달았어. 결국에는 인간으로 구성된 액체처럼 마켓스퀘어 안으로 쏟아져 들어갔고, 특별히 적대적으로 보이는 준 군사 조직처럼 생긴 분견대에게 앞길을 막히고 말았지. 지금껏 몰래 우리 뒤를 쫓던 자들이었어.

그래서 우리는 여기 스퀘어에 갇힌 채, 사기를 북돋우려 애쓰며, 평범해 보이던 경찰들이 조금씩 폭동 진압용 방패와 긴 곤봉을 든 험악한 작자들과 자리를 바꾸는 모습을 지켜만 보고 있었던 거야.

우리가 외치는 운율을 잘 맞춘 구호 따위에는 전혀 겁먹지 않겠는데.

나: "랍, 저 인간들 생긴 게 마음에 안 들어."

랍: "어느 사람?"

나: "저기 저 사람 봐. 그리고 저쪽 저 사람도."

랍은 내 말을 알아들어.

랍: "그래, 방패를 들고 있네. 폭동 진압용 전투 경찰이라는 뜻이지."

나: "그러니까, 대체 폭동이 어디 있다고? 게다가 다른 경찰하고는 생긴 게 달라. 머리 깎은 모습 좀 봐. 귀는 너덜너덜하고. 저 사람은 군인이야. 손등에 흉터 좀 보라고. 싸움꾼이야. 여기 싸우러 온 사람이라고."

랍: "카메라가 이렇게 많은데 일을 벌이지는 않을 거야."

그 말은 사실이야. 카메라 일부가 용케도 경찰의 봉쇄를 뚫고 스퀘어를 내려다보는 건물 위로 올라갔거든. 하지만 그보다 위쪽으로는, 지붕 가장자리에서 밖을 엿보는 머리통이 보여. 여기저기에 뭉툭한 소총 끝이 나와 있고. 조준 중인 저격수겠지.

　나: "랍, 마이클하고 소프 데려와. 여기서 빠져나갈 방법을 찾아야겠어."

　랍: "뭐야? 이렇게 그냥 갈 수는 없잖아."

　나: "어떻게든 떠나게 될 거야. 직접 걸어서든, 들것에 실려서든."

　랍: "하지만 다들 보고 있는데 그런 짓을 할 리는 없어. 사람들이 전부 볼 텐데……."

　자신을 납득시키려 애쓰는 것처럼 보이네. 처음의 아이디어는 이런 거였어. 주님과 모든 사람이 보는 앞에서 안전 도시법을 위반해서, 일반 민중이 일어서게 만들자는 거지. 하지만 내가 보기에는 주님도 다른 사람들도 딱히 신경을 안 쓰는 것 같거든. 마켓 주변의 쇼핑객과 상점 주인들에게는 하루를 망치는 사건처럼 보일 뿐이겠지. 우리에 속하지 않은 일부 민중은 아무래도 고무되기보다는 귀찮아하는 것 같고. 모든 것이 괜찮다는 백일몽으로 돌아가는 쪽을 선택하고 싶은 듯해.

　나: "얼른 여기서 튀자고."

　나는 휴대폰을 꺼내.

　랍: "지금 뭘 하는 거야?"

　나: "자수하려고. 티치가 와서 나를 데려가 줄 거야. 당국자들 쪽으로 연줄이 있으니까."

　랍은 내가 성탄절을 취소하려 드는 것처럼 바라봐. 나는 대체 왜 이런 이상주의자 타입에 끌리는 걸까?

　랍은 감정을 억누르고, 내 팔꿈치에 자기 손을 가져다 대.

랍: "돈나, 너를 섣불리 판단할 생각은 없어. 너희 부모님이 재건 위원회에 있으니, 네 입장이 곤란하기도 하겠지. 난 상황이 나아. 넌 빠져나가. 난 괜찮을 테니까."

세상에. 지금 날 걱정하는 기잖아.

나: "같이 안 가려고?"

랍: "그럴 수는 없어."

나: "젠장. 좋아. 나도 있을게."

나는 휴대폰을 집어넣어.

바로 그 순간, 우리 쪽에서 얼굴에 수건을 두른 남자가 자기 배낭에서 뭔가를 꺼내. 헝겊 조각이 주둥이에 비죽 튀어나와 있는 유리병이야.

나: "랍, 물러서."

랍: "무슨 일인데?"

나: "화염병이야."

저걸 마지막으로 봤을 때, 나는 뉴욕 42번가의 공립 도서관 본관 정문에서 총을 쏘고 있었지. 제퍼슨은 시스루를 데리고 들어오려고 안뜰로 나가 있었고. 업타우너 하나가 불이 붙은 병을 트럭에 던졌고, 트럭은 순식간에 폭발해 버렸어.

랍: "아냐, 그건 말도 안—"

조직 회의에서는 다들 명확하게 동의했는데 말이지. 무기도 폭력도 없을 거라고.

나: "뭔가 잘못됐어. 따라와."

병이 하늘을 날아가는 모습을 보면서 나는 랍을 끌고 군중 속으로 파고들어. 화염병은 경찰의 눈앞에서 깨지고, 액체를 따라 불길이 일어나며 전열 경찰들의 신발에 옮겨붙어.

랍은 계속 지껄이고 있네. "선동 공작원이야. 선동 공작원이라고—" 나는 얘가 무슨 말을 하는지도 못 알아듣고 있다가, 문득 방금 화염병을 던진 남자가 경찰 쪽 사람이라는 뜻을 알아들어. 글쎄, 그 정도면 있을 법한 일이기는 하지. 게다가 경찰 쪽은 대비가 되어 있던 것처럼 보이거든. 순식간에 소화기로 불길을 잡았으니까. 하지만 스퀘어를 주시하는 카메라에는 첫 공격이 선명하게 찍혔겠지. 이제 경찰들이 머리에 방독면을 쓰고, 최루탄 발사기가 전열 이곳저곳에서 비쭉 튀어나오고—

풍! 풍! 최루탄 깡통이 날아오고, 경찰이 갑자기 사방에서 조여들기 시작해. 군중은 움찔거리며 움츠러들어. 다들 동시에 탈출하려 시도하지만, 아무도 갈 곳을 모르는 거지.

내 이름을 부르는 소리가 들리고, 창백해진 얼굴로 다가오는 마이클과 소프가 보여. 나는 이곳 시위대의 애들 대부분이 그저 친구들과 어울리고 좋은 일을 했다는 기분을 느끼러 나왔다는 사실을 깨달아. 경찰과 대치하는 폭동은 생각도 안 하고 있었던 거야. 가장 끔찍한 상상이라 해도 유치장으로 끌려가서 하룻밤 지내면서 동지애를 일깨우고 운동가를 부르는 정도였겠지.

이제 무장한 경찰들이 등장해서, 군중 속으로 파고들며 곤봉을 휘두르기 시작해. 시위대 중에서도 맞서 싸우는 사람이 있지만 대부분은 그저 뒤로 물러설 뿐이야. 문제는 물러설 곳조차도 없다는 거지. 소프가 바닥에 주저앉아 무릎을 꿇네. 순간 퇴각하는 시위대에 짓밟혀 버릴 것 같다고 생각했는데, 랍이 사람들을 어깨로 밀치고 그녀를 일으켜 세워.

도망에는 나도 일가견이 있어. 식인종에, 파시스트에, 곰한테까지 추격당해 봤으니까. 그러니까 이제 내가 명령을 내릴 때라고 봐도 되겠지.

우리는 훌륭하고 충실하게 케틀링 당한 상태야. 무장 병력과 경찰들이 마켓스퀘어를 나가는 모든 출구를 틀어막고 있거든. 수평적 사고를 발휘해야 할 때인 거지.

나: "이쪽이야."

나는 랍, 마이클, 소프를 끌고 스퀘어 한쪽 구석에 있는 스포츠용품점으로 향해.

랍: "문이 잠겼는데."

당연하지만 나는 신경 안 쓰고 문을 걷어차 열어. 연습을 그렇게 했으니 완벽할 수밖에. 알루미늄 자물쇠가 한 방에 나가떨어지면서 우리는 안으로 들어가. 경보음이 울리기는 하는데, 우리 뒤편의 스퀘어 전체가 폭동 수준으로 난장판이 되어 있으니 문제 될 건 없지. 그 뭐냐, 실제로 폭동이잖아. 이젠 헬리콥터도 한 대 떴어. 방송국인지 감시용인지 양쪽 모두인지는 알 길이 없지만. 최루탄이 뭉게뭉게 일어나며 시야가 제한된 상태라, 아무도 우리 행동을 눈치 못 채. 우리는 살금살금 가게를 지나쳐서 로즈 크레센트 뒤편으로 나와. 간신히 연기를 따돌린 셈이네.

여기서는 아무 방해도 없이 쇼핑이 계속되고 있어. 마켓의 소음은 흥미를 유발하는 요소일 뿐이고.

우리는 느긋하게 거리를 따라 걸음을 옮겨. 우리의 무죄를 말 그대로 휘파람 소리에 실으면서.

사실 그런 시도를 할 필요조차 없었을 거야. 일종의 사회 지리학 법칙에 따르면, 일단 마켓을 벗어나면 경찰은 우리에게 조금도 관심을 기울이지 않게 되거든. 저들은 그저 투명 피스톤이 계속 뒤에서 밀어붙이는 것처럼 광장으로 밀고 들어가기만 할 뿐이야. 이제 우리는 이른 저녁 쇼핑을 하러 나온 사람들과 구별되지 않아. 군중을 밀치느라 몇 군데 찢기고 멍든 상처가 났다는 것만 빼면.

킹스 거리에 도착하자, 마이클과 소프는 자기네 칼리지로 돌아가겠다고 헤어져. 그리고 랍은 나를 트리니티까지 데려다주겠다고 제안해. 솔직히 내가 얘를 데려다줘야 하는 상황인 것 같은데. 아드레날린이 다 떨어졌는지 핼쑥한 얼굴로 초조하게 땀을 뻘뻘 흘리고 있단 말이야. 처음에는 고함과 비명과 명령과 최루탄 발사기가 팡팡 터지는 소리가 들리더니, 트리니티가를 따라 조금만 걸어오니 아무 일도 일어나지 않은 듯 고요해져.

랍: "저럴 필요까진 없었잖아. 최루탄에 곤봉까지."

나: "그래, 필요 없었지. 하지만 뭔가 말하고 싶었던 모양이니까. 저것도 일종의 언어거든."

랍: "너는 어떻게 그렇게 아는 게 많아? 폭력이나 그런 온갖 것들에 대해서 말이야."

나: "글쎄…… 아마 군인 가정에서 자라났기 때문일까."

나 자신이 역겨워지네. 내가 누군지 털어놓고 싶어. 그래, 나는 싸움에 익숙하고 너는 아니기 때문이라고 말하고 싶어. 하지만 그래 봤자 자기가 알아서 위험 앞에 몸을 내던지겠지. 내가 그러는 것보다 훨씬 용기가 필요한 일인데도.

랍: "그럼 도망친 우리는 뭐라고 말한 셈인데?"

나: "살아남아서 내일도 또 싸우겠다고 말한 거지. 안 그래?"

랍은 미땅찮은 표정으로 걸음을 옮겨.

랍: "너는 우리 편인 거지, 돈나?"

나: "네 편이야, 랍."

너희가 아니라 너 하나의 편이라고. 하지만 랍은 못 알아들은 것 같아.

칼리지로 돌아와서, 랍은 우리 층계참에서 조금 머뭇거려. 나는 폭동이 끝나고 지켜야 하는 에티켓 따위는 하나도 모르는데. 이 동네 사람들이 온갖 경우에 그러듯이 잠깐 올라와서 차나 들겠냐고 물을까도 싶지만, 이렇게 숨막히게 감정적인 분위기에서는 잘못된 방향으로 흘러갈지도 몰라. '어이, 위층으로 따라와. 섹스하자.'처럼 들릴 것 같잖아. 게다가 나도 머뭇거리고 있어. 랍은 평소의 차분한 태도를 되찾았는데. 한참을 함께 소리치고 달리고 위험에서 빠져나오고 나니, 뭔가 흐릿한 결속같은 게 생긴 느낌이야.

랍: "너 괜찮아?"

나: "뭐? 아, 그럼. 왜 묻는 거야?"

랍: "그게……." 무슨 말을 할지 모르는 것 같아. 드문 일이네. "넌 가끔 보면 나한테, 아니 우리에게 숨기는 일이 정말 많은 것 같아."

목구멍에 죄책감이 단단하게 응어리져. 내가 숨기고 있는 수백만 가지의 진실이 머릿속을 지나가.

나: "아냐."

랍은 웃으며 고개를 끄덕여.

랍: "알았어. 그래도…… 혹시라도 뭔가 대화를 나누고 싶어지면…… 나는 믿어도 된다고 말하고 싶었어. 그러니까…… 그냥 들어 주기만 할 수도 있으니까. 너를 평가하거나 뭐 그러는 게 아니라."

갑자기 울고 싶은 기분이 들어. 안도해서인지 부끄러워서인지는 모르겠네.

나: "고마워, 랍. 내가 혹시라도…… 말하고 싶은 일이 생기면. 그러니까, 우리가 평소 나누는 대화 말고 말이야. 어차피 우리는 온종일 떠들고 있잖아? 우린 친구니까. 그치?" 그와 소프와 마이클과 계속 우정을 나눌 수 있을지 의문이 들어.

랍: "그래, 친구지."

나는 몸을 돌려 계단을 향하지만, 랍은 말을 이어. "혹시라도 너—"

두 단쯤 올라가 있어서, 말 그대로 그와 눈높이를 맞춘 상태야.

랍: "혹시라도 너, 그러니까, 우리가 친구보다 훨씬 좋은 관계가 될 수 있다는 생각, 해 봤어?"

그는 내 눈을 똑바로 바라보고 있어. 언제나 그랬듯이 솔직하고 직설적인 눈이야.

내가 답하지 않자, 그는 말을 이어.

랍: "그게…… 나는 생각해 본 적 있거든. 그리고 어느 지점을 지나 버리면, 숨기는 게 옳지 않은 일인 것 같아서."

바로 이 순간이라는 지점을 의미하는 거겠지. 그럼 내 솔직한 반응은 어떤 걸까? 그에게 안 끌렸다고 말할 수 있어? 내가 혼자가 아니라고 말할 수 있어? 아니, 둘 다 아니지.

나: "랍."

랍: "별로 안 좋게 들리는데."

나: "나는 두려워. 왠지 알아? 너와 마이클과 소프가…… 나를 이 세계와 연결해 주는 유일한 끈이거든."

랍: "어떻게 그럴 수가—"

나: "그리고 나는 너희를 잃고 싶지 않아."

랍: "하지만."

나: "하지만…… 그런 다른 사람이 있었어, 죽었지. 나는 그를 사랑했어……그를 사랑해."

랍: "아."

랍은 깊이 숨을 들이쉬어. 마치 이 소식이라는 독가스를 들이마시는 것처럼. 아름다운 모습이야. 입을 맞춰 주면 더 아름다워질 것 같아. 가능할지도 모르지. 나는 못 하지만.

랍: "그 사람 이름이 뭐였어?"

나: "왜?"

랍: "나도 납득하고 싶어서. 수수께끼가 아니라 현실로 받아들이고 싶어서."

나: "제퍼슨."

랍: "네가 살던 배에 함께 있던 사람이야?"

나: "응." 적어도 이건 사실이지.

랍은 고개를 끄덕여.

랍: "유감이야. 정말로. 물론 나 자신도 실망하기는 했지만. 그래도…… 아마 다른 사람의 감정을…… 원하는 대로 움직일 수는 없는 법이겠지. 그래."

그는 나를 향해 슬프게 웃어 보이고는, 몸을 돌려서 자리를 떠나.

 **캐스**

철책은 뜯어낸 자국이 있어. 덕분에 들어갈 방법을 찾기는 어렵지 않네. 게다가 달도 실금처럼 가늘게 떠 있으니, 우리는 그리 어렵지 않게 격납고 근처에 도착했어. 창문에서 흐릿한 빛이 스며 나오고 있어. 누군가 안에 불을 피워 놓고 있나 봐.

애나, 아벨, 커티스와 나는 땅에 배를 붙이고 격납고의 금속 벽까지 다가가 붙어. 안쪽에서는 낮게 웅얼거리는 말소리가 들려와. 남자의— 소년이 아닌 남자 어른의 목소리와, 여자의 목소리를 알아들을 수 있어. 누군가 뭔가와 '접선'을 해야 하는 모양이야. 뒤이어 아까의 두 명과는 다른 목소리가 들려. 목소리는 낮은데 더 젊은 것 같고, 이상하게 귀에 익은 느낌이야. 남자의 목소리가 날카롭게 "입 닥쳐!"라며 그의 말을 끊어. 그리고 남자와 여자는 한층 목소리를 낮춰서 대화를 나눠.

"커티스!" 나는 소리죽여 말해. "창문으로 안을 살펴봐. 조심해서. 뭐가 보이는지 말해 줘."

커티스는 고개를 끄덕이고 천천히 창틀 위로 눈을 들어. 너무 어두워서 눈에 띄지 않기를 바랄 수밖에.

곧 커티스가 속삭여. "세 명이에요. 아니, 네 명이네. 누나가 아까 말한 것처럼 나이 든 남자가 둘에 나이 든 여자가 하나, 남자애가 하나 있어요. 제일 늙은 남자는 묶여 있어요. 남자애도 그렇고요."

"잘했어." 커티스는 내 말에 나를 보고 웃어. 다음 순간, 폭 하는 소리와 함께 그 애의 머리가 뒤로 젖혀져. 그 애는 그대로 방수포 위로 떨어지고 머리 주변으로 피가 고이기 시작해.

나는 이런 상황에 지나치게 감정적이 될 생각은 없어. 커티스는 죽었고, 나는 안 죽었지. 그리고 앞으로도 계속 그럴 생각이야. 아벨과 애나가 순간 겁에 질려 도망갈지도 모른다고 반쯤 각오하고 있었는데, 애들은 전혀 동요하지 않고 그대로 엎드려 있네. 애나는 커티스의 피가 묻지 않게 원피스를 들어 올리기는 하지만, 반응이랄 것은 그게 전부야.

나는 말해. "움직여! 피하라고!"

아이들은 당황한 듯 나를 바라보다가, 내가 그들을 향해 손을 흔드는 것을 보고서야 자세를 바꾸기 시작해. 나는 커티스의 시체를 넘어서 격납고 뒤쪽 모서리를 돌아가. 반대편 문이 끼익 열리는 소리가 들려.

"뭐였어?" 안에서 여자의 목소리가 들려. 수염 기른 남자는 대답하지 않고, 곧바로 격납고의 반대편 모서리를 돌아서 모습을 드러내. 눈에 달린 금속 원통은 야간 투시경이겠지. 격납고 안에서 저걸 끼고 밖을 내다봤다면 커티스를 대낮처럼 훤히 볼 수 있었을 거야. 따라서 내가 걔를 죽였다는 뜻이겠네. 에잇.

수염 남자는 투시경으로 지평선을 훑다가 뭔가를 목격해. 아마 숨으려 애쓰고 있는 애나와 아벨이겠지. 그는 총구에 묵직한 소음기가 달린 몽 땅한 기관총을 들어 올려.

아직 나는 보지 못했어. 그러니까 남은 아이들이 죽게 놔두느냐, 아니 면 저 인간을 제거하느냐의 선택인 셈이야. 어쨌든 상황이 이런 식으로 흘러가면 내가 할 수 있는 일은 별로 없잖아. 그러니 AR-15를 연사해 서 구멍을 뚫어 주는 수밖에.

남자는 공기 빠지는 소리를 내며 헝겊 인형처럼 바닥에 쓰러져. 안쪽 에서는 다시 여자 목소리가 들려. "둘리? 둘리, 무슨 일이 난 거야? 보 고해!"

그래, 무슨 일이 벌어진 걸까, 둘리? 나는 슬금슬금 그에게 다가가서 손에서 나이프를 빼앗아. 아직 살아 있긴 한데 상태가 별로 안 좋네. 흐 릿한 눈을 껌뻑이며 나를 올려다보고 있으니 말이야.

어떻게 질문을 시작해야 할지도 모르겠네. 출혈로 죽기까지 시간도 별 로 안 남았을 테고.

"둘리? 내가 누군지 모르겠지만, 지금은 답이 필요하거든. 너흰 어디 서 온 거야? 실험실에 들른 게 너희였어?"

둘리는 나를 올려다봐. 껌뻑이는 눈에서 눈물이 흘러내려.

나는 거짓말을 해. "아직 살 수 있어. 내 질문에 답하기만 하면 돼."

그는 나를 물끄러미 바라봐. 내 거짓말을 알아차린 게 분명해. 깊이 숨 을 들이마시더니—그러니까, 가능한 한도에서 최대로 깊이 말이야—헐 떡이며 말하는 걸 보니. "엿이나 먹어."

흠, 이거 좀 무례하네.

"당장 손 올려! 내가 볼 수 있게!" 뒤에서 누군가 말해. 아무래도 둘리하고 똑같은 방식으로 한눈팔다 기습당한 모양이야. 나는 여자가 시키는 대로 텅 빈 하늘을 향해 손가락을 쭉 뻗어.

"뒤돌아 서." 뒤돌아보니 단단한 몸에 제복을 입은 젊은 여자가 보이네. 둘리와 마찬가지로 터무니없이 나이를 먹었어. 아마 20대 후반쯤 될 거야. 하지만 가장 낯선 모습은 그게 아니라, 아주 잘 먹어서 통통한 얼굴이야. 총신이 짧은 권총을 나한테 겨누고 있어.

"당신 친구가 도움이 필요한 것 같은데요. 누가 쐈더라고요."

"물러서. 천천히. 날 본 채로. 손 내리면 바로 쏠 테니까 알아서 해."

사리에 맞는 소리네. 나는 그녀가 시키는 대로 해. 제퍼슨을 처음 만났던 때가 떠오르네. 나는 걔를 현장에서 체포했고, 걔는 내 총을 노리고 덤벼들었고, 그러다 우리는 사랑을 나누기 시작했지. 정말 낭만적인 첫 만남이잖아. 이번에는 도저히 그렇게는 안 될 것 같지만.

"금발 꼬맹이 둘이었어요. 저를 포로로 잡고 있었다고요. 걔들이 저 사람을 죽였어요." 최고의 핑계라고는 못 하겠지만, 즉석에서 지어내는 건데 별수 없잖아. 적어도 저 여자를 헷갈리게는 만든 것 같아. 혹시라도 이걸로 몇 나노초라도 추가로 벌 수 있을지 모르지.

그녀는 둘리 옆에 무릎을 꿇고서 손으로 목을 더듬으며 맥박을 짚으려 애써. 그러는 동안에도 나한테서 시선을 떼지는 않네.

나는 최대한 슬픈 고아 흉내를 내면서 말해. "그만 보내 줘요, 아줌마. 난 아무것도 안 했다고요!"

그녀는 둘리가 죽었다는 걸 깨닫고 잠시 내려다보다가, 마침내 날 죽이기로 마음먹어. 적어도 내가 파악한 바로는 그래.

"뒤돌아." 그녀가 말해.

대체 그게 무슨 의미가 있는지 모르겠어. 아니, 그러니까 나를 쏘면서 자기 기분이 덜 상하게 하려는 생각인 건 알지. 내 눈을 똑바로 바라보지 않아도 되니까. 하지만 생각해 보면 묘한 일이잖아. 사람의 뒤통수도 앞통수만큼이나 완벽하게 개인적인 부위인데. 나로서는 둘 중 하나가 사라지면 상당히 곤란해질 것 같거든. 그리고 내 입장에서 말하자면, 남은 10초 동안 언제 불이 나갈지 전전긍긍하느니 차라리 죽는 순간을 정확하게 알고 싶다고.

내가 원하는 온갖 해답 중에서 가장 덜 궁금한 게 바로 그거야. 죽으면 무슨 일이 일어날까? 하지만 그건 내 의지와는 관계없이 곧 알게 되겠지. 사실 누구나 반드시 답을 알게 되는 질문이 바로 그거잖아. 아무리 멍청하거나 궁금증 없는 사람이라도.

나는 말해. "싫어."

그녀는 되풀이해. "뒤돌라고."

"젠장, 싫다니까. 쏠 거면 얼른 쏘고 끝내란 말이야."

그녀는 순간적으로 자신감 상실의 위기를 겪는 것 같아. 내가 기대하던 대로지. 그러나 다음 순간 갑자기 자세가 단호해지더니, 눈 한쪽을 감고 조준을 하네.

나는 총구를 정면으로 바라봐.

이어지는 총성은 한 발이 아니라 연발이고, 동시에 여자의 몸 상당 부분이 날아가 버려. 아벨과 애나가 내 목숨을 구해 준 거야. 여자는 격납고 쪽으로 기대더니 천천히 미끄러져 내려.

답변 하나는 연기된 셈이지.

우리는 격납고 측면에 숭숭 뚫린 구멍을 바라봐. 얼마나 쏴 댔는지 금속 벽이 뜨거울 지경이네.

안에서 어둠을 쫓는 작은 모닥불도 보이고.

나는 소리쳐. "아무도 없어? 얌전히 위치를 밝히라고!"

"있어." 안에서 젊고 걸쭉한 목소리가 들려. "쏘지 마!"

우리는 옆문을 걷어차고 안으로 들어가.

총격전이 일어난 부근에 덩어리가 하나 나뒹굴고 있어. 확인해 보니 시체네. 백발이 성성한 엄청 늙은 남자야. 손은 등 뒤로 묶였고. 오른쪽 관자놀이 위에 구멍이 뚫려 있어. 아마 쌍둥이가 난사하는 총알에 맞은 거겠지.

그리고 잔뜩 쌓인 장비들 뒤편으로, 키 크고 튼튼한 체구의 흑인 남자애가 하나 있어. 열일곱쯤 됐을까. 얘도 케이블 전선으로 묶여 있네.

아벨이 말해. "쟤도 보내 버릴까?"

애나가 말해. "쟤도 죽였으면 좋겠어?"

나는 말해. "아니. 둘 다 아니야. 아직은."

남자애는 먼지 속에서 눈을 찌푸리면서 나를 바라봐.

그리고 말해. "이거 아는 얼굴이잖아."

"좋았어, 이런 게 끝내주는 자동차지." 테오가 금속광택이 흐르는 보라색 페라리를 보면서 하는 소리야.

나는 말해. "너무 삐까번쩍하지 않아?"

"아, 엿이나 먹어." 그는 불쾌한 눈으로 나를 바라봐. 불쾌? 불편? 불신? 어쨌든 불로 시작하는 마음에 안 드는 투가 느껴져.

물론 마음이 상하지는 않아. 내 말을 어떻게 받아들였는지 알고 있으니까. '너는 흑인이니까 호화로운 차를 원하겠지. 하지만 나는 백인이라서 취향이란 게 있단 말씀이야.' 그리고 솔직히…… 그런 뜻이 아니었다고 말할 자격은 없잖아. 물론 그런 뜻으로 들릴 수 있단 걸 모르고 한 소리긴 하지만. 그러니까 이런 거야. 다들 자기네가 인종 차별주의자가 아니라고 생각하지. 하지만 "나는 인종 차별주의자가 아니야."라고 말하는 건 "난 잘생겼어."라고 말하는 거랑 별 차이도 없거든. 본인이 정하는 문제가 아니라는 거야. 내게 편견이 있다는 건 분명하기도 하고. 예를 하나 들자면, 나는 처음에는 테오를 알아보지도 못했어. 머릿속에서는 그저 나하고 관계없는 수많은 흑인 중 하나로 분류되어 있던 거지. 물론 그에게도 편견이 있어. 나를 보면서 '버릇없는 백인 쌍년'이라고 생각하고 있으니까. 그래, 물론 입 밖에 내지는 않았지. 하지만 생각하는 게 여기까지 들릴 지경이란 말이야.

나는 다시 시도해. "우리 히틀러 소년단을 태울 자리가 없잖아." 우리는 애나와 아벨을 그렇게 불러. 사실 테오가 그렇게 불렀고, 그 호칭이 굳어 버린 거지만. 마음에 안 드는 자식이긴 하지만 표현력은 상당히 괜찮다니까.

"뭐야, 공간은 잔뜩 있잖아. 쟤들이 얼마나 **빼빼** 말랐는지 보라고." 그는 애들을 바라봐. "야, 이거 끝내주는 자동차 아니냐?"

히틀러 소년단은 테오에게서 내 쪽으로 눈을 돌리며, 어떻게 대답해야 할지를 눈으로 물어. 나는 가볍게 손을 내저어. '너희가 알아서 해'라는 뜻이지.

아벨이 말해. "끝내주는 자동차 맞아."

애나가 말해. "죽이는데."

"착한 애새끼들이라니까." 테오는 이렇게 말하면서 애들과 주먹을 부딪쳐.

이걸로 세 번째 차야. 자동차에 연료가 떨어질 때마다, 그냥 길가에 세워 놓고 다른 차 문을 뜯고 들어가거든. 운이 좋으면 아직 열쇠가 꽂혀 있고.

어쨌든 저번에는 내가 골랐으니, 이번에는 테오 맘대로 할 차례지. 게다가 열쇠는 창문 위에 떡하니 얹혀 있고, 연료도 가득 차 있어. 페라리가 기관지염에 걸린 핏불테리어처럼 으르렁대며 살아나.

"뻑뻑한데." 테오가 말해. 히틀러 소년단은 뒷좌석이라고 부르기도 부끄러운 공간으로 비집고 들어가고, 나는 조수석에 앉아. 사실 아주 끝내주는 차긴 한데.

테오는 클러치를 밟고, 차는 앞으로 들썩거리다가 시동이 꺼져. 다시 시동을 걸지만 이번에도 요동치다 멈출 뿐이야.

나는 말해. "그러다 클러치 태워 먹을걸. 이건 페라리라고. 혼다가 아니야."

테오는 짜증 난 표정이야. 다시 시동을 걸고는 부드럽게 차를 움직이네. 약간 진전이 있기는 했어. 엔진이 다른 식으로 화를 내기 시작했으니까. 하지만 다시 시동이 꺼져 버리네.

내가 말해. "너 이런 거 한 번도 몰아 본 적 없지?"

"넌 해 본 것처럼 말하는데." 테오는 이렇게 말하다가, 내 쪽을 보고는 내 얼굴에서 그게 사실이라는 걸 읽어 내.

내가 대신 말해 줄까. "알아, 돈 많은 백인 쌍년이라는 거지. 바꾸자."

테오는 썩 마음에 들지 않는 눈치지만, 그래도 다시 엔진이 꺼지는 굴욕을 겪고 싶지는 않은 모양이야. 나는 얌전히 운전석에서 내려오는 테오와 자리를 바꿔.

"그냥 엔진이 엉망이라서 그런 거라고." 테오가 말해.

나는 시동을 걸고, 클러치를 밟으면서 1단 기어를 넣고, 부드럽게 클러치에서 힘을 빼면서 스로틀이 힘을 받는 것을 느끼면서 차를 앞으로 굴리기 시작해. 엔진이 달콤하게 포효하는 소리가 울려. 나는 미소를 짓고.

"아무렴 어때." 테오는 이렇게 말하며 창밖을 내다봐.

"그럼 그 계획이 먹힌다고 상상해 보자고. 걔들이 할렘에 도착해서 그 헛소리를 늘어놓고, 솔론이 속는다고 말이야. 다음에는 무슨 일이 일어나는 거지?"

"그 자식들은 UN으로 가고 싶댔어. 그러니까, 그 뭐냐, 정부나 뭐 그 딴 헛짓거리를 시작하고 싶다는 거야. 놈들이 돌아오려고 할 때 육군과 해군에 맞설 수 있도록."

나는 여전히 새로 전개된 상황을 따라잡으려고 애쓰고 있어. 솔직히 말하자면, 격납고에서 노친네들을 보지 못했더라면 테오의 말을 믿지도 않았을 거야. 그냥 나하고 한판 뜨고 싶어서 헛수작을 늘어놓는다고 여 겼겠지. 사실 남자애들이 늘어놓는 헛수작의 절반 정도는 그게 목적이 잖아. 절반 이상일 수도 있고. 어쨌든 아무래도 저게 참말인 것 같아. 그 러니까 내가 섬을 빠져나가려고 서쪽으로 움직이는 동안에, 제퍼슨과 그 졸개들은 항공모함에 있었다는 거지. 제퍼슨이 나한테 전화나 편지 나 문자 메시지나 연기 신호를 보내지 않은 이유도 그 정도면 설명이 되 겠네.

연쇄추돌 현장을 돌아가려면 길에서 벗어나야 하네. 페라리의 밑판이 갓길에 긁히는 소리가 나. 덕분에 몽상에서 깨어났고.

나는 말해. "그래서, 더 나은 생각이 있다는 거야?"

"더 나은 생각일지는 모르겠어. 하지만 우리 부족 애들은 진실을 알아 야 해. 진실을 알고 나서 모두 머리를 맞대고 더 나은 생각을 해내든가, 나라든 뭐든 세우든가 해야지. 어쨌든 빌어먹을 무슨 일이 벌어지는지 도 모르고 움직여서는 안 된다고."

"진실이 너를 자유롭게 하니까?"

"그럴지도. 아닐 수도 있고. 하지만 거짓은 확실히 개판을 만든다고."

애에 대한 내 평가가 오르고 있다는 건 고백해야겠어. 처음 만났을 때는 할렘 애들한테 붙들려 경찰차에 내동댕이쳐지던 상황이었으니까, 그냥 나를 장난감으로 이용하고 내버릴 거라 생각했거든. 업타운 영역으로 할렘 애가 들어왔다면, 업타우너 애들은 그렇게 했을 테니까.

나는 말해. "난 모르겠어."

"뭘 모른다는 거야?"

"뭘 할지를."

"글쎄, 최소한 나를 멈추려 들지는 않는 게 좋을 거야."

그래서— 내가 아예 모르는 테오를 돕느냐, 아니면 내…… 전 남친이나 뭐 그런 느낌인 제퍼슨을 돕느냐인 거지. 아니 뭐, 나랑 깨진 건 맞잖아. 그 빽빽거리는 말괄량이 돈나 때문에 말이야. 알 게 뭐야. 돈나와 나는…… 나쁜 사이는 아니었어. 감금당하면 그렇게 태도가 변하기 마련인 거야. 감방에서는 서로를 의지할 수밖에 없었거든. 적대적 우정이 뿌리를 내린 거지.

하지만 돈나는 여기 없잖아.

그럼 나는 제퍼슨과 어떤 관계인 걸까? 만약 걔가 나라를 세우려고 떠났다면? 내가 퍼스트레이디가 되는 걸까? 뭔 개소리야. 내가 여왕이 돼야지. 걔는 여왕의 배우자를 시키고.

대체 무슨 권리로 다 내려놓고 전진하는 거야? 나하고 내 끝내주는 두뇌하고 내 섹시한 몸을 그냥 전부 잊어버릴 수가 있어? 때론 걔 머리에 총알을 박아 주고 싶은 건지, 아니면 다시 합치고 싶은 건지도 모르겠어. 영원한 갈림길이지.

나는 다시 입을 열어. "널 저지할 생각은 안 들어. 그래도 또 모르지.

그때가 되면 할지도."

테오는 어리둥절한 표정으로 나를 바라봐.

"넌 적어도 솔직하긴 하네."

고속도로 양옆으로 늘어선 가로수의 통로가 넓어져. 마을이 가깝다는
소리지. 나는 라이트에이드 광고판 앞으로 가서 차를 세워.

테오가 물어. "왜 멈추는 거야?"

"금방 돌아올게."

"멈추면 안 돼. 너무 위험하다고."

"필요한 게 있어서 그래. 알겠어?"

"대체 뭐가 필요한데?"

"이해 못 할걸."

"젠장, 못 하긴 뭘 못 해." 테오가 끈질기네. 내가 바보라고 부르기라
도 했나.

"여성용 필수품이야. 됐어?"

"화장품 때문에 우리 목숨을 건다고?"

"탐폰이라고. 알겠어? 탐폰 때문에 멈춘 거야. 생리 때라서 무슨 수를
써도 탐폰을 구해야겠다고! 세상에."

테오는 멀뚱하니 앉은 채로 말해. "아."

그래, 오는 도중에 내 여성성 연구소에서 조이는 듯한 움찔거림이 느

꺼지기 시작한 거지. 그 병이 우리를 중성화시킨 지도 너무 오래 지나서, 처음에는 요즘 까먹는 통조림에 끔찍한 게 섞여 있었나 싶었어. 그런데 어느 순간, 음, 확실해진 거지.

지금 이걸 읽으면서 생리라는 개념 자체를 받아들이지 못하는 남자애들이 있다면, 어쩌라고, 그냥 얌전히 받아들여. 이제 계속해도 되겠지? 좋아.

나는 그냥 라이트에이드에 빨리 들어갔다 나오면 된다고 가늠해. 어차피 '그 사건' 이후에는 전부 중성화당한 상태라 탐폰의 수요 따위는 아예 존재하지도 않았으니까. 적어도 우리는 그렇게 생각하고 있었지. 근데 내 몸속 공장이 재개장을 한 모양이네. 내 심정은 어땠냐고? 이것저것 엉망이 될 게 뻔하고 귀찮아질 거라는 점만 제외하면, 환희에 들떴어. 난 아주 훌륭한 엄마가 될 자신이 있거든.

웃는 소리가 들리는데, 각오하고 웃는 거겠지? 잘 들어. 내 인생은 말하자면 '아이를 이렇게 키우면 안 돼요'라는 튜토리얼이나 다름없었단 말이야. 소름 끼치고 무심한 아빠에 술 마시고 소리만 지르는 엄마에다, 무기력하고 괴롭힘당하는 오페어(입주 보육 외국인 학생: 옮긴이)에 산만하고 혼만 나는 유모들까지. 감정적 억압에, 히스테리 폭발에, 외도에, 멸시에. 하면 안 되는 일의 백과사전이나 다름없다니까. 그러니까 나는 딱 정반대로만 하면 되는 거야. 참 쉽지?

좋아, 물론 내가 여기저기서 사람을 좀 죽이긴 했지. 어쩌면 아주 사소한 충동 조절 문제를 해결해야 할지도 몰라. 하지만 실수를 안 하는 사람이 어딨어? 게다가 일부는 아예 실수도 아니었거든. 내 말 믿어.

어쨌든 나는 몇 년에 걸친 사회 불안정의 침전물을 헤치고 들어가고 있어. 썩어 없어진 시체에 바닥에 널린 온갖 쓰레기에 탄피에 죽은 파리에— 그러다 문득 내 물건이 든 가방을 차에 두고 온 게 생각난 거야. 내 소지품은 거의 다 그 안에 있거든. 다른 무엇보다 실험실에서 주워 온 내 사랑스러운 AR-15도 거기 있는데. 아주 큰 실수를 해 버렸어. 테오가 내 물건을 전부 가지고 그냥 차를 몰아 떠날 수도 있잖아. 아니면 더 고약하게, 나를 죽인 다음 내 물건을 전부 가지고 차를 몰아 떠날 수도 있고. 애나와 아벨이 나를 위해 맞서 줄까? 하지만 벌써 충성의 대상이 옮겨 가는 게 보이는걸. 티슈처럼 얄팍한 인격이 다른 알파메일의 중력장 쪽으로 휘어지고 있다니까.

아마 순간적으로 잠깐 멈춰 쇼핑하고 배달을 부탁하는 세계로 돌아왔다고 착각하고 있었나 봐. 철분 부족 때문일 수도 있고. 어찌 됐든 문제는, 내가 갑자기 취약한 상태로 홀로 남았다는 거지.

뒷문으로 나가서 조용히 건물을 돌아간 다음, 테오가 예상하지 못하는 곳에서 기습하면 어떨까? 둘리한테서 가져온 나이프가 아직 있어. 무시무시하고 날카롭고 납작하게 생긴, 녹색의 복합 금속 나이프야. 거버 디 팩토라는 이름의 군용 단검이지. 어쩌면 그가 자기방어에 나서기 전에 총을 가져올 수 있을지 몰라. 아냐. 시간이 안 돼. 불가능해. 한심하긴.

문득 발소리와 숨죽인 속삭임이 들려. 나는 휑뎅그렁하고 어둑한 상점의 가짜 황혼 속을 둘러봐. 아무것도 없는데. 그런데 문득 텅 빈 선반들 사이로 그림자 하나가 지나가는 게 보여. 반대편 선반 줄을 따라서 다른 형체들이 쌓인 쓰레기 더미 사이로 꾸물거리며 접근하는 것도.

이건 정말 곤란하네. 두 번 연속으로 기습을 허용해 버리다니. 나는 최대한 아무것도 못 본 척을 해. 선반에서 뭔가를 찾으면서 압력식 칼집에 꽂힌 디 팩토 단검을 손에 쥐어. 손잡이의 감촉에 기분이 살짝 좋아져.

나는 판매대에서 립스틱을 꺼낸 다음, 번들거리는 싸구려 뚜껑 아래 달린 싸구려 거울을 들여다봐. 립스틱을 바르는 척하면서 어깨너머의 모습을 살피는 거야. 사냥용 활에 먹인 날카로운 화살 끄트머리가 보이네. 그 화살을 뒤로 당기는 손도—

나는 바로 몸을 틀어서 힘껏 단검을 던지고, 선반과 상자 틈바구니로 비집고 들어가. 동시에 푹 소리가 나면서 끔찍한 신음이 흐르고, 화살은 멋대로 날아가 바닥에 부딪힌 다음 내 정강이 옆의 선반에 박혀.

아직까진 괜찮아. 단검이 없어지기는 했지만. 문득 통로 끝쪽을 바라보니까 무슨 괴물 같은 게 모퉁이를 돌고 있어.

녹색에 온몸이 썩어 있고, 느슨한 살점 위로 두껍게 땋은 머리카락을 늘어트리고 있어. 목이나 얼굴 따위도 없이 텁수룩한 머리가 어깨에서 늘어져 있네.

나는 곧 그 괴물이 무슨 위장용 복장 같은 걸 뒤집어쓴 애라는 것을 깨달아. 소총 개머리판이 달린 석궁을 들고 있네. 맞은편으로 고개를 돌리자 그쪽에도 괴물이 하나 있어. 텁수룩한 손에는 샷건이 보이고.

석궁을 든 아이가 조준하고 화살을 날리지만, 나는 간신히 몸을 날려 벗어나. 석궁 화살은 내 옆으로 날아가서 샷건을 든 아이의 어깨에 꽂혀. 피와 욕설이 흘러나오고, 나는 곧장 내 단검이 있는 쪽으로 돌진해. 선반의 한쪽 면을 사다리처럼 기어올라서, 맞은편 선반에 피 흘리며 주저앉은 아이에게 뛰어내려 덮친 거야. 그리고 활을 집어서 화살 하나를 장전 장치에 집어넣어. 끈을 충분히 당겨서 장치가 작동을 시작하게만 만들어 주면 되는 물건이야. 나와 문 사이의 통로 쪽으로 고개를 돌리는데― 웃음소리가 들리네.

"저거 봐! 완전 캣니스잖아!"

추가로 웃음소리가 이어져. 여러 명이야. 예닐곱 정도 될까.

아이들이 내 양옆의 빈틈을 메우며 들어와. 죽음이 예정된 이들의 용기를 보이며. 석궁에, 총에, 활에. 다들 웃음을 터트려. 부상당한 자기네 친구들의 신음을 뒤덮을 정도로.

나는 지도자가 누군지를 판별하려 애쓰면서 앞뒤를 돌아봐. 다들 텁수룩한 형체로만 보여. 그들도 마주 바라보네. 지도자가 없는 거야. 굶주림에 이끌리는 아이들인 거지.

한 아이가 말해. "아주 섹시한데."

다른 아이가 말을 이어. "너 아름답다고 말해 준 사람 없어?"

나는 할 말이 없어. 사실 할 일도 없지. 화살을 날리고, 단검을 줍고, 죽는 것밖에.

"왜 그러고 있어, 쌍년아?" 말한 게 누군지도 구별을 못 하겠네. 얼굴이 안 보이니까. 모두가 함께 말하고, 동시에 아무도 말하지 않는 것 같아. "우리가 마음에 안 들어?"

그리고 놈들이 좁혀 오기 시작해.

순간 테오의 목소리가 울려. "캐스, 엎드려." 그의 낮고 굵은 목소리가 건물을 뒤흔드는 것 같아.

나는 그대로 몸을 던져.

강철판에 바위가 떨어지는 소리가 울리며, 내 앞쪽의 아이들이 총알에 너덜너덜해져. 뒤에 있던 아이들 몇 명도 연사의 끝자락에 휩쓸려 버려.

아직 서 있는 아이들은 뒤에서 다가온 애나와 아벨이 처리해. 순식간에 한 명만 남았네. 그 아이는 칼 비슷한 걸 손에 들고서 나를 향해 달려와. 하지만 걔가 나한테 닿기 전에, 테오가 전력으로 달려와서 걔한테 몸을 날려. 둘 다 그대로 헐떡이며 바닥을 굴러.

하지만 상대편 아이는 아직 칼을 들고 있어. 숨이 차서 제대로 움직이지 못하는 테오 위로 칼을 높이 쳐들어.

하지만 내가 먼저 도착해. 나는 한 손으로 번쩍 치켜든 아이의 팔을 붙들고, 다른 손으로는 디 팩토 단검을 목에 꽂아 줘. 아이는 피를 분수처럼 쏟아내며 한쪽으로 쓰러져.

나는 줄이 끊긴 꼭두각시처럼 힘겹게 테오에게 다가가. 아드레날린이 끊겼는지 근육이 타는 듯 아프네.

나는 몸을 숙여서 그를 끌어안아.

그리고 말해. "고마워."

그는 숨을 헐떡이고 있어.

"가방 놓고 갔더라고." 그가 대답해.

돈나

케임브리지는 엄밀히 말해 추워지지는 않아. 그저 계속 축축해질 뿐이지. 하늘에서 뚝뚝 떨어지는 물방울이 벽에서도 스며 나오고, 드물게 해가 뜨면 땅에서도 김이 솟아오르듯 뿜어져 나온다니까. 평소에는 하늘도 건물도 사람들도 전부 회색이고. 우리는 보통 낡은 실내 난방기 주변에 몰려 앉아 있어. 전기가 흐르면 스프링 모양 코일이 오렌지색으로 달아오르는 물건이야. 뜨거운 차가 든 머그컵을 기도하듯 두 손으로 붙들기도 하고. 그러면서도 눈길은 언제나 나무와 정원과 그 안에 깃든 푸른 약속을 찾아 헤매지.

음주는 계속될 뿐 아니라 점점 격렬해져 가고 있어. 그게 재밌기 때문이라고 자기기만을 하지만, 사실은 그냥 지루하고 춥기 때문이야. 술을 마시면 몇 안 되는 주변 사람에게도, 그리고 강의와 개인 지도와 에세이와 수업이 반복되는 나날에도 계속 흥미를 유지할 수 있거든.

그러다 어느 날 밤에, 한창 술을 마시던 와중에, 나는 규칙을 깨 버려. 랍에게 진실을 말하기 시작한 거야. "인 비노 베리타스(In vino veritas)"라는 말이 있지. 술 속에 진리가 있다는 뜻이래. 하지만 진리는 술 속에 있는 게 아냐. 내 안에 있지. 와인은 조금 더 겁이 많은 나를 잠시 물러나게 만들 뿐이야. 우리는 밤새 대화를 나눠. 나는 말하고, 랍은 듣고.

걔한테 비밀을 털어놓고 나니까, 거의 다른 사람이 된 기분이 들어. 랍한테 털어놨으니 나 자신으로 돌아온 느낌이 들어야 마땅한데, 그런 식으로 작용하지는 않는 모양이야. 갈수록 내가 그에게 털어놓는 이야기와는 다른 사람이 되어 가는 기분이 들어. 어쩌면 랍한테만 털어놔서 그럴지도 모르지. 걔는 완벽한 청중이거든. 끼어들지도 않고, 지치지도 않아. 아무래도 시급이라도 줘야 할 것 같아.

걔는 내 기억을 쓸모없어진 물건처럼 태울 수 있는 불길이야.

그러다 어느 밤에, 그가 내게 입을 맞춰. 나도 마주 입을 맞추고.

이런 식이 되면 곤란하다는 건 알고 있어. 그 뭐냐, 나는 영원히 애도해야 하는 거잖아. 슬픔을 못 이겨 죽거나, 아니면 적어도 수녀라도 되어야겠지. 책 속의 여주인공이라면 그렇게 할 테니까. 어쩌면 검은 옷을 입고 다니면서 종종 비탄에 시름하는 자세를 취해야 할지도 모르고. 그렇게 영화의 결말까지 계속 저항하는 거야. 결말을 넘어서도 저항하다가 다른 사람의 영화 속 플래시백으로 등장하는 거지. 그러다 노부인이 되는 거야. 아무도 흥미로운 인생을 살았을 거라고는 생각지 않지만, 실은 비극적인 사랑 이야기를 품은 사람으로.

이게 제퍼슨이 원했을 일이라고 말해 보면 어떨까. 그 뭐냐, 내가 너무 오래 슬퍼하기를 바라지 않았을 거라고. 내가 삶을 멈추기를 원하지는 않았을 거라고. 하지만 솔직히 말할까? 완전 질투할걸. 그래도 이제는 질투할 수도 없겠지. 죽었으니까.

제퍼슨은 떠났고, 내 첫사랑도 함께 사라졌어. 거기에 붙어 있던 영혼이나 뭐 그런 것들도. 지금 나는 남은 찌꺼기만 쥐고 있는 셈이야.

내가 다른 사람의 눈으로 나를 보았더라면 이런 것들을 주고 싶었을 거야. 그리고 내가 나였다면 건네고 싶었을 법한 말들을 건넸겠지. 내가 이 세상에 혼자가 아니라고. 삶을 얻으려면 싸워야 한다고.

여기서 진짜로 로맨틱한 장면이 있었다면 보고하기에 좀 편했을지도 모르겠어. 더 극적일수록 용서받기 쉬울 것 같은 느낌 있잖아. 입을 꾹 다물고 기차를 따라 뛰어가며 눈물을 흘리고 열정적으로 포옹하고 뭐 그런 것들이 있었다면.

하지만 상황은 이래. 우린 늦은 시간에 랍의 방에 있어. 마이클과 소프는 집으로 돌아갔고. 볼로네즈 스파게티를 담은 냄비가 카펫 위에 있고 티테이블에는 접시들이 쌓여 있고. 빈 싸구려 와인병이 두 개 굴러다니고. 하나는 코르크가 안으로 밀려 들어가기까지 했지. 소프의 말이담배꽁초가 담긴 그릇이 하나 있고. 스피커에서는 옛 음악이 흘러나와.

나는 랍의 무릎에 머리를 올리고 몸을 웅크려. 우리는 한동안 이런 식으로 조금씩 접촉을 늘려 왔어. 처음에는 사자 입안에 머리를 넣는 것만 같았지. 짜잔! 그 어떤 성적 긴장도 없이 해냈습니다! 그러다 그게 새 기준이 된 거야. 어쩌면 남자와 여자가 단순한 친구 사이로 가까워져서 접촉을 나누는 것도 가능할지 모르겠어. 아무 피해도 없이.

그러다 랍이 내 볼을 어루만져. 기분이 좋네. 하지만 나는 손으로 개의 손을 잡아서 기분 좋은 일을 그만두도록 해. 그런데 그러면서 손을 잡은 셈이 됐잖아. 그는 고개를 숙여 내게 키스해. 기분이 좋아. 한참 동안 겪어 봤던 그 어떤 일보다도 좋아. 그리고 그 이후의 모든 일들도 기분이 좋아. 계속 기분이 좋아.

삶이란 이런 거겠지.

그리고 건전하게 느껴져. 내 마음속의 모든 것을 털어놓고 마침내 진실을 말할 수 있다는 건 분명 건전한 일이야. 그게 당연한 거니까. 그렇지? 랍에게서는 앞서 왔던 사람을 질투하는 느낌이 안 들어. 물론 당연한 일이긴 하지. 문제는 당연하다고 해서 그렇게 행동하는 사람들이 드물다는 거지만. 랍은 내가 본 모든 것이, 내가 알고 사랑하던 모든 사람이 내 일부라고 말해. 그리고 나를, 내 전부를 알고 싶어 해.

랍은 웰시와 은근한 설득 전략에 대해서 물어. 우리가 계속하는 공짜 페이스트리를 곁들인 심문 말이야.

랍: "저들이 뭘 알고 싶은 거라고 생각해?"

나: "전부겠지. 하지만 웰시는 특히 시사 문제에 신경을 써. 그러니까 당시의 시사 문제 말이야. '그 사건'이 벌어지고 난 직후에 무슨 일이 일어났는가 따위. 뉴스에 나온 것만이 아니라, 내가 직접 본 것들을."

랍: "왜 넌데? 그러니까, 악의는 없지만, 너는 모든 사건의 중심에 있던 사람은 아니잖아. 왜 너를 케임브리지에 데려다 놓은 거야? 그 선장이라는 애는 아니고? 아니면 다른 애들이나?"

나: "다른 아이들은 그 전에 도망치다가……."

랍: "돈나. 이런 사람들은 일을 우연에 맡기지 않아. 재건 위원회와 정

부에서 다른 아이들이 쓸모 있다고 여겼다면, 분명히 여기 데려다 놨을 거라고."

나: "남은 게 나뿐이잖아. 그래, 나하고 선장뿐이지. 저들은 한두 해 전에 격리되어 있던 사람들은 전부 제거해 버렸을 거야. 그렇지?"

랍은 수치스럽고 분노한 표정이야. 다들 그 이야기는 꺼리거든.

랍: "그래. 그럴 수밖에 없었으니까. 적어도 저들은 그럴 수밖에 없었다고 말하지. 브뤼셀에서 결정한 일이야."

유럽 연합을 말하는 거야. 그쪽에는 모든 경우에 대처할 협약이 있거든. 그중에 전 지구적 유행병 사태 대책도 있었던 모양이야.

나: "그래, 그거지. 나는 특별해."

나는 웃음을 지어.

랍: "그래, 넌 특별해. 특별하고 또 특별하고, 가장 경이로운 생명체야. 하지만 그게 전부가 아니라…… 뭔가가 더 있을 게 분명해. 저들이 흥미를 가질 법한 뭔가가 있었을 거 아냐. 그걸 알려 줘."

그래서 나는 웰시에게 말하지 않았던 내용을 털어놓아.

나: "글쎄…… 아직 말하지 않았던 것이 있어. 있잖아? 넌 잘 모르겠지만, 나는 남한이었어."

랍: "뭐라고?"

나: "그래, 남한. 모의 UN 수업 말이야. 이 동네에서도 그런 걸 해?"

랍: "아니."

그래서 나는 모의 UN이 어떤 건지를 말해 줘.

랍: "네가 그 튤립처럼 생긴 옷을 입고 있는 모습이 상상이 되는데."

나: "그런 거 아냐. 민속 의상을 입거나 하는 게 아니라고. 쟁점을 연구하는 수업이지. 이 경우에는 미군 주둔이나 북한과의 교착 상태나 그런 것들 말이야. 연설도 하고. 어쨌든, 당시 우리 선생님은 아주 열정적인 사람이라서 우리를 실제로 UN에 데려가곤 했어. 그쪽 직원이나 그런 사람들하고 연줄이 있었나 봐. 그래서 우리는 UN 총회를 구경하고 대표 발언 같은 걸 듣기도 했어."

랍: "재미있네."

나: "별로 그렇진 않아. 항상 쿠바 미사일 위기나 그 장군이라는 사람이 가짜 탄저균 물병을 들어 보이는 그런 일만 가득하다고 생각하겠지만, 사실은 온갖 얼간이들이 이것저것을 기념하겠답시고 번갈아 연설이나 해 대는 쪽에 가깝거든. 그래도 정말 흥미로웠던 적이 한 번 있어. 젤레이트너 선생님이 우리를 데리고 가서, 대통령이 '그 병'에 대한 대규모 회의의 개회사를 하는 모습을 보여 줬거든."

랍: "우와."

나: "그래, 상당히 격렬했지. 다들 러시아와 중국이 결석한 데 분개하고 있었고, 보안 쪽은 난리법석이었어. 대통령은 어마어마하게 많은 경호원을 데리고 등장했고, 다들 대놓고 무기를 가지고 다니기 시작한 것도 아마 그때쯤이었을 거야. 뭐, 예전에도 근사한 양복 속에 총을 숨기기는 했겠지. 고급 정장 차림의 여성들에 군대 장교 비슷한 수행원도 잔뜩 달고 왔고. 장군처럼 보이는 사람도 하나 있었는데, 빵빵한 서류 가방을 하나 가지고 있었어. 아주 촌스럽더라고. 어쨌든 대통령이 연설을 시작하려 하는데, 밖에서 쾅 하고 터지는 소리가 들리는 거야. 테러 공

격이었던 것 같은데, 다행히도 조금 어정쩡했지. 다들 바짝 놀라고 경호원들은 몸으로 대통령을 가리려고 애쓰고. UN 의장은 방청객들에게 질서정연하게 퇴장하라고 일렀어. 그래서 그냥 그게 전부였어."

랍: "그럼 그때 대통령은 어디에—"

나: "아! 다만 내가 대통령하고 6미터 거리에 있었다는 게 문제야. 내평생 그 정도로 대통령에게 가까이 접근할 일은 없었겠지. 수행원들은 밖으로 대피하고 있었고, 보안 대피실이 어쩌고 하는 소리가 들리더라."

랍: "그다음에는?"

나: "그리고 집으로 돌아와서 TV를 켰지. 문제는 안 켜졌다는 거지만. 화면에 아무것도 나오지 않았어. 당시에는 그랬거든. 인터넷이 끊기고, TV가 나가고, 뉴스도 사라지고, 소문만 남고."

랍: "대통령은 어떻게 된 거야?"

나: "저기, 내 말이 어처구니없게 들린다는 건 알지만, 당시에는 동네사람들과 그 일가친척까지 전부 잃아누운 상태였어. 그런 건 신경 쓸 시간조차 없었다고. 온갖 걱정 중에서도 가장 낮은 순위였어. 학교를 관둘생각도 하고 있었는데, 엄마가 가라고 해서 갔던 거야. 그러면 상황이 정상으로 돌아가거나 뭐 그럴 것처럼. 그러다 현장 실습까지 나갔는데 누군가 건물을 날려 버리려 했단 말이지. 정말 터무니없게 들릴 거라는 건 알지만, 당시에는 그런 엉망진창인 일이 계속 벌어지고 있었어."

잠시 랍의 눈이 뿌옇게 흐려져. 마치 중요한 생각할 거리를 붙들고 깊이 숙고하고 있는 것 같아. 그러다 그는 문득 정신을 차려.

랍: "미안해. 이렇게 물어볼 생각은⋯⋯."

나: "괜찮아. 너한테 말하는 건 괜찮은 기분이야. 사실 웰시한테는 말한 적 없지만."

랍: "왜?"

나: "그 사람은 알고 싶어 하거든. 그 뭐냐, 정말로 간절히 원한단 말이야. 그런데 그 사람은 믿을 수가 없어."

랍: "하지만 나는 믿는 거지."

나: "당연한 소릴."

———✶————✶———

사실 안 믿지만.

냉소적이라고 말해도 좋아. 삶을 있는 그대로 받아들이지 못할 뿐이라고 해도 좋아. 나도 모르겠어. 하지만 최근에는 이 모든 것들이 진짜라기에는 너무 완벽하다는 느낌이 들고 있거든.

그러니까, 내가 '올드 게스트룸'의 침대에서 깨어난 순간 이후의 모든 일이 말이야. 셜리 템플 영화의 한 장면도. 국수 가게에서 나를 바라보는 랍과 눈이 마주친 일도. 칼리지 술집에서 걔가 접근해 온 것도. 걔의 인내심. 선의. 귀 기울이는 능력까지.

그래서 이런 생각이 들기 시작한 거야. 랍이 다른 종류의 도청용 도구일 뿐이라면 어떻게 하지?

어쩌면 내 자존감이 낮기 때문일지도 몰라. 그러니까, 내가 랍으로부터 이런 부류의 관심을 받기에는 부족하다고 생각하기 때문일지도. 내 생각이 틀렸다면 아주 끔찍하게 부끄럽겠네. 그래도 지금은 그쪽을 바라고 있어. 제발 내가 틀렸기를.

일어나 보니 혼자야. 묘한 일이네. 랍은 보통 내 곁에 머물거나, 적어도 작별 인사라도 해 주거든.

거실로 나가도 없어. 내 영역 안에 없다는 뜻이지. 어쩌면 아래층 화장실에 갔을지도 몰라. 이게 트리니티의 숙박 시설이 가지는 매력적인 기묘함—이라고 쓰고 끔찍한 불편함이라고 읽는— 중 하나거든. 화장실과 샤워실이 대부분 층계의 맨 아래층 공간에만 있어. 물론 층계마다 있는 것도 아니고. 그래서 나는 샤워를 하려면 1층으로 내려가서 주랑을 따라 옆 층계까지 갔다 와야 해. 목욕 가운을 걸치고 머리는 젖은 채로 15세기풍 안뜰을 통과하는 건 꽤나 지치는 일이더라고.

나는 층계를 타고 1층까지 내려와. 몰래 움직이려고 맨발인 상태야. 평소라면 티치가 저기 고통스러운 작은 금속 의자에 쪼그리고 앉아 있을 텐데. 티치도 뻣뻣한 남자도 없어. 묘한 일이지.

서늘하고 신선한 공기 속에서, 네빌스 코트는 마치 달의 은청색 시선에 사로잡혀 일렁이는 홀로그램처럼 보여. 싸늘한 돌바닥에서 올라온 한기에 발이 시리네. 나는 잠시 그 순간의 아름다움에, 고요한 은밀함에 사로잡혀. 술 취한 학생들은 전부 침대에 들어가 있고, 도서관은 잠들었고, 지금은 나하고 지저귀는 나이팅게일밖에 없으니까.

그러나 다음 순간— 뱀처럼 속삭이는 소리가 찾아와서 내 귓가를 똑똑 두드리네. 렌 도서관 아래로 이어지는 회랑의 우묵한 공간에 낮은 목소리가 울리는 거야.

밤이 되어 녹회색으로 떠오른 캠 강변의 건물을 배경으로, 세 사람의 그림자가 눈에 띄어. 하나는 크기를 보니 티치가 분명해.

그림자들의 시야에 들어가지 않도록 벽을 따라 살금살금 움직여. 그들은 나를 알아차리지 못한 채 낮은 소리로 대화를 계속해. 나는 M 충계를 천천히 지나서 조금씩 가까이 다가가.

다른 얼굴이 하나 보이네. 웰시야.

랍한테 이야기하고 있어.

랍: "금방 제가 사라진 걸 알아차릴 겁니다."

순간 다리에 힘이 빠져. 나는 벽을 붙들고 미끄러져서 구멍투성이 대리석 위에 주저앉아. 정말 틀리고 싶었는데. 내 마음은 마지막으로 가능한 설명을 들이밀려 애써. 어쩌면 웰시가 충계참 밑에서 기다리다가 랍을 붙들어서, 강제로 정보를 캐내고 있는 걸지도 모르잖아. 어딘가에서 빼내려 하거나, 어딘가에 공모하게 하거나.

하지만 아무리 들어도 그렇지는 않아.

웰시: "같은 이야기를 반복하게 시키게. 자세한 내용을 확인해."

랍: "여기까지 오는 데도 정말 오래 걸렸습니다. 극도로 폐쇄적이에요. 제가 그쪽으로 더 밀어붙이면―"

웰시: "시간이 별로 없네."

랍: "정말로 그럴 필요가―"

웰시: "있네."

랍: "알겠습니다. 하지만 필요한 건 이미 얻으신 것 아닌가요. 이대로 작전을 종료하거나, 아니면―"

웰시: "아니면? 아하. 자네 원주민에게 감화됐군."

랍: "그녀는 원주민이 아니에요. 적도 아니고요."

웰시: "그게 자네가 잘못 생각하는 지점일세. 그 여자는 원주민이야. 야만의 땅에서 찾아온 부족 토착민일세. 우리는 그 기묘한 세계로 들어가는 탐험가고. 그리고 아직 가야 할 곳이 정말 많지."

랍: "이젠 돌아가야 합니다."

나는 주랑을 따라 서둘러 소리 죽여 걸어 나와서 계단을 올라. 그리고 여전히 배신감과 분노로 온몸이 따끔거리는 채로, 그대로 침대로 들어가서 기다려.

제퍼슨

UN 국제 학교 최후의 생존자인 하피즈가 겪은 일은 이렇다.

이곳이 난장판이 되었을 때, 인도네시아 대표의 아들이었던 하피즈와 그의 급우들은 쿠퍼 플라자에서 북쪽으로 이동해 UN 건물 본관으로 들어왔다. UN 관련자의 가족을 위한 특별 보안 절차가 존재했고, 외교관들도 뉴욕 전역에서 혼란이 일어나는 와중이라 가족이 곁에 있는 편을 선호했기 때문이다.

그러나 이 건물의 모든 인간도 다른 곳들과 마찬가지의 운명을 맞았고, 이내 이곳에도 10대밖에 남지 않게 되었다. 말하자면 전 세계에서 모인 아이들의 초부족이 생긴 셈이다.

불행하게도 그들은 UN의 고결한 이상에 맞춰 사는 일이 힘들다는 사실을 깨달았다. 언어, 종교, 민족의 분류에 따라 파벌이 생겼다. 이들은 건물 안에 준비된 식량을 놓고 싸움을 벌였고, 마침내 놓고 싸울 물건이 하나도 남지 않자 과거의 원한이나 새로운 원한을 놓고 싸움을 벌였다. 과거의 상황과 달라진 점이 있다면, 옛 권력 균형은 (실제로 균형이었든 아니든) 아무 의미도 없다는 것이었다. 중요한 점은 각각의 대표부에 속한 10대 인구뿐이었다. 가장 소속 국가가 많은 대륙은 아프리카였기 때문에, 이들은 권력을 쥐는 익숙지 않은 경험을 하게 되었다. 그러다 유럽과 아시아가 힘을 합쳐 그들에 맞서 싸우기 시작했다. 이어 오세아니아가 아프리카의 편을 들었고, 한동안 상대방의 인구를 줄이면서 평형 상태가 유지됐다. 얼마 안 되는 미국인은 자기네 집으로 도망가거나 이런저런 역사적 범죄의 대가로 모두에게 신속히 처형당했다. 북미와 남미는 한동안 동맹을 유지했지만, 결국 다툼이 일어나 서로를 학살해 버렸다. 그리고 남은 이들은 그들이 남긴 사소한 전리품을 놓고 싸움을 벌였다. 우리가 하피즈를 찾아냈을 즈음에는 다들 죽거나 떠난 후였다. 이야기를 전할 그 하나만을 남겨 둔 채로.

하피즈는 이야기꾼의 역할에 충실했다. 이야기 속의 영웅과 악당을 짚어 내며, 자기네 대표단의 자리에 앉혀 놓은 실제 인물을 가리켜 보이기까지 했다. 하피즈가 이 풍경을 만들어 가는 동안에도 천천히 썩어 가던 아이들은, 이제는 모두가 완벽한 우호와 친선의 분위기를 풍기고 있다.

시체를 전부 치워야 한다고 하피즈를 설득하는 데는 노력이 좀 필요했지만, 일단 먹혀들기 시작하자 그는 창작자의 열정을 가지고 이 일에 뛰어들어, 사무국 건물 뒤편에 쌓여 가는 무더기를 이리저리 매만지기 시작했다. 나는 그가 단순히 조금이라도 통제력을 발휘하고 싶을 뿐이라고 생각하기 시작했고, 따라서 시체를 배열하는 일은 그에게 맡기기로 마음먹었다. 그는 처음에는 출신 국가의 지리적 요건에 따라 정렬하려 했으나, 이내 생각을 바꾸고 엄청난 열정을 발휘해 정치적 성향에 따라

재배열하기 시작했다. 어차피 불태울 예정인데 무슨 의미가 있는지 짐작조차 할 수 없었다. 사실 미친 짓으로 보였다. 미친 짓이 맞았다. 그러나 우리가 안전 보장 이사회 회의실에서 그의 '예술 작품'을 해체하는 일을 끈질기게 방해하는 것보다는 이쪽에 집중해 주는 편이 훨씬 나았다.

우리에게는 그 공간이 필요하다. 부족 회합이 다가오고 있으니까. 그리고 안전 보장 이사회에서 살해당한 아이들은 치우는 편이 훨씬 나을 것이다.

하피즈가 어떤 식으로 학살과 전투에서 살아남았는지 몰라도, 그 자신은 상당히 무해해 보인다. 부드러운 손에 순박한 눈망울로, 이 건물의 어둑한 미궁을 거침없이 헤쳐 나가는 유능한 안내인이기도 하다.

시체 무더기에 불을 붙이는 순간, 내 오른쪽 어깨 너머에서 하피즈의 목소리가 들린다. "아름답잖아." 그를 바라보자, 그는 설명한다. "구세계 질서의 종말이야. 불사조가 다시 솟아오르려면 잿더미가 필요한 법이니까. 내 말 맞지?"

나는 말한다. "그럴지도."

"언제나 그런 거야. 신세계의 희망은 항상 구세계의 시체를 태우는 냄새가 나는 법이라고."

나는 도서관의 유령들이 우리에게 먹이려 했던 구운 인간 고기 요리를 떠올린다. 지금 생각해 보면 정강이 살이었던 듯하다. 그들이 아직 살아 있다면, 그건 여전히 나머지 사람들을 잡아먹으며 살아왔다는 뜻이 된다. 그들이 회합에 등장하면 어떻게 해야 할까? 어떤 부류의 범죄까지 용서해야 하는 걸까?

내 죄도 용서할 수 있을까?

다음 날 회의장 준비가 끝나고, 사람들이 도착하기 시작한다. 내 부족과 죽은 토끼파가 질서를 유지하고 구역을 안내한다.

보안은 허술하다. 사람들에게 무기를 내려놓게 할 방법은 없다. 다들 잔뜩 피해망상에 절어 있기 때문이다. 차라리 옷을 포기하라 이르는 편이 나을 것이다. 우리는 대신 '눈에는 눈' 원칙을 철저하게 지키고 있음을 단단히 알린다. 모든 부족은 자기네 부족의 행동에 책임을 지는 보안대장을 지명할 수 있다. 사실은 칭호만 대단한 인간 담보물 같은 거지만, 다들 지위나 영예에 정신이 나가 있어서 자발적으로 떠맡는 모습이 보인다.

솔론이 이끄는 할렘 부족이 등장한다. 사우스가의 피셔맨 부족도 있다. 홉싱보이스. 첼시 앤드 클린턴. 갱즈보트, 육고기, 14세 연맹, 타기 암살단, 야구의 분노, 숙녀 살해자, 버클리 범스, 웨스트사이더, 원조 웨스트사이더, 유일한 원조 웨스트사이더, 약쟁이, 닉스파, 플랫아이언파, 그리고 내가 모르는 수십 개의 부족이 있다. 심지어 드러머 부족의 대표도 있다. 내가 기억하는 그대로 몽롱한 모습이다. 그러나 아직 업타우너는 보이지 않는다.

마침내 그들이 등장한다. 회색 양복과 위장복이 뒤섞인 부조화스러운 모습이다. 50명의 강건한 대표단이 회의장으로 밀고 들어온다. 그들의 선봉에서 시작된 분노와 공포가 물결처럼 퍼져 나간다.

나는 거대한 말굽 모양 탁자의 맨 앞에 앉아서 하피즈, 채플, 브레인박스, 피터와 함께 좌석 배치를 논의하던 중이었다. 이제 복도를 따라 업타우너들에게 다가간다. 갈빗대 안에서 심장이 쿵쿵대는 게 느껴진다.

그들이 올 것이라는 점은 알고 있었다. 오기를 기대하면서도 동시에 두려워했고, 실제로 눈앞에 등장하니 어떻게 대처할지 막막해졌다. 여기 모인 이들 사이에 원한 관계는 흔하다. 그러나 업타우너들은 다른 누구보다 많은 원한을 모았다. 맨해튼 섬의 한복판을 차지하고, 그랜드 센트럴 바깥의 바자에서 수많은 사람을 자기네 그물로 몰아넣는다. 그리고 협력하거나 지배할 수 없는 자들은 죽여 버린다. 우리 부족의 나머지 아이들이 어디 있는지를 말해 줄 수 있는 이들도 저들뿐이다.

낯익은 목소리가 들린다. "이제 시작해도 되겠군." 에반이 자기네 대표단의 앞으로 걸어 나온다.

돈나의 옛집에 깔려 죽었기를 기대하고 있었는데.

어차피 나는 항상 운 좋은 편은 아니었다.

캐롤린과 그녀의 패거리가 원탁에서 일어선다. 그녀는 똑바로 에반 앞까지 걸어와서 그를 훑어본다. 그의 병사들이 긴장하는 것이 느껴진다.

그녀가 입을 연다. "나 기억나?"

"미안, 아가씨. 데리고 있는 계집이 한둘이 아니라서."

에반은 주먹질을 당해 마땅한 놈이다. 그러나 회합이 시작되기도 전부터 싸움이 일어나선 곤란하다.

내가 말한다. "그만둬, 캐롤린."

"저놈은 우리 친구들이 어딨는지 알고 있단 말이야."

"알아. 그 이야기도 할 거야. 하지만 이런 식으로는 안 돼." 캐롤린은 날 바라본다. 분노의 대상이 옮겨진 것 같다. "제발." 나는 말한다.

그녀는 한 걸음 물러선다. 에반은 웃음 짓는다. "아직도 너희 여자들한테 제대로 입마개를 못 씌우는 모양이군."

캐롤린이 대꾸한다. "이 허튼 짓거리가 전부 망가지면 너부터 잡아 죽일 거야."

"지금 하지." 에반은 이렇게 말하며, 가슴팍의 총집에 꽂은 9밀리 권총으로 손을 올린다.

"그만." 솔론의 목소리가 들린다. 돌아보니 그와 휘하 병사들이 내 뒤에 서 있다. 3D 프린터로 찍은 매끄러운 AR-15가 그의 발언에 무게를 더한다. "다들 긴장 풀지. 분통 터트리고 싸우기 전에 일단 이번 일이 어떻게 풀리는지부터 확인하자고."

할렘 부족과 업타우너는 총구를 들고 서로를 마주 본다. 나는 가운데서 있다. 형편없는 액션 영화에나 등장할 법한 과장된 장면이다. 바늘끝에 잡힌 균형이다.

솔론이 말한다. "시작하자고, 제퍼슨. 쟤가 말한 대로야. 이제 시작할수 있잖아."

다시 소용돌이치는 얼굴들을 마주한다. 백여 개의 다양한 집단 속에서, 천여 개의 제각기 다른 유형과 성질의 얼굴들이 나를 바라보고 있다. 그들의 공통점이라고는 모두 나를 보고 있으며, 자기네가 왜 여기온 건지 궁금해 하고 있다는 것뿐이다.

"우선 이곳에 모여 준 것에 감사를 표합니다." 평소라면 서로가 보이자마자 죽이려 덤벼들 아이들을 상대하기에는 묘하게 격식을 차린 어조라는 생각이 든다. 그래도 어떤 식으로든 시작은 해야 하는 법이니까.

"제가— 우리가, 우리 부족과 제가 여러분을 여기 불러모은 것은, 우리에게 놀라운 기회가 주어졌기 때문입니다. 그 기회에 대해서는 잠시 후 설명하겠지만, 우선 제가…… 여러분 모두를 위해 품은 꿈부터 설명하고 싶습니다."

무심함과 자제라는 성채를 벗어날 때마다 언제나 그렇듯이, 추락하는 감각이 나를 습격한다. 이 성채 밖에는 수많은 사람이 살고 있지만, 나 자신은 한참마다 한 번씩 나들이를 나갈 뿐이다. 마지막으로 나갔던 것은 공립 도서관에서였다. 돈나에게 사랑한다고 처음 말했을 때였다.

군중을 상대로 연설하는 일이 여자애에게 사랑한다고 말하는 일과 비슷한 이유가 뭘까? 지금은 그런 생각을 할 때가 아니다. 지금 군중은 경계하고 미심쩍어 하고 있다. 내가 '꿈'이라는 단어를 사용했기 때문이다. 정치가나 개혁가나 연기자의 도구인 단어를 썼기 때문이다. 저들은 내가 그런 자들 중 하나인지, 아니면 단순히 머저리일 뿐인지를 가늠하려 하고 있다.

나는 말을 잇는다. "우리는 수년 동안 무정부 상태에서 살아왔습니다. 아니, 우리가 살아온 모습을 보면 무정부 상태라고 말하기도 벅찰 지경입니다. 지옥에서 살았으니까요.

우리가 맞이한 운명도 그 이유 중 일부입니다. 우리는 가족을 잃었습니다. 국가도 잃었습니다. 기술도 잃었습니다. 식량은 떨어져 갑니다.

의약품도 얼마 남지 않았습니다. 심지어 시간조차 한정되어 있습니다. 우리는 이 모든 사실을 압니다. '그 병'이 기다리고 있으니까요. 어딘가 다른 먼 곳이 아니라, 우리 몸속에서 말입니다.

그러나 지옥을 만든 요인 중에는 우리 자신도 있습니다. 우리의 행동. 우리의 결정. 이 지옥의 일부는 우리 스스로 만든 겁니다.

우리는 자기방어가 아니라 스스로 풍족해지기 위해 사람을 죽였습니다. 쾌락을 느끼려고 죽였습니다. 친구를 배신하기도 했습니다. 물건을 훔쳤습니다. 그리고 병들고 학대받고 약한 자들을 저버렸습니다."

이 시점에서 야유와 "그래, 당연하지!"라는 외침이 들려온다. 업타우너들도 있고, 다른 자들도 있다. 그러나 놀랍게도, 나머지 청중이 소리쳐서 그들의 목소리를 잠재운다.

"우리는 손에 쥘 수 있는 것 이상을 원했기 때문에 그런 일을 저질렀습니다. 더 많은 식량, 더 많은 삶, 더 많은 사랑. 결코 충분할 수 없는 것들이지요. 이런 것들은 언제나 부족하기 마련입니다. 인간으로서 살아가려면 피할 수 없는 일입니다. 필요하다고 느끼는 것보다 적은 양밖에 얻을 수 없으니까요.

그러나 지금처럼 할 필요는 없습니다. 서로를 해치거나 지배할 필요도, 서로에게서 훔칠 필요도 없습니다."

"계집애냐!" 업타우너 쪽에서 야유가 일어난다. 그러나 그 또한 나머지 사람들이 잠재운다.

"우리는 서로 맞설 필요가 없습니다. 그렇게 안 해도 됩니다. 모두 같은 것을 원하고 있으니까요. 다들 과거의 시간으로 돌아가서 행복해지고 싶은 것 아닙니까?"

침묵이 흐른다. 터무니없어서 말문이 막힌 것인지, 아니면 생각에 잠겼기 때문인지는 알 수가 없다.

"아무도 죽지 않는 장소는 없습니다. 아무도 굶주리지 않거나 다치지 않는 장소도 없습니다. 그런 곳은 우리 상상 속에만 존재하지요. 하지만 우리가 그쪽을 꿈꾸며 머리를 맞대면, 이곳 현실 세계를 그 상상 속 세계에 조금씩 근접하게 만들어 갈 수는 있습니다. 그런 곳을 사람들은 유토피아라고 부르지요.

그러면 유토피아에는 어떤 사람이 살까요? 우리와 같은 사람들입니다. 우리는 전부 다르지만, 그래도 어떤 면에서는 같습니다. 예전에는 '모든 인간은 평등하게 창조되었다'라는 말이 있었지요. 저 자신은 제가 창조된 것인지 모르겠습니다. 이곳에 있게 된 것이 신의 뜻에 의해서인지, 아니면 우연의 일치인지도 모르겠습니다. 우리 부모님은 터무니없는 가르침을 주시곤 했어요. 제가 한때 신이었는데, 그저 잊었을 뿐이라고요. 믿겨집니까?" 군중이 웃음을 터트린다.

"어쨌든 그 말을 믿는다면, 이건 여러분에게도 좋은 소식입니다. 여러분도 신인 셈이니까요. 간결하게 말하자면 그렇습니다. 우리는 비슷한 정도가 아니라 똑같은 겁니다. 제가 여러분을 돕는다면, 그걸로 동시에 나 자신도 돕는 셈입니다. 여러분이 무엇을 믿든, 세상일은 그렇게 돌아가야 마땅한 법이죠. '자신이 대접받기를 원하는 대로 남을 대접하라'는 세상의 근본 법칙이니까요. 그럼 어떻게 해야 이런 일이 가능할까요?

어떤 사람들은 더 크고 강한 자들이 강제해야만 그런 일이 가능하다고 생각합니다. 어쨌든 우리 미국의 어른들이 그런 식으로 했잖아요? 우리가 마음대로 행동하지 못하게 억누른 것이 그들이었으니까요. 형제자매를 학대하지 못하게 막았으니까요.

그러나 이제 엄마 아빠는 없습니다. 그리고 제가 그 자리를 대체하고 싶지도 않습니다. 엄마 아빠의 자리를 왕이나 여왕이나 대통령이나 독재자로 채우고 싶지는 않습니다." 이 말을 하면서는 시선이 절로 에반에게, 그리고 솔론에게 돌아간다.

"고대 아테네에는 '에클레시아'라는 것이 있었습니다. '시민 의회'라는 뜻이지요. 아마 학교에서 하던 의회 실습과 비슷했을 겁니다. '에클레시아'는 아테네 시민 전원으로 구성되었습니다. 그들이 법에 따라 국가를 운영했지요. 국회 의원이나 대리인이 아니라, 시민들이 직접 자기 이야기를 했습니다. 직접 민주주의지요. 한 사람에게 투표권 하나.

저도 오늘 이 자리에서 그런 것을 제안하고 싶습니다. 1인 1표. 단일한 부족, 단일한 헌법. 우리 모두가 참여해서 협력하는 겁니다. 사람은 누구나 죽기 마련이고, 우리도 모두 언젠가 죽을 겁니다……. 그러나 이곳에서 뭔가를 시작할 수 있다면, 우리에게 남은 최후의 순간까지, 마지막 한 사람까지도, 짐승처럼 행동하지 않았다는 것을 알릴 수 있을지도 모릅니다. 우리가 인간으로서 행동했다고요. 인간답게 행동했다고요."

회의장은 고요하다.

"이곳에서 새로운 뭔가를 일궈 내고 싶습니다. 그러려면 여러분의 도움이 필요합니다."

지금 당장은 더 할 말이 없다. 그런데 처음에는 작게, 그러다 더 커지면서, 마침내 함석 지붕에 쏟아지는 빗소리처럼 박수 소리가 울리기 시작한다.

문득 내가 최악을 기대하고 있었다는 깨달음이 찾아온다. 설마 누군가 이런 말을 해 주기를 모두가 기다리고 있던 것일까?

박수는 발 구르는 소리로 이어진다. 평화 제안에 대한 반응치고는 놀랍도록 공격적이다. 할렘 대표단에서 솔론이 일어나서 단상으로 나온다. 어울리지 않게도 미식 축구공 하나를 팔에 끼고 있다.

그가 입을 연다. "제퍼슨 형제가 현명한 말을 해 줬다. 할렘의 동지들을 대표해서 말하자면, 나는 우리 모두 약간의 평화에서 혜택을 얻을 수 있으리라 생각한다. 그래서 이 자리에 왔다. 그러나— 모두 민주주의에 종교처럼 매달리기 전에, 일단 몇 가지 생각해 보고 넘어가야 한다."

솔론은 군중을 눈으로 훑는다. "'민주주의란 늑대 두 마리와 양 한 마리가 저녁 메뉴를 결정하는 체제'라는 말 들어 본 적 있나?" 웃음이 터진다. "자, 내가 보기에 여기 모인 사람은 대부분 늑대 쪽이다. 아니라면 지금껏 살아남지도 못했겠지. 양이 살기 편한 시대는 아니었으니까."

지하철역을 예쁘장하게 꾸미고 숨어 살던 두더지족을 떠올린다. 우리가 업타우너들을 끌어들이지 않았다면 계속 그렇게 살 수도 있었는데.

"그러나 이 중에도 보통 늑대와 늑대다운 늑대가 있다. 우리가 모든 부족을 모아 하나의 거대한 부족을 만들면, 과거의 늑대도 양이 되겠지. 언제나 더 크고 사나운 사람이 등장하게 마련이니까. 내 말이 맞지?

어쩌면 너희들은 모두가 동등한 시민이 되리라 생각할지도 모른다. 모두 같은 권리를 가질 거라고. 여기 있는 내 형제자매들은 꼭 그렇지는 않을 수도 있다는 사실의 산증인이다.

제퍼슨 형제는 아테네와 시민 의회 이야기를 했지. 그리고 나는 아테네에 법률을 선사한 사람의 이름을 받았다. 그러니 다들 나한테 나쁘지 않은 소리라고 생각하고 있을 거다. 하지만 이건 기억해야 한다. 아테네에 시민이 몇 명이나 있었는지 아나? 대충 4만 명 정도였다."

그는 어깨를 으쓱하며, 잠시 말을 멈추어 시선을 끌어모은다.

"그럼 아테네에 노예는 몇 명이나 있었을까?" 다시 침묵이 흐른다.

"10만 명이었다." 그는 쿵 하고 회의석을 내려친다. "10만 명의 노예가 있었다. 투표권을 가진 사람 하나마다 평균적으로 두 명 이상의 다른 인간을 소유하고 있었다는 소리다. 투표권 정도가 아니라 아예 아무런 권리도 주지 않았지. 그리고 여자는 어떻지. 시민 의회에서 몇 명의 여자가 투표할 수 있었는지 알고들 있나?"

다시 침묵이 흐르고, 솔론의 목소리가 침묵을 깬다. "한 명도 없었다. 여자에게는 투표권이 주어지지 않았지. 여기 미국에서 의회를 처음 시작했을 때와 비슷하지 않나? 여성에게는 참정권을 안 주고, 사람을 사고팔고.

우리가 새로 시작하려면 첫발을 제대로 내디뎌야 한다. 늑대들뿐 아니라 양들을 위해서도 하는 일이라는 걸 확실히 해야겠지."

업타우너들 쪽에서 고함과 늑대 울음소리가 들려온다. 다들 자리에 등을 기대고 탁자에 발을 올리고 있다.

"그만!" 솔론이 소리치자, 그의 천부적인 권위가 힘을 발휘하는지 다들 입을 다물고 귀를 기울인다. 그는 미식 축구공을 들어 보인다. "이거

보이나? 제리 라이스 씨가 직접 사인해 준 공이다. 샌프란시스코 포티나이너스의 와이드 리시버였던, 사상 최고의 미식축구 선수 말이다. 당연하지만 머저리들이 벤틀리를 마음대로 훔칠 수 있는 이 미개한 시대에도 가치 있는 물건이지. 너희들 '발언 막대기'라고 들어 본 적 있나? 미국 원주민 회합에서 막대기를 잡은 사람에게만 발언권을 줬다는 이야기? 그래, 이건 '발언 풋볼'이다. 나는 이걸 누구에게라도 넘길 의향이 있다. 심지어 너한테도." 그는 에반을 바라보고, 에반은 멸시하는 비열한 눈빛으로 그를 마주 본다. "그러나 지금은 내가 이 공을 가진 개자식이다. 다들 알겠나?"

'발언 풋볼'이라는 소리에, 하피즈가 움찔하며 반응을 보인다. 그는 동요한 눈빛으로 솔론을 바라본다. "저건 풋볼이 아니야." 그는 혼잣말을 중얼거린다.

"저건 풋볼이 아니야. 풋볼은 지하에 있어."

대체 무슨 소린지 짐작도 가지 않는다. 아무래도 광기 때문에 머릿속 시스템에 오류가 생긴 모양이다.

솔론이 말을 잇는다. "아까 말했던 것처럼, 민주주의란 훌륭한 물건이다. 법률 또한 훌륭한 물건이지. 하지만 늑대와 양의 세계에서 그런 건 아무 의미도 없다. 이유가 뭐라고 생각하나? 정의라는 것은 모든 사람에게 다른 의미를 가지기 때문이다. 양은 모두 풀을 뜯고 나머지 모두가 풀을 뜯게 놔두는 것을 정의라고 생각한다. 늑대는 양을 먹는 게 정의라고 생각하겠지.

따라서 우리는 정의가 뭔지를 물어야 한다. '법률'이란 결국 그 질문에 대한 답변일 뿐이다. 우리는 여기 도시 국가를 세우러 모였다. 아주 좋은 일이지. 법률을 만들러 모였다. 역시 아주 좋은 일이지. 그러나 우리가 여기 모인 진짜 이유를 잊어서는 안 된다. 우리는 이 질문에 대답하려 여기 모인 것이다. '정의란 무엇인가?'"

아주 오랜 침묵이 흐른다. 그리고 에반이 자리에서 일어선다. 그와 솔론은 서로를 노려본다.

"내가 받아 주지." 그가 말한다.

솔론은 공을 내려다본다. 그리고 들어 올린다. 그리고 깔끔한 나선을 그리며 에반에게 롱패스를 성공시킨다.

에반은 가볍게 공을 받고는 자기 앞줄의 의자와 얼굴을 찌푸리는 다른 부족민들을 넘어간다. 그리고 통로를 따라 회의실 앞으로 나온다.

"내 이름은 에반이다. 그리고 늑대지."

군중이 작게 웃음을 터트린다. 그의 부족에서는 가볍게 짖는 소리가 들린다.

"상당히 많은 놈들이 나를 알거나, 나에 대해 알고 있을 거다. 내가 봐도 몇몇 얼굴은 알아보겠군. 일단 나는 업타운 연맹을 대표해서 여기 온 거다. 우리에게는 1천 명의 무장 병력이 있다. 바자도 운영하지. 맨해튼 섬의 중앙부를 다스린다. 내키는 대로 폭력을 휘두르면서. 내가 여기 온 이유는, 너희 모두가 항복할 수 있는 조건을 제시하기 위해서다. 이 기회가 아니면 너희 개자식들을 무슨 수로 같은 방에 모아 놓겠어? 그런데 와 보니까, 너희들은 진실이니 정의니 미국식 방식이니 그런 개수작만 늘어놓고 싶은 모양이군. 세상이 너희들이 토론하는 대로 돌아가 줄 거라고 생각하는 모양이지.

　하지만 아니거든. 정의가 뭔지 알고 싶나? 정의란 총을 가진 남자가 총을 안 가진 남자에게 할 일을 알려 주는 거다. 나머지 전부는 그냥 의견일 뿐이지. 그리고 나는 양 떼의 의견을 들을 시간은 없어. 내가 대체 왜 이런 헛소리나 듣고 있어야 하는 거지?"

　그는 솔론을 바라본다. "좋아, 반짝이는 플라스틱 총을 가졌다 이거지. 잘됐군. 상황을 바꾸고 싶으면 그걸 사용해라. 누가 저녁 식탁에 오르는지 확인해 봐야지. 그때가 오기 전까지, 우리는 빠지겠다."

　에반은 공을 들어서 바닥에 내리꽂는다. 공은 높이 튀어 올랐다 떨어지기를 반복하더니, 마침내 방 뒤편의 벽화를 때리고 튕겨 나간다. 이걸로 연설을 마무리한 에반은 출입구 쪽으로 걸음을 옮긴다. 그의 대표단도 자리에서 일어나 뒤를 따른다. 머뭇거리는 이들도 있는 듯하지만, 여기 머물 정도로 확신이 충분치는 못한 듯하다.

　"에반." 내가 말한다. 그는 돌아본다.

　"업타우너 없이는 이번 일은 할 수 없어. 너흰 너무 중요하거든."

　"나도 알아." 그는 이렇게 말하고, 다시 몸을 돌린다.

　"여기 남지 않으면 너흰 모든 걸 잃게 될 거야."

　그는 다시 고개를 돌리고 웃음을 터트린다. "해 보시지."

　"남고 싶을걸."

　"괜찮은 이유 하나만 대 봐."

　"하나 있지."

　그는 무표정한 얼굴로 기다린다.

"치료제."

긴 침묵이 흐른다.

"헛소리."

"진짜로 있다." 솔론이 말한다.

"그게 시민권의 보상이야. 생명."

모두가 귀를 기울인다.

 **돈나**

나는 불을 끈 채로 랍을 기다리고 있어. 벽에 걸린 칼리지 제작 시계는 현학적으로 자기 일을 계속하며 매 순간을 메우고 있고. 현학똑, 현학딱. 어쩌면 내가 벗어던지는 환상을 측정하는 가이거 계수기 같은 걸지도 몰라. 똑딱— 사라진 미래. 똑딱— 사라진 사랑. 똑딱— 사라진 평화. 똑딱— 사라진 신뢰.

솔직히 말하자면 그런 느낌이 뼛속까지 사무치기는 했어. 내밀한 곳에서는 감지하고 있었다고. 그런데도 손이 닿으니 붙들지 않을 수가 없었어. 독이 든 것이 뻔해도 사랑을 원했으니까. 관심이 필요했으니까. 간절하게. 그리고 쾌락에서 감정을 배제하는 건 쉬운 일이 아니야. 그래서 냉철하게 평가하는 와중에도 다른 뭔가가 있을 수밖에 없는 거지. 분노로 변한 애정이 말이야.

춥고 아무도 없는 공간에서는 돌계단을 오르는 발소리가 아주 잘 들려. 게다가 그게 다른 누구도 아닌 랍의 발소리라는 것을 알아듣는 나 자신을 혐오하기도 아주 쉽지. 정말 쓸모없는 재능이잖아.

랍은 완벽하게 정상을 가장하며 등장해. 내가 잠들었기를 기대하는 게 분명하지. 어리석기를, 아무것도 모르기를. 그래서 내가 의자에 앉아서 총을 겨누고 있는 모습을 보고, 그는 진심으로 놀라 버려.

랍: "그건 어디서 났어?"

나: "만들었지." 대학 제작실로 가서 3D 프린팅 클럽에 소속된 바보 과학자한테 총 제작을 발주한 일을 랍에게는 감추고 있었거든. 내가 틀렸다면 얘가 겁먹고 멀어질 거라고 생각해서. 내가 과거의 폭력적인 생각과 폭력적인 행동을 떨쳐 내지 못한 증거로 여기고서.

랍: "왜?"

나: "이 나라에서는 총을 사기가 빌어먹게 힘드니까."

랍: "아니, 왜 나를 겨누고 있는 건데?"

나: "랍. 진짜 이름이기는 한 거겠지? 내가 볼 수 있는 곳에 손을 두고 얌전히 앉아. 개수작은 집어치우고. 알겠지?"

랍은 자리에 앉아. 시선이 잠시 다른 쪽을 향하네. 뭔가 말할 거리를 생각할 때 보이는 무의식적인 동작이지.

나: "내가 맞혀 볼까. 아니면 네가 설명해도 돼. 웰시한테 내 이야기를 밀고한 이유 말이야. 원래라면 믿어서는 안 될 인물이잖아? 너는 좌파에 99년생에 자유로운 영혼이니까. 그치? 어쩌다 거짓 배경을 깔고 내 속바지 속으로 들어왔는지 설명해도 좋아. (지역 관용구를 훌륭하게 사용했네) 여기서 뭘 하는 건지 설명해도 된다고."

그는 깊이 숨을 들이쉬어.

랍: "그건 힘들어. 그러니까, 내가 뭘 하는지는 설명할 수 있어. 다만

그게…… 모든 것이 예전으로 돌아가도록 설명할 수는 없어."

나: "너와 내가 섹스를 하고 남친과 여친 사이고 기타 등등을 말하는 거지? 네가 완전 빌어먹을 거짓말쟁이라는 걸 내가 모르는 상태로?"

랍: "그래. 하지만 내가 하고 싶은 말은…… 그러니까 섹스 말이야."

나: "운도 좋아라."

랍: "그리고 넌 내게 소중한 사람이야."

나: "그만. 안 그러면 이거 쏠 거야."

랍: "그리고 너도 나한테 거짓말을 했잖아? 재건 위원회 고위직의 딸이라고 소개했잖아. 아니면서. 너는 사실……."

나: "내가 뭔데? 말해 봐."

랍: "생존자지. 난 그 점을 존경하고 있어. 그리고 거짓말도 그 생존의 일부인 거겠지. 나하고 함께 있을 때도, 그때 느낀 감정도 전부 거짓이었던 거야?"

나: "그래, 거짓이었지. 생존하려면 네가 필요한 것뿐이었어. 평범한 삶에 연착륙하려면 네가 필요했거든."

몰아치는 분노가 그의 얼굴에 그림자를 드리워.

랍: "알았어. 좋아, 질문을 해 봐. 내가 답할 테니까."

어딘가 신랄하게 우스꽝스러운 방식으로 말하네. 마치 내가 자기를 적발한 게 아니라, 둘 다 힘든 상황에 놓였다고 여기는 것 같아. 말투가 마음에 안 들어.

나: "좋아. 첫 번째 질문. 너는 대체 누구지?"

랍: "내가 말한 그대로야. '랍'이 위장 신분이나 그런 건 아니라는 뜻

이지. 난 나야."

나: "하지만 스파이지. 역사학도가 아니라."

랍: "학생 맞아. 학생이었지. 감옥에 오래 갇힐 만할 심각한 건수를 저질렀다 잡혔을 뿐이야."

나: "그래서 전향하셨다. 이젠 요원인 셈이겠네. 암호명도 있으려나? 소프와 마이클도 한패인 거야?"

랍: "아냐."

나: "그러면 더러운 경찰 정보원처럼 걔들도 적발할 생각이었어?"

랍: "아냐. 걔들은 진짜 이 일과 관계없어. 이상에 빠진 대학생일 뿐이라고. 정부 정책에 반대하지 않았다면 음악이나 듣고 있었을 애들이야. 그런 평범한 문제라고. 우리 일은 그보다 훨씬 큰 문제야."

나: "넌 웰시의 부하인 거지?"

랍: "맞아, 그 사람 아래서 일해. 그 사람이 내 담당자야. 나를 '운용' 하는 사람이지."

나: "네가 휴대폰 앱인 것처럼."

랍: "어떻게 보면 그런 것 같아."

나: "그럼 지금 이것도 전부 듣고 있으려나?"

랍: "아마."

나: "그럼 저 문으로 들어오면 그대로 몸에 바람구멍을 내 줄 거라는 말도 들을 수 있겠네. 티치도 마찬가지고."

랍: "그래."

나: "그리고 나는 지금 네 몸에도 바람구멍을 내 줄지를 심각하게 고

민 중이야."

랍: "이해할 수 있어."

나: "그러지 말아야 할 이유가 있을까?"

랍: "내가 이 일에 동의한 것과 같은 이유가 있어."

나: "네가 나한테 빠졌기 때문은 아니겠지, 당연하게도."

랍: "자신을 하찮게 여기지 마."

그는 미소를 지어. 바로 그 미소야.

나: "내가 너한테 신경이라도 써 줄 거라고 생각하지 마."

랍: "너도 돕고 싶어질 거야. 내가 돕고 싶어진 것과 마찬가지로. 중요한 일이거든. 어차피 나도 머지않아 말할 예정이었어. 지금 상황을 숨기는 건 정말 마음에 안 들었거든."

나: "어딜 봐도 즐기고 있던 것 같은데."

수치스러워하는 표정을 짓네. 그러든가 말든가.

랍: "UN에서 일어난 일 때문이야."

나: "현장 학습?"

랍: "네가 현장 학습에서 본 일 때문이지. 로널드 레이건호에서 가져온 심문 기록에, 네가 그날 대통령 수행원의 행방에 대해 뭔가 알고 있을지도 모른다는 내용이 있었어. 너는 우리가 손에 넣을 수 있는 유일한 목격자인 셈이야. 우리는 내내 그 정보의 중요성을 가늠하고 있었어. 네 덕분에 이제는 알게 됐고."

나: "내가 단서를 갖고 있었다고? 그럼 그냥 나한테 물어보면 안 되는 거였어?"

랍: "물어봤잖아. 네가 안 말했을 뿐이지. 웰시는 아무리 노력해도 그 정보에 닿을 수가 없었어."

나: "그래서 뭐야, 미남계를 쓰면 내가 사랑에 겨워서 전부 털어놓을 거라고 생각한 거야?"

랍: "업계 용어로는 꿀단지라고 불러. 그리고 맞아. 실제로 말하기도 했잖아. 마음을 열었어."

나: "나한테는 네가 필요했으니까."

랍: "그래 줘서 감사하게 생각하고 있어, 돈나. 그리고 네가 얼마나 큰 의미가 되었는지 모를 거야. 다른 사람이 듣고 있어도 상관없으니 말해야겠어—"

나: "머리에 빌어먹을 총알 처박아 주기 전에 닥쳐."

랍은 그 아름다운 얼굴로 나를 바라봐. 당장이라도 부술 수 있는 얼굴. 예쁘장한 거짓말일 뿐인 얼굴로.

랍: "내 말 좀 들어 봐. 이게 정말로 엄청나게 중요한 일이 아니었다면 나도 이런 짓은 안 했을 거야."

나: "그래서 이유가 뭔데?"

랍: "너희 대통령이 회의 중에 테러 공격을 받아서 UN에서 죽었기 때문이야."

나: "헛소리."

랍: "진짜야. 우리도 최근까지 확신하지 못했어."

나: "그러셔. 이야, 대단해라. 어차피 사람은 잔뜩 죽었는걸."

랍: "그렇지. 하지만 그 사람한테는 풋볼이 있었어."

나: "미식 축구공?"

랍: "아니. 풋볼이란 미국의 핵병기 발사 암호가 든 서류 가방을 부르는 이름이야."

순간 식은땀이 흐르기 시작해.

나: "영화에서 본 기억이 나. 하지만 그건 명령을 내리려고 있는 물건일 뿐이잖아? 그냥 암호가 잔뜩 있어서 대통령 본인임을 증명하는 물건인 거 아냐?"

랍은 고개를 저어.

랍: "1950년대에서 비교적 최근까지는 그런 형태였지. 긴급 경보 시스템을 작동시키는 명령 목록 하나, 안전 장소의 목록 하나, 다양한 타격 위치를 적은 공책 한 권, 그리고 '비스킷'이라 부르는, 네가 생각하는 암호를 적은 코팅된 카드 한 장. 하지만 이 모든 것이 '그 병'이 발생하면서 바뀌었어. 민간 및 군사 기간 시설이 전부 와해될 경우를 대비해서 원격으로 시스템의 제어권을 강제 조작하기를 원했거든."

나: "그게 무슨 뜻인데?"

랍: "무슨 뜻이냐면, 이론적으로는 핵무기 풋볼을 가진 사람이면 누구든 미국 핵병기의 동결 상태를 해제하고 원하면 언제든지 발사할 수 있다는 뜻이야."

이 말은 받아들이는 데 조금 시간이 걸려.

나: "그러니까…… 세계 파멸이라는 거지?"

랍: "충분히 가능해. 잘못된 손에 들어가면."

나: "그럼 옳은 손은 어딘데?"

랍: "있잖아, 나도 정부나 재건 위원회의 모든 행동에 동의하지는 않아. 그래도 그들은 우리가 알던 세상이 계속될 수 있도록 최선을 다하고 있다고."

나: "우리가 알던 세상이 계속되지 말아야 한다면?"

랍: "이걸 전부 없애고 싶어? 뭘 위해서? 유토피아? 그건 제퍼슨이나 할 소리야. 네가 아니라. 유토피아는 오지 않아."

순간 얼굴이 달아올라. 감히 무슨 권리로 제퍼슨의 이름을 입에 담는 거야. 그는 말을 이어—

랍: "너는 언제나 그보다는 현실적인 사람이었잖아, 돈나. 너 설마 핵 전쟁을 원하는 건 아니겠지?"

나: "글쎄, 그건 독을 품은 질문인데, 랍. 전쟁을 시작하려는 사람은 누군데?"

랍: "너하고 만났을 때는 자신들을 '저항군'이라고 칭했을 거야."

채플과 나머지 사람들 이야기야. 신 질서의 적인 셈이네.

나: "그래서, 뭐야. 너희는 콧수염이나 꼬고 있는 선천적 악당들하고 맞서고 있다는 거야? 그쪽에서는 왜 전쟁을 시작하려 하는데?"

랍: "전쟁을 시작하려는 게 아냐. 혁명을 시작하려는 거지. 그들은 체제를 전복시키기를 원해. 너도 그거 본 적 있지? 체제가 무너지는 모습을? 권위도 없고 법도 없는 사회를?"

나는 고개를 끄덕여.

랍: "겪어 보니 마음에 들었어?"

나: "그래서 나한테 뭘 원하는 건데? 어차피 너희는 나한테 털어놓을

예정이었겠지? 뭘 원하던 거야?"

그는 웃음 지어.

랍: "그쪽 내부에 사람이 필요해."

나: "내가 돌아가기를 바란다고?"

랍: "맞아."

나: "엿이나 먹어."

랍: "생각해 봐."

나: "생각해 봤어. 말도 안 돼. 절대 안 가. 차라리 감옥에 처넣어. 절대 뉴욕으로는 안 돌아갈 테니까. 나한텐 아무 의미도 안 남은 곳이야."

랍: "아니야. 네게 필요한 것이 있어. 아니, 필요한 사람이 있달까."

입을 열 수가 없어. 정보량이 소화할 수 있는 한도를 넘은 것 같아. 감정이 북받쳐서.

랍: "맞아."

지금 저 얼굴은, 그 사실이 별로 즐겁지 않다는 표정인 거겠지?

나: "제퍼슨."

랍: "맞아. 제퍼슨이 살아 있어."

나: "아냐. 웰시가 죽었다고 했다고."

랍: "거짓말한 거야."

나: "엿 먹어. 너도 웰시도. 그 새끼 죽여 버릴 거야."

랍: "나도 이해해."

나: "아니, 이해 못 해."

랍: "물론 우리가 모르는 곳에서 죽었을 수도 있어. 배를 떠난 직후에

는 살아 있었지만. 그래도 격추되지는 않았어. 저들이 그런 소리를 하지 않기를 바랐지만…… 저들은 그걸로 네가……."

나: "감정적으로 빈틈이 생길 거라고?"

랍: "나한테 개방적이 될 거라고 생각했어. 맞아. 저들은 진지한 거야, 돈나. 나도 마음에 안 들지만, 저들은 그런 식으로 해야만 한다고 생각했어. 내게 결정권이 있었다면…… 글쎄, 나는 항상 무슨 일이 있어도 너와 함께할 수 있으리라 생각했거든. 아무 거짓말 없이도."

나는 랍을 바라보며, 그를 비롯한 저들을 향한 증오와 제퍼슨을 향한 감정의 균형을 맞춰.

나: "제퍼슨을 찾으러 돌아갈 거야."

제퍼슨에게 돌아갈 거야.

 **피터**

재들이 '치료제는 성체' 짓거리를 또 시작했네. 아이들은 제퍼슨의 재처리한 혈장이라는 형태로 주어지는 새로운 생명을 받아들이려고 길게 늘어서 있어. 기대감을 감추지 못하고 숙덕거리고 있잖아.

워싱턴스퀘어의 모로코식 텐트는 작은 교구 교회 같았지. 이번에는 대성당에 가까워. 낡고 거대한 벽화에는 수려한 외모의 전형적인 인물상이 가득하고, 의미를 모를 정신 나간 수백만의 형체들도 우리를 굽어보고 있지. 솔론이 가져온 혈청 상자는 안전 보장 이사회 책상이라는 마법의 원 안에 놓여 있어. 우리는 몸으로 길을 막고 몰려드는 인파를 한 명씩 들여보내는 중이고.

우리가 저들 모두에게 새 생명을 건네는 중이니, 어느 정도는 메시아적인 분위기를 안 낼 수가 없어. 오해하지 마. 내가 재림 예수라 생각한다는 게 아니니까. 복음 전도사에 가깝겠지. 그들의 혀 위로 스포이드를 가져가서 반세기 분량의 미래를 목구멍으로 넘기게 만드는 게 우리 일이거든. 우리에게 구원받은 아이들에게는 삶을 보는 방식이 달라지게 만드는 경험일 거야. 실제로 우리를 단순한 구조대나 후원자 이상으로 보고 있거든. 우리가, 특히 제퍼슨이 등장하면 술렁임이 일어. 제퍼슨은 아예 숭배자들의 감사를 빛나는 구름처럼 타고 다니는 상황이야. 슈퍼 연예인인 거지. 어쩌면 인간에게는 이런 게 필요한 건지도 몰라. 타인을 실제보다 위대하게 여기느니, 차라리 자기네를 실제보다 낮추는 거야. 이렇게 하면 스스로는 아무것도 결정할 필요 없으니까.

이 민주주의인가 뭔가 하는 체제에서 내가 발견한 문제가 바로 그거야. 제퍼슨의 한 표가 그저 한 표로만 간주될 리가 없잖아. 난데없이 플로렌스 나이팅게일에 조지 워싱턴에 예수님까지 한몸에 강림한 사람이 등장한 건데. 사람들한테 걔 말은 마치 전부 볼드체로 적은 것처럼 들린다고. 그리고 이 모든 상황을 시작한 게 걔니까 (얼른 덧붙이자면, 내 사랑 채플의 충고를 받아서) 그가 의제를 정하는 게 당연하게 여겨진다는 거지. 그의 주변에서 치료제를 얻어 오는 일에 참여했던 사람은 모두 나름의 특별한 지위를 얻은 느낌이랄까.

정치적 서열의 다음 단계에는 광대뼈, 또는 에반이 있어. 그의 특수한 지위는 사실 제퍼슨과 솔론의 주장을 거의 다 반대하는 데서 나오는 거야. 덕분에 비슷한 사상적 지형에 있는 아이들을 끌어들이는 거지. 폭력배나 머저리나 극우파 같은 놈들.

그 아래에는 랩을 할 수 있는 자들, 폭풍같이 말을 쏟아 다른 사람을 설득할 줄 아는 친구들이 있어. 그 말이 실제로 가치가 있는지, 심지어는 말이 되는지조차 아무 관계 없어. 표현 방법이 잘못되면 아무리 훌륭한 생각이라도 의미가 없는 경우가 생기잖아. 마찬가지로 표현 방법만 제대로 되면, 온갖 터무니없는 헛소리를 밀어붙일 수도 있는 거야.

어쨌든 그 개자식들은 주둥이를 멈추질 않아.

정의든 권리든 법률이든 뭐가 주제라도 계속 떠들어 댄다니까. 멈출 생각도 없어. 미식 축구공은 싸구려 장난감처럼 이리저리 날아다니고 제퍼슨의 꿈속 욕망이 현실에 이루어진 거야. DIY 유토피아.

그래, 아마 좋은 일이겠지. 문제는 내가 보기에는 사공이 많아서 배가 산으로 가는 상황처럼 보인다는 거야. 제퍼슨이 광범위한 입법을 제안할 때마다, 여기서 특별 이익 단체라고 불러야 마땅한 녀석들이 이런저런 착상을 던지며 제동을 걸어. 자기네 부족에 신경 쓰는 아이들인데 다들 자기네 집단을 법적 실체나 그런 걸로 규정받고 싶은 거지. 우리 모두 하나의 거대 부족이라는 개념을 제대로 받아들일 수가 없는 거야. 아니면 듣기에는 끝내주게 괜찮지만 문제가 닥치면 곤란해진다고 생각하는 걸 수도 있고. 그래서 우리는 지금 원 플러스 원 행사 중인 셈이야. 전체 회의에서 투표할 의제를 부족 회의에서 결정하는 거지. 물론 검토할 문제를 결정할 때는 가장 작은 부족도 가장 큰 부족만큼 발언권이 있다는 소리기도 해. 내가 보기에는 결과적으로 분열 현상을 불러올 것 같지만. 큰 부족들이 죄다 업타우너처럼 작은 부족의 연맹 형식을 취하려 들 테니까.

가장 큰 문제는 업타우너 놈들이야. 지금은 얌전히 따르고 있지만, 언제든 수틀리면 이 모든 것을 날려 버릴 거라는 게 빤히 보이거든. 치료제를 받을 수 있는 한은 우리 절차에 따라 주기는 하겠지만. 나름의 당근과 채찍도 가지고 있지. 우리 부족의 절반을 인질로 잡고 있으니까.

제퍼슨과 솔론과 의회는, 적어도 내가 보기에는 내키는 대로 손에 잡히는 헌법을 가져다 오려 붙이고 있는 것 같아. 미국 헌법이나 UN 헌장이나 함무라비라는 이름의 누군지도 모를 작자가 쓴 물건까지. 어딜 봐도 오싹한 하피즈는 건물 내부 어딘가 있는 외교 도서관에서 새 책을 가지고 등장하더니, 마치 메뉴판에서 좋은 음식을 골라 주는 웨이터처럼 법률을 권하고 있고.

어쨌든 어떤 상황인지 짐작이 가지. 고결하고 어쩌고 다 좋은데, 매 순간순간은 조금 따분하단 말이야. 처음 만드는 법률은 제법 큼직하고 단순한 것들이야. 아주 기본적인 '원숭이끼리는 서로 죽이지 않는다' 따위의 상식적인 것들이니까.

그러다 이제 더 중요한 논의가 등장해. 이를테면 쓰레기를 뒤지며 살아가는 대재앙 후의 삶에서 '사유 재산'의 정의라든가. 물론 지금 우리가 가지고 있는 물건은 대부분 다른 사람의 소유였지. 다들 죽어서 소유권을 주장할 가능성이 없기는 하지만. 지금까지 우리는 '사유 재산'을 '다른 사람이 먼저 가져가지 못하도록 간수할 수 있는 물건'이라는 뜻으로 사용했어. 당연히 우리가 지금 만드는 우아한 도시 국가에서는 이걸로는 곤란하겠지. 계속 서로 강도질을 하고 다니게 방치해서는 안 되잖아.

하지만 '재산'을 정의하려 들면 상황이 제법 복잡해지거든. 인간이 진정으로 소유하는 물건이란 자기 몸뿐이란 말씀이야. 그러니까 이론적으로 말하자면, 너한테서 분리했다가는 너라는 존재가 사라지는 유일한 소유물이잖아? 그러니까 우리는 거기서 시작하는 거지. 그리고 거기서부터 상황은 생각보다 복잡해져. 예를 들어, 아무도 네 육체에 대한 소유권을 주장할 수 없단 말이야. 누군가 본인의 허락 없이 육체를 사용하거나 손상을 입히거나 파괴하면, 즉 다른 말로 노예로 삼거나, 강간하거나, 폭력을 가하면, 그건 위법 행위가 되는 거지.

물론 우리 소유물이 그것만은 아니지. 하지만 뭔가를 소유한다는 게 정확히 무슨 의미일까? 우리는 대략 한 시간 동안 이 문제에 매달렸어. 그리고 뭔가를 소유하는 것은 다른 사람이 소유하지 못하도록 막는 것이라는 결론을 내렸지. 다른 사람에게 직접 줄 수는 있지만, 다른 사람이 빼앗아 갈 수는 없다는 거야.

대충 무슨 말인지 알겠지? 죄다 너무 탁상공론에 지루하다는 생각만 들더라고. 그냥 '그 일'이 벌어지기 이전으로 돌아가면 안 되는 걸까? 당연하지만 제퍼슨은 그걸 원하지 않아. 완벽한 리부트 외에는 아무 소용도 없다는 거지. 때로 나는 이럴 가치가 있는지 자문하곤 해. 그러니까 대규모 다중 치료 세션을 열어서 죽도록 애쓰는 지금 상황이, 무장하고 거주지에 틀어박혀 살던 시절보다 조금이라도 골치가 덜 아프다고 할 수 있을까? 그러나 나는 이내 우리가 장기간의 생존을 위해 기본 규칙을 정하고 있다는 사실을 떠올려. 그러니까, 나는 이제 늙은이가 될 때까지 오래 살아남을 생각이란 말이야. 그러려면 아무도 내 과자를 훔쳐 가지 못하게 만들 필요가 있겠지. 무슨 뜻인지 알겠지?

시간이 흘러가. 정오와 오후 6시에는 식사 시간을 가지고, 해가 지면 자러 가지. 흔히들 '문서'라고 부르는 유토피아 헌법이 모습을 갖추어 가고 있어. 법령, 원칙, 의무대, 경찰대, 위생까지.

그런 어느 날, 채플과 제퍼슨과 나는 이스트강이 내려다보이는 정원에

서 샌드위치를 먹고 있어. 길거리 상점에서 가져온 피자 화덕에서 구워
낸 빵에, 볶은 스팸을 끼운 물건이지. 미래라는 건 이런 맛이겠지. 스팸
칼초네의 맛.

그래서 나는 말해. "뭐, 이 정도면 도달한 셈이지."

제퍼슨이 물어. "어디에?"

"미래."

제퍼슨은 웃음을 지어.

나는 말을 이어. "기념식이라도 해야지. 다들 모여서 문서에 서명하는
거야. 옷도 잘 차려입고. 이건 보통 일이 아니라고."

제퍼슨은 곰곰 생각해. "프록코트에 삼각 모자라도 걸쳐야 하나?"

나는 어깨를 으쓱해. "원하는 대로 하라고, 친구. 대통령은 너잖아."

사람들은 그를 대통령이라고 부르기 시작했어. 실제로 투표를 해도 제
퍼슨이 당선될 거야. 하지만 제퍼슨은 내가 대통령이라고 부르면 거북
한 표정을 지어. 워싱턴스퀘어의 총통을 맡을 때도 똑같은 식으로 반응
했지. 사람들은 제퍼슨이 겸허하고 신중하다고 생각해. 솔직히 나는 잘
모르겠어. 내가 보기에는 그저 겁만 많은 것 같거든.

"나는 대통령이 아니야. 대통령은 역사를 만드는 사람이지. 나는 역사
의 도구일 뿐이고."

나는 그 말을 곱씹어 봐. 아무리 생각해도 묘하게 들리는 소리잖아. 뭔
가 자신에게 주어진 운명이 있다고 생각하는 것 같아.

여기서 고백 하나 할까? 나는 아주 어린 시절부터 유명 인사들에 집착
했어. 내키는 대로 취하거나 버릴 수 있는 개별 인물이 아니라, 그런 유

명 인사들이 모여서 이루는 생태계에 말이야. 사람이 어떻게 하면 유명해지고, 그 명성을 어떻게 유지하고, 어떤 일이 생기면 추락해서 망각 속으로 사라지는지 따위에. 나한테는 그게 스포츠 같았어. 다른 점은 규칙이 정해져 있지 않으며, 때론 어안이 벙벙할 정도로 복잡하고 아무 조짐도 없이 바뀐다는 것이었지. 최고의 선수들은 심지어 규칙을 직접 바꿔 쓸 수도 있었고.

나는 항상 나 자신이 그쪽 동네에 선수로 참여하게 될 거라고 생각했어. 묘한 일이지. 사실 나는 아무것도 안 했거든. 테일러 스위프트처럼 노래를 부른 것도, 브래드 피트처럼 연기한 것도 아니야. 도저히 거부할 수 없는 매력적인 성격만으로도 돈과 사랑을 얻게 되리라 여긴 거지. 어쨌든 대재앙이 모두 망쳐 버렸지만.

예전에 웹에서 이런 걸 읽은 적이 있어. 정신 분석가의 진단 결과였나? 후천성 상황적 나르시시즘이라는 거야. 유명해지면 주변 사람들이 뭘 해도 대단하다고 추켜세워 주기 때문에, 자아의 개념이 왜곡되기 시작한다는 거지. 처음 유명해졌을 때의 정신 자세에 발이 묶여서, 도저히 그 지점을 넘어설 수 없게 되는 거야. 다른 사람들처럼 성장하는 경험을 할 수 없으니까. 이후의 인생은 부풀려진 자아의 인식을 선사한 특정 사회적 환경에 종속되어, 과도한 양의 보상을 받아 내는 일만 반복하는 기괴한 형태가 되는 거지. 아주 끝내주잖아.

하지만 제퍼슨이 자신을 '역사의 도구'라고 칭하는 걸 들으면서, 나는 그가 '후천성 상황적 나르시시즘'을 앓는 것이 아닌가 생각했어. 치료제를 만들어 내는 0번 환자에다 온갖 다른 것들이 되면서 사방에서 칭찬을 받고 있잖아. 조금 걱정되는 일이야. 이 도시 국가는 기반이 상당히 불안정한 셈이니까.

"사람들에게 빨리 진실을 알려야 해." 제퍼슨은 내 생각의 흐름을 읽은 것처럼, 채플에게 이렇게 말해.

채플은 고개를 끄덕여. "조만간 해야지. 하지만 조심해야 할 거야."

제퍼슨이 말을 이어. "테오는 어떻게 하지? 언제 풀어 줄 수 있겠어?"

"둘리와 나머지 사람들하고 연락이 끊겼어." 걱정을 숨기려 애쓰는 목소리네. "별일 아닐 거야. 통신 문제는 심심하면 발생하니까."

그리고 그는 말을 이어. "조인식을 끝낸 다음에 이렇게 이야기를 하자고. 로널드 레이건호의 신호가 잡혔다고. 그런 다음에 놈들이 적대적이라는 사실을 알리는 거야. 물론 이건 진실이잖아. 주의를 기울이면 어긋나지 않게 딱 맞물릴 거라고."

제퍼슨은 별로 내키는 기색이 아니지만.

채플이 말해. "진실을 알리려면 연착륙이 필요한 거야. 안 그러면 사람들이 우리를 화형대에 묶어 버릴걸."

지금껏 테오와 나누었던 호의와 쿰바야의 느낌을 잊고 있었어. 하지만 물론 채플 말이 맞아. 단순히 우리가 사랑하는 사이라서 하는 말이 아니야. 나는 인생이란 명예보다 훨씬 커다란 게임이라고 생각해. 게임에서는 사람을 속여야 할 때도 있는 법이지. 그들을 위해서 말이야. 내 말 맞지? 맞는 거겠지?

"테오는 어쩌고? 여전히 협력하지 않으려 들면?"

채플은 어깨를 으쓱해. "나도 모르겠어." 하지만 왠지 알고 있다는 느껌이 들어.

우리는 회의장으로 돌아가. 이제 마지막 한 발짝만 내디디면 승리를 선언하고 문서에 조인할 수 있어. 우리 도시 국가가 바자의 업타우너 은행을 인수할 것인지, 아니면 연방 준비은행을 시작할 것일지를 논의하는 거야. 나는 다시 흥미를 잃어. 채플도 어쩐지 초조해 보이네. 토론 진행을 지켜보며 가끔 내용을 기록할 뿐, 직접 참여하지는 않고 있어. 그의 신분에 대한 거짓말은 아직 먹히는 중이야. 그가 나이가 많다는 사실은 아무도 짐작조차 못해. 저렇게 귀엽고 섹시하니 당연한 일이랄까.

재기 넘치는 은행 토론이 그렇게 두 시간째에 이르렀을 때, 건물의 비상 발전기로 돌아가는 조명이 깜빡이다가 전부 꺼져 버려. 우리 모두는 어스름 속에 파묻혀. 사방에서 아우우우우 하는 실망한 외침이 터져 나와. 채플이 일어나서 자기가 가서 확인해 보겠다고 말해. 브레인박스는 함께 가겠다고 자원하지만, 채플은 자기가 알아서 할 수 있다고 해. 그러나 브레인박스는 끈질기게 주장하고, 결국 함께 길을 떠나.

잠시 후, 나도 그들을 따라가야겠다고 마음먹어. 어차피 명목 화폐 같은 것보다는 채플 쪽에 더 관심이 있으니까.

브레인박스

　내가 나로서 자각하고 그 사실을 받아들인 순간부터 나는 생각을 계속해 왔다 우리는 끝도 없이 아래로 내려가기만 한다 몇 층이나 되는지 모르겠다 그러나 수많은 국가와 인간과 사상과 그토록 많은 증오와 영향력과 압박을 감당해야 했으니 끝없이 이어지는 것도 당연할 것이다 제퍼슨은 이게 얼마나 어려운 일인지 알고 있을까 이곳에 모였던 사람들은 질서정연하게 평화를 이룩하지 못했고 기후 변화로 지구가 끓어오르는 일을 막지 못했고 배가 불뚝한 아이들을 먹이지도 질병을 막지도 못했다 그런데 제퍼슨은 십만 명의 청소년을 모아서 살인과 강간과 절도를 금지할 수 있다고 생각한다 사실 그래서 내가 개를 좋아하는 거긴 하다 새를 쫓아다니는 강아지를 좋아하는 방식으로 그래 정말 착하지 꿈이 아주 크구나 그녀도 몽상가였다 추후아 그녀의 꽃송이 같은 손과 섬세한 얼굴과 비할 데 없는 용기가 떠오른다 그녀는 이제 죽었고 벌레와 설치류가 그 시체를 뜯어 먹고 있다 그녀의 더럽혀진 아름다움은 허공으로 떠올라 어쩌면 기류를 타고 메트로폴리탄의 수많은 명화 사이를 떠돌고 있을지도 모른다 이 정도면 됐다 나는 언제나 그러듯 지금까지 살아오며 계속 그랬듯 다시 정신을 붙들어 맨다 지금 내 목표는 눈앞의 콘크리트 계단을 하나씩 내려가는 것이다 제퍼슨을 1층에 두고 떠나온 이후 1217 계단을 내려왔고 층계 수로 따지면 총 72개다 이게 내게 무슨 소용일까 예전에 여섯 살 때 엄마 앞에서 책 한 쪽을 통째로 암송했던 기억이 떠오른다 내 마음의 눈에 PDF 스캔처럼 선명하게 떠오른 것을 그저 읽기만 했는데 엄마는 자랑스럽고 놀랍고 겁먹은 표정을 동시에 지으셨다 이건 축복이자 저주다 그녀와 함께 지낸 모든 순간을 내가 목격한 모든 시공간 타원체에서 추출해 내듯 그대로 그려 볼 수 있다 채플과 피터가 서로 몸을 스치는 횟수가 통계적으로 예상하는 것보다 많으며 사회의 규칙이 용인하는 것보다는 훨씬 더 많다는 사실을 아는 것과 마찬가지다 흥미로운 일이다 어쩌면 종의 보전을 위한 충동일지도 모르지만 진화는 종이 아니라 유전자 단위에서 이루어진다 나는 윌슨이 아니라 도킨스를 믿는다 어찌 됐든 나한테는 전부 같은 일이다 웃고 숨쉬고 만지고 행복하게 몸을 붙이는 것뿐이다 그리고 나는 그녀가 떠났을 때 내 일부가 함께 떠났다는 것을 깨달았다 어차피 세상에는 사랑이 너무 부족한데 잘못되었다고 여길 이유가 있을까 모든 인간은 유일신 대자연이 만든 모습 그대로일 뿐이고 사랑은 생물학이라는 위대한 건축물에서 기둥과 들보 사이에 우연히 생긴 하트 모양 공간일 뿐이다 그러나 이런 우연한 아름다움이야말로 세상을 살아갈 유일한 이유가 아닐까 이제 층계가 끝나고 우리는 건물의 배 속에 내려와 있다 널찍하고 어둡고 축축한 공간이다 내가 시적인 사람이었다면 살아 있는 장기에 비유했을 것 같지만 세상은 언제나 있는 그대로일 뿐이다 우리에게 연약하고 편파적인 다섯 가지 감각 대신에 진실을 꿰뚫어 볼 장비가 있었더라면 알 수 있을 텐데 워싱턴은 인간이란 우주가 자신을 이해하려고 사용하는 감각 기관일 뿐이라 말했다 어쩌면 내가 육신이라는 작은 기계에 붙들려 있는 것도 그 때문일지 모른다 나는 신의 혓바닥 위 작은 미뢰인 것이다 하하 이것도 괜찮은 비유 아닐까 한쪽으로 방들이 줄지어 늘어선 중앙 복도가 등장한다 처음에는 복도가 텅 비어 있지만 갈수록 싸움의 흔적이 늘어난다 아이들이 아니라 먼 옛날의 어른들이다 뭔가 말썽이 일어났던 모양이고 갈수록 더 커졌던 모양이다 검은 양복을 입은 해골들이 눈에 띈다 이어폰이 탯줄처럼 해골의 귓가로 연결되어 있다 탄환이 다 떨어진 권총에 기관 단총에 곤봉에 단도를 들고 있다 한쪽 벽면이 폭발에 무너진 모습이 보인다 피터는 충격을 받고 공포에 소름이 돋은 표정이지만 채플은 왠지 흥분한 듯하다 우리는 문틀에 누군가 죽어 끼어 있는 철문 앞에 멈춘다 그 너머로는 안락하지만 실용적인 방이 보인다 재난 대피소일지도 모른다 다들 방독면을 쓰고 손에 총을 들고 있다 문득 방독면 안쪽에 아는 얼굴이 보인다 여러 번 봤던 얼굴이다 과거 정부가 있던 시절의 미합중국 대통령이다 피터는 그게 사실이냐고 묻고 나는 그렇다고 대답한다 피터는 이런 세상에라고 말하고 채플은 아무 말도 하지 않는다 그는 아예 대통령을 돌아보지도 않는다 주변의 시체들을 바라보다가 자신이 원하는 물건을 찾아낸다 큼직한 검은색 소프트레더 서류 가방 또는 여행 가방이다 튼튼한 회색 전선으로 누군가에게 연결되어 있다 채플은 그걸 멍하니 바라보고 나는 그게 뭔지를 묻는다 그는 아무것도 아니라고 서류가 좀 들어 있을 거라고 말하지만 안을 열어 보지도 않았는데 왜 그런 소리를 하는 걸까 나는 열어 봐야 한다고 말하지만 그는 그럴 시간이 없고 발전기를 고쳐야 한다고 말한다 우리는 그래서 복도 끝까지 전진해서 작업실과 커다란 발전기를 발견한다 연료는 충분하니 나라면 간단하게 다시 움직이게 만들 수 있다 그러나 나는 채플에게 가서 연료를 더 가져와야 한다고 말한다 채플은 나를 믿지 않는 것 같지만 그래도 가라고 말한다 나는 대통령과 그 부하들이 있는 방으로 돌아와서 가방을 연다 일종의 위성 전화와 코팅한 조작 설명서로 빵빵한 바인더와 암호가 적힌 카드가 있다 이제 이 물건의 정체는 명확해졌고 나는 그걸 전부 살펴보며 마음속에 사진을 찍어 놓는다 이럴 줄 알았지라는 채플의 목소리가 들린다 그는 문간에 서 있다 나는 지금까지 저항군이 벌인 모든 일을 이해했다고 말하고 진짜 원하는 것이 뭐냐고 묻는다 그는 정의라고 말하고 나는 이걸로는 정의를 줄 수 없다고 말한다 그는 이것이야말로 정의를 줄 수 있는 유일한 물건이라고 말하고 그의 총구가 불을

제퍼슨

우리는 다시 불이 들어오기를 기다린다. 최근에 언제나 그랬듯이, 수많은 시선이 바늘처럼 나를 찔러 대는 것이 느껴진다. 내가 뭔가 다른 존재인 것처럼 나를 바라보는 눈길이다. 끔찍한 기형의 존재를 바라볼 법한 눈빛이다. 상황은 정반대긴 하지만.

나는 솔론에게 잠시 산책을 하고 오겠다고 말한다.

내 피와 DNA가 그들의 혈관 속을 흐르고 있다는 건 사실이다. 그리고 그들이 내년 봄을 넘기도록 살 수 있는 것도 그 때문이다. 누가 그들을 탓할 수 있을까? 그러나 나는 그런 것을 요구하지 않았다. 지도자가 되어야 할 사람은 내가 아니라 워싱턴이었다. 나는 그저 돈나와 함께 지내고 싶었을 뿐이다. 가능하다면 영원히.

요즘은 내가 돈나가 지켜보는 영화 속 등장인물 같다는 묘한 느낌을 받는다. 그리고 그녀의 눈으로 나를 분석하며, 내 말과 행동을 그녀의 상상 속 시선으로 만들어 내기도 한다. 내가 진정으로 원하는 것을 성취하면 그녀가 그렇다고 말해 줄 것이다. 새로운 사회를, 유토피아를 만들어 냈다고. 스스로의 손으로 침대를 만들었으니, 이제 나는 그 안에서 잠을 청해야 한다.

우리가 성공해서 문서에 조인한 다음에는 무슨 일이 벌어질까? 저들이 해병대를 파견하기 전까지, 신 뉴욕이라는 도시 국가의 기반을 얼마나 세울 수 있을까?

한 번에 하나씩. 진실의 날줄과 씨줄 사이에 거짓말 하나씩만 섞어서 짜면 된다. 그러면 무사히 빠져나갈 수 있을 것이다.

테오는 어쩌지? 방침에 따르라고 설득하지 못한다면? 채플이 그를 영원히 잠재울지도 모른다는 생각에 순간 속이 메슥거린다. 그러나 이내 내 마음이 그런 생각을 거부한다. 저항군이 한 손으로는 우리를 도우면서 다른 손으로는 우리를 살해하려 들지는 않을 것이다. 그렇지?

예전에 일기를 쓰기 시작한 적이 있었다. 문제는 내가 누구에게, 또는 누구를 위해 그걸 쓰는지를 결정할 수가 없다는 것이었다. 덕분에 전부 엉망이 되었다. 나는 어딘가 과장된 문체로 일기를 적어 나갔다. 일기를 출판한 사람들의, 역사적으로 또는 문화적으로 중요한 사람들의 문체였다. 중요한 사람들, 진짜로 중요한 사람들의 문체였다. 스타벅스에 들르거나 농구를 하러 다녀오는 이야기를 적기에는 적절치 못했다. 어쩌면 미래의 나 자신이 사용할 페르소나를 만들고 있는지도 모르겠다는 생각도 문득 들었다. 그러나 이내 진실을 깨달았다. 나는 실제로 미래에 내 일기를 읽을 독자들을 염두에 두고 있었던 것이다. 내가 중요한 사람, 진정으로 중요한 사람이나, 적어도 유명인이 되리라 여기는 것처럼. 나는 그런 상상 속의 독자를 위해 자격증을 갈고닦았던 것이다. 영원토록 사용할 이력서를 만들었던 것이다. 물론 터무니없는 짓이었다. 실제로 유명하거나 중요한 사람들은 사춘기부터 후대를 고려하며 일기장을 쓰지는 않는 법이니까. 그리고 불교도의 관점에서는 어딜 봐도 어처구니없는 짓이었다. 명백하게 존재하지 않는 과거에 매달리며, 아직 존재하지 않는 미래에 선보이려고 발버둥치는 짓이니까. 이런 생각은 내 머릿속에서 강박처럼 반복되며 배배 꼬여 갔다. 돈나라면 아주 나다운 짓이라고 지적했을 것이다.

그러나 지금은 여기서 아주 중요한 일을 하고 있다는 생각이 든다. 역사책에 등장할 법한 일이 될 것이다. 실제로 역사다. 그렇다면 나도 역사적인 인물이 되는 셈이다. 그게 나한테 무슨 의미가 있을까? 그걸로 행복해질 수 있을까? 그건 이제부터 확인해야 할 일이다.

밤이 찾아온다. 여러 건물의 실루엣이 뒤엉켜 만드는 울퉁불퉁한 어둠 위로, 거의 둥그스름해진 은빛 달이 떠오른다. 안보리 회의장에서 웅성거리는 소리가 들린다. 불이 켜진 모양이다. 아닌데. 복도는 여전히 어둡다. 곧이어 성난 고함에, 비명에, 날카로운 총성이 울리기 시작한다.

뭔가 잘못됐다.

여기까지 와서 전부 물거품이 되다니 그럴 순 없어. 정말로 얼마 안 남았는데—

나는 건물로 들어가 회의장으로 향한다. 처음에는 걸음을 서두르다가, 소음이 커지자 달리기 시작한다. 말벌집을 쑤신 것처럼 요란해지고 있다.

모퉁이 하나를 돈 순간, 나는 그대로 넘어지며 바닥에 엎어진다. 낡은 양탄자 냄새와 피맛이 입안에서 뒤섞인다. 눈가가 고통으로 지끈거린다. 나는 몸을 추스르고 위를 올려다보다가—

여우 같은 쌍둥이의 얼굴이 기관총 건너편에서 나를 내려다보는 모습을 발견한다.

플럼아일랜드에 있던 야만스러운 아이들이다. 아니, 그럴 리가 없어. 올드맨은 죽었을 텐데. 아주 먼 곳에 있을 텐데.

순간 나는 지금껏 실험실의 감방에 갇혀 있었고 이 모든 것이 환각은 아니었을까 하는 생각을 한다. 그러나 복도의 실체감과 그 너머에서 울리는 소음이 나를 이곳의 현실에 붙들어 매 준다.

소녀가 입을 연다. 호리호리한 몸매에, 소년 쪽과 똑같은 금발이다. "안녕, 제퍼슨! 우리 기억나?"

나를 죽이러 온 것이 분명하다.

그러나 소년은 총구를 든다. "따라오는 게 좋을 거야."

"너 자신의 안전을 위해서." 소녀는 이렇게 말하며 깔깔 웃는다.

나는 무릎을 꿇으며 일어나서, 피가 섞인 침을 뱉는다. "왜지?"

소녀가 대답한다. "방금 네가 미루던 난장판이 벌어졌거든. 너 완전 큰일 났어, 제퍼슨. 거짓말이 나쁜 짓인 줄 몰랐던 거야?"

아래로, 돌아서, 아래로, 아래로, 건물의 내장 속으로. 땅 위로 솟은 만큼 땅속으로도 뻗어 있다. 관료주의의 화려한 실내 장식에서 벗어나

한때 이곳을 움직이던 콘크리트와 모래투성이 내장으로 들어간다. 그러나 아직도 위에서는 말벌 둥지처럼 소란이 인 것이 들린다.

소년은 귀 기울이는 내 모습을 알아차린다. "저게 뭔 일인지 알아? 다들 널 찾고 있는 거야. 너를 찾자마자 그대로 몸을 찢어 버릴걸."

소녀는 머리에 쓴 조명을 켜고, 우리는 계속 어둠 속으로 걸어 내려가다 마침내 금속 문 앞에 도착한다. 소녀는 그걸 밀어서 연다. 콜맨 랜턴과 손전등 불빛에 어둠 속에 남은 여분의 물건들이 눈에 띈다.

피터가 자기 무릎에 브레인박스의 머리를 올리고 있다. 바지는 이미 피로 축축하다. 그의 셔츠는 브레인박스의 옆구리에 난 총상을 누르고 있다.

피터가 말한다. "발견했을 때부터 이 상태였어."

내가 묻는다. "누가 한 짓이야?"

"채플이라는 네 친구." 낯익은 목소리가 답한다.

나는 고개를 돌리고 눈살을 찌푸린다. 캐스가 그곳에 서 있다. 기억 속에서 빠져나온 것처럼 현실적이고 아름다운 모습이다. 그녀가 죽었던 그날과 똑같다.

"날 봐서 놀란 모양이네?" 그녀가 말한다. 답할 말을 꺼낼 수가 없다. "물론 놀랐겠지. 내가 죽었다고 생각하고 있었겠지? 그래서 그 빌어먹을 실험대 위에다 홀로 버리고 간 거야, 그렇지?"

나는 말한다. "그래. 네가 죽었다고 생각했어."

"그런데 아무래도 아닌 모양이네." 그녀는 미소를 머금는다. "아마 너한테는 다행일 거야. 네가 만들어 낸 이 난장판에서 널 빼내 줄 생각이거든. 너를 고발한 사람이 있어, 도련님. 네가 등장하면 다들 별로 반가워하지 않을 거야." 그녀는 말벌집 쪽을 가리킨다.

내가 말한다. "알고 있군."

"그래, 알고 있지. 생트로페에서 보낼 휴가가 벌써부터 그리워지네. 하지만 일단 여길 떠야 해. 테오가 자기 일을 끝마친 모양이거든."

"테오가 말한 거구나."

"그렇지."

"네가 도왔고?"

그녀는 어깨를 으쓱한다. "그럴지도. 잘 모르겠어. 나쁜 짓이었을라나? 아무래도 너희 저항군 친구들이—그러고 보니 이름 잘 지었지. 마케팅 전략이 끝내주잖아—걔를 죽일 생각이었던 것 같아서."

내 정신은 세세한 부분을 붙들지 못하고 제대로 열리지 않는 자물쇠처럼 헛돌고만 있다. 언제나 그랬듯이, 갑자기 캐스의 아름다운 모습을 마주하자 감각이 흐트러지기 시작한다.

바닥에 누운 채로, 브레인박스가 입을 연다. "채플. 채플이 풋볼을 가져갔어."

피터는 심란한 얼굴로 나를 올려다본다. "계속 이 말만 해. 의식이 혼미한가 봐."

브레인박스가 말한다. "난 제정신이야, 이 바보야. 암호. 핵무기 발사 암호를 손에 넣었어."

"무슨 핵무기?"

"전부."

피터가 말한다. "말도 안 돼. 채플이…… 채플이 그럴 리가……."

"저항군 애들이 우리한테 신경을 써 준 이유가 나온 모양이네, 그렇지?" 캐스는 작은 악마처럼 미소를 짓는다. 누구나 무방비 상태로 만드는 그런 미소다.

사건의 심각성이 새삼 충격으로 다가온다. 채플은 처음부터 졸이 될 인간을, 나와 같은 인간을 계획적으로 끌어들인 것이다. 자신이 가야 하는 곳으로 안내해 줄, 거짓말에 손쉽게 넘어가는 멍청이 일당이 필요했던 것이다. 할렘 부족에게 진실을 숨기자던 주장도 마찬가지였다. UN 건물을 사용해서 회합을 열자는 것도 전부 눈속임이었을 뿐이다.

내 이상주의와 허영을 이용한 것이다.

진실 속으로 수백 미터를 가라앉으며 수압에 몸이 으스러지는 기분이다. 가장 끔찍한 것은 내가 자만심 때문에, 내 갈망 때문에 미래를 꿈꿨다는 자각이다. 저 위에서는 지금 그 모든 것이 무너져 내리고 있다. 채플의 이야기 중에서도 그 부분만은 거짓이 아니었다. 옛 세계로 돌아가는 출구가 있다면, 저들은 서로를 짓밟으면서 달려 나갈 것이다.

그러나 그 전에 나부터 죽이겠지. 내 친구들도.

저항군이란 것이 실제로 존재하기는 했던 걸까? 아니면 우리를 뉴욕으로 돌려보내 포상으로 유도하기 위한 작은 통속극이었을까? 그 답은 이제 어딨을지 모를 채플만이 알고 있을 것이다.

나는 숨을 고르려 벽에 몸을 기댄다. 그리고 무너지며 무릎을 꿇는다.

브레인박스에게서 가장 어울리지 않는 소리가 흘러나온다. 웃음이다.

마침내 그의 이성의 장막이 벗겨지기 시작한 것은 아닐까 생각한다.

"걱정 마." 그가 말한다.

캐스가 대꾸한다. "걱정 안 할 이유가 하나라도 있어?"

"채플은 핵무기 못 쓰니까. 이게 없거든."

그는 지나치게 길쭉한 휴대폰이나 날씬한 위성 전화처럼 보이는 물건을 들어 올린다. 검은색으로 번쩍이는 물건이다.

브레인박스가 말한다. "'비스킷'이야. 노라드의 데드맨 장치에 연결되어 있지."

캐스가 말한다. "완전 얍삽한데, 브레인박스."

브레인박스는 엉망이 된 몸으로도 어떻게든 어깨를 으쓱해 보인다.

"하지만 서류 가방은 없잖아. 암호가 그쪽에 있다고." 피터가 말한다.

브레인박스가 말한다. "나한테도 있어."

내가 묻는다. "어떻게?"

"내 훌륭한 기억력 덕분이지."

"브레인박스, 네 힘으로 핵전쟁을 멈출 수 있다는 거야?"

그는 다시 웃는다. "시작할 수도 있고. 물론…… 내가 살아난다면 말이지만. 아무래도 채플의 총알에 배가 뚫린 것 같거든."

침묵이 흐른다.

캐스가 말한다. "이야, 이거 재밌어지네. 자, 다들 괜찮다면, 일단 폭도들이 린치하러 들이닥치기 전에 여기서 내빼야 할 것 같아. 늦든 빠르든 여기 있으면 걸릴 테니까. FDR 고속도로 쪽으로 보안 출입구가 있었어. 그렇지?"

"채플은ㅡ"

"나중에. 일단 살아남는 게 먼저야."

그녀의 말이 옳다. 피터와 나는 브레인박스를 부축해 일으킨다. 그리고 우리는 비척비척 어둠 속으로 들어간다. 빠져나갈 길을 찾아서.

브레인박스

제퍼슨은 우려하는 눈으로 나를 바라본다 내가 정신을 잃어 가고 있다고 생각하는 듯하다 그러나 나는 지금 내 머릿속과 어둡고 어두운 하늘을 계속 흘러가는 숫자들을 바라보고 있다 숫자는 언제든 치웠다가 원할 때 꺼내 볼 수 있다 이것만 있으면 나는 지구를 끝낼 수 있다 저들은 우리가 죽기를 원했고 다른 자들은 거짓말을 했지만 결국 이 힘은 나와 내 친구들의 손에 들어왔다 친구라고 부를 수 있다면 말이지만 내가 알고 있는 걸 친구들이 알게 된다면 무엇을 할까 세상을 죽일 수 있는 숫자를 알고 있다면 우리는 조용히 강을 따라 내려간다 어둠 속에서 소리를 죽이려 애쓰며 걷고 있는데 건물을 장악한 폭도들의 소음이 들린다 그들은 우리를 찾고 있다 이제 무슨 일이 일어날까 아무도 귀 기울여야 할 때 귀 기울일 줄을 모른다 제퍼슨 너조차도 귀 기울이지 않는다면 다른 사람들과 다를 게 없다 나는 어둠 속에서 내 사랑과 재회할 것이고 인간이라는 세상의 역병은 끝장날 것이다 덜 열정적이고 어리석은 동물이 그 자리를 차지할 것이고 한때 괴짜라고 불렸던 아이가 존재했다는 사실은 아무도 모를 것이다 그들은 모두 그의 말을 무시하고 비웃기만 했고 어느날 그 아이는 너희는 구성 원자를 낭비하는 존재일 뿐이니 생명을 얻을 가치가 없다고 말한다 그러면 그들은 말할 것이다 안 돼 모두가 말할 것이다 안 돼 안 돼 안 돼 제발

 제퍼슨

브레인박스의 의식이 가물거리고 있다. 옆구리에서 흐르는 피는 멎었지만, 어떻게든 총알을 빼내야 한다······. 돈나가 여기 있었으면 정말 좋았을 텐데.

아니다. 돈나는 먼 곳에, 훨씬 행복한 곳에 있었으면 좋겠다. 그저 내가 그녀와 함께 있기를 원할 뿐이다. 그러나 나는 이곳에 있다. 사냥감 신세가 되어 검은 물살을 따라 살금살금 도망치고 있다.

마음의 문 아래로 공황의 발톱이 어른거린다. 초점 거리를 바꿔야 할 때다. 훗날이 아니라 눈앞의 일만 보아야 한다. 생존이 우선이다. 브레인박스 머릿속에 있는 마법의 숫자로 뭘 할지는 나중에 결정할 일이다.

인류 역사상 가장 큰 몽둥이가 우리에게 있다.

그들에게는 신세계를 만들 기회가 있었다. 직접 결정을 내리는 세상을 만들 수 있었다.

이제는 우리가 저들을 위해 결정을 내려 줄 것이다.

 **돈나**

우리는 지붕 위로 낮게 비행해. 아이들이 우리를 향해 손을 흔드네. 아래쪽은 거의 축제 분위기야. 아슬아슬하게 방종과 혼란에 빠져들기 직전이지. 여기 누가 타고 있는지를 안다면 손을 흔들지는 않을 텐데.

나는 내 뒤편에 앉은 공군 특공대원들을 흘깃거려. 조용한 얼굴의 살인자들이야. 이번에는 영국군을 투입하나 봐. 영어는 할 줄 알아도 미국에는 특별히 접점이 없는 사람들이니까. 그러면 양심의 가책을 최소한으로 억누르고 마음껏 살인을 할 수 있겠지.

랍: "뉴욕은 이번이 처음인데." 얘는 즐겁게 분위기를 띄우려 노력하고 있어. 안 통하지만. 나는 다른 쪽의 가짜 친구를 바라봐. 티치 말이야. 훨씬 어울리는 군복 차림으로 돌아오기는 했지만, 헬리콥터 내부는 공간이 완전 효율적으로 배정되어 있거든. 끼여 앉은 모습이 다른 쪽으로 거북해 보여.

저 아래 어딘가에 제퍼슨이 있을 거야. 아직 살아 있다면 말이지만. 나 많이 기다렸지, 미안해, 내 사랑. 그래도 이제 돌아왔어.

전갈 한 무리가 따라오기는 했지만. 하지만 저들이 너를 해치지 못하게 구해 줄게. 내가 우리 모두를 구할 거야.

그리고 저들이 대가를 치르게 하겠어.

옮긴이의 말

작가 크리스 웨이츠는 영화감독 및 각본가로 수년에 걸쳐 할리우드에서 활동해 왔으며, 특히 〈트와일라잇: 뉴 문〉과 〈황금 나침반〉의 감독과 〈로그 원: 스타워즈 스토리〉의 각본가로 잘 알려져 있다. 형인 폴 웨이츠 또한 영화인이며, 〈아메리칸 파이〉와 〈어바웃 어 보이〉를 비롯한 여러 작품에서 동생과 협력한 바 있다. 패션 디자이너였던 아버지는 나치를 피해 독일을 탈출한 유대계 인사였고, 뉴욕을 무대로 활동하다 은퇴 후에는 나치 정권 고위 관료들의 전기를 집필하고 출간했다. 여기에 어머니는 1950년대의 명배우 수전 코너였으니, 형제의 문화 예술계 경력에는 부모의 영향이 컸을지도 모르겠다.

작가의 소설 데뷔작인 〈영 월드〉 3부작에는 작가의 이런 경험이 상당수 녹아들어 있다. 다른 무엇보다 작가는 뉴욕 출신이며(물론 실제로 형제가 다닌 학교는 어퍼-이스트사이드의 사립학교이기는 했다), 런던의 세인트폴 스쿨을 거쳐 케임브리지 트리니티 칼리지를 졸업했다. 유독 생생한 뉴욕과 케임브리지의 풍경은 이 경험에서 우러나온 것이 아닐까 싶다. 여러 고전 영화의 언급 또한 작가의 취향이 강하게 반영된 것으로 보이며, 특히 〈스타워즈〉를 인용하여 등장인물을 묘사하는 부분에서는 열렬한 팬심을 느낄 수 있을 정도다.

작품 자체의 구성에 대해서는 그 나름 신선하지만 동시에 고전적인 느낌이 있다. 21세기에 들어 유행한 상당수의 영 어덜트 포스트-아포칼

립스물이 대개 디스토피아적이지만 자립 가능한 세계를 그리는 데 반해, 〈영 월드〉의 배경은 파멸 후 추락을 멈추지 않은 세계이며, 따라서 『파리대왕』과도 같은 청소년 집단 생존물의 분위기를 짙게 풍긴다. 작중에서 수도 없이 강조하듯이, 이들이 향유하는 모든 문화는 구시대의 부유물에서 건져 낸 잔재일 뿐이다. 폐허가 된 뉴욕이라는 명확한 배경 속에서 이는 기묘한 현장감과 생동감을 더해 주는 효과를 보이며, 작품 전체적으로 판타지보다는 과학 소설에 가까운 뉘앙스를 풍긴다. 반면 작품의 구조 자체는 '임무를 완수하러 여행을 떠나서, 온갖 성장과 변화를 겪고, 마침내 임무를 마치고 고향으로 돌아온다'는 고전적인 청소년 판타지 작법에서 크게 벗어나지 않는다. 심지어 악역조차도 작품의 처음부터 끝까지 일관성을 유지한다. 독자의 취향에 따라 호불호가 갈리는 요소일지도 모르겠다.

* * *

우리나라 독자들이 이해하기 힘든 쪽은, 작중에 스쳐 지나가듯 언급되는 고전 영화들보다는 과거와 현재의 10대 팝컬쳐가 아닐까 싶다. 주석으로 부족한 내용만 따로 간략하게 보충해 보겠다.

– 일행이 메트로폴리탄 미술관으로 진입할 때 주인공들이 언급하는 『클로디아의 비밀(원제: From the Mixed-Up Files of Mrs. Basil E. Frankweiler)』은 1967년 미국에서 출간된 아동문학 작품으로, 클로디아와 제이미라는 두 남매가 메트로폴리탄 미술관에서 펼치는 모험

을 그린다. 우리나라에는 2000년에 출간되었다.

- 작중에 종종 언급되는 〈과학탐정 브라운(원제: Encyclopedia Brown)〉 시리즈는 1963년부터 2012년까지 출간된 총 29권의 연작 모험 소설로, 뛰어난 지식으로 친구들에게 '백과사전 브라운'이라 불리는 소년 탐정의 모험을 그린다. 여러 세대에 걸쳐 많은 팬을 보유한 작품이다.

- 2권 《뉴 오더》 도입부에 등장하는 《인 터치》와 제퍼슨에게 건네진 〈US 위클리〉는 셀러브리티 및 엔터테인먼트 주간지다. 뉴욕타임스 컴퍼니가 창간한 〈US 위클리〉는 뉴욕을 기반으로 40년의 역사를 자랑하며, 매주 200만 부가 팔리는 히트 잡지다. 반면, 돈나가 언급하는 《인 터치》는 경쟁지인 〈US 위클리〉에 비해 타블로이드 가십지 쪽에 가까우며, 10대 독자층을 타깃으로 삼는다.

- 케임브리지에 도착한 돈나가 떠올리는 '셜리 템플 영화'는 1939년 작 〈세라 이야기〉로, 테크니컬러로 제작된 최초의 셜리 템플 영화이며 1899년의 런던 분위기를 모사하려고 막대한 제작비를 소모한 것으로 유명하다. 미국에서는 저작권이 만료된 1970년대 이후 연말마다 심심찮게 시청할 수 있던 작품이다.

- 3권 《리바이벌》에 등장하는 〈하일라이트〉는 1946년 창간되어 75년의 역사를 가진 아동 잡지인 〈Highlights for Children〉이다. 쌍둥이가 찾아보는 학습 만화는 'Goofus and Gallant'로, 특정 상황에서 두 소년의 옳고 그른 대응을 대비시켜 보여 주어 저학년 아동에게 기본적인 사회성 기술을 가르치는 내용이다.

－3권 《리바이벌》에서 캐스가 언급하는 〈카다시안즈〉는 〈Keeping up with Kardashians(4차원 가족 카다시안 따라잡기)〉라는 셀러브리티 리얼리티 쇼다. 2007년에서 2021년에 이르는, 총 20시즌 285화라는 막대한 분량으로 카다시안과 제너 일가의 기상천외한 일상 이야기를 그린다.

매력 있는 등장인물과 생동감 넘치는 대재앙 후 뉴욕의 모습만으로도 충분히 읽을 만한 가치가 있는 이야기라 생각한다. 메트로폴리탄 미술관, 센트럴파크, 케임브리지, 미국 자연사박물관 등을 사랑하는 독자라면 그 나름의 즐거움을 얻을 수 있을지도 모르겠다. 모쪼록 독자 여러분도 돈나와 제퍼슨과 함께 책 속의 이야기를 즐겨 주었으면 한다.

서평

"스릴 넘치는 포스트-아포칼립스 소설. 읽기 시작하면 멈출 수 없다."
_ 스티븐 크보스키, 《월플라워》 작가

"신선하게 현실적이며 빈틈없이 파렴치한 팝 엔터테인먼트."
_ 〈뉴욕타임스〉 리뷰

"이 책이 강렬한 액션 블록버스터로 제작된 모습을 어렵지 않게 상상할 수 있다. 폭력은 과도하지 않고 적절하게 다루어지며, 지속적으로 변화하는 로맨스 관계에는 현실적인 고뇌와 갈등이 곁들여 있다. 액션의 결말은 적절한 '클리프행어'로 마무리된다. 〈헝거 게임〉 시리즈나 〈카오스 워킹〉 3부작의 팬들에게 권하고 싶다."
_ 스티븐 킹, 《리타 헤이워드와 쇼생크 탈출》과 《미저리》 작가

"10대가 다스리는 세상을 그린 작품은 수도 없이 많지만, 이 책은 가장 훌륭한 축에 든다고 할 수 있다. 크리스 웨이츠는 대중문화 요소를 적재적소에 넣을 줄 아는 사람이며, 액션으로 가득한 줄거리 속에서도 독특한 인물들의 매력은 전혀 바래지 않는다. '제퍼슨'과 '돈나'라는 두 주인공의 목소리로 전해지는 롤러코스터 같은 이야기에 사로잡히면 자리에서 일어날 수 없다." _ 〈북 트러스트〉 리뷰